DONGSUH MYSTERY BOOKS 27

MIDNIGHT PLUS ONE
심야 플러스 1
개빈 라이얼/김민영 옮김

동서문화사

옮긴이 김민영 (金珉寧)
서울대사대 영어과 졸업. 예일여고 영어교사 역임. 〈사랑과 미움의 시〉 등 시 작품 발표. 옮긴책 브래드베리 《멜랑콜리의 묘략》 크리스티 《메소포타미아 살인》 《화요클럽》 등이 있다.

DONGSUH MYSTERY BOOKS 27

심야 플러스 1

개빈 라이얼 지음/김민영 옮김
초판 발행/1977년 12월 1일
중판 발행/2003년 1월 1일
발행인 고정일/발행처 동서문화사
창업 1956. 12. 12. 등록 16-345(윤)
서울강남구신사동 540-22 ☎ 546-0331~6 (FAX) 545-0331
www.epascal.co.kr

*

이 책의 출판권은 동서문화사(동판)가 소유합니다.
의장권 제호권 편집권은 저작권 법에 의해 보호를 받는 출판물이므로
무단전재와 무단복제를 금합니다.

편찬·필름·제작 일체「동판」자본으로 이루어짐에 따라
출판권 소유권자「동판」에서 제조출판판매 세무일체를 전담합니다.
사업자등록번호 211-90-02201
ISBN 89-497-0108-1 04840
ISBN 89-497-0081-6 (세트)

심야 플러스 1
차례

심야 플러스 1 …… 11

심야 플러스 1—이 플러스 1이란 무슨 뜻일까? …… 357

등장인물

루이스 케인 (컨튼)　비즈니스 대리인.
앙리 멜랑　변호사.
롱 흡킨즈 (메르세데스 멜로니)　드레스 디자이너.
허베이 로벨　케인의 동료.
지네트 마리스　케인의 전 애인.
모리스　지네트의 하인.
매건할트　오스트리아의 실업가.
헬렌 저먼　매건할트의 비서.
프레츠
맥스 헬리거 } 카스파르 회사의 공동 주주.
베르나르
알랭 } 총잡이.
페이 장군　산업 스파이 두목.
모건　페이 장군의 운전사.
로베르 글리프레　프랑스 국가 경찰관.
루캉　몬트루 시의 경감.
갈레롱　회사를 가로채려는 사나이.

1

빠리는 4월이다. 비도 한 달 전만큼은 차갑지 않다. 그러나 패션쇼를 보기 위해서 비를 맞으며 가기엔 너무 춥다. 비가 그칠 때까지는 택시를 잡기 어렵고, 비가 그친 뒤면 택시가 소용이 없다. 겨우 몇백 야드밖에 안되는 거리이다. 그러나저러나 형편이 좋지 않은 것이다. 결국 '뒤 마고'에 궁둥이를 붙이고 술잔을 기울이며 바깥 생제르망 거리에서 푸른 신호와 동시에 그랑프리의 팡파르와도 같이 시작된 저녁 러시아워의 소음을 듣고 있었다.

이 카페는 인텔리 엘리트의 집합 장소로 자칭하고 있으나, 지금은 비어 있는 시간이다. 엘리트 양반들은 어딘가에서 과장된 몸짓으로 그럴 듯하게 에고이즘을 발휘하면서 저녁 식사를 들고 있을 것이다. 내가 앉은 자리에서 보이는 것이라고는 초록빛 코르덴 바지에 보랏빛 데님 셔츠를 입은 젊은이가 하나 있을 뿐이었다. 그 사나이도 데일리 메일 지의 대륙판(大陸版)을 읽고 있는 것으로 보아 인텔리가 아님이 틀림없다. 1면에 영국에서 또 일어난 기밀 누설 사건의 사문(査問)에 대해 흥분된 제목이 크게 실려 있었다. 나는 냉정하게 받아들였다. 예에 따라 퇴직 관리며 재판관이 원인이 되어 처음 듣는 비밀 사항을 들려 주는 것이 고작이다.
벽의 스피커에서 소리가 흘러나왔다.
"컨튼 씨, 컨튼 씨, 전화 받으십시오."
느닷없이 전쟁 중의 코드 네임이 무엇이었으냐고 질문받으면 금방 생각이 나지 않을 것이다. 그러나 빠리의 카페 스피커에서 방송되면 이야기가 조금 달라진다. 목덜미에 총이 들이댄 것같이 썰렁한 느낌이 들었다.
입가까지 가져갔던 파스티스를 마시고 나서 어떻게 할까 생각했다. 결국 할 일은 하나밖에 없다. 전화를 받는 것이다. 상대방의 누구인지는 모르지만 이미 내가 여기 있는 것을 알고 있음이 분명하다. 내게 볼일이 있어서 1944년 이후 하루에 두 번씩 뒤 마고에 전화를 걸고 있었다고는 생각할 수 없다.

전화는 아래층 세면소 옆에 있었다. 작고 둥그런 창이 달린 전화 박스가 두 개 나란히 있는데, 한편에서는 사람의 뒷모습이 보였다. 나는 또 하나의 수화기를 집어들었다.
"여보세요."
"컨튼 씨입니까?" 상대방이 물었다.
"아니오. 컨튼이란 사람은 모릅니다. 당신은 누구시지요?"
상대가 옛날 식으로 나온다면 그것도 좋다. 나 역시 누구누구를 알고 있다고는 절대로 말하지 않는다. 하물며 "나요" 하고 인정할 수는 없다.
상대는 쿡쿡 소리를 죽여 웃었을 뿐이다.
이윽고 상대는 영어로 말했다.
"옛날 친구입니다. 만일 컨튼 씨를 만나면 변호사 앙리가 이야기를 하고 싶어한다고 전해 주십시오."

"그 변호사인 앙리는 어디 있습니까?"

"옆의 전화 박스."

수화기를 내던지고 박스를 나오자 옆의 문고리를 잡아열었다. 그는 박스 안에 가득찰 것 같은 짓궂은 웃음을 띠고 서 있었다.

"이 사람, 정말 고약하군."

나는 목덜미의 식은땀을 씻었다.

웃는 얼굴이 박스를 나와 내 쪽으로 퍼져 왔다. 산뜻한 흰 레인코트를 입은 중키의 둥그스름한 사나이다. 백발이 곱슬곱슬하고 둥근 얼굴의 테 없는 안경 속에서 잿빛 눈이 빛나고 있었다. 면도하는 것을 잊은 듯싶은 엷은 콧수염이 나 있다.

앙리 멜랑은 빠리에서 변호사를 개업하고 있다. 예전에는 레지스탕스의 자금계였다.

우리는 서로 손을 잡았다. 10년 만이다. 전쟁 뒤엔 거의 만나지 않았다. 그도 꽤 늙었다. 이미 50살을 넘었을 텐데 품위있고 유복하게 나이를 먹은 것 같다.

상대방이 활짝 웃었다.

"옛날 일을 조금은 기억하고 있는 것 같군. 프랑스 어의 악센트도 그다지 나쁘지 않고."

"악센트는 훌륭하지."

전쟁 중에 3년 동안이나 죽지 않고 살아남아 왔다. 나쁠 리가 없다. 녀석의 영어보다는 훨씬 낫다. 아니, 이 녀석의 영어는 일부러 과장된 악센트를 붙이고 있는지도 모른다. 미국이나 영국의 실업인이나 변호사는 명랑하고 수다스러운 음악 희극의 단역을 상상하고 마음을 허락하는 것인지도 모르겠다. 빠리의 제1급 변호사는 일에 관한 한 다이아몬드 연마로 생계를 꾸려 가고 있는 직인(職人)들보다 더 신중하고 근엄하다.

그때 나도 생계를 세워야 한다는 것을 생각했다.

"앙리, 지금 시간이 없네. 나중에 만나지 않겠나?"

그는 굵은 손가락으로 계단을 가리키며 "같이 가세. 우린 서로 적이야"라고 말하고 또다시 싱긋 웃었다.

"자네도 그 건에……?"

"물론. 이번만은 대선생 나리, 정말로 진정이야. 온 빠리 안의 최고급 변호사를 다 모았어. 이것으로 자네 쪽의 메르세데스 멜로니 씨가 모델……뭐라고 하더라……" 말을 찾으며 그는 레인코트를 스커트처럼 펼쳐 보였다. "……드레스 디자인이야. 디자인을 도용하고 있는 걸 증명해 보이겠어. 어떤가? 영국엔 그것을 표현할 말조차 없으니까. 거장의 디자인……증명하겠어. 자네들이 백만 프랑을 지불해. 그리고 둘이서 식사를 하는 거야. 자네한테 부탁하고 싶은 말도 그때 이야기하겠네."

"법정에서 싸우세."

그러나 그는 이미 층계를 힘차게 올라가고 있었다.

그는 층계참에 멈춰서서 이쪽을 내려다보며 "이젠 컨튼이 아닌가? 정보부에 관계하고 있지 않나?" 하고 물었다.

"컨튼이 아닐세. 단순히 루이스 케인이지."

"루이."

그는 프랑스 식으로 발음했다. "그만큼 오랫동안 같이 일하고 있으면서 자네의 본명을 몰랐군. 자아, 메르세데스 멜로니의 시시한 패션을 보러 가세."

그는 계단을 뛰어올라갔다.

2

내가 알고 있는 한 메르세데스 멜로니라는 이름을 가진 사람은 전혀 존재하고 있지 않다. 그렇다고 해서 나는 놀라거나 비관할 것도 없다. 롱 홉킨즈가 자신이 만드는 드레스를 파는 데 이런 이름이 좋을 거라고 생각한 것뿐이다. 실제로 판매 방법에 있어서는 다른 좀더 좋은 아이디어를 가지고 있었다. 그 아이디어 덕분에 내가 전문으로 하는 법률 상담이 필요하게 된 것이다.

생각해 보면 이상한 이야기이다. 영국에서 대량으로 드레스를 생산하고 있는 사나이가 빠리에서 패션 쇼를 한다는 것이다. 그러나 롱으로서 볼 때, 심심풀이로 비행기 한 대치의 의상과 모델을 영국에서 날라온 것은 아니다. 어디까지나 돈벌이를 위해서이다. 그의 생각에 의하면, 본디 프랑스 인은 대규모 패션 전문점의 고급 제품이나 아니면 뒷골목의 바느질집 아주머니가 만든 옷밖에 모른다는 것이다. 그것은 즉 양산 체제에 의한 값싸고 현대적인 기성복 의료업자에게 있어서는 미개척의 보고와도 같은 것이다. 이 쇼를 벌써 3년 동안이나 계속하고 있는 것을 보면 그의 생각이 들어맞은 모양이다. 물론 그의 여러 가지 교묘한 수법도 고려하고서 하는 이야기이다.

쇼는 몽빠르나스의 커다란 호텔 식당에서 열리고 있었다. 아마 롱은 센 강 좌안에 순수한 빠리 기질이 있다고 생각한 것 같다. 폭이 좁고 긴 방이 순백색과 금빛으로 장식되고 긴 진홍색 주름 커튼이 교묘하게 제1차 대전 전의 분위기를 자아내고 있다. 그러나 호텔 자체는 그 무렵부터 있었던 것은 아니다. 그 분위기 속에서는 앉기가 불편한 장식 의자도 신경에 거슬리지 않았다.

멜랑과 내가 들어가자 롱이 대신(大臣)이나 패션 전문가로 잘못 알고 뛰어나왔다. 나를 알아보고는 곧 날카롭게 "늦었잖나" 하고 말했다.

"자네의 적도 늦게 왔네."

나는 두 사람을 서로 소개했다. "앙리 멜랑, 이쪽은 롱 홉킨즈, 즉 메르세데스 멜로니네."

멜랑은 웃음을 띠며 "처음 뵙겠습니다" 하고 인사했다. 롱은 연녹색 비단 깃이 달린 짙은 녹색 정장 재킷을 입고 깃에 핑크빛 난초꽃을 꽂고 있다. 빠리의 부인복 업계에서는 이런 옷차림이라야 된다는 것이 그의 생각 때문이다. 그런 겉모습을 빼놓으면 알맹이는 남자다운 진짜 영국 호남이었다.

그는 재빨리 멜랑을 훑어보고는 방 가운데의 무대 통로 쪽으로 고개를 돌렸다.

"저기 자네와 친구의 자리가 나란히 마련되어 있네. 적과 내통하지는 말게."

나는 그를 슬쩍 노려보고는 멜랑과 함께 통로에 비어져 나온 발을 툭툭 차면서 자리에 가 앉았다. 손님들은 대부분 여자로, 살찌지 않고 나이를 먹은 여성과 나이를 먹기 전에 뚱뚱해진 여성들의 두 종류가 있었다. 깃털이 달린 놋쇠 헬멧을 쓴 나팔수 둘이 다음 신호를 하자 장미꽃으로 만들어진 아치를 지나 5, 6명의 모델이 흐르듯이 나타났다. 자리에 앉기 전에 멜랑은 어디선지 프로그램을 얻어 가지고 있었다.

"37번. '생명의 봄'이라, 멋진 이름이군. 대선생께서 이걸 처음 디자인했을 때는 단순히 '봄'이라고 이름을 붙였어. 아마도 홉킨즈 쪽이 저 디자인의 대상인 중년 부인들의 기분을 좀더 잘 이해하고 있는 것 같군. 이것이 아주 똑같은 디자인이면 1백만 프랑을 받게 돼."

"아주 똑같지는 않네."

그는 다시 프로그램으로 눈길을 떨구었다.

"그래, 이 기분 나쁜 의상들이 모두 칵테일 드레스란 말이지."

몸에 꼭 달라붙은 검은 드레스를 입은 모델이 무대의 통로를 걸어오더니 우리 옆에 멈춰서서 천정을 바라보고 있었다.

멜랑이 얼굴을 들고 또렷한 목소리로 말했다.

"이 동물은 어느 쪽 섹스야?"

희미하게 짓고 있던 여자의 미소가 얼어붙었다.

나는 섬뜩했다. 분명 그녀는 마르기는 했으나 그다지 심하지는 않았다. 나는 모두에게 들리게끔 분명하게 말했다.

"아주 섹시한데. 지금 이 자리에서 잡수셔도 좋겠는걸."

그러나 여자의 기분은 달라지지 않았다.

멜랑은 살찐 어깨를 움츠렸다.

"영국인들에게는 무엇이든지 다 섹스야. 도대체 패션은 섹스와는 전혀 아무런 상관도 없어. 영국에서는 여자가 폭행을 당하면 유행하는 옷을 입었겠거니 생각하지. 자넨 프랑스의 여러 가지를 몽땅 잊어 버린 모양이로군, 컨튼."

그는 옆눈으로 흘깃 내 얼굴을 보았다.

나는 그를 보지 않아도 그 표정의 의미를 잘 알 수 있었다.
"이 사건이 끝날 때까지 기다리게. 그런데 나더러 해 달라는 건 어떤 일인가?"
멜랑이 낮은 목소리로 재빨리 말했다.
"단골 한 사람이 브르타뉴에서 리히텐쉬타인으로 가고 싶어해. 그런데 한편으로는, 그가 가게 되면 곤란한 사람들이 있지. 총질이 있을지도 모르네. 데려다 주지 않겠나?"
나는 담배를 한 대 꺼내어 모델의 발에다 대고 연기를 뿜었다.
"어떻게 갈 작정인가? 비행기? 기차? 얼마 내겠나?"
"1만 2천 프랑. 약 1천 파운드일세. 자동차가 좋을 거야. 간편하고 융통성이 있으니까. 도중에 몇 개의 국경을 넘어야 해. 리히텐쉬타인이 어디 있는지 기억하고 있나?"
"스위스 맞은편으로 오스트리아와의 사이일세. 그래, 그 사람은 리히텐쉬타인에 가야 한다면서 무엇 때문에 브르타뉴 같은 데 있는 거지?"
다시 트럼펫이 울리고 모델이 들어갔다. 다음은 스포츠 옷.
앙리가 대답했다.
"그는 아직 브르타뉴에 없네. 요트를 타고 대서양 위에 있지. 내일 밤까지는 유럽에 닿지 못해. 가장 가까운 곳이 브르타뉴인 셈인지. 아주 간단해. 자네한테 거기서 리히텐쉬타인까지 데려다 달라는 거야. 다만 문제는 상대방도 그가 어디에 있는지 알고 있으며, 한시라도 빨리 리히텐쉬타인에 가야 한다는 걸 알고 있다는 점일세."
다만 그것만이 문제라고는 생각되지 않았다. 그것이라면 1만 2천 프랑을 낼 만한 문제가 아니다.
"리히텐쉬타인에 가는 까닭은 두 가지 있다고 듣고 있네. 하나는 거기서 해마다 내고 있는 우표를 모으기 위해서, 또 하나는 탈세

회사를 설립하기 위해서라네."
"그러나 자네가 말하는 사나이는 우표 수집가 같지는 않군."
그는 조용히 웃었다.
"이름은 매건할트일세."
"큰 부자라는 말은 들었지만, 얼굴은 기억이 없어."
"얼굴을 알고 있는 사람은 아무도 없다네. 8년 전에 찍은 패스포트용 사진이 한 장 있을 뿐이지. 그것도 프랑스에서 찍은 게 아닐세."
"카스파르 AG에 관계하고 있다고 들었는데."
그는 손을 벌렸다.
"그만한 위치에 있으면 온갖 말을 다 듣게 마련이지. 자네도 알고 있겠지만 내 입으로는 그다지 말할 수가 없네……필요한 것은 그 자신이 설명하겠지. 어쨌든 한시바삐 리히텐쉬타인에 닿지 않으면 큰 손해를 입게 돼."
"변호사는 비밀을 지킬 의무가 있다는 건가? 흐음, 그럼, 이야기의 내용을 정리해 보세. 내가 차로 브르타뉴에서 매건할트를 태워 도중에 상대방 총잡이를 쫓으면서 리히텐쉬타인까지 데려다 준다……아주 간단하군. 그런데 왜 비행기나 기차를 타고 가서 도중에 프랑스 경찰의 보호를 받으려 하지 않는 거지?"
"당연한 질문이야."
멜랑은 고개를 끄덕이며 멋쩍은 듯한 웃음을 지었다.
"또 한 가지 문제가 있어. 그는 프랑스 경찰에도 쫓기고 있다네."
"흐음……."
나는 대수롭지 않게 말했다. "그래, 그 까닭이 뭔가?"
"부녀 폭행 사건이야. 지난해 여름 리비에라에서 있었던……"
"그런 데서도 그런 걸 문제삼나?"

그는 또 웃음을 지었다.
"다행히도 여자는 매건할트가 프랑스를 떠난 뒤에 고소했어. 그래서 당분간 돌아오지 말라고 연락해 놓았지."
"신문엔 실려 있지 않던데. 그런 기사를 본 적이 없어."
그는 어깨를 옴츠렸다.
"자네 말대로 여름의 리비에라에서는 부녀 폭행 같은 건 각도를 달리한 표현에 지나지 않지만, 그래도 일단은 위법 행위니까……."
"그런 사나이가 법망을 빠져나가려는 걸 거들다니, 어쩐지 마음이 내키지 않는군."
"그것도 생각해 봤어. 하지만 경찰은 문제가 아니야. 그가 프랑스에 있다는 것을 모르고 있으니까. 오직 상대방만이 그가 리히텐쉬타인으로 가야 한다는 걸 알고 있어."
"다른 각도에서 생각해 보면 부녀 폭행이란 사람을 몰아넣는 데 가장 좋은 방법이겠지."
"바로 그거야."
그는 상냥하게 모델들에게로 눈을 돌리면서 조용한 목소리로 말했다.
"난 저 유명한 컨튼이 옛날에 배운 여러 가지 일을 잊어 버리진 않았으리라고 생각하고 있었네. 센스가 있단 말이야."
모델이 앞을 지나갔다. 노뜨르담의 꼽추역 테스트를 받는 것 같은 모습으로 궁둥이와 머리를 내밀고서 걷고 있다. 격자 무늬의 코트를 엉덩이께에 걸치고 있었다.
"아무래도 좋아. 그런데 어째서 자가용 비행기를 쓰지 않나? 그러면 국경에서 얼굴을 보이지 않아도 될 텐데."
그는 한숨을 쉬었다.
"요즈음은 비행장이 신중히 감시되고 있다네, 컨튼. 게다가 어디나

내릴 수 있는 소형기로는 도저히 브르타뉴에서 리히텐쉬타인까지 날 수가 없어. 그리고 우수한 조종사는 모두 성실해서 말일세. 미숙한 조종사라면……." 그는 또 어깨를 옴츠렸다. "매건할트와 같은 사나이를 미숙한 조종사의 비행기에 태울 수도 없고……."

이야기는 알 수 있었다. 나는 고개를 끄덕였다.

"그래, 차는 어디서 손에 넣나? 빌리거나 훔친 건 곤란해."

"빠리에 있는 매건할트의 차는 아직 경찰에 알려져 있지 않아. 게다가 그들은 내가 열쇠를 갖고 있는 걸 몰라. 파이어트 프레지던트와 시트로엥 DS 중 어느 쪽이 좋겠나?"

"화려한 색이 아니라면 시트로엥이 좋겠군."

"검은 색이야. 사람의 눈에 잘 띄지 않지."

나는 고개를 끄덕였다.

"자네도 같이 오나?"

"아니. 그러나 리히텐쉬타인에서 만나게 될 걸세."

그는 갑옷 위에 뒤집어쓰던 자루같은 코트를 입은 모델에게 웃음을 보내면서 얼굴을 돌리지 않고 물었다. "총잡이가 필요한가?"

"총질을 할 것 같으면 필요하지. 난 프로가 아니니까. 소문에 의하면 알랭과 베르나르가 아직도 으뜸인 모양이더군. 그 다음이 미국인 로벨. 그 중의 누구를 구할 수 있으면 좋겠네."

멜랑은 흘깃 나를 쳐다보았다.

"그들을 알고 있나?"

그로서는 내가 유럽에서 톱 클라스인 보디가드를 지명할 수 있으리라고는 생각지 못한 것 같았다.

"나한테도 단골이 있다네, 앙리. 그 중엔 암살을 두려워하고 있는 이도 있지."

내 말에는 얼마쯤 과장이 섞여 있다고 할 수도 있다. 암살당할 만한 단골이 있는 것은 사실이지만 그 대부분은——당연한 일이지만——뛰어난 보디가드에게 대금을 지불할 만큼 자기 목숨을 중요시하고 있지는 않다. 그렇기는 하나 대강의 정보는 늘 입수하고 있다.

멜랑은 고개를 끄덕였다.

"자네는 전쟁 중에 알랭과 베르나르를 알았군."

바로 그렇다. 두 사람 다 남부 지구에서 우수한 레지스탕스 투사였으나 전쟁이 끝났을 때에 무기를 내놓기 싫어한 사람들이다. 결국 아직까지도 무기를 장사 도구로 삼고 있다. 들리는 바에 의하면, 두 사람은 늘 짝이 되어 일을 하고 있는 모양이다. 아무튼 그들이 한편이 되어 준다면 도의적인 문제에는 눈을 감아도 좋은 듯한 기분이 되었다.

멜랑이 말했다.

"유감이지만 그 두 사람에겐 연락이 안돼. 그러나 로벨이라면 어떻게 할 수가 있겠지. 그를 알고 있나?"

"만난 일은 없어. 미국의 비밀 정보부에 있었던 사람 아닌가?"

미국에서 말하는 비밀 서비스는 유럽의 경우와 성질이 다르다. 미국에서는 대통령이나 그 가족의 호위가 주요 임무이다. 그것은 즉 로벨은 고도의 훈련을 받은 사람이라는 것을 의미한다. 그런데 어째서 퇴직했을까? 하기는 그 중에는 총잡이 전문 조직에 속해 있는 것을 싫어하는 사람도 있을 테지.

멜랑이 말했다.

"자네와 로벨이 칸베르에서 만나도록 연락해 놓겠네."

"출발점이 거기라면 좋아. 그렇다면 차도 거기서 손에 넣도록 해주지 않겠나? 리히텐쉬타인까지는 24시간도 채 안 걸리지만, 그 전날은 운전하고 싶지 않아."

"그렇게 하겠네."

트럼펫이 모델들을 전장(戰場)에서 불러들였다.
멜랑은 만족해 하면서 조금 의아한 표정으로 나를 보았다.
"일을 맡아 줄 모양이지, 컨튼. 어째서 맡을 마음이 들었나?"
"1만 2천 프랑이야."
대답을 너무 서둘렀는지도 모른다. 나는 다시 천천히 덧붙였다.
"단 8천은 먼저 주고 잡히면 그 두 배를 줘야 하네."
멜랑은 고개를 끄덕였다. 나는 말을 이었다.
"또 한 가지, 자네는 매건할트의 변호사일세. 자네의 입으로 부녀 폭행은 없었다고 보증해 주게. 더불어 그가 리히텐쉬타인에 가는 것은 자기의 재산을 보호하기 위해서이지, 남의 것을 빼앗기 위해서는 아니라는 것도……."
그는 고양이같이 게으른 웃음을 지었다.
"컨튼 씨는 도덕가이시니. 지금의 자네는 정의와 진실 편에 서 있고 싶다는 거로군, 안 그런가?"
나는 날카롭게 말했다.
"자네와 처음 만났을 때도 나는 자네가 옳은 쪽에 서 있다고 생각했었네……전쟁 중이긴 했지만."
"도의적인 면에서 볼 때 전쟁이란 아주 단순한 것일세."
그는 한숨을 쉬었다. "그건 그렇고, 약속하지. 매건할트는 부녀 폭행 같은 건 범하지 않았어. 남의 재산을 훔치려고 하는 것도 아니야. 그를 만나 보면 내 말을 믿을 수 있을 걸세."
트럼펫이 어려운 팡파르를 연주했다. 드디어 오늘의 구경거리인 이브닝 드레스이다. 그 중에 37번도 들어 있다. 모델들이 장미 아치를 지나서 나왔다.
멜랑은 등을 흔들어 딱딱한 의자 위에서 고쳐 앉았다.
"나중에 호텔로 전화하겠네. 이제부터는 다시 서로 적일세……저기 있구먼."
그는 37번을 찾아냈다.

내 눈으로 보면 37번——생명의 봄——은 모델의 몸을 휘감는 한 벌 감 정도의 녹색 비단에 지나지 않았다. 윗부분은 옆으로 많은 주름을 잡았고 아랫부분에는 같은 주름을 새로로 잡았으며, 그 뒤에는 꼬리를 달고 있다. 앙리가 말한 그 디자인의 대상이 되는 여자 나이의 뜻을 이해할 수가 있었다. 이만큼 주름이 있으면 몸매는 문제가 되지 않는다. 장점은 그만큼 많은 비단 옷감을 살 만한 돈이 있다는 걸 남에게 보여 주는 것뿐이었다.

나는 멜랑에게 몸을 가까이 하며 속삭였다.
"대선생 따위는 어림도 없는 디자인이지?"
"빠리 이외엔 패션이 없어. 좋은 디자인은 모두 표절이야."
그는 딱 잘라 말했다.
그는 손에 든 사진과 모델을 몇 번이나 비교해 보고 있었다.
여자는 그가 하는 짓을 알고 있었다. 우리 앞을 지나갈 때 그녀는 손 넣을 주머니나 벨트를 찾는 듯한 손짓으로 허리 근처를 만지면서 걸음을 늦추었다. 나로서는 모델들이 무엇 때문에 그런 동작을 하는지 이해할 수가 없었다. 만일 실제 생활에서 젊은 여자가 벨트에 손을 찌르고 있다면 누구든지 매춘부로 볼 것이다.

멜랑이 큰소리를 질렀다.
"저건 대선생의 드레스다!" 하고 영어로 말하고 곧 프랑스 어로 "도작(盜作)이야! 자네의 홉킨즈는 도둑놈이야, 스파이야……" 하고 소리쳤다.

나는 그 다음 말을 듣지 못했다. 상황을 판단할 수 있었다.
그가 다 지껄이자 나는 조용한 말투로 말했다.

"비슷한 점이 있는 건 인정하네. 그러나 완전히 같지는 않잖나."
하지만 스스로 이렇게 말하면서도 다른 점이 무엇인지 알 수 없었다. 그러나 멜랑은 아는 것 같았다.
"다른 점이 있다고 해도 아주 조금밖에 없어. 저건 대선생의 드레스일세. 자네의 홉킨즈는 몇 년 동안이나 이런 일을 해 왔어. 드디어 이 앙리 멜랑이 증거를 잡은 걸세."
나는 분별력있게 말했다.
"홉킨즈는 간단히 손을 들지 않을걸."
"그렇다면 싸울 수밖에 없어."
그는 일어서서 통로를 걸어가기 시작했다. 모델이 방향을 바꾸어 무대로 가는 통로를 우리와 평행해서 가볍게 걷고 있었다. 내가 밑에서 윙크를 보내자 그쪽에서도 보내왔다. 이제 벨트며 주머니를 찾는 것을 그만두고 한 손을 허리에 대고 있었다. 매춘부 같은 몸짓임에는 변함이 없다. 아까보다 한층 더 값어치없는 느낌이었다.
문 옆에서 홉킨즈와 멜랑이 서로의 시선을 피하는 체하고 있었다.
나는 두 사람에게 미소를 보내며 멜랑에게 말했다.
"실례하네. 의뢰인에게 잠깐 할 말이 있어서……."
"내일 안으로 돈을 모아 두거나 오늘 밤 안으로 자살하도록 말해 주게."
그는 싱긋 크게 웃는 얼굴을 지으며 "나중에 전화하겠네"라고 말하고는 나갔다.
홉킨즈가 물었다.
"여보게, 어떤가, 저 사나이는 확신이 있는 건가?"
"아니, 프랑스 어로 화를 내었지. 증거를 잡았다면 나에게 영어로 설명해 주었을 걸세. 내가 일부러 걱정스러운 얼굴을 해보였기 때문에 과장해서 성을 내는 거라네."

나는 시계를 보았다. "녀석은 오늘 저녁 신문에 기삿거리를 내줄 거야. 아직 시간이 있으니까."
그는 기쁜 얼굴로 나의 어깨를 쳤다.
"잘됐군."
"그러다가 언젠가는 지나친 일이 될 거야, 롱. 반드시 당할걸."
"지나치게 하지 않으면 별수 없잖나. 이런 수법이 언제까지나 통할 리가 없으니까. 상대방이 귀찮아져서 시비하지 않게 되면 어떻게 되는지 아나?"
"빠리에서 자네의 드레스를 살 사람이 없게 되겠지."
"바로 그 점일세. 대중이 베껴 먹은 게 아니라고 생각하기 시작하면 내 장사는 끝장이야."
나는 아까 멜랑이 프랑스 어로 한 말을 되풀이해 보았다.
"패션은 빠리뿐인가?"
"무슨 말인가, 그건?"
"아까 멜랑이 한 말일세. 대충 말하자면 빠리 이외엔 패션이 없다는 뜻이지."
"그 말이 맞아."
그는 우울한 얼굴로 말했다. "라벨에 '빠리'라는 두 글자가 붙어 있으면 말똥 냄새가 밴 넝마자루라도 팔려. 오해하지 말아 주게. 난 빠리를 나쁘게 말하고 있는 것은 아니니까. 그들의 디자인의 훌륭함이란 마술이라고도 할 만해. 그러나 거기까진 필요없어. 대부분의 손님은 좋은 고기인지 햄버거인지 분간할 줄 모르는 사람들이거든. 좋은 것을 만드는 것만으로는 장사가 안돼."
그는 우리 곁을 지나가는 모델들에게 손을 흔들어 보였다. 나는 어깨를 움츠렸다.
"이름을 바꾸는 게 어떤가? 자네의 이름을 롱 빠리로 하는 거야.

그렇게 되면 라벨에 '모드 드 빠리'라고 붙일 수 있잖나."

그는 아연한 표정으로 내 얼굴을 바라보았다. 한참 뒤 그는 내 어깨를 탁 쳤다.

"자네는 천재야. 내가 다른 변호사 대신 자네를 발견했을 때 나는 행운이라고 생각했었지. 그들은 법률 덩어리에 지나지 않거든."

나는 마음내키지 않는 듯한 표정을 지었다.

"2, 3일 뒤에 전화하겠네, 롱."

롱은 내 손을 잡았다. 여자 같은 옷차림과는 달리 힘찬 악수였다.

"앞으로 어떻게 할 건가?"

"이 근처에 4, 5일 동안 있을 걸세. 총을 쏘러 갈는지도 몰라."

"총을 쏘러? 4월이야. 총 쏠 일은 없을걸?"

나는 또 어깨를 옴츠렸다.

"없는 것도 아닌 모양일세."

3

 다음날 밤 10시 반에 칸베르에서 기차를 내렸다. 그때 나는 조금 푸른 빛이 도는 잿빛 레인코트 안에 놋쇠 단추가 달린 신제품 갈색 스포츠 코트를 입고, 비단 같은 느낌이 드는 스위스 특유의 푸른 코튼 셔츠를 넥타이 없이 목까지 단추를 채우고, 짙은 회색 바지에 머리를 짧게 깎고 있었다.
 나는 그렇다고 패션 모델의 흉내를 내고 있는 것은 아니었다. 적당히 프랑스 인답게 보이기 위한 배려였다. 만일에 키가 크고 마른 몸매의 40살쯤 된 영국인을 찾으라는 명령이 내려진다면 경찰관이 나를 그대로 보아 넘겨 주기를 기대하고 있었다. 그렇다고 해서 너무 프랑스인다와도 곤란했다. 만일 조사를 받았을 경우 프랑스 인이 영국 패스포트를 가지고 있다는 것으로 의심을 받을지도 모르기 때문이다. 신분 증명서를 위조할 시간이 없었던 것이다.
 아무튼 자질구레한 점까지 신경을 쓰고 있었다. 물론 여러 가지 면에서 서투른 점이 있을지도 모른다. 그러나 놋쇠 단추가 효과를 발휘할 것이라고 기대하고 있었다. 건빵만한 크기와 두께의 이 단추는 견공(犬公)이 아니면 달 것 같지도 않은 무늬가 새겨져 있었다. 나는 이 단추가 아주 마음에 들었다. 영국풍을 흉내내고 싶어하는 프랑스인이 몸에 붙임직한 느낌을 주는 데 꼭 알맞았기 때문이다.

밤하늘에 나직이 뜬 구름이 거리의 불빛을 되비춰 주고 있었다. 역전 광장은 그친 비로 젖어 있었다. 역에 면하여 레스토랑이 늘어서 있다. 나는 목표의 집을 찾아서 안으로 들어갔다.

손님이 있는 테이블은 다섯 군데뿐으로 그 손님들 역시 모두 식사를 마치고 커피와 꼬냑을 마시고 있었다. 종업원이 달갑지 않은 얼굴로 이제 문 닫을 시간이라는 말을 하려고 다가왔다.

나는 혼자 있는 사나이에게로 다가가서 암호를 말했다.

"그냥 계십시오, 모두 순조롭습니다. 허베이 로벨이오."

"루이스 케인이오."

종업원이 내 오른편에서 서성거리고 있었다.

"마실 것은?" 로벨이 물었다.

"마르(브랜디)가 있으면……."

그는 손가락을 퉁겨 소리를 냈다.

"마르 한 잔."

"당신은?" 내가 물었다.

그는 재빨리 고개를 저었다.

"오늘 밤은 그만두겠소."

두 사람 다 상대방의 태도를 지켜보며 얼굴을 대하고 있었다.

상대는 건장한 몸집으로 나보다 서너 살 젊고 키는 2인치쯤 작아 보였다. 억센 느낌의 금발을 짧게 자르고, 엷은 붉은 빛 체크 무늬 스포츠 코트에 거무스름한 바지를 입고 손으로 짠 넥타이를 매고 있었다. 옷차림으로는 아무것도 알아낼 수가 없었으나 얼굴이 모든 것을 말해 주고 있었다.

전에는 유령 같은 것에 사로잡힌 듯한 얼굴이었는지 모르나 지금은 그 유령에 익숙해진 표정이다. 꽉 다문 입매에 연한 푸른 빛 눈이 재빨리 움직이는가 하면 곧 꼼짝도 않고 고정되기도 했다. 그밖에 주름살이 눈에 띄었다. 두 가닥의 깊은 주름살이 코를 지나 입가에 이르렀고 눈가에도 주름이 있었고 이마에는 만들어 붙인 것 같은 주름이 고랑처럼 패어져 있었다. 그러나 거기에서 뭔가를 읽을 수 있는 것이라고는 전혀 없었다. 다만 주름살이 거기 있다는 것뿐이었다. 피로한 얼굴도 아니었다. 굶주린 표정도, 고달픈 표정도 아니었다. 지옥의 밑바닥을 들여다본 적은 없지만 어차피 그렇게 되리라고 체념하고 있는 얼굴이었다.

나는 얼른 담배를 한 대 꺼냈다. 상상이 너무 지나쳤던 것이다. 나는 이런 사람이기를 바랐다. 신경질적인 총잡이라면 두 손이 의수인 총잡이와 마찬가지로 싫다.

그는 내가 담배를 내밀자 고개를 저으며 테이블 위의 지타느 갑에서 한 대 꺼냈다. 왼손을 쓰고 있었다.

"그래, 계획은?" 그는 물었다.

"오늘 밤 한밤중에 차를 손에 넣으면 2시에 오디에르느의 강 어귀로 가서 바다를 향하여 회중전등을 비춥니다. 매건할트가 작은 배로 상륙하여서 곧장 달리기 시작할 겁니다."

"어디를 경유해서 갑니까?"

"어차피 투우르를 지나가는 수밖에 없겠지요. 거기서 남쪽으로 갈 작정이오. 부르쥬, 부르, 주네브. 내일 오후 3시쯤에는 주네브에 들어갈 수 있으리라고 생각합니다. 그렇게 하면 나머지 리히텐쉬타인까지는 6시간쯤 걸리겠지요."

그는 신중하게 고개를 끄덕이며 말했다.

"상대방에 대해서 뭔가 알고 있는 것이라면?"

"멜랑도 자세한 것은 모르는 듯싶소. 리히텐쉬타인에 있는 매건할트의 회사와 관계있는 일 같습니다. 그들이 회사를 가로채려고 농간을 꾸미고 있다는 거요. 그는 카스파르 AG에 관계하고 있는 것 같소."

"AG?"

"악틴게젤샤프트 주식회사이지요. 카스파르는 거대한 지주 회사로 판매회사를 겸하고 있소. 유럽의 이 근처──프랑스, 독일, 이탈리아에 많은 전자 공업 관계의 회사를 가지고 있지요. 이들 회사가 제품을 원가로 카스파르에 팝니다. 이익이 없으니까 세금은 물지 않지요. 그럼, 카스파르가 제품을 팔아서 이익을 올립니다. 그런데 리히텐쉬타인에는 이렇다할 만한 소득세가 없소. 그래서 그들은 어디서나 세금을 하나도 내지 않아도 되지요. 특별히 새로운 수법은 아니지만……."

종업원이 마실 것을 가지고 왔다.

종업원이 가자 허베이가 말했다.

"그렇다면 리히텐쉬타인은 얻는 게 무엇일까요?"

"인세 얼마쯤과 낮은 세율의 자본세. 하지만 변호사들은 장사할 게 얼마든지 있지요."

나는 술을 마셨다. "어쨌든 그런 회사에서 어떤 수입이든 얻고 잇는 셈이지요. 그렇지 않으면 전혀 인연이 없는 기업입니다. 듣는 바로는, 그런 외국 기업이 6천 개쯤이나 있는 모양이더군요."

그는 미소를 지었다. 얼굴의 한쪽만을 일그러뜨리는 것 같은 느린 미소였다.

"몰랐는걸. 그곳은 해마다 새 우표를 발행해서 살고 있는 줄 알았는데."

그는 담배를 비벼 껐다.

"경찰도 우릴 쫓고 있다면서요?"
"매건할트가 이 나라에 있다는 걸 알게 되면 말입니다. 하지만 멜랑은 알려지지 않을 거라고 말하더군요. 만일 알려진 경우에는……그런데 지금 한 가지만 분명히 해 둡시다."
나는 그의 얼굴을 똑바로 바라보았다. "경찰관은 절대로 쏘지 않습니다."
그는 손가락으로 뼈가 두드러진 코 옆을 천천히 아래위로 만지며 나를 건너다보았다.
"이거 놀랍군요."
아주 부드러운 목소리였다. "나도 같은 말을 하려던 참이오. 좋소."
사무적인 말투가 되었다. "경찰은 죽이지 않습니다. 그러나 문제는 있겠지요. 만일 매건할트의 상대방이 기억하고 있다면, 입국한 것을 경찰에 밀고하는 것만으로 일이 끝나 버리지 않을까요. 수고도 하지 않고 위험을 무릅쓰지 않아도 되니까요."
나는 고개를 끄덕였다.
"나도 그것을 생각해 보았습니다. 잊고 있는지도 모르지요. 아니면 그가 죽어 주기를 바라는지도 모릅니다."
그는 또 얼굴 한쪽에 미소를 띠었다.
"아니면 이 일에는 그밖에도 우리가 모르는 일이 많이 있는지 알 수 없지요."
11시쯤 레스토랑을 나오자 또 비가 내리기 시작하고 있었다. 느리고 끊일 새 없는 안개비였다. 당분간은 그칠 것 같지도 않았다.
"방을 잡았소?" 허베이가 물었다.
"아니오. 숙박계에 적어넣거나 해서 내 이름을 여기저기 남기고 싶지는 않소."

"그럼, 내 방으로 갑시다."

나는 가로등 불빛으로 상대방의 얼굴을 똑바로 바라보았다. 그는 얼굴을 찡그리고 미소를 보내왔다.

"다른 패스포트를 쓰고 있지요. 허베이 로벨이 아닌 다른 이름으로 ……."

우리는 강의 북쪽에 있는 호텔로 갔다. 아무도 만나지 않고 방으로 들어갈 수 있었다. 작고 깨끗한 방이었다. 오래 쓰여진 듯한 느낌을 주었으나 이렇다할 특징은 없었다. 그는 침대에 앉았다. 남은 것은 침대 테이블과 의자뿐으로, 두 가지 다 앉을 만한 물건이 못되었다. 어떻게 할까 생각하고 있으려니까 그는 손을 뻗쳐 침대 아래에서 고물이 다된 프랑스 항공회사 마크가 있는 슈트케이스를 끌어 내어 둘둘 말아 놓은 검은 모직 셔츠를 꺼냈다. 셔츠를 펼치자 뭉툭한 느낌의 연발 권총이 까다롭게 끈이 잔뜩 달린 홀스터(권총용 가죽 케이스)에 들어 있었다.

"마실 게 없어서 안됐군요" 하고 그는 말하면서 오른발의 바지를 걷어올려 홀스터를 장딴지께에 잡아맸다. 나는 그의 앞을 지나 권총을 손에 들고 보았다.

총신 2인치의 스미드 앤드 웨슨 38구경으로 총알이 다섯 발 들어 있었다. 어디에나 있는 아주 평범한 총이었다. 다만 다른 것은 잡기에 편리하게 하기 위해 나무 부분이 조금 덧붙여져 있었다. 그것도 거창한 것은 아니었다. 한 손가락 한 손가락의 위치를 정하기 위하여 판 부분도 없었다. 그런 것은 손가락 위치를 정하는 데도 5분쯤이나 걸린다. 판 부분이 있는 권총 따위는 일요일 오후에 표적 연습을 하는 아마추어의 전용품이다.

나는 흘긋 그의 쪽을 보았다. 홀스터를 잡아매는 손을 멈추고 몸을 굳힌 채 내 손을 보고 있었다. 남이 총을 손에 들고 있는 게 마음에 안 드는 모양이다. 그것이 자기의 총인 경우에는 더욱 그렇다. 어떤 총잡이든지 아주 싫어한다.
나는 권총을 침대 위로 툭 던지고 홀스터 쪽을 턱으로 가리켰다.
"왜 그런 데에 묶고 있지요?"
그는 긴장을 풀고 다시 끈을 매기 시작했다.
"차 안에 있을 때는 가장 손이 가기 쉬운 위치이지요. 벨트라든가 팔 밑에 넣어 두면 꺼내는 데 시간이 많이 걸리거든요."
"흐음, 그렇군."
"차 밖으로 나왔을 때도 거기에 넣어 둡니까?"
"아니오."
그는 손을 쉬지 않았다.
한참 기다리고 있다가 나는 또다시 말을 걸었다.
"총알이 다섯 발밖에 들어 있지 않군요. 어째서 자동권총을 쓰지 않는 거지요?"
"상대방에게 손해를 주려면 38구경의 총알이 필요합니다."
그는 의식적으로 평정한 목소리를 내고 있었다. "38구경의 자동권총은 너무 무겁고 또 이보다 훨씬 크지요. 그리고 도중에 움직이지 않게 되는 수도 있답니다."
나는 이미 듣고 있지 않았다. 그의 의견을 듣고 있을 생각은 없었던 것이다. 다만 총에 대해서 그 나름대로 의견이 있으면 그것으로 충분하다. 자기가 선택한 총에 목숨을 거는 사람에게 있어 총에 대한 평가의 기본이 되는 것은 어디까지나 자기 자신의 신념이기 때문에 남이 이러니저러니할 여지가 없는 것이다. 모두 각자 독자적인 신념을 갖고 있다. 그러므로 수많은 총 생산 회사들의 장사가 되어 가고 있는 것이다.
"그런데⋯⋯상대가 한꺼번에 다섯 명 이상 달려들 거라고 생각하시오?"
그는 끈을 다 매었다.
나는 고개를 저었다. 로벨은 홀스터 매는 일을 끝내자 침대 끝에 앉은 채 총을 찔러넣었다가 다시 총을 쓱 뽑았다. 그 동작을 되풀이하고 있었다. 카우보이 책에 나오는 것같이 매끈한, 아니 우아한 동작은 아니었다. 다만 잡아서 꺼낼 뿐이었다. 그런 태도는 마음에 들었다.
이윽고 그는 일어나서 왼쪽 뒤 허리께의 홀스터에 권총을 찔러넣었다.
"당신도 권총을 가지고 가오?"
"그렇소."
"멜랑은 아마 가지고 오지 않을 거라고 하던데요."
"그런 말은 하지 않았소. 빠리의 친구에게서 한 자루 빌어 왔지요."
어떤 총이냐고 묻기에 나는 "1932년 형 모레즈요"라고 일러 주었다.
그는 매우 놀란 듯한 표정을 지었다. 표정이 얼어붙었다.
"그 큰 것을? 레버를 바꾸면 전자동이 되는 것 말이오?"
"그렇소."
그는 한쪽 눈썹을 치켜들고 한쪽을 내렸다. 나의 정체를 안 모양이다. 나 자신의 총에 관한 신념의 한 부분을 보여 주고 만 것 같았다. 어처구니없는 신념이다.
"트레일러에 실어서 끌고 갈 겁니까?" 그는 물었다. "아니면 화물 열차로 먼저 보냅니까?"
나는 히죽 웃었다. 속칭 '비짜루'라고 불리던 저 구식 모제르 총, 특히 전자동으로 바꾸는 장치가 달린 1932년 형은 불편한 점도 많이 있다. 무게가 3파운드나 되고 전체 길이가 1피트나 된다. 손잡이 부분이 불안정하고 전자동으로 총을 쏘면 성난 고양이처럼 손 안에서 튄다. 그러나 좋은 점도 있다. 그것을 인정하고 안하고는 각자 마음대로이다.

"총이 가장 쓸모있을 때는 손에 쥐고 있을 때입니다. 구조를 미리 알면 굳이 속사(速射)의 명수가 아니라도 좋지요. 이것은 내 생각이지만."

"그렇게 말할 수도 없는 건 아니지만……." 로벨은 애써 동의하는 목소리로 말했다.

"1932년 형 모제르를 싫어하시나 보군요?" 내가 물었다.

"그렇소. 그리고 내 총에 대해 이러쿵저러쿵하는 것도 마음에 들지 않소."

나는 상냥하게 웃었다.

"그것을 알고 싶었소. 당신의 일까지 일일이 걱정해야 할지 어떨지 확인해 보고 싶었을 뿐이오."

그의 눈썹이 또 치켜올라갔다.

"내가 어느 정도까지 마음대로 움직여지는지 시험해 본 거로군요?"

"난 당신에 대해서 전혀 몰랐소. 소문은 들은 적이 있지만……." 그의 얼굴에서 갑자기 표정이 사라졌다. 창문에 블라인드를 내린 것 같았다. 나는 말을 이었다. "소문이 반드시 진실은 아니거든요. 그러므로……."

그는 천천히 긴장을 풀고 방바닥으로 눈길을 떨구었다.

"그렇겠지요. 전혀 엉뚱한 경우도 있으니까요."

그는 얼굴을 들었다. "당신과는 잘 해나갈 것 같소. 단 쏠 때 일일이 양해를 얻지는 않을 테니까 그렇게 알고 있어 주기 바라오. 내가 쏘고 싶을 때는 소리가 먼저 귀에 들어올 거요."

"그것도 확인해 두고 싶었소."

그는 미소지었다.

"그 점을 이해하지 못하는 이들과 함께 일한 적이 있었지요. 하기야 차츰 알게 되긴 했지만."

또 얼굴에서 표정이 사라졌다. "또 하나, 당신과 난 서로 임무가 다르오. 당신은 그를 리히텐쉬타인까지 데려다 주는 역할이고, 내 임무는 그가 살해되지 않도록 하는 것이지요. 대개의 경우 같은 일이 되겠지만, 언제나 같다고는 할 수 없소. 그 점도 알고 있어 주기 바라오."

나는 고개를 끄덕이며 레인코트의 단추를 끼웠다.

"차를 인수하러 갔다 오겠소. 20분 뒤에 강가에서 만납시다."

그는 또 웃음을 보였다.

"모제르를 가지고 가다니, 제 정신이 아닌 것 같군."

나는 어깨를 옴츠렸다.

"전쟁 중의 경험이라고 해 두지요. 이런 일을 시작했을 때는 강철총과 플라스틱 총밖에 없었지요. 기관총 대대가 지원하고 있다고 생각하면 마음이 놓이지 않겠소?"

그는 분명히 고개를 저었다.

"지원은 곤란하오. 내가 당신 뒤에 있을 적에나 그놈을 쏘아 주시오."

우리는 얼굴을 마주보고 웃었다. 나는 순간, 아까 소문을 들었다고 했을 때 무엇 때문에 몸이 굳어졌느냐고 물어 보려고 생각했다. 그러나 그런 질문을 보디가드 전문인 권총잡이에게 하는 것은 용납되지 않는다.

나중에 나는 그런 것은 개의치 말고 물어 볼 걸 그랬다고 혼자 생각할 때도 있었다. 그때마다 나는 자신에게 그는 절대로 대답하지 않았을 거라고 대답했다. 그리고 이제 새삼스럽게 물어 보아야 소용없는 일이라고 여겼다.

4

 차의 인수와 인도 방법은 옛날 전쟁 중의 방법과 똑같았다. 자동차건 무기건 정보이건 다음 사람에게 건네 줄 때가 가장 위험하다. 두 사람이 끼어들어 있으므로 경우에 따라서는 두 개의 그룹이 모두 잡히게 된다.
 차 번호는 알고 있었다. 성당 앞의 광장에서 성당 쪽으로 멈춰서 있도록 되어 있었다. 문은 잠겨져 있고, 열쇠는 앞유리의 왼쪽 펜더 아래에 테이프로 붙여져 있을 것이다. 간단하다.
 아직도 비가 내리고 있었다. 그 때문에 호기심 많은 구경꾼은 없을 것이다. 관광객도 없을 것이다. 10시 반이 지나면 칸베르의 거리에서 볼 수 있는 것이라고는 가로등 정도이다. 성당을 따라 늘어서 있는 자동차의 행렬 옆을 걸어가니 광장의 젖은 돌바닥에 가로등 불빛이 되비치고 있었다. 차는 아주 많았다. 길이 좁아서 광장으로 모여든 것이다.
 나는 목표의 차를 발견했다. 검은 시트로엥 DS이다. 나는 그 유선형의 앞 끝을 볼 때마다 언제나 입을 벌리려는 굴이 생각난다. 왼쪽으로 다가붙어서 슬쩍 펜더의 뒤쪽을 더듬어 보았다. 열쇠가 없었다. 이번엔 좀더 철저하게 찾아보았다. 없다.

몸을 펴고 천천히 고개를 돌려 광장을 둘러보았다. 이상하게 썰렁한 느낌이 들었다. 하기는 기분 탓이겠지만, 눈이 닿지 않는 곳까지 보려면 상상력에 의지하는 수밖에 없다.

특별한 이유를 생각할 필요는 없는 것이다. 명령된 것을 잊거나 착각하는 일은 흔히 있다. 열쇠는 반대쪽에 있는지도 모른다. 아니면 테이프를 가지고 오는 것을 잊어 버려 그대로 꽂아 놓았는지도 모른다. 시험삼아 문 손잡이에 손을 대어 보았다. 쓰윽 열렸다.

운전수가 어째서 명령을 지키지 않았는지 분명히 알 수 있었다.

15분 뒤에는 강변을 서쪽으로 달리고 있었다. 카페 앞에서 허베이 로벨이 모습을 나타냈다. 그는 곁으로 다가와 멈춰서서는 확인하듯이 안을 들여다보았다.

"암호는 아니지만 '빨리 태워서 비를 피하게 해주시오'" 하고 그는 말했다.

자동차문을 닫자 발 밑에 프랑스 항공의 가방을 놓았다. 재빠른 동작으로 허리에서 허벅지의 홀스터로 총을 옮기고 있는 것 같았다.

이윽고 차는 서쪽으로 달리기 시작했다.

그는 엷은 비닐 레인코트를 벗어 뒷좌석으로 던졌다.

"모두 잘됐소?"

"그렇지도 않소. 곤란하게 됐습니다."

"가솔린이 없소?"

"연료는 문제없소. 뒤쪽 바닥을 보시오."

그는 뒤로 몸을 내밀었다. 한참 뒤 본디 위치로 돌아왔다. 내 얼굴을 바라보고 있었다.

"글쎄……."

나직한 목소리로 말했다. "곤란하군. 누구요?"

강을 떠나 오른쪽으로 돌아 폰라베로 통하는 국도 785선에 올랐다.

"아마 차를 가지고 온 사나이인 모양인데……."

"당신이 그랬소?"

"내가 아니오. 발견했을 때 그 상태였소. 누가 그랬는지는 모르지만, 시체를 그대로 두고 열쇠를 꽂은 채였지요."

로벨은 한참 생각하고 있었다.

"아무래도 마음에 안 들어. 차도 열쇠도 그대로 놓아 두었단 말이지요? 누가 차를 가지러 오는지 보고 싶었던 것일까?"

"그것도 생각해 보았소. 하지만 누가 미행하면 곧 알 수 있을 거요."

"무엇으로 살해되었을까요?"

"총을 맞았소. 총의 종류는 모르겠소. 시내를 벗어나면 당신한테 조사해 보라고 할 생각이었는데."

그는 잠자코 있었다. 옆눈으로 그 쪽을 보았다. 그는 똑바로 앞을 보고 있었다. 계기의 불빛이 얼굴에 비치어 눈썹을 찌푸린 표정이 보였다.

한참 뒤에 로벨이 입을 열었다.

"살해당한 이에 대해선 잘 모르겠소. 조사해 보긴 하겠지만. 그리고 어떻게 하겠소?"

"해안이나 어디쯤에서 내려 두지요."

"그래, 계획대로 하겠소?"

"그 때문에 돈을 받았잖소?"

한참 뒤 그의 조용한 목소리가 들렸다.

"보수를 받은 만큼은 꼬박 부려먹히겠는걸."

시내에서 완전히 벗어나자 차를 시험해 보았다. 악셀을 갑자기 밟기도 하고 모퉁이를 돌 때의 착지성과 브레이크 상태를 조사해 보았다. 이 2년 가까이 시트로엥 DS를 운전한 적이 없었다. 매우 좋은 차이기는 하지만 또한 아주 특색있는 차이기도 하다. 기어 체인지는 수동이며 클러치가 없다. 전륜구동으로 모든 것이 유압에 의해 움직인다. 이 차에는 사람의 몸보다 더 많은 관(管)이 달려 있다——즉 출혈하기 시작했다 하면 끝장인 것이다.

그밖에는 2년 전에 비해 마력이 늘었다. 전에도 대개의 프랑스 도로에서는 충분히 높은 속력을 내고 있었으나, 지금은 거기다 굉장한 순간 가속력까지 더해져 있다.

급격한 가속, 감속을 되풀이해 보았다. 작은 충격을 전혀 느낄 수 없고, 커브에서도 옆으로 흔들리는 일이 없었다. 전조등을 높이자 노란 빛이 길을 축제날의 밤처럼 비춰 주었다.

"이 차에는 히터가 없소?" 허베이가 물었다.

"어딘가 있겠지요."

"찾아봅시다."

나는 그다지 춥다고는 생각하지 않았다. 비는 여전히 부슬부슬 끊임없이 내리고 있으나 봄비이다. 아마 온도도 올라가 있을 것이다. 게다가 뒤쪽 바닥의 친구를 생각하니 몸 안이 뜨거워져 왔다. 하기는 시체와 함께 차를 타고 있다는 일이 사람의 체온에 어떤 영향을 미치는지 모른다.

여기저기 찾아서 히터와 와이퍼의 스위치를 넣었다. 목적지인 해안에는 큰 촌락이나 별장지가 없었으나, 이 지방 도로는 포장도 좋고 폭도 넓었다. 곤란한 점은 길이 조금 경사가 심한 듯하다는 것이었다. 차는 돌담 사이를 달렸다. 때로는 낡은 풍차가 라이트에 비쳤다.
 프로네우르 랑방을 지나 트레게네크로 향했다. 이 근처에 남아 있는 켈트 어의 지명 중 하나이다. 칸베르를 떠난 뒤로 사람도 차도 전혀 만나지 않았다. 누가 우리를 추적하고 있다면 전조등이 아니라 레이더를 쓰고 있음이 틀림없다.
 허베이는 내내 말이 없었다. 와이퍼가 빗물을 닦아 내는 앞유리를 통해 앞쪽을 바라보고 있었다.
 트레게네크의 도표까지 오자 속도를 늦춘 다음 라이트를 어둡게 하고, 다시 또 주차등만을 켜 두었다. 그 때문에 스피드는 낼 수 없었는데 바다에서 겨우 1마일쯤 떨어진 거리이기도 하고 지나가는 사람에게 이런 밤에 빠리의 차번호를 단 시트로엥이 왜 바다 쪽으로 가는지 의아한 생각을 일으키는 것을 피하기 위해서였다.
 드디어 길이 없어지고 모래와 자갈뿐인 해안으로 들어섰다. 차를 세우고 불을 모두 껐다. 문을 열자 정면의 작은 모래 언덕 저쪽에서 파도 소리가 들려 왔다.
 "다 왔소." 내가 말했다.
 허베이는 뒷좌석에 손을 뻗어 레인코트를 집어들었다.
 "이 친구는 어떻게 할 거요? 여기다가 묻을까?"
 "그래야겠지요. 장소를 찾아볼 테니까 그동안 시체를 지켜 주시오."
 나는 발 밑의 가방을 열고 미쉘랑의 20만분의 1 축도 지도 다발을 앞자리 위에 놓았다. 지도 밑에는 커다란 목제 권총 케이스가 있었다. 뚜껑을 열고 모제르를 꺼냈다. 그리고 탄창을 꺼내 총에 넣었다. 다음에는 목제 홀스터를 거꾸로 하여 총의 손잡이에 붙이자 어깨에 대는 총상(銃床)이 되었다. 볼트를 죄고 격철을 일으켜서 준비가 완료되었다.

허베이가 말을 걸었다.
"시간을 재 둘 걸 그랬소. 그래 가지곤 빌리 드 키드에게 이길 것 같지는 않은데요."
"연습 부족이오. 얼마 안 가서 어떻게든 5분 안에 준비할 수 있게 되겠지."
"빌리는 그보다 좀더 빨랐다던데."
"오늘 밤 같은 때는 서로 명중시킬 리가 쉽지않소. 문제는 소리요. 내 쪽은 기관총 같은 소리가 나니까……."
그는 고개를 끄덕였다.
"일 리가 있소. 그럼, 적당한 묘지를 찾아봅시다."
나는 차에서 나와 문을 닫았다. 어둠에 눈이 익숙해지려면 긴 시간이 걸린다. 발 밑 지면의 느낌을 의지하여 걸었다. 열 걸음쯤 걷자 자갈밭이 되고 그 앞은 오르막이었다.
몇 야드 걸으니까 모래 언덕 위로 나왔다. 그 앞쪽 30야드쯤 되는 어둠 끝에 바다가 보였다. 바하마로부터 긴 여행을 계속한 파도가 힘찬 소리를 내며 해안에 부딪치고 있었다. 바람을 막을 것이 없는 해안은 작은 배로 상륙하기엔 부적당한 곳으로 여겨졌으나 매건할트로서는 이러쿵저러쿵 조건을 내세울 수 없었던 모양이다. 부적당한 곳이면 다른 배가 가까이 오지 않는다는 이점이 있다.
모래 언덕 꼭대기에서 조금 내려와 바다로부터 불어닥치는 비에 등을 돌려 반대쪽인 내륙으로 눈길을 보냈다. 오른쪽, 즉 남쪽 도로가 끊기는 근처에 오두막집이 늘어서 있는 것 같았다. 그 반대쪽인 왼편에는 아무것도 없고 200야드쯤 되는 거리에 어렴풋이 무언가 형태가 보였다. 나는 오두막집 쪽으로 걸어갔다. 하나는 바퀴를 떼어 낸 버스의 차체로, 창문에 판자가 쳐져 있었다. 사람의 기척은 없었다. 방향을 바꾸어 육지 쪽에 있는 둔덕을 따라 걸었다.

처음 눈에 띈 것은 두개골의 그림과 '지뢰'라고 쓴 칠이 벗겨진 푯말이었다. 옛날 독일군의 요새 지대이다. 한참 서서 이미 지뢰도 녹이 슬었을 것이라고 자신에게 납득시켰다. 그러다가 아무리 생각해 보아야 녹이 슬었거나 안 슬었거나 둘 중의 하나라는 것을 깨달았다. 그리하여 지뢰 따위는 마음에 두지 않기로 하고 바다 쪽으로 걸었다.

바닷물은 자갈밭 바로 아래까지 와 있어 죽 이어진 모래땅이 보였다. 조약돌은 아직 젖어 있었다. 아마 썰물인 듯했다. 차 쪽으로 돌아갔다.

어둠에 눈이 익숙해지기 시작했다. 모래 언덕을 넘는 순간 차 안의 불빛이 조명등처럼 눈에 뛰어들어왔다. 내 발소리를 듣자 허베이가 불을 끄고 문을 닫았다.

"묻을 곳은 찾았소?"

"무엇으로 당했는지 알았소?"

"대충은. 세 발을 맞았군요. 그것도 가까운 거리에서 쏜 것 같소. 아마 창문으로부터 쏘았을 거요. 총알이 몸 안에 남아 있는 것 같으니 소구경의 총일 테지. 6.35밀리 정도일까. 하지만 외과의사가 아니니까."

"상처의 크기로 판단할 수 없겠소?"

그는 고개를 저었다.

"안되오. 총알이 똑바로 들어가 있으면 상처가 다시 막혀 버리거든요. 출혈이 적은 것으로 보아 즉사였던가 봅니다. 알 수 있는 건 그 정도요."

"죽은 사나이도 그쪽이 좋았을 거요."

나는 회중전등으로 비춰 보았다. 성당 앞 광장에서는 자세히 조사해 볼 겨를이 없었다. 키가 작고 어깨 폭이 넓은 사나이로 매끄러운 검은 머리. 슬픈 듯한 콧수염과 죽은 사람 특유의 무관심한 표정이 보였다. 올이 굵은 트위드 코트를 입고 있었다. 허베이가 셔츠를 열고 가슴에 단정하게 나란히 나 있는 세 개의 탄흔을 보여 주었다.

마음이 내키지 않았으나 혹시나 하고 등 근처를 만져 보았다. 상처는 없었다. 다음에 주머니 속을 뒤져 보았다.

"헛일이오. 신분 증명서도 운전 면허증도 없소. 가지고 오지 않았거나 누가 가져갔겠지."

허베이가 말했다.

전혀 아무것도 없는 것은 아니었다. 동전 몇 개와 청구서며 영수증이 있었다. 코트에는 양복점의 라벨이 붙어 있었다. 경찰은 간단히 신원을 밝혀 낼 것이다. 얼마쯤 시간이 걸릴지 모르지만, 범인은 그 정도의 여유만 있으면 되는지도 모른다.

나는 시체의 열쇠 고리를 손에 들고 보았다. 몇 개의 문 열쇠와 가방 열쇠 외에 놋쇠 약통에 구멍을 뚫어 가느다란 고리를 꿰어 달아 두었다.

회중전등으로 바닥을 비춰 보았다. 탄환의 꽁무니에 조금 들어간 곳이 있고 크고 네모난 격침(擊針)으로 발포된 흔적이 보였다. 주위의 글자는 오랫동안 주머니에 들어 있었기 때문에 희미해져 있었으나, 그래도 WRA——9밀리미터라는 글자를 읽을 수 있었다. 열쇠 고리를 허베이에게 건네 주었다. 그는 불빛 아래에서 열쇠를 살펴보았다.

"윈체스터리피팅 암즈"라고 읽었다. "전쟁 중에 보내온 것이로군. 그런데 대체 무슨 격침일까요?"

"강철 총이오."

"그럼, 레지스탕스의 일원이었구먼."

나는 고개를 끄덕였다. 그다지 놀랄 것은 없다. 앙리 멜랑의 부탁으로 이런 일을 할 사람은 옛날 그의 동료이었음에 틀림없다. 그렇다고 해서 반드시 강철 총을 쓰고 있었다고는 할 수 없다. 영화에서는 누구나 다 강철 총을 가지고 있으나 실전에서는 사정이 다르다. 침착하게 목표에 다가가 명중시킬 자신이 있을 때까지 쏘지 않을 만한 냉정함이 있는 사람에 한해 주어지는 것이다. 그렇지 않으면 공연히 총알만 낭비하게 될 뿐이다.

그처럼 가까이 다가와서 명중을 노린 자에게 이 사나이는 당한 것이다. 나는 어깨를 움츠렸다. 레지스탕스는 먼 옛날 이야기이고 그 대부분의 사람은 여러 가지 일들을 다 잊어 버렸다. 그러나 상대방은 누군지 모르나 다 잊어 버린 것이 아닌 듯하다.

열쇠 고리를 시체의 주머니에 도로 집어넣고 빗속에서 일어났다.

"어디로 데려가지요?" 허베이가 물었다.

"바닷속에 집어던집시다. 썰물이오. 어쨌든 자갈밭이나 젖은 모래 땅에 구덩이를 파는 건 곤란하니까."

"누가 주워올리지 않겠소?"

"아마 그렇겠지요. 하지만 어쩌면 주워올려지지 않을지도 모르오. 멀리 흘러갈지도 모르고. 어쨌든 며칠 동안 바닷속에 있으며 사망 일시를 알기가 어렵게 되지요."

그는 내 얼굴을 보고 있었다. 나는 말했다.

"제대로 묻어 주고 싶지 않은 건 아니오. 하지만 우리에게 있어선 귀찮은 존재일 뿐이오. 만일에 일이 틀어져서 우리가 이 바닷가에 있었다는 것이 드러났을 때 이 시체가 여기 있어서는 곤란하오."

그는 납득했다. 우리는 시체를 들고 자갈밭을 걸었다. 꽤 무거워서 걷기가 힘들고 시간이 걸렸다. 그럭저럭 물가에 다다랐다. 무릎까지 물 속에 들어가서 1야드쯤 앞에 집어던졌다. 시체는 한동안은 그대로 떠 있어 그 자리를 떠나고 싶지 않은 것 같았다. 한참 뒤 썰물이 되자 시체를 조금씩 난바다로 데리고 갔다.

나는 앞장서 모래 언덕 위로 올라가 뒤돌아보았다. 수평선은 보이지 않았다. 어림잡을 수 없는 거리쯤에서 바다와 하늘이 한덩어리의 암흑이 되어 있었다——400야드쯤 될까? 4마일쯤 되는지도 모른다. 반은 우연을 기대하며 회중전등을 꺼내어 OK라고 모르스 부호를 보내 보았다. 아무 응답이 없었다.

응답이 있으리라고는 생각지 않았다. 비가 내리고 있고 계획을 실행에 옮기는 것도 반드시 순조롭게 되고 있지는 않을 것이다. 예정 시간을 한 시간 지날 때까지는 신경을 쓰지 않기로 했다. 다만 한 가지, 요트는 3마일의 영해 밖에 두고 작은 보트를 타고 올 만한 지혜가 있기를 바랐다.

오랫동안 빗속에서 기다려야 한다. 두 사람 다 서 있을 필요는 없었다.

"당신은 차로 돌아가시오, 15분 지나거든 교대해 주오" 하고 내가 말했다.

로벨은 잠자코 서서 움직이려 하지 않았다. 나는 전등으로 그의 얼굴을 비췄다. 그는 얼굴을 홱 돌리며 "전등을 끄시오!" 하고 강하게 말했다.

"미안하오."

나는 회중전등을 껐다.

"앞으론 절대로 그런 짓을 하지 마시오, 눈이 보이지 않으면 난 일을 못하오."

신경질을 그대로 드러낸 짜증스러운 목소리였다.

"미안하오."

나는 다시 한 번 사과했다. "차 안에 들어가서 몸을 말리는 게 어떻겠소?"

"좋소."

그러나 로벨은 몸을 움직이지 않았다. 한참 뒤 그는 "술 없소?" 하고 물었다.

"오늘 밤에는 안 마시리라고 생각했는데."

"시체를 운반하리라고는 생각지 못했으니까."

나는 멍청해졌다. 프로인 총잡이는 시체 만지기를 싫어한다는 것을 잊고 있었다. 그런데 검시 같은 일까지 하게 했으니.

"미안하오" 하고 나는 세 번째 사과를 했다. "내 케이스 속에 스카치가 있소. 기다리시오, 가져올 테니."

나는 차로 가서 술을 꺼냈다. 그다지 좋아하지 않는 이름의 중간 크기 병이었으나 런던에서 오는 비행기 안에서는 그것밖에 살 수가 없었다. 기차 안에서 사는 것보다는 싸므로 도중에 마개를 따서 조금 마셨다. 아직 4분의 3쯤 남아 있었다.

모래 언덕으로 돌아와 난바다에 신호를 보내고 나서 허베이에게 병을 건네주었다.

"고맙소, 하지만 그만두겠소" 하고 그가 말했다.

나는 어둠과 빗속을 통해 그를 노려보았다. 나 역시 비에 젖어서 추웠으며, 시체를 발견하여 처치할 때까지의 일을 즐겨 한 것은 아니었다. 그런데 지금 나는 어떤가? 상대가 될 총잡이가 술을 마시나 어쩌나 하는 아주 간단한 일에도 마음을 결정하지 못하고 있는 것이다.

이미 그에게 신경을 쓰고 있을 수가 없었다. 나는 한 모금 마시지 않을 수 없었다. 한 모금 들이켜고 병을 상대방에게 내밀었다.

"마셔요, 어차피 긴 여행이니까."

그는 술병을 받아들자 팔을 한 번 휘둘러 발 밑의 자갈밭에 내동댕이쳤다.

"마시고 싶지 않소!" 하고 그는 외쳤다.

한 모금 마신 술이 납덩이처럼 위장 속에 괴어서 입 안에 고약한 맛이 가득찼다. 나는 조용한 말투로 물었다.
"허베이, 술을 끊은 지 얼마나 되오?"
그는 휴우 한숨을 쉬었다. 체념한 듯한 긴 한숨이었다.
"얼마나 되었소?"
"이제 괜찮소. 걱정하지 않아도 되오."
걱정하지 않는다. 아무것도 걱정할 필요는 없다. 다만 보디가드가 만성 알코올 중독자라는 것——그뿐이다.
이제야 그가 미국의 비밀 정보부를 그만둔 까닭을 알았다.
"얼마나 됐소?" 나는 엄한 말투로 다시 물었다.
"약 48시간. 전에도 끊은 적이 있소. 이번에도 할 수 있소."
거짓말 같지만 알코올 중독자에게는 그것이 가능하다. 48시간, 일주일, 또는 그 이상도.
"중요한 때 떨리기 시작하는 건 아니오?"
"괜찮소. 이젠 지났소. 다시 마시기 시작할 때까지는 떨리지 않아요."
어차피 또 마실 거라고 태연히 지껄이는 것은 충격적이었다. 입을 열고 선의의 충고를 할까 생각해 보았으나 그만두었다. 벌린 입 안으로 비가 튀어들어왔다. 나머지 그에게 바라는 일은, 앞으로 24시간만 더 말짱한 얼굴로 있어 주었으면 하는 것뿐이었다. 그 뒤는 내가 알 바 아니다.
견해에 따라서는 그가 다시 마시기 시작하려고 마음먹고 있는 것은 다행스러운 일이라고 할 수도 있을 것이다. 사람들은 앞으로 영원히 안 마신다고 생각하면 그 마시지 못하는 시간의 오랜 동안을 견딜 수 없어서 눈 깜박할 사이에 되돌아가고 마는 법이다. 앞으로 하루라는 것은 쉬운 목표이다. 그 동안에 이상해지는 일은 없을 것이다.

회중전등을 바다로 향했다.
한참 동안 두 사람 모두 말이 없었다. 파도가 해변에 밀어닥쳤으나 소리는 비에 가리어 둔한 음향으로 바뀌어 있었다. 나는 그에게 물었다.
"기억을 상실해 본 경험이 있소?"
웃음 같은 소리가 났다.
"최초의 기억 상실 말이오? 그걸 기억하고 있을 리가 없잖소?"
나는 그냥 고개를 끄덕였다. 물론 올바른 대답을 기대하고 있지는 않았지만, 물어 본 보람은 있었다. 분명한 대답을 해 오면 얼마만큼 깊이 들어가 있는지를 알 수가 있다. 즉 어느 정도까지 지탱할 수 있는가를 알 수 있는 것이다.
"조금 마음에 걸렸을 뿐이오."
"그렇게 마음에 걸리면 그런 이야기는 하고 싶어하지 않는다는 것도 알고 있을 텐데."
이것으로 나는 그 자신 스스로 알코올 중독의 진행 정도와 증상을 조사한 적이 있다는 것을 알았다. 개중에는 그런 것을 하는 사람도 있는 것이다. 자기가 가파른 고개를 굴러 떨어지는 것을 제삼자처럼 지켜보고 있는 것이다. 그것은 의지의 힘으로 미끄러져 내려가지 않으려고 애쓰는 것보다는 쉽다.
"알코올 중독에 대해 얼마쯤 알고 있나 보지요?" 그가 물었다.
"조금. 전쟁 중에 술에 빠지는 일은 그리 드문 일이 아니었소. 어쨌든 우리들의 일에서는 말이오. 한 번 자세히 읽어 본 적이 있지. 술꾼의 기밀 보유 능력을 알아 둘 필요가 있었으니까."
"어느 정도의 능력이었소?"
나는 어깨를 움츠렸으나 그에게는 보이지 않았을 것이다.
"괜찮은 것도 있었고 몹쓸 것도 있었소. 어쨌든 전쟁에는 이겼으니까."

"그렇겠지."
그는 한참 뒤 덧붙였다. "불이오."
"으음……."
그는 바다 쪽을 가리켰다.
"저쪽에서 불빛이 보였소."
나는 회중전등을 켰다껐다했다.
희미한 불빛이 응답해 왔다. 시계를 보았다. 2시를 조금 지나고 있었다.
"아닌 것 같군요. 예정 시간을 그다지 많이 지나지는 않았소."
"대실업가는 뜻밖에 능률적인지도 모르오. 정확한 사람을 고용하고 있는지도 모르고."
비와 어둠 속에서 우리는 서로 얼굴을 마주보았다.
"그렇게는 생각되지 않는데요. 당신과 나를 보고 있는 한, 도저히 그런 생각은 떠오르지 않소. 그러나 우리 서로 고용된 이상 가능한 한 정확히 해봅시다."

5

 보트가 밑바닥을 끌리면서 기슭에 닿았다. 몇 명의 사나이가 뛰어내려 흔들리지 않도록 보트를 잡았다. 파도가 사나이들의 허리께까지 밀어닥쳤다.
 그 사람들은 그 때문에 고용된 것이다. 이쪽은 이미 충분히 젖어 있었다. 우리는 자갈밭에 서서 기다렸다. 기관이 달린 보트는 꽤 폭이 넓었다. 길이가 25피트는 넉넉히 되었다. 그것만 보아도 보트를 싣고 있는 요트의 크기를 알 만했다.
 사나이 가운데 하나가 내게로 걸어와서 사투리가 심한 영어로 "물고기가 물어뜯었다"라고 말했다.
 나는 암호를 생각해 내려고 애를 썼다. 암호란 적당한 장소에서는 쓸모가 있다. 예를 들어 사람들이 많은 곳에서 적이 들어도 의미를 알 수 없는 말을 주고받을 수 있기 때문이다. 그러나 이런 곳에서는 넌센스에 가깝다. 멜랑이 고집했으므로 하는 수 없었지만.
 그때 생각이 났다.
 "새가 노래하고 있다."

사나이는 말인지 그냥 소리인지 모를 목소리를 내고 되돌아갔다. 허베이를 보니 뭔가를 레인코트 밑에 도로 집어넣고 있는 참이었다.

많은 사람의 도움을 받으며 누군가가 보트에서 내리고 있었다. 그는 내 곁으로 와서 "내가 매건할트요" 하고 말했다.

"케인."

"로벨."

허베이가 말했다.

매건할트가 물었다.

"우리 두 사람과 짐이 20킬로그램이오. 시트로엥을 가지고 왔겠지요?"

그는 이쪽의 형편을 묻는 기색은 없었다. 일방적으로 전하고 있을 뿐인 것이다. 미리 예기치 못한 일이 있으면 우리 자신이 말하라는 것이었다. 능률적이다. 허베이의 말이 맞았다.

이쪽이 예기치 못한 일이 있었다.

"두 사람?"

"헬렌 저먼 양으로, 내 비서요."

그는 선 채 내가 뭐라고 말하기를 기다렸다. 어둠 속에서 보는 상대는 거무스름한 옷을 입은 건장한 몸집의 사나이로, 모자는 쓰지 않고 안경이 번쩍이고 있었다. 목소리는 전혀 억양이 없고 싸구려 테이프 레코드와 같은 금속적인 음조였다.

다른 사람이 걸어와서 매건할트 옆에 섰다.

"예정대로인가요?"

맑고 냉정한, 틀림없는 영국인의 목소리였다. 아무도 저 상류 계급 자녀들만이 다니는 학교의 악센트를 흉내낼 수는 없다. 반대로 아무도 흉내내고 싶어하지 않는다고 생각할 수 있을지도 모른다.

매건할트가 대답했다.

"그런 것 같군. 짐은?"

여자가 뒤를 돌아보았다. 뱃사람이 가방을 두 개 날라왔다. 매건할트는 우리 옆을 지나 둔덕 쪽으로 걸어갔다. 허베이가 내 어깨를 툭 치더니 두 걸음쯤 내딛어 매건할트의 오른쪽 어깨 뒤에 바짝 붙어 섰다. 보디가드의 위치인 것이다.

나는 행렬의 뒤를 따랐다. 운전수의 위치이다.

뱃사람이 두 개의 가방을 시트로엥의 짐 싣는 곳에 넣었다. 두 개 다 비싼 말가죽으로 된 튼튼해 보이는 가방이었다. 매건할트가 고개를 끄덕이자 뱃사람은 해변 쪽으로 되돌아갔다.

허베이는 매건할트 옆에 서서 어둠 속을 살피며 총알이 날아올 듯한 방향에서 매건할트를 막아서고 있었다. 마주 쏘는 것은 보디가드의 임무 중 하나에 지나지 않는다. 첫째는 자신의 몸으로 사격을 막아야 하는 것이다.

내가 물었다.

"허베이, 어디에 앉고 싶소?"

"앞자리."

여자가 말했다.

"매건할트 씨가 앞자리에 앉고 싶다고 하실지도 모르는데요."

"그럴지도 모르지."

나는 동의했다. "그렇다 하더라도 그 희망을 들어 드릴 수는 없겠군요. 좌석 배치는 허베이가 정합니다."

매건할트가 입을 열었다.

"로벨 씨, 당신이 보디가드요?"

"그렇습니다."

허베이가 대답했다.

"멜랑에게 보디가드는 필요없다고 말했는데. 운전수만으로 충분해. 총질은 좋아하지 않으니까."

"나도 좋아하지 않습니다."

허베이는 여전히 주위를 살피면서 침착한 목소리로 대답했다. "그러나 당신과 나만으로는 과반수가 되지 않거든요."

"나를 죽이려 하는 사람은 아무도 없소."

매건할트가 말했다. "멜랑 씨의 노파심이오. 유일한 위험은 경찰관에게 저지당하는 일뿐이오."

내가 끼어들었다.

"나도 그렇게 생각하고 있었습니다. 그런데 오늘 밤 칸베르에서 이 차를 인수할 때 보니 안에 시체가 있더군요."

비는 우리 옆의 마르고 따뜻한 차 안의 지붕을 부드럽게 두드리고 있었다.

그러자 매건할트가 물었다.

"살해당했던가요?"

"그렇습니다. 우리에게 차를 건네주러 온 사람이 아닐까 생각합니다만……."

"이 안에서 죽어 있었어요?" 여자가 물었다.

"이 앞자리에. 하지만 시체는 이미 안에 없습니다."

"어떻게 하셨지요?"

나는 대답하지 않고 잠자코 있었다. 매건할트가 말했다.

"이 사람들이 시체를 어떻게 했는지 정말 알고 싶나?"

우스갯소리 같았으나 그렇게 들리지는 않았다.

허베이가 귀찮다는 듯한 목소리로 "언제 차에 오를 생각인지는 모르지만, 매건할트 씨는 내 뒤 오른쪽에 앉아 주시기 바랍니다"라고 말했다.

모두들 올라탔다. 이번에는 아무 말 없이 정해 준 자리에 앉았다. 역시 그들은 속으로 충격을 받은 모양이었다.

트레게네크를 지났을 즈음 전조등을 켰다. 그러나 기어는 2단 이상 넣지 않았다. 서두르고 있다는 인상을 주고 싶지 않았기 때문이다. 그런 시각에 해안에서 올라오는 것만으로도 충분히 의심을 받을 것이다.
프로네우르 랑방을 지났을 때쯤 기어를 3단으로 올렸다. 비가 끊임없이 창문에 와 부딪쳐서는 와이퍼에 닦였다. 유리창 한가운데 와이퍼가 닿지 않는 부분이 있었다. 나는 왼쪽 도어 쪽에 몸을 기대어 편한 자세를 취했다.
한참 뒤 허베이가 물었다.
"상대는 칸베르에서 우릴 습격하려고 기다리고 있을까요?"
"글쎄…… 그럴지도 모르지요."
"피할 수는 없단 말이지요?"
"아주 먼 길로 돌아가면 피할 수는 있소. 강을 건너야 하는데, 칸베르 하류에는 다리가 없고 상류 쪽으로는 10킬로미터 이상 가야 하지요."
뒤에서 매건할트가 말을 걸었다.
"무엇 때문에 우리를 습격하는 거요?"
"나는 차 안의 시체에 대해 생각하고 있습니다. 누군가가 그에 대해 알고 있었습니다. 그러니까 그들은 우리에 대해서도 알고 있을 겁니다."
"상대방은 당신이나 로벨 씨를 빠리에서부터 미행해 올 수도 있었을 거요."
"아니오."

이 정도는 로벨과 의논하지 않아도 대답할 수 있었다.
"그럼, 자신이 있단 말이오?" 엄격한 말투였다.
"두 사람 다 그 정도는 자신이 있습니다."
차는 조잡하게 쌓아올린 돌담 사이의 포장이 안되어 울퉁불퉁한 넓은 길을 달려갔다. 사람 그림자 하나 없었다. 모제르는 다시 케이스 안에 넣어 두었다. 구두는 더러운 회색 모카신(북 아메리카 원주민의 뒤축이 없는 신)로 바꿔 신었다. 먼 거리를 운전하는 데는 굽이 딱딱한 보통 구두보다 그것이 훨씬 편하기 때문이다.
한참 뒤 매건할트가 말했다.
"문제가 생겼을 경우, 상대방을 쓰러뜨리기보다는 피해 가도록 해 주시오."
"그렇게 하겠습니다."
나는 대답했다. "그러나 브르타뉴를 빠져나가기까지 200킬로미터는 거의 다른 길을 선택할 여지가 없습니다. 당신이 예정대로 도착했으니까 그 이점을 최대한 활용합시다. 즉 될 수 있는 대로 빨리 달리는 겁니다. 상대방은 아직 준비가 안되어 있을지도 모르거든요."
그렇게 말은 했지만 자신이 없었다. 2시간 반 전에 이미 누군가가 저 운전수를 기다리고 있었던 것이다. 그렇기는 해도 지금 말한 계획을 실행하는 수밖에 달리 길이 없었다.
차는 칸베르에 들어섰다. 기어를 2단으로 내릴 때 그만 큰소리를 내었다. 익숙하지 않은 차로는 기어를 고속으로 바꾸는 것보다 저속으로 바꾸는 편이 더 어렵다. 허베이는 도어의 팔걸이에서 몸을 일으켜 발뒤꿈치 근처를 더듬고 있었다. 차는 조용히 강변을 따라 달렸다.
죽 늘어서 있는 차들 말고는 빗속에 아무것도 없었다. 죽음의 도시 같았다. 강변의 가로수 사이에 반은 그 자취를 파묻고 있는 가로등 불빛이 고르지 않은 빛살의 터널을 만들어 내고 있었다. 차는 자갈길 위를 약간 몸을 떨면서 나아갔다.

허베이가 입을 열었다.

"아까 모퉁이에서 오른쪽으로 돌아야 하는 건데. 지금은 일방 통행로를 반대로 달리고 있단 말이오."

"알고 있소. 상대방이 예기치 못한 길로 가려는 거요."

차번호를 읽기 어렵게 하기 위해서 미등을 어둡게 하고 약간 속력을 올렸다. 얼마 안 가서 강변이 끝나고 이미 강을 건너고 있었다. 이번에도 일방 통행인 다리를 반대로 건넜다. 약간 오른쪽으로 그리고 크게 왼쪽으로 돌아 본래의 길로 돌아와서 국도 165호선 옆에 있는 역을 지나고 나서 속력을 올렸다. 다시 라이트를 켰다. 뒤쪽으로 시내가 자그마하게 사라져 갔다.

"누구 사람 그림자를 본 사람이 있나?"

대답이 없었다. 허베이가 말했다.

"나 같으면 시내 한복판에서 습격하진 않겠소. 사람들의 눈이 너무 많으니까. 상대방도 지금은 우리가 반격해 오리라는 것쯤 알고 있을 거요. 시체를 발견한 건 알고 있을 테니까."

"차가 그대로 있었소. 시내에서, 아니면 이 지역에서 벗어나는 걸 기다리고 있는지도 모르오."

시내를 완전히 벗어나 시속 95킬로미터로 달렸다. 처음으로 기어를 최고로 넣은 것이다. 이제부터는 달릴 뿐이다.

매건할트가 의심스럽다는 듯이 물었다.

"왜 상대방이 그런 짓을 했을까?"

"모르겠는데요. 한 도시에 시체 하나면 충분하다고 생각했나 보지요. 상대방에 대해서라면 매건할트, 당신이 더 잘 알고 있지 않습니까?"

그의 목소리가 굳어졌다.
"내가 그런 사나이들과 교제가 있다는 거요?"
"그들이 노리고 있는 건 당신이지 우리가 아니오. 당신이 있기 때문에 우리도 여기 있는 겁니다."
"유감스럽지만 나는 사회적으로는 총잡이와 교제가 없소. 난 교제 범위가 좁은 사람이오."
나는 흘긋 허베이 쪽을 보았다. 반사된 전조등 불빛 속에서 그가 빙긋이 웃고 있었다.
그래도 매건할트에게 물으면 알 수 있는 일이 있을지도 모른다.
"그럼, 당신은 상대방이 고용된 총잡이라고 생각하시는군요?"
"당신과 멜랑 씨가 믿고 있듯이, 누군가 내 목숨을 노리고 있다면 그것이 가장 손쉬운 방법이라고 생각했을 뿐이오."
나는 고개를 저었다.
"그렇다고만은 할 수 없습니다. 참된 의미에서의 직업적 총잡이는 아주 수가 적습니다. 대개의 살인은 치정이나 단순한 과실에 의한 것이지요. 보통의 악인은 살인죄가 되는 위험을 범하려 하지는 않아요. 때로는 병적인 살인광이나 마약 중독자 등 보잘 것 없는 자들을 발견할 수 있을지 모르지만, 그런 이들은 프로가 아니므로 프로와 같은 일은 해내지 못합니다. 신뢰할 수 있는 총잡이를 찾아내려면 프랑스의 사정에 정통해야 합니다."
"멜랑 씨는 당신들을 발견하지 않았소?" 하고 매건할트가 반문해 왔다.
"멜랑은 프랑스에 대해 잘 아는 사람이지요."
나는 '그 멜랑 역시 전쟁 뒤 이 방면에 별로 경험이 없는 운전수와 알코올 중독이 되려는 보디가드를 택했소'라고 말하려다가 그만두었다. 손님이 불평을 말하기 전에 미리 사과할 필요는 없다. "그런데 상대방이 고용하고 있는 사나이는 프랑스 사정에 밝은 사람인가요?" 나는 다그쳐 물었다.

한동안 침묵이 계속되었다. 이윽고 매건할트가 천천히 입을 열었다.

"누가 고용하고 있는지 짐작도 할 수 없소."

길이 비교적 좋아졌으므로 좌석 옆으로 손을 넣어서 완충 장치의 유압을 약간 내렸다. 시속 120킬로미터로 달리고 있고, 전조등은 하이 빔으로 해 두었다. 인적은 전혀 없었다.

비는 지긋지긋하도록 끈질기게 계속 오고 있다. 좌석 앞자리에도 뒷자리에도 히터가 들어왔다. 모두들 젖어 있었으므로 차 안은 작은 터키탕처럼 김이 오르고 있었다. 그러나 차는 힘껏 달리고 있다.

칸페를레 시내로 들어가는 곳에서 하마터면 모든 게 끝장날 뻔했다. 왼쪽으로 도는 내리막 커브의 길이 생각했던 것보다 울퉁불퉁했던 것이다. 앞바퀴가 튀는 순간 차가 뛰어올랐다. 악셀에서 발을 뗴자 차체의 무게에 걸려서 다시 길 위로 바로 섰다. 차를 바로잡고 나서 허베이 쪽을 흘긋 보았다. 편안한 자세로 손을 조용히 무릎 위에 놓고 있었다. 내 쪽을 보고 있지 않았다. 자기 일은 자기가 하고 남의 일은 남에게 맡겨 둔다는 것이리라.

칸페를레 시내에 들어가자, 돌바닥 길을 파 일으켜서 여기저기 크게 쌓아올려져 있었다. 관광 시즌의 시작을 축하하는 것으로는 좀 이상한 일이다. 시내를 빠져나가자 사람도 차도 없는 깨끗한 길이 나왔다.

담배를 꺼내어 허베이에게 건네주었다. 그는 아무 말 없이 불을 붙여 주었다. 자기는 지타느 갑에서 한 개비 꺼내어 불을 붙였다.

그는 한동안 아무 말 없이 담배를 피우고 있었다. 이윽고 그는 "차

번호를 보이기 싫으면 뒤에 가서 표시등을 떼어 버리고 와도 좋겠지"
하고 말했다.
　나는 한참 동안 생각했다.
　"아니, 그만두겠소. 경관이 불이 꺼졌다는 걸 알려 주려고 쫓아오는 게 고작일 테니까. 겉으로는 어디까지나 선량한 시민처럼 보여 주지 않으면 곤란하오."
　그는 담배를 대시보드에 붙어 있는 공기 구멍에다 대고 뿜어 냈다.
　"그렇군. 칸베르에서 일방 통행로를 거꾸로 달렸을 때 알았지."
　"그 경우는 장군들이 말하는 이른바 '계산된 위험'이라는 거요."
　"계산된 위험이라는 건 녀석들이 우연히 승리를 얻었을 때 쓰는 말인 줄 알았는데. 그런 위험을 무릅쓸 정도라면 소형 용달차를 썼더라면 좋았을 걸 그랬어. 아무도 의심하지 않았을 테니까."
　"차번호에 의심을 품겠지요. 브르타뉴와 스위스의 국경 근처를 빠리의 차번호를 단 용달차가 돌아다니고 있으면 어떤 경찰관이라도 수상하게 여길 거요."
　"그럴지도 모르겠군. 그럼, 장거리용 화물차라면 괜찮겠지."
　"하지만 그런 걸 어디서 손에 넣을 수 있겠소? 그리고 난 트럭 운전수가 아니오."
　허베이는 한참 동안 아무 말 없이 담배만 피웠다. 그것도 왼손을 쓰고 있다. 오랜 훈련으로 무엇 때문에 오른손을 비워 두는지 모르는 사람에게는 날 때부터 왼손잡이로 보일 것이다.
　"그럴지도 모르지."
　허베이가 말했다. "내가 말하고 싶은 것은, 이번 일에서 좀더 세밀하고 꼼꼼하게 준비할 시간이 아쉬웠다는 점이오."
　"생각할 시간이 있었다면 맡지 않았을걸."
　"그도 그렇군."

그는 대시보드의 계기류를 들여다보았다. "언제 기름을 넣을 거요?"

"아직 괜찮소."

바늘은 기름 탱크가 거의 가득차 있음을 가리켜 주고 있었다. "새벽까지 견뎌 주었으면 좋겠는데. 그때쯤이면 온갖 차들이 달리기 시작할 테니까."

"해뜨는 시간은 5시 30분이오."

한 대 맞았다. 나로서는 중요한 문제인 해뜨는 시간을 조사해 두지 않았다. 나는 하마터면 허베이가 최근까지 이런 종류의 일을 수없이 손대 왔다는 사실을 잊을 뻔했다. 물론 그는 그 나름대로 알코올이라는 문제를 안고 있지만, 그것이 겉으로 나타나지 않을 때는 의지가 강하고 냉정하며 치밀한 두뇌의 소유자였다.

나는 곁눈질로 그를 보았다. 얼굴은 평온하고, 담배를 입으로 가져갈 때 말고는 손도 움직이지 않았다. 그러나 그의 눈은 날카롭게 앞쪽을 감시하고, 전조등 속에 나타나는 돌담과 집들과 나무 하나하나까지 뒤쪽으로 흘러가 버리는 것을 신중하게 살펴보고 있었다.

차가 작아져서 주위에 꼭 밀착하여 몸의 일부분이 된 듯한 느낌이 들기 시작했다. 차체가 큰 시트로엥이었으므로 뒷자리에 앉은 사람의 숨결이 내 몸에 닿거나 하는 일도 없이 거의 반시간 동안 기침 소리 하나 들리지 않았다. 그들의 모습은 희미해져서 어렴풋한 먼 기억처럼 아득한 존재가 되어 버렸다. 차는 어두컴컴한 앞자리에 앉은 허베이와 나만을 태우고 강력한 총알처럼 정확하게 캄캄한 어둠 속을 날아갔다.

차의 움직임이며 도로의 상태에 대해 아주 세세한 부분까지 예지할 수 있고 느낄 수 있는, 사람과 차가 일체가 된 경지이다. 나는 마치 이 차를 오랜 동안 타고 다녀 익숙해진 듯한 착각이 들었다. 차와 도로의 습성을 알아 다음은 어떻게 하고, 다음 모퉁이는 어느 정도 급하며, 경사는 어느 정도일 것이다라는 점들을 무의식 중에 알게 되는 것이었다.

이런 일은 가끔 있다. 그런 경우에는 운전이 정확하고 안전하다. 그러나 그것이 오래 계속되지는 않는다. 그러한 상태가 지났는데도 그 사실을 모르고 있을 때만큼 잘못을 저지르기 쉽고 위험한 때는 없다.

시계가 3시 30분을 가리키고 있다. 앞으로 두 시간이면 새벽이다. 리히텐쉬타인까지는 앞으로 16시간 거리이다.

6

4시에는 가로수가 늘어선 거리를 달려 방느 시에 들어섰다. 앞으로 한 시간의 여정 중에서는 가장 큰 도시이다.
"당신 앞주머니에 미쉴랑의 가이드 북이 있는데……" 하고 나는 허베이에게 말했다. "이 도시를 찾아서 우체국 위치를 찾아 주시오. 거기에 공중 전화가 있으면 멜랑에게 전화를 하고 싶소."
"왜?"
"그는 늘 연락을 취해 달라고 했소. 그리고 칸베르의 살인 사건에 대해서도 조사해 줄지 모르오. 그 일을 알면 뭔가 도움이 되겠지."
한참 뒤에 허베이가 말했다.
"바로 앞에서 오른쪽으로 도시오. 이 광장을 따라서 200야드 앞의 오른쪽에 우체국이 있소."
불이 없는 공중 전화 박스 옆에 멈춰서서 엔진을 껐다. 갑자기 정적이 밀려왔다. 이제까지 정말 소음을 내며 달려왔구나 하는 기분이었다. 머리를 좌우로 몇 번이나 흔들었다. 이 여행은 이제 막 시작된 것이다. 벌써부터 신경을 곤두세워서는 안된다. 나는 빗속으로 내려

섰다.
 전화 박스는 비어 있었다. 가까스로 교환원을 깨워서 빠리에 있는 앙리의 집 번호를 말했다.
 "앙리와 이야기하고 싶은데요, 여기는 컨튼입니다."
 한참 뒤 대답이 있었다.
 "전화에 나오시려면 좀 시간이 걸립니다. 그쪽 번호는?"
 이쪽 번호를 가르쳐 주고 차로 돌아왔다.
 "전화에 나오게 할 수가 없었소" 하고 허베이에게 전했다. "그쪽에서 걸어 오기로 했지."
 나는 자리에 돌아와서 담배에 불을 붙였다.
 매건할트가 물었다.
 "무엇 때문에 전화할 필요가 있소?"
 "칸베르에서 있었던 사건을 알려 주려는 겁니다. 그에게 뭔가 짐작이 가는 게 있는지 없는지, 또 무슨 지시나 좋은 생각이 있을지도 모릅니다."
 매건할트의 목소리가 약간 딱딱해지고 금속성이 되었다.
 "당신은 전문가라고 생각했는데……."
 "필요하다고 인정되면 전문가의 의견을 구하는 게 진짜 전문가입니다."
 전화가 울렸으므로 뛰어나갔다.
 "컨튼인가?" 하고 앙리가 말했다.
 "날세, 앙리. 나쁜 보고가 있는데, 브르타뉴의 자네 사촌이 병이 났어. 매우 중태일세."
 "저런, 어떤 상태였나?"
 "급했어. 정말 너무나 급작스러운 일이었네. 뭔가 할 일이 있으면……."

"충분히 처치는 해 놓았겠지?"
"괜찮아. 어쨌든 그가 지금 있는 데서 하루나 이틀은 괜찮을 걸세."
"그럼, 예정대로 가 주게. 지금 밤느지?"
"그렇네. 한 가지 걱정스러운 것은 그의 병이 전염병인지 어떤지 하는 점일세. 누군가 그 환자 옆에 있었다는 말 같은 건 못 들었나?"
"못 들었네. 하지만 아침이 되면 알아보겠네. 또 전화해 주겠지?"
"으음, 잘 자게, 앙리."
"안녕, 컨튼."
차로 돌아왔다.
"그는 아무것도 모르고 있소."
시동을 걸었다. "여기서 옆길로 빠져나가 렌느에 가서 르망을 지나 북쪽 루트를 갈 수가 있소. 그러나 길이 안 좋아요. 따라서 이대로 낭트로 가는 편이 좋을 거라고 생각하오."
커다란 벨리에 화물 자동차가 요란한 소리를 내며 앞쪽 모퉁이를 돌아 땅을 울리면서 지나갔다.
허베이가 말했다.
"그럼, 떠나구료. 아침 시간에는 저런 차들로 길이 꽉 막혀 버릴 테니."
길은 아까보다 곧바르고 포장이 잘 되어 있었다. 전조등에 비쳐지는 농장은 작물들로 덮여서 풍요해 보였다. 이제 곧 브르타뉴 반도에서 빠져나가게 될 것이다.
그러나 아까와 같이 나와 차가 일체가 된 느낌은 들지 않았다. 도로의 느낌이 전혀 오지 않게 된 것이다. 속도는 올랐으나 마술은 사라졌다.

가끔 대형 화물 자동차와 농가의 트럭이 연기 같은 물보라를 일으키며 지나갔다. 그것을 보고 우리 차도 수뢰정 같이 물보라를 일으키며 달리고 있음을 깨달았다. 그러므로 차번호를 알아볼 수는 없을 것이다.

모두들 잠자코 있었다. 가끔 허베이와 뒷자리의 여자가 담배를 붙이는 빛이 얼핏 눈에 들어올 뿐이다. 동이 트기 전 한 시간이 우울한 시간이다. 새로운 하루를 맞는데 힘이 충실해 있지 않다는 것을 의식하는 시간이다. 환자가 밤의 지루함에 지쳐서 체념하고 죽어 가는 시간이다. 솜씨좋은 총잡이가 숨어서 적을 기다리는 시간이기도 하다.

그러나 아무도 숨어서 기다리고 있지는 않았다. 5시 지나서는 낭트의 중심부를 피해 시의 북서부 공장 지대의 꼬불꼬불한 길을 달리고 있었다.

"가솔린은 어떻소?" 하고 허베이가 물었다.

"줄어들었소. 하지만 앙제까지는 견딜 수 있을 거요. 아직 250킬로미터밖에 달리지 않았으니까."

여자가 말을 걸었다.

"어디서 아침 식사를 할 수 있을까요?"

"투우르에서 하기로 합시다."

"왜 거기까지 멀리 가지요?"

"이 근처 도시보다 더 활발한 관광지이기 때문이지요. 또 아는 사람들로부터도 눈에 띌 염려도 없고요."

계속 달렸다. 국도 23호선으로 나와 로아르 계곡을 올라갔다. 강변 마을로 내려가는 꼬불꼬불한 부분만 빼놓으면 달리기 쉬운 길이었다. 교통량이 차츰 늘었다. 해안에서 생선을 싣고 올라가는 트럭과 농장에서 야채를 싣고 내려가는 트럭들이었다. 먼 거리 화물 자동차도 짐의 내용은 알 수 없지만 차츰 수가 많아졌다. 종류도 여러 가지여서 벨리에, 소뮈르, 사비엠, 유니크, 게다가 윌렘의 탱크까지 섞여 있었다. 어느 것이나 군용차처럼 투박한 느낌을 주었으며, 방해가 되는 것은 무엇이든 짓밟고 지나갈 것 같은 기세 역시 군용차와도 같았다.

주위의 밤 기운이 차츰 엷어져서 나무와 집들의 모습이 점점 뚜렷해져 왔다. 전조등 불빛이 창백해 보인다. 비도 조금 약해졌다. 뒤에서 바람이 불어오기 때문에 차가 예상보다 빨리 가고 있는 모양이다.
 차 안이 보일 만큼 밝아져서야 백미러의 방향을 바꾸어 처음으로 타고있는 사람들의 모습을 찬찬히 살펴보았다.
 매건할트는 50살쯤 되었을까, 나이가 얼굴에 나타나 있었다. 살집이 좋은 모난 얼굴을 의심스러운 듯이 찌푸리고 있었다. 그밖에 특이한 점은 보이지 않았다. 얼굴에 상처자국도 없고 지친 느낌도 없었다. 숱이 많은 머리를 세모진 이마 언저리에서 뒤로 빗어 넘겼다. 1920년에서 1930년대의 조각과 같은 얼굴이다. 그 즈음에는 멋진 모양을 가지면서 부드럽고 양식화된 것이 예술 작품으로서 평가받고 있었다. 검은 색 굵은 테의 네모난 안경을 쓰고, 단순한 디자인의 청동빛 레인코트를 입고 있다. 팔짱을 낀 팔에 팔목시계와 금으로 된 커프스 단추가 보였다. 스칸디나비아의 디자인인 것 같았다. 그쪽 디자이너들은 스테인리스로 멋진 작품을 만들 수 있는데, 금을 쓰면 싸구려 같은 맛이 났다.
 저먼 양은 전혀 다른 느낌을 주는 여자였다.
 순진과 교만이 한데 얽힌 얼굴이다. 그다지 신기한 어울림은 아니지만, 그 두 가지 요소가 한데 섞여 그녀의 경우처럼 아름다움으로 나타나 있는 예는 흔치 않다. 얼굴은 전형적인 타원형으로 피부가 창백하고 눈썹먹이 커다란 아치를 그리고 있다. 긴 갈색 머리가 가르보의 크리스티나 여왕 풍으로 커트되어 턱 밑에서 살짝 말아올라가 있었다. 그녀는 깊이 잠들어 있었으나 입은 벌리고 있지 않았다.

여자는 매건할트에게 전혀 어울리지 않는 것처럼 느껴졌으나, 생각하기에 따라서는 어울린다고 볼 수도 있을 것이다. 그가 그녀를 사무실에 앉혀 두고 싶어하는 기분을 알 수 있을 것 같았다. 그곳에 앉혀 두는 것만이 그의 목적일 것이다. 그녀 같으면 조무래기 부장께 "다시 오세요" 라고 말해도 상대가 기분상해 하는 일은 없을 것이다. 그녀의 말이라면 상대방은 아무 말 없이 물러갈 것이다.

그런 능력의 대가로서 그녀는 털을 깎은 검은 실스킨 코트를 입고 있는 것이다. 돈은 매건할트에서 나왔다 하더라도 디자인의 취미는 물론 다른 사람의 것이리라. 흔히 볼 수 있는 코트처럼 몸에 감아서 벨트로 매게 되어 있었다. 그 속으로 새하얀 블라우스가 내다보였다.

나는 흘긋 허베이 쪽을 보고 백미러를 본대대로 돌려서 도로에 주의를 쏟았다. 앙제에 들어선 것은 6시쯤이었다. 길은 좋았지만 트럭을 앞지르는 데 시간을 빼앗긴 것이다.

사람도 차도 지나지 않는 넓은 길을 천천히 달렸다. 블라인드와 셔터를 내린 높은 집들을 지나쳤다. 프랑스의 도시는 잠이 들면 죽은 거나 마찬가지이다. 묘지를 가로질러 지름길을 가고 있는 듯한 느낌이 들었다. 속력을 떨어뜨리고 될 수 있는 대로 조용히 달렸다.

여기서 투우르로 가는 데에는 두 갈래 길이 있다. 북쪽으로 크게 돌아서 가는 주도로와 강변을 따라가는 관광 도로이다. 그러나 지금 시간이면 북쪽 도로는 트럭이 많고 강변의 관광객은 적을 것이라고 판단했다. 결국 로아르 강을 따라서 가기로 했다.

"이제 곧 기름을 넣기 위해 차를 세우겠습니다."

나는 모두에게 말했다. "지금부터 앞으로 온갖 사람들과 만나게 될 겁니다. 카페나 그밖에서. 그러니까 여기서 각자 역할을 정해 둡시다."

허베이가 물었다.
"당신은 프랑스 인이 되는 거요?"
"패스포트를 안 보여도 된다면 충분히 통할 수 있겠지요."
 프랑스 인들은 외국인은 결코 프랑스 어를 완벽히 배울 수 없다고 믿고 있으므로 완전히 말할 수 있는 사람이면 전혀 외국인으로 생각지 않는다. 매우 다행스러운 일이다.
 허베이가 말했다.
"내 악센트는 좋지 않소. 그러니까 이곳에 대해서는 전혀 모르는 걸로 합시다. 아이오와 주 촌 구석에서 온 관광객이 되어 볼까. 유럽은 처음인데, 상당히 색다른 맛이 있는 곳이로구먼!"
 나는 얼굴을 찡긋해 보이고 이번에는 뒷자리에 말을 걸었다.
"매건할트 씨, 당신은 어떻게 하시겠습니까? 어디 패스포트를 갖고 계시지요?"
"스위스에 사는 오스트리아 시민이오."
"본명으로?"
"물론."
 아마 그러리라고 생각은 하고 있었으나 아무것도 숨기고 있는 것 같지가 않아 오히려 걱정이 되었다.
"당신은 영어로 이야기해 주십시오."
 내가 말했다. 그의 악센트는 완전하지 못했고 그다지 영국인답지는 않았으나, 그건 내 눈으로 볼 때의 이야기이다. 프랑스 인 카페 주인 쯤에게는 충분히 통할 것이다. 나는 다시 덧붙였다. "만일 패스포트를 보여야 할 때에는 영어도 프랑스 어도 전혀 쓰지 마십시오. 외국어를 전혀 모른다고 하면 상대는 하찮게 보아 넘기거든요."
 그는 뭐라고 중얼중얼하고 있었다. 하찮게 보여지는 게 마음에 들지 않는 모양이지만, 나의 의도는 알고 있는 것 같았다.

"저면 양은?" 하고 물었다.
"나는 물론 영국 패스포트를 가지고 있지만, 프랑스 어는 충분히 통한다고 생각해요."
"영국인으로 계십시오. 어느 모로 보나 당신은 영국인처럼 보이거든요. 그리고 될 수 있는 한 고상하게 행동해 주십시오. 설마 공작 부인이 비서 노릇을 하고 있다고는 생각지 않을 테니까요. 거만하고 까다롭게 구십시오."
"난 내가 좋을 대로 행동하겠어요. 지시는 받지 않겠어요."
얕잡아 보는 말투였다.
나는 고개를 끄덕였다.
"좋습니다, 그런 식으로 하는 게 좋아요."
이리하여 영국인 실업가가 상류 계급 여자친구를 데리고 미국인 관광객을 동반하였으며 친지인 프랑스 인이 운전하고 있는 것으로 되었다. 이상한 어울림 같지만, 고용된 총잡이가 오스트리아 실업가와 그 여비서를 리히텐쉬타인으로 데리고 가는 것과는 상당히 기분이 달랐다.

이런 일들이 전혀 쓸모가 없을지도 모른다. 그러나 일단 이렇게 해놓으면 조금이라도 실수를 저지르는 경우엔 본전도 못 찾는다는 긴장감을 갖게 할 수가 있다.

샛길에서 차의 방향을 바꾸어 동쪽에서 온 것처럼 하여 주유소로 갔다. 빠리에서 대서양으로 나가는 것처럼 보이게 하기 위해서이다.

45리터를 넣어 달라고 했더니 주유소의 사나이는 반은 조는 듯한 걸음으로 차 뒤로 돌아갔다. 나는 차 밖으로 나와 몸을 폈다. 허베이도 나와서 재빨리 주위를 살피더니 길쪽으로 가서 차에 기대섰다.

나는 차 주위를 돌아보며 점검했다. 밝은 곳에서 보기는 처음이다. 긁힌 자국도 들어간 곳도 없는 듯했고, 타이어는 새것이나 다름없는 미쉘랑이므로 걱정은 없다.

본디 자리로 돌아오자 허베이가 말했다.

"당신네 나라 프랑스란 정말 깨끗한 곳이구먼. 시시한 건 저 공연히 복잡한 요리라니까. 닭튀김하고 쭈글쭈글해지도록 삶은 콩이 생각나 죽겠는데."

나는 그의 목이라도 치고 싶은 기분으로 강한 시선을 보냈다. 이렇게 되면 농담에 맞장구를 치는 수밖에 도리가 없다. 주유소의 사나이가 우리 쪽을 보고 있었다.

나는 손을 벌려서 체념한 듯한 표정을 보였다.

"사실은 농담이시겠지요? 정말은……영어로 뭐라더라? 아아, 아이오와의 시골을 생각하고 향수에 잠긴 거겠지요?"

"아암, 그렇고말고. 늙은 아버지가 포치에서 의자를 흔들며 인디언들로부터 석유의 권리를 빼앗는 새로운 수법을 생각하고 계실 우리 고향이 그립군."

나는 주유소의 사나이에게, 눈짓을 하고 허베이 쪽을 턱으로 가리켰다.

"미국인이오. 프랑스 요리의 맛을 모르겠다나."

사나이는 곤충관(昆蟲館)에서 달아나온 벌레라도 보는 듯한 표정으로 허베이를 보고 있었으나, 이윽고 어깨를 옴츠리며 "46프랑" 하고 말했다.

나는 사나이에게 50프랑을 주고 기분을 고쳐서 차에 올라탔다. 상대방은 반은 졸고 있는 듯한 사나이에 지나지 않지만 이럭저럭 속여 넘겼다. 시작치고는 괜찮은 솜씨다.

샛길로 들어가서 주유소 뒤를 돌아 주도로로 되돌아와서 동쪽으로 향했다. 6시 35분이었다. 동쪽 하늘은 때가 묻은 것 같은 구름이 가리고 있고, 그 뒤쪽에 희미하게 노란 빛이 보였다. 아직 해는 얼굴을 내밀지 않았다.

 길은 포장이 잘 되어 있으며 완만한 커브의 연속이었다. 강물이 길 위로 올라오거나 사람이 강에 들어가지 못하도록 오른쪽 끝에 돌담이 쌓여져 있었다. 밭은 싱싱한 녹색으로 덮여 있었다. 이 근처는 프랑스에서 가장 비옥한 농업 지대이다.

 군대에 조합이 없는지, 아침 근무의 미군 트럭을 두 대 앞질렀다. 앞쪽에 에펠 탑과 같은 모양의 고압선용 대철탑이 하늘을 찌를 듯 서 있었다. 투우르 시인 것이다. 좀더 나아가자 사원의 쌍탑과 현대식 고층 아파트들이 보이기 시작했다. 곧 오토바이를 탄 출근 시민들이 꿀벌처럼 길 가득히 달리고 있는 속으로 들어갔다.

 "아침은 어디서 먹지?" 허베이가 물었다.

 "시장 근처에서 어디 찾아봅시다. 그 근처라면 아마 벌써 가게를 열었을 테니까."

 첫째 다리를 건너서 오토바이가 넘치는 길을 누비듯이 하여 옛시가로 들어섰다. 과일과 생선 따위를 나르는 트럭이 많았다. 시장 광장으로 들어가는 조금 앞에서 골목으로 들어가 차를 세웠다.

 허베이가 길 위로 튀어나가 왼손을 들어 매건할트와 여자가 나오는 것을 막으며 주위에 경계의 눈초리를 보냈다. 많은 사람이 오가고 있었다.

 "사람이 많은 게 걱정이 되는데."

 그는 나직한 목소리로 말했다.

 나는 어깨를 으쓱했다.

 "오히려 호위하기에 좋지 않소?"

 "호위는 내 일이라는 것. 잊지 마시오, 알겠소?"

 매건할트와 여자가 내려서자 차 문의 열쇠를 잠갔다.

 무표정한 콘크리트 벽 건물에 둘러싸인 작은 광장을 사람과 차들이 우왕좌왕하고 있었다. 벽 여기저기에 지난해 서커스의 화려한 광고가 아직 붙어 있었다. 광장 저쪽 편에 대중 음식점 같은 작은 카페가 있었다. 나는 앞장서서 모퉁이를 돌았다.

조금 가자 또 하나의 카페가 있었다. 자그마한 카페 안은 어두컴컴했지만 따뜻해 보였으며 사람이 많이 있었다. 얼룩이 진 푸른 색 작업복과 가죽 앞치마를 입은 한 무리가 경마 이야기를 하면서 꼬냑을 마시고 있었다. 우리는 그 옆을 지나서 구석진 테이블에 앉았다. 종업원이 얼른 와서 귀만 내 쪽으로 기울이고 크로와상과 커피 넷의 주문을 받아 가지고 사라졌다.

저먼 양이 말했다.

"난 흰 빵이 먹고 싶은데······."

"참으십시오. 재빨리 주문하지 않으면 아무것도 못 얻어먹을 것 같습니다."

나는 모두에게 담배를 권했다. 여자도 한 개비 뽑아들었다. 허베이는 고개를 내젓고 남의 눈에 띄지 않도록 하면서 입구를 감시하고 있었다. 그는 어느 틈에 우리를 이상적인 자리에 앉혀 놓고 있었다. 그 자신은 모서리를 등지고 입구와 마주하고 앉아서 매건할트를 오른쪽에 앉히고 나는 입구와 매건할트를 맺는 선상에 자리하도록 했다. 여자는 그 선상에서 벗어난 위치에 앉았다.

매건할트가 물었다.

"이제 앞으로는 어느 곳을 지나가지요?"

"가장 짧은 코스를 택해 주네브로 갑니다. 지금까지 450킬로미터쯤 달렸습니다. 나머지는 스위스 국경까지 600킬로미터쯤 될 겁니다."

"몇 시쯤에 리히······."

"잠깐만! 그 이름을 큰소리로 말하시면 곤란합니다."

그의 입가가 꿈틀하고 경련했다.

"지나치게 조심하고 있는 게 아니오, 케인 씨?"

"지나치는지 지나치지 않는지 그걸 어떻게 압니까? 당신과 우리는 언제 어디서 어떤 문제를 만나게 될지 모릅니다. 따라서 나로서는 모든 가능성에 대처해야 합니다."

나는 시계를 보았다. "오늘 밤 9시나 10시쯤에는 도착할 수 있겠지요, 더 이상 아무 일도 없다면 말입니다."

7

 종업원은 붐비는 사람들 틈을 지나 커다란 컵에 블랙 커피와 플라스틱으로 된 큰 그릇에 크로와상을 4인분 가져왔다. 여자 손님에게는 크림을 가져다 달라고 부탁했다. 종업원은 눈썹을 치켜 뜨고 '이래뵈도 난 서비스하고 있는 거야' 하는 듯한 표정으로 모두에게 정말 꼬냑은 필요없느냐고 다짐을 받았다.
 나 자신은 한 잔 마시고 싶었다. 나는 이 카페 안에 있는 어느 시장 인부보다도 오랜 시간 동안 한숨도 자지 못한 채 일하고 있는 것이다. 그러나 허베이가 참고 있는데 나만 마실 수는 없었다.
 나는 테이블을 한 바퀴 둘러보았다. 여자는 고개를 저었다. 매건할트는 모르는 체하고 있었다. 허베이가 "난 괜찮으니 당신이나 한잔하시오" 하고 말했다.
 나는 종업원에게 필요없다고 말했다.
 우리는 커피를 마시면서 크로와상을 먹었다. 막 구운 것이어서 맛있었다. 옆 테이블의 사나이가 트랜지스터 라디오를 가지고 오늘 경마의 예상을 듣고 있었다. 주위에 사람들이 많이 모여서 세 발짜리 말이 이러니저러니 이야기하고 있었다.
저편 양이 물었다.
"어째서 좀더 북쪽 루트를 택하지 않았지요? ……오를레앙, 디종, 누샤텔……."
"이 길이 좋아서요."
"매건할트"라고 라디오가 말했다.
나는 숨을 죽였다. 라디오가 계속했다.
"…… 국제적인 실업가 매건할트 씨의 소유인 호화 요트가 순시정에 의해 나포되어……."
누군가가 라디오를 껐다.
나는 매건할트의 얼굴을 쳐다보았다.
"바보들 같으니……" 하고 나는 나직한 목소리로 말했다. "3마일의 영해 밖에 나가 있을 만한 머리도 없어. 지금쯤 브레스트에서 승무원이 자초지종을 다 이야기하고 있겠지."
허베이가 말을 거들었다.
"여기서 큰소리로 옥신각신하는 건 그만두시오."
나는 크게 숨을 내쉬고 마음을 가라앉혔다.
"그렇군. 우리 모두 아무것도 안 들은 걸로 합시다, 좋지요? 관광객으로 밀고나가는 겁니다."
종업원이 크림 그릇을 탕 소리나게 여자 앞에 놓았다.
"그래, 계획을 바꾸겠소?" 허베이가 아무렇지도 않은 투로 말했다.
"승무원이 털어놓았다고 생각해야 되오. 그러니까 경찰은 매건할트 씨가 상륙한 것쯤 알고 있을 것이고, 아마 행선지도 짐작하고 있을 테지요. 당신이 동행이라는 것도……." 나는 여자 쪽을 턱으로 가리켰다. "우리 일도 알았을까?"

"그럴 리는 없을 거요."

매건할트가 대답했다.

"차는 어쩌지요? 어떻게 해서든지 다른 차를 구해야겠지요?" 허베이가 물었다.

나는 한참 동안 생각하고 고개를 저었다.

"아직 차번호까지는 모를 거요. 차가 없어진 것을 깨닫고 그것을 텔레타이프로 흘리는 데는 두세 시간 걸리니까. 패스포트를 보이지 않고 차를 빌 수는 없고, 만일 무단 차용한다고 해도 시트로엥이 발견되면 그 차의 번호가 즉각 수배될 거요. 시트로엥을 버리는 게 문제요. 역시 이대로 가는 게 좋겠소. 그러나……." 나는 매건할트 쪽을 보았다. "오늘 밤에 들어간다는 기대는 버려 주시오. 이제부터 앞으로는 샛길로 달립니다."

"왜?"

"지방 경찰은 걱정할 필요가 없다고 생각합니다. 정보가 전해지는 것도 늦고, 전해 와도 그다지 마음에 두지 않습니다. 지방 경찰관은 국제적인 사업가를 잡겠다는 생각은 하지 않을 테니까 찬찬히 검문하지도 않을 거요. 우리를 쫓아오는 것은 경시청의 힘이지요. 그 사람들은 빈틈이 없지만, 보통 국도 같은 주도로에 주의를 집중할 겁니다. 그러니까 국도를 피하면 마음 놓을 수 있지요. 그 대신 시간이 좀 걸릴 겁니다."

매건할트는 컵 밑바닥의 커피에 눈길을 떨구었으나 곧 무표정한 얼굴을 들고 나를 보았다.

"하는 수 없지. 오늘 안으로 전보를 쳐 놓으면 하룻밤 더 걸려도 괜찮소."

"그럼, 출발합시다." 허베이가 재촉했다.

계산을 치를 만큼 잔돈이 있었으므로 그 자리에 놓고 케이스를 손에 들고 카페를 나왔다. 자연히 두 사람씩 짝이 되었다. 매건할트의 한쪽에 허베이가 서고, 나와 저먼 양이 그 뒤를 따랐다.

광장에는 차들의 수가 늘어나 있었다.

시트로엥의 바로 뒤에 회색 메르세데스, 바로 앞에는 작은 녹색 르노 4L이 세워져 있었다. 2야드쯤 앞을 가고 있던 매건할트와 허베이가 차에 도착했으나 그대로 걸음을 계속했다. 난 곧 그 이유를 알았다. 나는 저먼 양의 어깨에 팔을 올리고 미소를 지으면서 말했다.

"그대로 걸어요. 문제가 생겼소."

모퉁이를 돌고 또 하나 모퉁이를 돌았다. 허베이와 매건할트가 기다리고 있었다. 매건할트는 집 입구에 몸을 숨기고 있었다.

허베이가 말했다.

"저 두 대의 차에 앞뒤가 막혀 있지?"

"그렇군요. 게다가 둘 다 빠리의 번호판을 달고 있는데."

허베이는 고개를 끄덕였다.

"이건 우연이 아니오. 어떻게 하겠소?"

"하지만 경찰은 아니오. 경찰은 저런 짓을 하지 않소. 그러니까 상대방 친구들이로군."

"어딘가 차가 보이는 곳에서 지키고 있는 모양이오."

"광장의 아까 그 카페요."

"나도 그렇게 생각하오."

허베이는 손가락을 폈다가 다시 쥐었다.

"좋아!" 그는 조용한 목소리로 말했다. "어디 가서 차를 움직여 달라고 말해 볼까."

그는 매건할트 쪽을 보았다. "당신을 혼자 놓아 두고 싶진 않지만 달리 방법이 없소. 여기서 조용히 기다리고 있으면 데리러 오겠소. 괜찮겠소, 케인?"

나는 케이스를 밑에 놓고 내 몸으로 숨기면서 모제르를 꺼내 레인코트 밑의 밴드에 찔렀다. 쇠로 된 허파를 달고 걷는 것만큼 거북했으나 남에게 보이지는 않았다.

둘이서 처음 모퉁이를 돌았다. 의논할 것도 없이 광장으로 통하는 길을 가로질러 다음 모퉁이를 돌았다. 윈도우 앞을 지나지 않고 카페 옆으로 나가기 위해서였다.

광장에 이르자 허베이는 멈춰서서 조심스럽게 주위를 둘러보았다. 광장의 맞은편에 세워 놓은 차 옆을 노동자 차림의 사나이가 둘 지나갔다.

어깨 너머로 지금 온 골목을 돌아보았다. 좁고 응달이 져서 사람의 발길이 없었다.

"어떨까, 만일 내가 누군가와 조용히 차 열쇠를 빌리는 이야기를 하려면 카페 안보다는 이 골목이 좋겠는데."

그는 약간 고개를 끄덕여서 동의를 표하더니 앞장서서 걸었다.

상대방을 찾아내는 일은 어려울 게 없으리라고 짐작했던 대로 간단했다. 시장 인부들뿐인 가운데서 그 세 사람은 연못의 악어처럼 두드러져 보였다. 게다가 바로 예상한 대로의 자리에 있었다. 윈도우 옆 입구에 가까운 테이블에 앉아 있었던 것이다. 여차하면 뛰어나가다가 종업원에게 쫓기지 않도록 커피 잔 옆에는 잔돈이 놓여 있었다.

허베이는 세 사람을 번갈아보며 우두머리를 찾아냈다. 50살 가까운 뚱뚱한 사나이로 지난해 유행했던 스타일의 레인코트를 입고 텁수룩한 수염을 기르고 있었다. 허베이는 그 곁에 가서 쭈그리고 앉더니 밖에서 보이지 않도록 레인코트를 펴서 오른손을 감추었다.

"잠깐 밖에 나가 이야기할 수 없겠소?" 허베이는 조용한 어조로 말했다.

뚱뚱한 사나이는 얼어붙은 듯 굳어지더니 노한 눈알을 굴려서 곁눈질로 허베이를 보았다. 나는 나머지 두 사람 사이에 비집고 들어가서 미소를 지으며 밴드에 꽂혀 있는 모제르를 한참 보여 주었다. 그렇게 해 놓고 곧 몸을 빼어 카페 안을 둘러보았다.

아무도 아직 우리들을 눈치채지 못했으며 종업원의 모습도 보이지 않았다. 다른 손님들은 열심히 이야기하고 있었다.

허베이는 말했다.

"걸어가."

뚱보가 뒤로 도망칠 속셈인지 갑자기 테이블에 두 손을 짚었다. 뭔가 은빛이 번쩍 하더니 탕 하는 소리가 났다. 뚱보는 아무 말 없이 고통을 참으며 얼굴을 찡그렸다. 오른손의 아픔을 참으려는 듯이 왼손을 슬며시 움직였다. 오른손은 테이블에 놓인 채 조금씩 피가 흐르고 있었다.

허베이는 권총을 자기 몸 쪽으로 잡아당기고 격철을 일으켜 세웠다. 찰칵 하는 소리는 가게 안의 소음에 지워졌다. 뚱보는 눈을 뜨고 가만히 쳐다보았다. 허베이는 총을 사나이 쪽으로 향하더니 방아쇠를 당겼다. 격철을 누르고 있었기 때문에 발사되지는 않았다. 사나이가 꿀꺽 목울대를 움직였다.

이 상태에서 여차하는 순간 허베이의 엄지손가락이 떨어지면 금방 총알이 튀어나오는 것이다. 2분의 1초 신관(信管)을 단 수류탄을 안고 있는 것이나 마찬가지이다. 미치광이가 아닌 이상 아무도 그런 상태의 권총을 뿌리칠 수 있다고 생각할 수는 없을 것이다. 조금이라도 갑작스러운 움직임을 보이면 스스로 죽음을 불러오게 된다.

무척 오랫동안 그렇게 하고 있은 것 같았다. 언제 종업원이 주문을 받으러 올지 모른다. 땀이 흐르기 시작했다. 뚱보는 더욱 땀을 흘리고 있었다. 이윽고 뚱보가 자존심을 달래기 위해서인지 눈썹을 찌푸리더니 자그마한 동작으로 갈 뜻이 있음을 밝혔다. 허베이는 한 걸음 물러섰다. 5명이 화물차에 실린 트럭처럼 한 줄로 나란히 간격을 좁혀서 걸었다.

모퉁이를 돌아 꼬부라진 길을 건너자 이쪽에서는 광장이 보이지 않게 되었다. 허베이는 행렬을 멈추게 하고 왼손을 내밀었다.

"메르세데스와 르노의 열쇠를 내놔!"

뚱보가 벽에 기대어 그건 자기네 차가 아니라고 설명을 시작했다. 도대체 무슨 작정으로······.

허베이는 아무 말 없이 미소지었다. 그런 미소가 꼭 어울리는 얼굴이다. 나는 탄흔투성이의 벽과 눈가림, 총열 등을 떠올려 보았다. 허베이는 권총을 꺼내어 격철을 일으켰다. 이번에는 찰칵 소리가 분명하게 들렸다.

그는 열쇠를 받자 어깨 너머로 내게 내밀었다. 나는 그의 뒤쪽으로 다가갔다.

"메르세데스를 움직이는 데는 1분이 걸리오."

"서두를 건 없소."

나는 열쇠에 손을 뻗쳤다.

지금까지 상대방에 대해 알고 있는 일이란 투우르 시내 한복판에서 차를 사이에 두고 총격전을 벌이게끔 일을 꾸몄다는 것뿐이다. 그 계획은 이쪽에서 볼 때 무척 머리가 나쁜 이들이 꾸민 것이다. 그러나 머리가 나쁜지는 몰라도 그들의 단결력은 나쁘지 않았다.

어떤 신호를 주고받았는지는 전혀 모르겠으나 열의 맨 끝에 있던 녀석이 먼저 움직였다. 앞으로 튀어나가 땅바닥에 덥석 엎드렸다. 허베이가 그쪽으로 권총을 향하려고 했을 때 뚱보가 왼손을 윗도리 속에 넣고 벽에서 떨어졌다.

나는 허베이의 등 뒤에 있었다. 그는 나의 전투 최전선을 방해하고 있으며, 뚱보가 허베이에게 몸체로 부딪치면 그 여세로 나도 나가떨어지게 될 것이다. 나는 모제르를 꺼내는 것을 그만두고 뒤로 뛰어 물러섰다.
뚱보가 왼손으로 권총을 꺼내면서 허베이에게 몸체로 부딪쳤다. 두 사람이 한 덩어리가 되어 내 쪽으로 쓰러져 왔다. 허베이가 상대방의 왼쪽 어깨에 총을 대고 손가락을 놓았다. 기분 나쁜 짓눌린 듯한 소리가 났다. 뚱보는 공중에서 반쯤 빙글 돌더니 똑바로 쓰러졌다. 권총을 든 그의 손이 힘없이 벽 쪽으로 뻗어 있었다. 허베이가 내 발밑에서 한 바퀴 빙글 돌았다. 세 번째 사나이가 나에게 덤벼들었다.
나는 가까스로 모제르를 바지에서 꺼내 전자동 레버에 엄지손가락을 걸었다. '기관총이 말을 할 때는 지금이다' 하고 생각했다.
허베이가 고함을 질렀다.
"그런 건 쏘지 마!"
세 번째 사나이는 모제르의 큰 탄창을 보더니 총을 꺼내는 것을 그만두었다. 발을 멈추기 전에 이미 두 손이 올라가 있었다.
나는 총을 좌우로 흔들었다.
"자, 덤벼 봐!"
몸이 강철처럼 긴장하여 방아쇠의 손가락에 힘이 더해졌다.
허베이가 일어섰다.
"웃기지 마시오, 전쟁은 이미 끝났소. 침착하오, 케인."
그는 총을 좌우로 향했다. 두 사나이가 말없이 벽을 등지고 섰다. 수채 속에서 뚱보가 갑자기 신음 소리를 냈다.
허베이가 말했다.
"차를 가지고 오시오."
나는 마지못해 모제르를 레인코트 밑에 넣고 광장 쪽으로 걸어갔다.
아무도 총소리에 신경을 쓰고 있는 것 같지는 않았다. 아무튼 큰소리는 아니었다. 소리란 결국 남아도는 에너지가 주위의 공격과 마주쳐서 나오는 것이다. 그러나 총알의 에너지는 대부분 뚱보의 어깨가 흡수해 버렸다. 그 어깨를 치료하는 역할은 그만두자고 생각했다.

나는 메르세데스를 5야드쯤 뒤로 끌어내고 그들이 제2의 수단을 준비해 두었는지 어떤지 시트로엥의 타이어를 조사해 보고 난 뒤 운전하여 그 골목으로 갔다.

허베이가 천천히 길 저쪽으로부터 오른손을 레인코트 밑에 넣은 채 걸어왔다. 그가 올라타자 급하게 서둘러 모퉁이를 돌았다.

"그들을 어떻게 했소?"

"뚱보를 데리고 집으로 돌아가라고 했지. 난 바보였소······."

"무슨 소리요?"

"녀석은 왼손잡이였소. 나는 그걸 미처 생각지 못했지. 그가 보스라는 걸 알았고, 녀석이 없으면 아무 일도 못한다는 것도 알았기 때문에 카페에서 그의 오른손을 못 쓰게 만들었을 때 이제 괜찮다고 생각했던 거요. 우선 그 녀석이 왼손잡이인지 아닌지 확인해야 했었는데······."

다음 모퉁이를 돌아 속도를 떨어뜨렸다.

"누구에게나 실수는 있지" 하고 나는 말했다.

"내 사업에서는 용서할 수 없는 일이오!"

나는 손을 뻗어 뒷문을 열었다. 매건할트와 여자와 내 서류 가방이 올라탔다. 아무 말없이 재빨리 탔다.

그곳을 떠나자 왼쪽으로 돌아 시장 광장으로 들어가서 과일과 생선 트럭이 줄지어 선 사이를 누비며 달렸다.

저먼 양이 갑자기 몸을 내밀고 허베이에게 말했다.

"당신한테서 화약 냄새가 나요."

허베이는 고개를 끄덕였다.

"네, 한 사람 쏘았소. 죽이지는 않았지만."
여자가 싸늘하게 말했다.
"유감이군요."
"일부러 그렇게 한 거요."
허베이가 말했다.
"당신이 보지 않은 곳에서 죽여 보았자 재미가 없을 테니까."
내가 끼어들었다.
"그럼, 당신의 서투른 농담 책이나 던져서 쫓아 버렸으면 될 텐데요."
허베이가 웃었다.
"저면 양은 우리가 싫은 모양이로군. 아무튼 아까는 깜짝 놀랐소."
"나 때문에?" 나는 물었다.
"물론. 기관총을 휘두르며 '자, 덤벼 봐' 하고 외치지 않았소. 당장에라도 방아쇠를 당기는 줄 알았지. 나를 앞에 두고 말이오."
"그전에도 말했지 않았소. 이 장사는 전쟁 중에 배웠다고."
"그건 옛날 이야기요. 유행이 바뀌었다오."
시가지 남쪽에서 나와 있는 국도와 동남부 근처에서 만나는 꼬불꼬불한 길을 달렸다.
"그런데……." 내가 말했다. "상대방을 어떻게 생각하오?"
"녀석들은 결코 톱 클라스는 못되오."
"나도 그렇게 생각하오. 아는 얼굴이 있었소?"
"아니."
"그 녀석들은 어떻게 하려는 생각이었을까?" 매건할트가 물었다.
"이건 내 상상이지만 녀석들은 명령을 어기고 있었다고 생각하오."
허베이가 빠른 투로 이야기했다. "아마 투우르에서 우리를 감시하라는 명령을 받고 있었을 거요. 그런 일이라면 별로 어려울 것도 없지. 여기서 강을 건너야 하는데, 다리는 두 개밖에 없으니까. 그런 뒤 우리를 미행하여 어디 조용하고 인적이 없는 곳에서 습격하라는 것이었겠지요. 메르세데스라면 우리를 따라올 수 있거든요. 그런데 우리가 차를 세우고 카페에 들어가자 여기서 간단히 해치울 수 있으리라고 생각한 거요. 바보 같은 녀석들!"

나는 고개를 끄덕였다. 이치가 맞는 이야기이다.

"그래서 아무도 안 죽였소?" 하고 나는 물었다.

나는 그의 시선을 옆얼굴에 느꼈다.

"필요가 없다고 생각했소."

그는 덤덤하게 말했다. "녀석들은 동작이 너무 느려서 충분히 여유가 있었으니까."

저편 양이 몸을 내밀고 믿을 수 없다는 듯이 말했다.

"당신은 누군가 살해되었으면 좋겠다고 생각했나요?"

"아니, 난 아무래도 좋소."

그러나 이것은 진정한 대답이 아니었다. 사실 나는 아무도 죽이지 않은 것이 약간 걱정되고 있었던 것이다.

우수한 보디가드란 빠르게 쏠 수 있다든가 또는 정확하게 쏠 수 있다는 것이 본령은 아니다. 그런 것은 부수적인 것에 지나지 않는다. 그보다는 언제 어떤 경우에도 주저없이 사람을 죽일 수 있는 마음가짐이 중요한 것이다. 총잡이가 아무리 고양이처럼 민첩하고 로빈 훗처럼 정확하게 쏠 수 있다 하더라도 죽일까 어쩔까 자기 양심과 싸우고 있다면 실업 보험이나 받는 편이 나을 것이다. 아니, 거기까지 지탱하지 못할 공산이 크다.

그렇지 않으면 술에 빠지게 될 것이다.

베랑게르 거리를 넘어 남동쪽으로 계속 달렸다. 미쉴랑의 지도를 허베이에게 주었다.
"D호 도로만 골라서 남동쪽으로 가는 코스를 찾아 주시오."
"그러니까 브르타뉴와 스위스 사이는 국도를 피해서 가고 싶다는 거로군" 하고 허베이가 말했다.
"맞았소. 국도를 따라 검문소가 설치되어 있을 테니까."
그는 지도를 살피고 있었다.
"오베르뉴에 가게 되는군."
나는 고개를 끄덕였다.
"그곳이 목표요. 아는 사람이 있소. 전에는 친구였던 사람들이지."

8

 순간 나는 드디어 잡혔구나 하고 각오를 했다. 시내를 벗어나와 2킬로미터쯤 간 뒤 셸 강에 걸려 있는 다리를 건너 생 아베르땅에 들어설 때쯤이었다. 다리는 보수 공사로 회색 철근이 흩어져 있고, 길 위에는 널빤지가 널려 있었다. 한 경찰관이 지나가는 차를 한 대 한 대 신중하게 보고 있었다.
 그러나 곧 경찰관이 교통 혼란이 일어날까 그것만을 감시하고 있다는 것을 알았다. 나는 조심스럽게 조용히 운전하여 다리를 건넜다. 얼마 뒤 우리는 D27호선을 남쪽으로 하여 포도밭과 밝은 색 교외 주택들이 아무렇게나 뒤섞여 있는 근처를 달리고 있었다. 드문드문 서 있는 집들은 옷이 벗겨진 듯한 모습으로 주위에 집들이 들어서기를 기다리고 있는 것 같았다.
 한곳에서 국도를 가로질렀다. 검문소나 순찰차도 보이지 않았다. 그 뒤부터는 걱정이 없었다. 한가운데가 너무 솟아오른 느낌이 드는 좁은 길을 달렸다. 직선 길에서는 시속 90킬로미터까지 속력을 내었다.

이런 일이 일어난 경우 경찰은 모든 도로에다 검문소를 설치하지는 않는다. 그들은 본부에서 지도를 보면서 "그들은 몇 시에 어디를 출발했으니까 지금쯤 아마 이 근처에 있을 것이다" 라는 식인 것이다. 그렇게 하여 결정된 지점에 검문소를 두고 지나가는 차들을 주시한다. 마치 연못 위의 파문과도 같다. 시간이 지남에 따라 수사망은 점점 퍼져 나간다. 지금까지는 그 파문의 범위보다 앞질러 가고 있는 모양이다. 그들은 아직 우리가 투우르에 들어서지 못했으리라 생각하는지도 모른다. 그러나 위험은 범하고 싶지 않았다. 옆길로 숨어서는 안된다. 그럼 곧 파문에 추적당하고 만다. 오늘 밤쯤에는 경계 지령이 스위스 국경까지 도달할 것이다.

그렇다면 오히려 다행한 일이다. 오늘 밤, 우리는 스위스 국경에서 200킬로미터도 더 떨어진 곳에 있을 테니까. 그리고 내일이면 파문도 사라지고 없어질지도 모른다. 만의 하나인 기대이다.

그때 문득 생각이 났다.

"멜랑에게 전화를 해야겠군."

"왜?" 허베이가 물었다.

"연락을 하려는 것뿐이오. 무슨 정보라도 입수했을지 모르니까. 그리고 매건할트 씨, 괜찮으시다면 멜랑에게 당신 이름으로 전보는 쳐 달라고 하고 싶습니다."

"왜요? 누구 앞으로?" 매건할트가 물었다.

"당신 요트의 선장이나 승무원 가운데 누구에게. '누를 끼쳐서 미안하다. 빨리 석방되기를 바란다'는 내용으로 말입니다. 경찰이 그걸 보고 당신이 빠리에 있는 줄로 생각할지도 모르거든요. 얼마쯤 도움이 될지도 모릅니다."

그는 금속성 웃음 소리를 내었다.

"좋은 생각이군요."

로아르 계곡의 비옥한 농업 지대를 다 올라간 근처에서 길이 나쁘고 굴곡이 심해졌다. 길가의 나뭇가지와 관목이 멋대로 자라서 길이 좁아진 느낌이었다. 도로 표지는 옛날 던롭의 '프랑스 여행 클럽'이 세운 것으로, 오랫동안 아이들의 돌 팔매질을 받아 쭈그러지고 녹이 슬어 있었다.

내륙 지방에도 비가 온 모양으로 강의 수량이 많고 흐름이 급했다. 곳에 따라서는 빗속의 호위병이 집 안으로 불러들여지기를 기다리는 듯한 모습으로 포플러 나무가 물 속에 죽 늘어서 있었다.

허베이가 지도를 집어들고 말했다.

"끌레르몽 페랑의 남쪽을 지나 오베르뉴 산지로 들어가고 싶다고 했지요?"

"그렇소."

"그 근처에서는 동작이 둔해질 텐데."

"길을 모르면 순경한테 물으면 되오."

그는 말없이 내 얼굴을 보고 있었다.

매건할트가 갑자기 잠을 깨어 입을 열었다.

"아무래도 경찰이 우리를 쫓고 있는 건 확실한 모양인데, 정지 명령을 받으면 어떻게 하지?"

나는 어깨를 으쓱해 보였다.

"자전거를 탄 경찰관이라면 달아날 생각도 해볼만하지만 그렇지 않은 경우에는 명령대로 해야겠지요."

여자가 싸늘한 말투로 말했다.

"용감한 총잡이들은 어떻게 되었지요? 경찰에게는 꼼짝 못하나 보지요?"

"어떤 의미에서는 그렇습니다. 떠나기 전에 우리 둘이서 정했거든요, 경찰관은 쏘지 않기로."

"결정했다고?" 매건할트가 물었다. "누구의 허락을 받고 결정했소?"

"어떤 경우에든지 총질은 피하라고 말씀하시지 않았던가요, 매건할트 씨?"

나는 텔레타이프가 송신하고 있는 것 같은 아무런 억양이 없는 사무적인 어조로 말했다.

"나는 멜랑 씨를 통해 당신들에게 급료를 지불하고 있소. 어떤 결정이든지 나와 그가 같이 의논해서 내려야 하오."

허베이와 나는 얼굴을 마주보았다. 그는 한숨을 쉬며 말했다.

"당신은 그의 기분을 상하게 한 것 같군. 다음 십자로에서 차를 세우시오. 우리는 버스로 샤뜨루에 가서 기차로 빠리에 돌아갈 수 있을 거요."

내가 말했다.

"다른 각도에서 한 번 생각해 봅시다, 매건할트 씨. 당신은 우리더러 경찰관을 쏘라고 하는 건가요?"

아무 말이 없었다. 한참 뒤 그는 말했다.

"어째서 쏘지 않기로 결정했는지 그걸 알고 싶었을 뿐이오."

"당신을 죽이기 위해 고용된 사람과, 당신을 잡으라는 명령을 받고 움직이는 경찰관의 차이를 모릅니까? 우선 도의적인 면은 생각지 않기로 합시다. 경찰관을 쏜 경우, 그것이 결과적으로 당신에게 유리할 수 있으리라고 생각하십니까?"

"당신의 말은 잘 모르겠지만……."

나는 크게 숨을 들이쉬었다.

"이 여행은 당신에게 있어서 싸움의 한 부분일지도 모릅니다. 그러나 여행이 끝났을 때 당신은 지금보다 더 나쁜 조건 밑에 있고 싶지는 않겠어요. 지금 경찰은 부녀 폭행죄로 당신을 찾고 있소. 당신이 거물이니만큼 더 힘을 기울여 찾겠지요. 거물을 놓치면 곧 누군가가 매수되었느니 하고 떠들기 시작하니까요. 그러나 문제는 단순한 부녀 폭행죄뿐이오. 그리고 지금 그들이 쫓고 있는 건 당신뿐이 아니오. 아마 은행 강도도 두 명 있을 테고 살인, 탈옥, 자동차 도난, 그밖에 오늘 일어난 여러 가지 범죄 가운데 하나로서 당신을 찾고 있는 거요.

그러나 만일 경찰을 죽인 경우라면 그들은 다른 사건은 모두 내던져 놓고 거기에 집중합니다. 우리가 그 손을 피해 간다 하더라도 지옥의 끝까지라도 손을 뻗쳐서 우리의 인도를 요구할 것이 틀림없습니다. 이 세상 어느 나라에서도 경찰관을 살해한 범인을 숨겨 주지는 않습니다. 그런 일을 하면 자기 나라 경찰이 잘되어 가지 않거든요. 아시겠소?"

"당신 말이 정말이라면…… 그러나 경찰관이 그런 생각을 갖는다는 건 좀 이상하군."

허베이는 담배에 불을 붙이고 신중한 말투로 말했다.

"그게 경찰관의 생리요. 그들은 개인적으로는 어떤 사람이 법을 어겼다 해도 그다지 마음에 두지 않소. 예상한 일이니까. 물론 그들은 열심히 맡은 바 일을 하지요. 그러나 그들도 저녁 6시에는 집으로 돌아가서 저녁을 먹습니다. 누군가가 손도끼로 마누라의 얼굴을 수술해 줬다고 해서 이미 이 세상을 끝이라고 생각하지는 않는단 말이오. 그 사나이가 끝까지 달아나서 잡히지 않는다 해도 말이오."

그는 앞유리에 담배 연기를 뿜었다.

"경찰관은 따라서 지금 우리가 하고 있는 것처럼 달아나는 건 개의치 않소. 당연하다고 생각하지. 그편이 좋거든. 적어도 경찰이나 법을 두려워하고 있다는 표시니까. 그러나 누가 경찰관을 죽였다고 하면 어떻게 될까요? 그 사나이는 달아나지 않고 대항한 것이 됩니다. 두려운 마음을 갖고 있지 않았다⋯⋯이것은 다시 말해서 그 사나이는 법을 어길 뿐만 아니라 법 질서를 근본적으로 파괴하려 한다는 말이 되지요. 경찰관들이 스스로의 직책으로 생각하고 있는 법, 질서, 문명 사회의 수호에 대해 반항하는 것은 즉 경찰 전체에 대해 도전하는 것입니다. 이렇게 되면 일은 경찰관 개인의 문제가 됩니다. 그런 사나이는 무슨 일이 있어도 잡아야 한다고 생각하는 거지요."

매건할트는 조용히 "묘한 세상이로군" 하고 말했다.

차는 계속 달렸다. 주위는 널찍한 평지였다. 보리밭 속에 삼면이 돌담으로 에워싸인 농가가 보였다. 길 쪽으로 면한 곳에는 돌울타리가 없고, 닭이며 거위, 오리들이 길 위를 뛰어다니고 있었다. 거위와 오리가 모욕을 당한 것 같은 표정으로 깃털을 곤두세우고서 화를 내었다. 공작 부인이 가게에서 물건을 슬쩍하다가 들킨 때와 같은 얼굴이었다. 닭은 길 반대쪽의 안전 지대로 피난하고 있었다.

그밖에는 인적이 드문 쓸쓸한 길이었다. 몇몇 사람이 이웃 사람인가 싶어 뒤돌아볼 뿐이었다.

저먼 양이 물었다.

"당신들은 어떻게 그런 것을 알고 있지요? 당신들은 두 분 다 어떤 사람이에요?"

"난 보디가드요, 저먼 양."

허베이가 말했다.

"하지만, 어째서 이런 일을 하게 됐지요?"

"남자가 매춘부에게 하는 것 같은 질문이로군."

그는 감정이 없는 어조로 말했다.

"운이 좋았던 거지요" 하고 내가 덧붙여 말했다.

허베이는 싱긋 웃으며 얼른 대답했다.

"난 미국의 비밀 정보부에 있었소. 보디가드 전문으로 말이오. 대통령이 빠리를 방문했을 때도 그를 수행했었지. 일이 마음에 들기에 그곳을 그만두고 나와서 스스로 장사를 시작한 거요."

그와 눈이 마주쳤다. 아무 표정이 없었다.

"그게 언제였지요?" 내가 물었다.

"4, 5년 전."

그만둘 때는 알코올 중독 문제가 없었던 게 분명하다. '독립 영업'의 긴박감 때문에 그렇게 된 모양이다.

여자가 다시 물었다.

"케인 씨, 당신은?"

"난 일종의 비즈니스 대리인입니다. 주로 대륙에 수출하고 있는 영국 회사의 일을 맡아 하지요."

매건할트가 날카롭게 물었다.

"당신은 프랑스의 레지스탕스에 가담해 있었던 것으로 아는데?"

"아닙니다. 여기저기 퍼져 있는 소문과는 다릅니다. 프랑스의 레지스탕스는 프랑스 인의 것이지, 영국이나 미국인이 한 일이 아닙니다. 나는 특별 공작원이었지요. 레지스탕스를 위해 보급 조직을 만드는 것을 거들기 위해 보내져 왔어요. 그뿐입니다. 싸움은 모두 프랑스 인이 했지요. 나는 총에 총알을 넣어 주었을 뿐입니다."

"그럼, 어디 있었소?" 허베이가 물었다.

"빠리와 오베르뉴. 그러나 여기저기 돌아다녔소. 병기를 보급하기도 하고 보급망을 조직하기도 하면서."

매건할트가 과연 멜랑이 나를 택한 이유를 알았다는 듯이 "아아……" 하고 말했다. 나 자신은 아직 그 이유를 모르겠는데.

허베이가 넌지시 물었다.

"잡힌 적이 있었소?"
"한 번."
"발은 어떻소?"
"보시다시피 걷고 있잖소."
여자가 물었다.
"무슨 이야기를 하시는 거예요?"
허베이가 설명했다.
"들은 바로는 게슈타포가 누구를 심문하여 어느 쪽인지 결정을 짓기가 어려울 때는 놓아 주기 전에 다리에 상처를 냈답니다. 그리하여 1년쯤 지나 같은 사람이 다른 이름과 다른 신분 증명서를 가지고 잡혔을 경우 그들은 발을 보고 알지요. 전에 의심을 사서 심문받은 일이 있는지 없는지를. 그네들의 저열한 생각에 따르면 두 가지 의심은 하나의 증거가 된다는 거지요."
한참 뒤 여자가 물었다.
"그런 일을 당했나요?"
"네."
"쓸데없는 말을 해서 미안해요."
한참 뒤에 내가 말했다.
"먼 옛날 일이오."
"그리 먼 것도 아니지."
허베이가 조용히 말했다.

남쪽으로 내려감에 따라 구름이 걷히고 가끔 햇볕이 반짝 내리비쳤다. 그때마다 물감을 칠한 듯이 언덕의 선이 떠올랐다. 길의 굴곡이 더욱 심해지고 좁아졌다. 속력이 아주 떨어졌다. 갑자기 솔밭 속을 꼬불꼬불 이어져 있는 자갈길이 나왔다.

나는 2단으로 기어를 떨어뜨리고 퉁명스럽게 말했다.

"뭐야, 길을 잃어 버렸잖소. 지도를 이리 주시오!"
허베이는 고개를 저었다.
"보통 길이오. 좀더 가면 좋아질 거요."
"정말이지"라고 말하며 나는 머리를 가로저어 보였다. "미안하오."

너무 조급해 하고 있다는 것을 나 자신도 알고 있었다. 이미 9시간이나 계속해서 운전하고 있는 것이다. 잠잔 시간은 얼마 안되었다. 게다가 이렇게 나쁜 길을 국도처럼 기분좋게 달릴 수는 없다. 지금은 피로에 지치고 배도 고팠다. 그러나 무엇보다도 더 술을 마시고 싶었다.

나는 곁눈질로 허베이를 보았다. 멜랑에게 전화를 걸러 갈 때 잠깐 골목에서 한잔하고 올 수 있을지도 모른다.

이윽고 포장된 도로가 되어 솔밭을 벗어났다.

"내가 말한 대로지. 어디서 점심을 먹을까?" 하고 허베이가 물었다.

"이제 곧 마을로 들어설 거요. 저면 양, 내가 멜랑에게 전화하고 있는 동안 먹을 것을 사 와 주지 않겠소?"

"좋아요. 난 따뜻한 것을 먹고 싶지만 레스토랑에 들어가는 건 위험하다고 하시겠지요?"

"난 위험에 처하게 된다고 말했소. 이번 일에서 내가 해야 할 일은 될 수 있는 한 위험을 적게 하는 것이오."

잠깐 사이를 두었다가 여자가 말했다.

"종점에 닿을 때까지 당신의 위험론에 진력이 날 것 같아요."

나는 고개를 끄덕였다.

"아마 그럴 거요. 그리고 실제 위험에도 진력이 나 있을는지도 모르지요."

45분 뒤 국도 140호선으로 접어드는 바로 앞에서 작은 마을로 들어섰다. 언덕 아래 오래 된 튼튼한 석조 가옥들과 가게가 광장을 빙 둘러서 웅크리고 있었다. 나는 신문 보급소겸 미장원 앞을 지나고 국기를 달아 놓은 파출소 앞을 지나 경사를 이루고 있는 광장으로 들어갔다. 파출소 앞에 밤중에 법과 질서의 유지를 필요로 할 때에는 25미터 앞의 집에 연락하라고 게시되어 있었다.
다른 사람이 묻기 전에 내가 설명했다.
"다른 골목 안에 차를 세우는 것보다 이편이 나을 거요. 낯선 차가 골목 안에 있으면 더 사람들의 눈을 끌거든. 아무튼 오래 있어서는 안되오."
나는 나무 울타리로 둘러싸인 앞마당 뒤의 전신 전화국 건물로 갔다. 우편 마차 시대 때부터 있어 온 것이리라. 똑바로 공중 전화 박스에 들어가서 멜랑의 사무실 전화 번호를 댔다.
그의 전화 번호에 도청 장치가 되어 있을까? 빠리의 유명한 변호사에 대해 그런 짓을 하리라고는 생각되지 않는다. 그러나 지금쯤 경찰은 멜랑이 어느 정도 매건할트에 대해 알고 있는지 캐내고 싶어할 게 틀림없다. 두 사람의 관계는 이미 알려져 있을 것이다.
비서가 지금 손님이 와 있는 중이라고 말했다. 그래서 빨리 불러오라고 말한 뒤 컨튼이라고 이름을 댔다.
멜랑이 전화에 나왔다. 처음에는 멀리서 사과하는 말투로 "잠깐 실례하겠습니다, 경감님" 하는 소리가 들려 왔다. 약삭빠른 변호사가 전화로 다른 사람과의 이야기가 들리도록 할 리가 없다. 내게 경찰이 와 있다는 것을 알리기 위한 것이다.
"여보세요? 이거 참, 미안합니다. 측량사가……."
측량사가 이러니저러니 하는 따위는 아무래도 좋았다. 우선 전화를 내던지고 달아나야 한다.

그러나 그렇게 되면 경감의 의혹을 더해 줄 뿐이다. 뭔가 이야기해야 한다. 그렇다면 도움이 될 만한 이야기를 생각해 내야 한다.

"길을 벗어나서 고지의 래트 라인(Rat line)에 들어갈 작정일세."

나는 될 수 있는 한 재빠르게 영어로 이야기했다. 누가 옆에서 듣고 있어도 빠른 영어는 알아듣지 못하기를 바랐다. 그러나 멜랑이 알아들을지 걱정이 되기도 했다. "우리 친구의 이름으로 보트에 전보를 쳐 주게. 속임수야."

그는 다시 측량사가 게으름쟁이라면서, 그러나 지금은 모두들 집을 사는 시기이므로 바쁜 모양이라고 한바탕 변명을 늘어놓았다.

"오늘 밤 잘 곳이 정해지면 다시 전화하겠네. 도청당하고 있는 건 아닐까? 만일 그렇다면 집 값이 올라갈 것으로 생각한다고 말해 주게."

그는 집 값은 현재대로이니 안심하라, 그 사람도 변호사 멜랑의 입장을 존중해 주고 있다고 말했다.

나는 전화에다 대고 싱긋 웃으며 말했다.

"고맙네, 앙리. 말이 나온 김에 하는 얘긴데, 경찰이니 국제적인 사업이니 하는 말을 안 들어도 되는 한적한 곳에 좋은 집을 찾아봐 주게, 알겠나?"

그는 "언제든지 될 수 있는 한 도와 드리지요"라고 말했다. 우리 두 사람은 전화를 끊었다. 나는 땀을 흘리며 박스에서 나왔다.

'정말 바보 짓을 했군' 하고 생각하면서 천천히 광장을 가로질러 갔다. 만일 그의 전화가 도청되고 있거나 어떤 이유로 지금의 통화를 더듬어 온다면 모든 것은 끝장이다. 이런 산지에서는 파문에 앞서 갈 수가 없다. 그러나 날마다 앙리에게 걸려 오는 전화를 더듬는다면 빠리 경시청 직원이 총동원되어야 할 것이다. 그렇다면 남은 문제는 도청인데, 앙리는 걱정없다고 말했다. 그런 데엔 빈틈없는 사나이일 테니까.

　나는 이것저것 혼자 묻고 대답하면서 카페에 들어갔다. 마르를 더블로 주문하고, 사나이가 따르고 있는 동안 지타느 두 갑을 샀다. 1분 동안에 술을 다 마시고 30초 동안에 리모쥬로 가는 데 걸릴 시간을 물어 대답을 얻었다. 우리가 가는 길과는 정반대 방향이다.

　차로 돌아오자 허베이가 이상한 얼굴로 나를 보고 있었다. 담배를 두 사람 사이의 좌석 위로 던졌다.

　"다 떨어져 가면 한 갑 주지."

　시동을 걸어 신중하게 운전하면서 광장을 나왔다. "점심은 뭔가?"

　저먼 양이 대답했다.

　"빵, 치즈, 파테, 서딘, 체리 파이. 좋으시다면 붉은 포도주와 페리에가 한 병씩 있어요."

　"페리에로 합시다. 운전해야 하니까."

　내가 말했다.

　"마찬가지로 나도 총을 쏘아야 하니까."

　허베이가 말했다. 그리고는 내 쪽을 보았다. "이쪽은 카페에서 한 잔하지 않았지만 말이야."

　"내가?" 나는 놀라는 표정을 지어 보였다.

　허베이는 약간 쓸쓸한 듯한 웃음을 띠었다. 그의 얼굴에 떠오르는 웃음은 모두 쓸쓸해 보이는지도 모른다.

　"그렇소. 하지만 걱정 마오. 나도 서둘러 한 잔 마시는 방법쯤은 알고 있으니까."

9

 달리면서 식사를 했다. 여자는 빵에다 파테와 치즈를 끼워 건네 주었다. 서딘 깡통을 열려다가 무릎에 기름을 쏟고는 "아이, 참!" 하며 창문으로 깡통째 내던져 버렸다. 그리고 나서 매우 쌀쌀맞은 말투로 "미안합니다. 서딘은 떨어졌어요" 하고 말했다.
 매건할트가 금속성의 소리를 내며 웃었다.
 체리 파이를 한 조각 먹고 담배를 한 대 피워물었다. 나는 기분이 매우 명랑해졌다. 그들이 이 지역에서 도로를 막아 보았자 나를 잡을 수 없을 것이다. 이제 곧 오베르뉴이다. 내가 잘 알고 있는 길에 올라가게 되면…… 예전에 게슈타포가 길을 막고 나를 잡으려고 한 적이 있었지.
 기분이 좋아진 것은 식사 때문이나 이 근방의 지리에 밝기 때문이라기보다 마르를 더블로 마신 탓이라는 건 알고 있었다. 또한 그 술의 영향이 기껏해야 두 시간 정도밖에 가지 않는다는 것도 알고 있었다. 그러나 기분이 가벼워진 동안에 될 수 있는 대로 길을 늘여 놓고 싶었다.

주위의 산이 야단스러운 푸른 색으로 바뀌어 있었다. 나무는 흙투성이가 되어 몸을 비틀고 있다. 노부인의 거실에 있는 녹색 비로드 소파처럼 빽빽한 이끼에 덮인 바위가 여기저기 보인다. 전체적인 경치는 노래보다 무대 장치로 관객의 관심을 끌려는 오페라의 무대 같았다.

나는 이 근방이 싫었다. 식물이 빽빽이 자라 있어 습도가 높고 갑갑한 느낌이 들기 때문이었다. 나는 상쾌하게 공기가 차가운 고지대가 좋았다. 그곳에서는 총의 사정거리 안에 들어온 사람을 알아볼 수가 있다.

허베이가 물었다.

"오늘 밤은 집에서 자게 되나?"

"아는 집이오."

"레지스탕스 시절의?"

나는 고개를 끄덕였다.

그는 또 물었다.

"그 사람들은 틀림없이 있을까? 지금도 친구로서 맞아 줄까?"

"누군가는 그렇게 해주겠지. 선택의 여지도 있소. 전에는 많은 사람을 알고 있었소. 래트 라인의 하나가 이곳을 지나가고 있었거든. 탈주자를 도망시키거나 보급품을 운반하던 루트이지."

시 전체가 병영 같은 느낌을 주는 군대 도시 라 꾸르띠느를 지나갔다. 개방적이며 사람 모습이 적고, 갓 청소한 것 같은 시내 여기저기 모퉁이에 군인이 서 있었다. 차는 도르도뉴 골짜기로 내려갔다.

"케인 씨" 하고 매건할트가 불렀다. "케인 씨, 아까 경찰관 이야기를 할 때 당신은 도의적인 면은 생각지 말자고 했소. 왜 그런 이야기를 했지요?"

허베이와 나는 서로 얼굴을 마주보았다. 이 사람은 몇 시간 동안이나 말도 하지 않고 있더니 그 일을 생각하고 있었던 모양이다.

나는 신중하게 말했다.

"당신에게는 흥미없는 일이라고 생각했기 때문입니다."

"어째서?"

나는 어깨를 흠칫했다. 그것이 그의 눈에 들어갔는지 어떤지 알 수 없다.

"여러 가지 정세를 생각해서 성급하게 내린 판단인지도 모릅니다. 아무튼 당신은 온 프랑스 안의 경찰과 악당들에게 쫓기고 있으니까요. 따라서 당신에게는 흥미없는 일일 것이라고 판단했지요."

그는 침착한 목소리로 다그쳐 물었다.

"빈정거리는 말은 그만두고, 이야기해 주지 않겠소?"

나는 몸을 앞으로 내밀고 백미러로 그의 얼굴을 찬찬히 살펴보았다. 신기하게도 얼굴에 어떤 표정 같은 것이 나타나 있었다. 중세의 갑옷에다 백묵으로 그려 놓은 것 같은 미소였다. 어울리지 않고 언제까지나 남아 있을 미소는 아니지만, 미소임에는 틀림이 없었다.

"우선 리히텐쉬타인을 이용해서 탈세하고 있는 인간에 대해서 나는 그리 좋게 생각지않고 있지요."

"탈세라는 말은 나에게 해당이 되지 않소, 케인."

"그 점은 알고 있습니다. 탈세는 불법 행위지요. 그러나 당신이 하고 있는 일은 합법적이니까요."

"그러나 도의적은 아니란 말이오?"

"현실적인 의미에서 도의란 다른 여러 가지 일과 마찬가지로 캐어들어가면 '공평한 거래'를 뜻합니다. 당신은 프랑스와 그밖의 여러 나라에서 공장을 경영하고 있소. 그러나 그러한 나라에 공장 경영에 대해 내야 할 돈을 치르고 있지 않소. 그뿐입니다."

"지금 당신이 말한 나라들은 보통 정부가 갖고 있는 것과 같은 권한을 가지고 있소. 그러므로 나에게서 좀더 돈을 가져가고 싶으면 합법적으로 내게 채무를 지을 수가 있는 것이오."

그의 목소리는 스테인레스로 된 톱니바퀴처럼 매끄러웠다. "그들은 그렇게 하면 되는 거요. 그 채무를 갚는다면 내가 하고 있는 일이 보다 도의적이 되었다고 말할 수 있겠소?"

"그렇게는 생각지 않습니다, 매건할트 씨. 내가 받은 느낌을 말씀드리면 당신은 지금 물어도 괜찮다는 마음이거나 절대로 물을 필요가 없다고 생각하거나 둘 중의 하나인 것 같습니다. 꼭 물어야 할 경우는 또 다른 문제입니다. 아마도 당신은 도의성과 합법성을 혼동하고 있는 것 같군요."

"그 차이를 설명해 주지 않겠소?"

"그건 어려운데요. 간단히 말하자면 도의성은 국경을 넘어도 변하지 않는 거라고 말할 수 있을까요?"

허베이가 웃었다.

한참 뒤 매건할트가 말했다.

"케인 씨, 당신은 아주 엄격하고 괴상한 사고방식을 갖고 있는 모양이군."

나는 어깨를 옴츠렸다.

"당신이 꺼낸 이야기입니다. 그리고 약간의 탈세 행위를 탓하고 있는 것도 아닙니다. 몇천 명이나 되는 인간들이 하고 있는 일이니까요. 리히텐쉬타인이나 스위스의 몇몇 주가 다른 나라의 이익을 조금이라도 빨아들이려고 그런 세법을 만드는 이상, 언제까지나 계속될 것입니다. 너무 욕심을 내면 다른 나라에서도 무언가 수단을 강구하겠지요. 그렇게 되면 리히텐쉬타인은 장사가 안되겠지만……."

"케인 씨, 내가 말하고 싶은 것은 당신 같은 사고방식을 가지고 나를 도와 준다는 건 자신을 모순에 빠뜨리는 일이 아닌가 하는 점이오. 더구나 요트에서 멜랑 씨와 무선 전화로 이야기할 때 당신이 나에 대한 죄상이 진실이 아니라는 것, 그리고 내가 남의 것을 위해서가 아니라 나 자신의 재산을 지키기 위해 간다는 것, 이 두 가지를 확인해 주기 바랐다는 말을 들었소. 그때는 내가 도의적인 인간이라고 믿고 싶었던 거지요?"
강철같이 매끄러운 목소리로 돌아가 있었다.
"도의성이란 상대적인 것이기도 합니다. 예를 들어 당신은 투우르에서 우리를 습격한 녀석들보다는 도의적인 인간이라고 할 수 있겠지요. 당신은 살인을 할 생각이 없는 것 같은데, 누군가가 당신을 죽이려 하고 있소. 그렇기 때문에 나는 굳이 당신이 하고 있는 일이 도의에 어긋나지 않는다고 자신을 설득하지 않아도 당신의 일을 하는 데 모순을 느끼지 않았소."
"그러나 당신은 또 하나의 죄상에 대해서도 멜랑 씨에게 다짐받으려 하지 않았소?"
한동안 나는 그의 말투가 너무도 격한 데 놀랐다. 그러나 그 이유는 곧 알 수 있었다. 누구든 자기를 나무랄 데 없이 올바른 생활을 하고 있는 인간으로 여기는 사람에게 있어서는 부녀 폭행죄 같은 것은 죽음보다 더한 굴욕일 것이리라. 그리하여 매건할트는 부녀 폭행죄라는 말조차 입에 담기가 싫어서 '또 하나의 죄상'이라고 말한 것이다.
나는 속으로 그를 함정에 빠뜨린 상대는 다른 능력도 뛰어나지만 유머 감각을 갖추고 있는 사람이 아닐까 생각했다.
나는 말했다.
"멜랑은 훌륭한 변호사요. 그런데 그가 꾸며진 거짓이라고 확언해 주었소. 게다가 나도 부녀 폭행죄에 대해서는 얼마쯤 지식이 있거든요."
허베이가 나를 보고 유쾌한 듯이 웃었다.
"흐음, 그래요? 좀더 들려 주구료."
나는 설명했다.
"첫째, 증인이 필요없소. 아무도 폭행 현장에 증인이 있었으리라고는 생각지 않거든. 따라서 어떤 사나이가 어느 특정한 때 특정한 장소에 있었다는 것만 확실하면 되오. 그리고 누군가 그때 그 장소에서 폭행당했다고 말하기만 하면 되는 거지요. 여자가 그 사나이와 함께 잔 사실이나 의학적인 증거가 있으면 더욱 좋지. 아무튼 어떤 경우에도 여자의 증언 대 남자의 증언이 되는 거요. 그리고 만일 그것이 성공하여 기소로까지는 몰고 가지 못하더라도 오점은 남으니까."
허베이가 낮은 목소리로 말했다.
"그래요? 당신이 잘 아는 건 기관총뿐인 줄 알았는데."
"어떻게 그런 걸 알고 있지요?" 저먼 양이 물었다.
"그런 수법을 쓴 적이 있거든요. 물론 정당한 이유는 있었지만. 전쟁 중이었소. 빠리에 있던 독일군 군정관을 쫓아 버리기 위해서였지요. 그러나 그 사나이가 워낙 머리가 좋아서……물론 법정까지 몰고 가지는 못했지요. 그런데 독일군 자체가 그를 다른 곳으로 보낼 구실을 찾고 있었기 때문에 성공한 셈이었지. 그들도 전부터 그 사나이가 꺼림칙했던 모양이오. 그래서 우리가 구실을 만들어 주었지."
"그 여자는 어떻게 되었어요?" 여자가 물었다.
"너무 깊이 조사당하면 곤란할 것 같아 시골로 보냈지요."
"난 그런 걸 묻고 있는 게 아니에요."
냉정한 목소리였다.

"당신이 묻고 싶어하는 건 알고 있소. 그 여자는 프랑스를 위해 싸우고 있었다는 걸로 해 둡시다."
매건할트가 신경질적으로 가로막았다.
"그런 건 알고 있소, 케인 씨. 당신은 지금 나에 대한 죄상이 조작이라고 믿은 이유를 설명하고 있는 거요?"
"그렇습니다."
나는 손으로 더듬어 시트 위에서 담배를 한 개비 집었다. 허베이가 손을 뻗쳐 라이터로 불을 붙여 주었다.
"그렇소. 그런데 이쪽에서 묻고 싶은 게 한두 가지 있소. 무엇 때문에, 누가 당신을 함정에 빠뜨릴 필요가 있었을까요?"
그는 한참 생각하고 있었다.
"나의 행동이 몹시 제약당하게 되거든요. 특히 프랑스 안에서는. 그러나 죄상이 외국에 대해 인도를 요구할 수 있는 성질의 것이므로 어느 나라에 있으나 마찬가지입니다. 만일 내가 붙잡히면 지금 우리가 막으려 하고 있는 일이 더욱 쉽게 행해질 수 있을 게 틀림없기 때문이오."
나는 쓴웃음을 지었다. 지금 이야기에서 그는 우리에게 아무것도 새로운 사실을 알려주지 않았다. 나는 다시 진지해졌다.
"그러나 여자가 고소한 건 당신이 프랑스를 떠난 뒤였소. 이것은 즉 재판이라는 번거로움을 거치지 않고 당신을 프랑스에 못 들어오게 하려는 목적임에 틀림없다고 생각되는데요. 그렇다면 어째서 결석 재판에 붙이지 않았을까요? 프랑스의 법률로는 가능했을 텐데……."
"멜랑 씨가 손을 써 준 거요. 검찰측은 이 일에 그다지 열심히 아니었거든."
"결석 재판에서도 자신이 없다는 건 자기들의 함정이 생각한 만큼 잘못 짜여졌다는 뜻이 아닐까요? 그건 그렇고, 근본적인 질문을 하게 해주시오. 어째서 당신은 죄상을 부인하지 않았지요? 함정이라면 완전히 해치울 수가 있습니다. 얼마쯤 오점이 남겠지만…… 그러나 지금의 당신은 오점을 짊어진 위에 행동의 자유까지 빼앗기고 있지 않소?"

"그 점에 대해서는 아까의 당신 이야기가 그대로 대답이 될 수 있다고 생각하는데……." 그의 말투가 약간 바뀌었다. 굳이 말하자면 재미있어하고 있는 것 같았다. "당신은 아까 그런 문제에 있어 여자의 증언 대 남자의 증언으로 낙착이 된다고 말했소. 난 지금 세상의 어떤 재판소라 하더라도 완전 무결하다고는 생각지 않소. 재판소가 잘못을 저지를 때도 있을 수 있거든."

"매건할트 씨, 내가 말하고 있는 것은 재판 따위가 아닙니다. 재판이 문제가 되어 있지는 않습니다."

내 말투가 의아스럽게 들렸는지도 모른다. 사실 나에게는 이해가 가지 않았다. 나는 내 자신이 대부호에게 법률 강의를 하리라고는 꿈에도 생각지 못했었다.

"나는 잘 모르겠지만……." 그의 목소리가 또다시 딱딱하게 굳어졌다.

나는 얼른 말을 받았다.

"폭행죄라는 함정으로 자기에게 불리한 점은 역이용하면 이익이 될 수도 있습니다. 모든 것은 단 한 여자의 증언에 걸려 있습니다. 만일 그 여자가 위증을 하고 있다면 누구에게 돈으로 매수된 것입니다. 한 번 상대에게 매수된 여자라면 이번엔 이쪽이 다시 매수할 수 있지요. 그러면 여자는 가해자의 인상 진술을 바꾸어 줄 겁니다. 사건은 그대로 흐지부지되고 말지요."

"나는 그런 헛된 돈을 쓸 생각은 조금도 없소."

더 말할 여지가 없는 말투였다.

허베이와 나는 얼굴을 마주보았다. 그는 슬쩍 웃으며 내게 그 뒷말을 계속하도록 했다.

나는 조심스럽게 입을 열었다.

"내가 말하는 방법으로 했더라면 당신은 돈을 절약할 수 있었을 겁니다. 만일 한 달 전에 내게 그 여자와 이야기할 임무를 맡겼다고 합시다. 나는 여자가 매수당했다고 판단이 서면 몇천 프랑 더 주고 증언을 번복시킬 수 있었을 겁니다. 여자에게 주는 돈과 내 수수료를 포함해도 지금 이 여행에 쓰는 돈의 4분의 1밖에 안되지요. 게다가 위험을 무릅쓸 필요도 없었을 테고요. 사업가로서 이 경우를 어떻게 생각하십니까?"

"사업에만 철저한 인간은 없소. 사람이란 언제나 도의적인 면을 생각해야 하거든. 이 경우는 도의적으로……."

"도의? 누가 지금 도의 이야기를 하고 있습니까?" 나는 큰소리를 지르고 있는 자신을 깨닫고 목소리를 낮추었다. "왜 함정에 빠졌는가, 그 이야기를 하고 있는 겁니다. 그 문제가 왜 도의와 관계가 있습니까? 게다가 만일 도의를 운운할 정도라면 왜 법정에서 당당하게 싸우지 않았지요?"

"실례지만 케인 씨, 나는 이 문제에 대해서 당신보다 오랫동안 생각했소."

그는 침착하고 자신에 차 있었다. "나는 결백하니까 법정에 나가보았자 조금도 얻을 게 없소. 오히려 법정이 잘못 심판하여 유죄가 될 위험을 저지를 경우도 생각할 수 있으니까요. 그리고 나는 매수에 대해 매수로서 응할 마음은 전혀 없었소. 진실에 의거하여 내 쪽에 있어야 할 정의를 돈을 주고 살 필요 따위는 도저히 이해할 수가 없었소. 이것이 나의 도의적인 문제요."

그로부터 한동안 들리는 것은 조용한 엔진 소리와 창문을 스치고 지나는 바람 소리뿐이었다. 이윽고 허베이가 말했다.

"돈을 남기는 하나의 방법이로군. 손가락에 침을 바르고 돈 셈을 하는 것과 같아."

"로벨 씨, 부자의 경우도 가난한 사람과 마찬가지로 올바른 돈의 사용법과 옳지 못한 돈의 사용법이 있다고는 생각되지 않소?"

허베이가 내 얼굴을 보았다. 나는 한쪽 눈썹을 치켜올리고 백미러를 움직여서 매건할트의 얼굴을 보았다. 그는 조금 몸을 앞으로 내밀고 허베이의 등을 향해 눈썹을 찌푸리고 있었다. 나는 조금씩 그에 대해 알게 되었다. 그가 보이는 표정이며 동작의 조그마한 변화는 어디까지나 표면적인 것으로, 한 꺼풀 벗긴 그 밑에는 커다란 동요가 일고 있었던 것이다.

"미스터 M, 부자가 돈을 어떻게 쓰는가 하는 것은 내가 알 바 아니오. 그러나 당신의 말도 일리는 있군요."

허베이가 말했다.

매건할트의 얼굴이 꿈틀꿈틀 움직였다. 웃음인지, 찡그린 것인지, 비웃음인지——뭐라고도 표현할 수 없는 표정이었다. 그때 갑자기 머릿속에 한 가지 생각이 떠올랐다. 저 튼튼하게 생긴 얼굴 밑에서는, 깡마른 스코틀랜드인 같은 전도사가 석조로 된 설교단에서 지옥의 고통을 설교하며 한 푼의 낭비도 없어야지만 구원받을 수 있다고 절규하고 있는 것이다.

"분명히 그의 말에는 일리가 있어."

나는 신음하듯이 말했다. "그는 일대 제국을 파멸시킬는지는 몰라도 일리는 있어."

10

 그 뒤로 침묵이 계속되었다. 하늘이 다시 흐리기 시작했다. 비구름은 아닌 것 같았으나 회색 구름덩이가 해를 가리고 있었다. 오후는 김 빠진 맥주같이 멋없는 분위기였다.
 마르의 효과가 끊어져서 몸이 노곤하고 기분은 짜증스러웠다. 운전 감각도 둔해졌다. 차의 속도를 떨어뜨렸다. 내 옆에서 허베이가 차례차례 도로 번호와 방향을 가르쳐 주었다. 그는 그 나머지 시간에는 깊숙이 좌석에 기대어 길가를 감시하고 있었다. 매건할트와 여자는 뒷바퀴의 눌림 역할을 하고 있는 데 지나지 않았다.
 5시 직전에 페니에르를 지나서 드디어 고원 지대에 들어섰다. 울퉁불퉁 아주 험한 지형이 아니라 오랜 동안의 비바람으로 완만한 경사와 능선을 이루고 있었다. 이러한 고장에서 보이는 것은 하늘뿐이다. 나무라고는 보루와 같은 농가 곁에 모여 있는 소나무 정도였으나, 푸른 비탈길 옆에는 들꽃이 잔뜩 피어 있었다.
 허베이가 말했다.
 "지금 국도를 달리고 있소, 갈랫길이지만."

"앞으로는 내게 맡겨 두오. 이 근방은 잘 아니까."
이런 사실이 기분을 가볍게 해주어야 할 텐데, 오늘은 더 이상 기분이 우울해지지 않는 정도의 효용밖에 없었다. 차의 속도를 조금 빠르게 했다. 사람도 차도 전혀 보이지 않았다. 곧바르지 않은 길이었지만 앞쪽까지 내다볼 수가 있었다. 악셀과 브레이크만으로 달렸다. 곧바른 길에서는 70킬로미터쯤까지 속도를 올렸다.
도중에 멈추지는 않았다. 아무도 세워 달라고 하지도 않았고 이쪽에서 묻는 일도 없었다. 지금 멈추어서면 다시 운전을 계속할 마음이 일어나지 않을 것이다.

생 플르르 북쪽을 지나 르 퓨이의 남쪽을 빙돌았다. 20분 뒤에는 목초에 반쯤 파묻힌 돌담 사이의 꼬불꼬불한 길을 기듯이 올라가고 있었다.
짐수레 같은 것에 밀려 쓰러지려 하고 있는 푯말에 '디나단'이라고 씌어 있었다. 그것을 지나쳐서 아직 마을이 보이지 않는 곳쯤에서 차를 세웠다.
허베이가 몹시 지친 듯이 이쪽을 보고 물었다.
"어디서 부탁할 작정이오? 농가요?"
"아니, 마을 안이오."
허베이는 길가 쪽을 턱으로 가리켰다.
"전화선이 넉 줄 있군. 파출소가 있을지도 모르겠는걸."
나는 다만 고개를 끄덕여 보이고는 차에서 내려 몸을 폈다. 몸은 관 뚜껑처럼 딱딱하고 옷은 생선 튀김을 싸는 기름 종이처럼 주름투성이였다. 나는 디나단이 내가 생각한 대로이기를 빌었다. 지금은 이곳에서 앞으로도 뒤로도 움직이고 싶지 않았다.
"곧 돌아오겠네."

나는 길을 가로질러 비탈길을 올라가서 돌담 사이의 작은 문을 지나 마을 묘지로 들어갔다.

디나단은 오래 된 마을이다. 지금은 무덤이 늘어나서 묘지가 넓어져 있었다. 묘지에는 마을 자체와 같은 독특한 느낌은 없었다. 마을은 지저분하고 금방이라도 쓰러질 듯한 집같은 느낌을 주었으며 길도 좁고 꼬불꼬불했는데, 묘지는 바둑판처럼 정연히 구획지워지고 청소가 잘 되어 있었다. 게다가 묘지는 마을보다 훨씬 변화가 있었다.

묘지 안에는 슬픔에 젖은 천사가 뚜껑을 누르고 꽃이 바람에 날아가지 않도록 삼면을 유리로 막은 호화로운 무덤에서부터 다만 삼각형의 돌을 땅에 세워 두었을 뿐인 간소한 것까지 각양각색이었다. 한가지 공통된 점은 어느 무덤이나 손질이 잘 되어 있고, 묘비명이 또렷하다는 것이었다. 나는 그 묘비명을 목표로 온 것이다.

시간이 걸렸다. 오래 된 기억을 더듬어야 했기 때문이다. 비문에서 얼굴을 들자 저먼 양이 내 뒤에 서 있었다. 내 옷만큼은 구겨지지 않았지만 실스킨 코트에도 주름살이 눈에 띄었다.

"맑은 공기를 마시고 싶었어요" 하고 그녀는 말했다. "당신이 보이는 곳에 있으면 모두들 기다리게 하는 일도 없으리라고 생각해서…… 괜찮겠지요?"

나는 고개를 끄덕이며 통로를 걸어갔다. 여자는 뒤따라왔다.

한참 있다가 그녀가 물었다.

"무엇을 하고 있어요?"

"내가 없어진 뒤 마을에 어떤 일이 일어났는가 보고 있는 중이에요."

여자는 놀라 눈을 크게 떴으나 생각을 고쳤는지 미소를 지으며 고개를 끄덕였다.

나는 피렌체의 어느 귀족 무덤이라 해도 부끄럽지 않을 무덤을 가리키며 말했다.

"이 사람들은 겨우 죽기 전에 드골을 촌장으로 만들었군. 그는 30년 동안이나 촌장이 되고 싶었다고 스스로 말했었지요."

나는 드골의 무덤 앞에서 가볍게 고개를 숙이고 걸음을 계속했다. '드골의 무덤 앞에는 장미를 심지 말고 포도나무를 심어 주었으면 좋을 텐데' 하고 생각했다. 취임식 날에 그가 술에 취하지 않고 있을 수 있다는 확신만 있었으면 모두들 벌써 그를 촌장으로 세웠을 것이다. 아무튼 좋다. 좀더 세월이 지나면 그의 주위에 자연히 포도나무가 나겠지.

나는 대리석으로 된 작은 묘비를 가리켰다.

"자동차 수리 공장 영감이오. 아들이 대를 잇고 있으면 어떻게 해서든지 번호판을 바꿔 줄 겁니다. 영감은 융통성이 없는 꼬장꼬장한 사람이었지만."

계속 걸었다. 겨우 메리오 집안의 무덤을 찾았다. 나는 꼼꼼하게 살펴보았다.

여자가 물었다.

"이 사람은 군인이었나요? '프랑스를 위하여'라고 씌어 있을 뿐이군요."

나는 그녀가 보고 있던 묘비 쪽으로 눈을 보냈다——질 메리오.

"날짜를 보시오" 하고 나는 말했다. 1944년 4월로 되어 있었다. "그는 나와 같이 있었지요. 리용으로 총을 날라갈 때 여기서 북쪽으로 좀더 들어간 곳의 검문소에서 걸렸어요. 그는 총을 맞고 나는 무사했소."

그의 묘비를 보는 것은 처음이었다. 전쟁 중 레지스탕스로 죽은 사람에 대해 애국자 묘비를 세워 주는 것은 금지되어 있었다. 그리하여 그냥 '프랑스를 위하여'라고 써놓았던 것이다. 이제는 그것만으로도 충분하다. 모든 것은 먼 옛날 일이다. 그런데 나는 아직도 검문소를 피해 다니고 있다.

나의 비명에 누군가 '1만 2천 프랑을 위하여'라고 써 줄지도 모른다. 여자가 뭐라고 말했다. "뭐라고 하셨지요?" 하고 나는 되물었다.

"총은 무사히 도착했나요?"

"총……? 네, 내가 부상하지 않았으니까요."

여자는 뭔가 말하려다가 그만두었다. 나는 다시 메리오 집안의 무덤을 살펴보았다.

"됐어. 잘하면 오늘 밤 메리오네 집에서 재워 줄 것 같군. 그의 부모가 두 분 다 아직 살아 계신 모양이니까……."

나는 차 있는 곳으로 돌아갔다. 가다가 멈춰서서 아주 새로운 묘비명을 읽었다. 돌담까지 가자 저면 양이 보이지 않았다. 차 있는 곳까지 갔으나 그녀는 없었다.

허베이가 차에 올라타는 것을 보고 있었으나 아무 말도 하지 않았다. 그의 이마에는 핏기가 없고 지쳐 있었다. 얼굴 주름이 두드러졌다. 그도 힘이 다 빠진 모양이었으나, 무엇을 하고 있었느냐는 질문을 하여 에너지를 낭비하지는 않았다. 좀더 중요한 것을 위해 남겨두는 것이다. 술도 참고 있다.

한참 뒤 여자가 묘지에서 종종걸음으로 달려와 차에 올라탔다.

"늦어서 미안해요."

무엇을 하고 있었느냐고 물을 기운도 없었다. 시동을 걸고 달리기 시작했다. 언덕 밑을 지나 디나단에 들어섰다.

어떤 계절에도 썰렁한 느낌에 싸늘하고 어두컴컴한 마을이었다. 폭이 좁아서 높게 보이는 집들이 서로 온기를 찾으려는 듯이 어깨를 맞대고 있었다. 길모퉁이에서 돌아보니 집 뒤에 회색 하늘을 배경으로 아직 잎이 싹트지 않은 느티나무가 보였다.

전쟁이 끝난 뒤 거의 아무것도 변하지 않은 것 같다. 길가를 청소한 흔적도 없고 길 구덩이를 메운 흔적도 없었으며 재목과 빈 드럼통 더미도 치우지 않았다. 디나단 마을로서는 그보다 더 중요한 일이 있었던 것이다. 우선 살아가는 일과 그리고 돈을 모으는 일이다. 마을을 깨끗이 하는 것은 그 뒤의 일이다. 그리고 너무 깨끗이 하면 세관 직원들을 끌어들이게 될지도 모른다.

허베이가 지친 목소리로 말했다.

"흐음……여기 같으면 대사업가를 찾으러 오는 녀석은 없겠군."

성곽과 같은 큰 교회를 왼쪽으로 돌아 시트로엥의 몸체가 가득찰 만한 좁은 골목으로 들어갔다. 50야드쯤 나아가서 폭이 좁은 3층 건물 앞에 차를 세웠다. 2층이 발코니로 되어 있고, 거기서부터 금이 간 돌층계가 내려오고 있다. 층계 아래에서 비쩍 마른 회색 고양이 두 마리가 한무리의 닭들과 한 그릇에서 모이를 먹고 있었다. 닭은 우리를 본 척도 하지 않았으나, 고양이는 수상히 여기는 듯한 눈으로 쳐다보았다. 나는 집 안 사람에게 나를 볼 여유를 주기 위해 차 밖에 서서 담배에 불을 붙였다.

곧 계단 위의 문이 탕 하고 열리더니 앞치마를 두른 뚱뚱한 여자가 후닥닥 내려왔다.

"컨튼이 왔어요!" 그녀는 어깨 너머로 뒤를 보며 소리쳤다. "컨튼 씨!" 그녀는 층계 아래에서 우뚝 멈춰서더니 얼굴에서 웃음이 사라졌다. "또 전쟁이 시작됐나요?"

"아니, 아니오!"

나는 손을 저으며 안심시키기 위해서 억지로 웃음을 띠었다.

내 뒤에서 저먼 양이 물었다.

"지금 뭐라고 했어요?"

"또 전쟁이 시작되었느냐고 물었소. 나는 이 사람들에게 좋은 소식을 가져다 준 일이 없었으니까."

메리오 부인이 급히 달려와서 나를 끌어안았다. 그녀는 뚱뚱한 할머니지만 결코 보기 흉하게 살이 찌지는 않았다. 나는 늑골이 으스러지는 줄 알았다. 볕에 그을린 얼굴에 주름이 가로세로 달리고 있다. 거친 백발을 하나로 모아 빗고 있었다. 그녀는 한 걸음 물러서서 미소를 띤 잿빛 눈으로 나를 머리 끝에서 발 끝까지 훑어보았다.

나는 힘이 안 드는 웃음을 띠면서 설명을 시작했다. ······나는 이제 컨튼이 아니고 정보부 사람도 아니다, 그냥 루이스 케인이다. 그러나 지금은 경찰에 쫓기는 입장이 되어 오늘 밤 잘 곳이 필요하다고 말했다.

그녀는 당연한 일인 것처럼 듣고 있었다.

"충분히 사례하겠다고 하시오."

내 어깨 너머로 매건할트가 나직한 소리로 말했다.

"그 따위 소리는 그만두시오."

나는 물어뜯을 듯이 말했다. "그녀는 나를 보고 재워 주는 거요. 돈으로 이야기를 하려고 하면 터무니없는 값을 부를 게 뻔하고, 결국은 내일 아침 경찰에 밀고당하는 게 고작일 거요."

메리오가 계단 위에 모습을 나타내었다. 키가 크고 허리가 구부정한 마른 사나이로서, 기름한 머리가 매끈매끈하게 벗어져 있었다. 손질이 안된 입수염과 콧수염이 눈에 띄었다. 깃 없는 셔츠와 헐렁한 바지 두 가지를 합해야 5프랑이나 될까 하는 싸구려지만, 주머니에는 우리의 시트로엥을 그 자리에서 사들일 수 있을 만한 현금이 들어 있다.

부인은 남편에게 의논도 하지 않았다. 옛날 래트 라인의 은신처였던 시절부터 일단 집에 관한 한은 남편과 의논하지 않고 모든 일을 독단적으로 처리했다. 집안일은 자기가 하고 그 대신 언덕 저쪽의 널 따란 방목지와 삼림지는 영감에게 맡긴다는 것이리라.

부인은 "컨튼은 여전하군요" 하면서 집 안으로 안내했다. 나는 쓴웃음을 지으며 뒤따랐다. 나에게 있어선 경찰의 손을 피하는 것이 습성이 되어 버렸는지도 모른다.

우리는 곧장 테이블에 앉았다. 크지는 않으나 밝고 따뜻한 방이었다. 취미용 가구 잡지에 추천할 만한 것까지는 못되었으나, 차분한 취미에 맞춰 돈을 들인 가구들이었다. 정교한 조각과 흐린 색깔로 보아 순은으로 만든 듯싶은 액자에 세피아 빛(뼈오징어의 먹물로 만든 물감의 빛깔)인 질의 사진이 장식되어 있고, 그 옆에 우주선의 관제반에 있는 것 같은 정교한 라디오가 있었다. 나도 모르게 아차 싶었다. 디나단에는 신문이 오지 않을 것으로 생각하고 있었던 것이다. 아마 신문은 아직 들어오지 않았을 것이다. 그런데 전쟁중이나 마찬가지로 라디오도 없을 것으로 생각했다. 이런 정교한 라디오라면 칸베르의 바닷가에서 나눈 우리의 이야기를 들었을지도 모른다.

생각했던 대로 그녀는 매건할트 쪽으로 고개를 갸우뚱해 보이며 말했다.

"저분은 매건할트 씨가 아니야?"

나는 고개를 끄덕였다. 그러나 그에 대한 이야기를 하지 않았던 것이 마음에 걸리지는 않았다. 내가 무슨 일을 하고 있는지 자세하게 설명하는 편이 오히려 부자연스럽다.

그녀는 평가를 하려는 듯이 그를 보고 있다가는 "여자를 때릴 것 같은 사람은 아닌데. 그런 타입이 아니야" 하고 말했다.

나도 그는 그런 타입이 아니라고 그 말을 거들었다. 그리고 이것은 경쟁 상대가 만든 함정이라고 설명했다. 부인은 고개를 끄덕였다. 그녀도 그런 수법쯤은 충분히 알고 있는 것이다. 다시 또 그녀는 매건할트에 대해 폭행 같은 건 하지도 못할 사람 같다면서, 도무지 그 방면에 있어선 대단할 것 같지 않다고 말했다.

매건할트의 몸이 순간 굳어졌다. 이 근방의 지방 사투리에도 불구하고 이야기의 내용을 알아들은 모양이었다.

부인은 웃으면서 나가려고 했다. 나는 그녀의 뒷모습에다 대고 그런 말을 하면 밤중에 그를 꾀어서 직접 솜씨를 보여 주도록 하겠다고 소리를 질렀다. 그녀는 천정을 뚫을 듯한 큰소리로 웃으면서 나갔다.

매건할트가 굳어진 표정으로 말했다.

"그런 대화는 삼가 주시오, 케인 씨."

"마음에 안 드셔서 안됐지만, 이 집은 이렇습니다. 마음에 안 든다면 바깥 나무 그늘에서라도 주무시지요."

나는 지칠 대로 지쳐서 더 이상 이야기할 기운이 없었다. 저면 양은 영국 여학교 특유의 예절을 지켜서 무표정한, 무슨 이야기인지 모르겠다는 듯한 얼굴을 하고 있었다.

허베이는 의자에 깊숙이 앉아서 테이블보를 바라보고 있었다. 우리들의 이야기에는 전혀 관심이 없는 표정이었다.

그다지 할 이야기도 없었으므로 메리오 부인의 뒤를 쫓았다. 자동차 수리 공장이 아버지로부터 아들에게로 넘겨졌다는 말을 듣고 가 보았다. 아들은 나에 대하여 잘 기억하고 있었으나 내 기억은 미심스러웠다. 그 무렵 그는 너무 어린아이여서 전쟁놀이에 끼지 못하는 것을 분하고 억울하게 생각했었다. 나를 보는 그의 눈이 기대로 빛났다. 나는 근방의 차 번호판을 두 장 달아 주지 않겠느냐고 물었다. 붙이는 솜씨는 서투르게 해 달라고 덧붙였다. 만일의 경우 그가 했다는 것이 드러나면 재미없기 때문이다. 그는 더 좋은 방법이 있다면서, 그 자신의 시트로엥 ID의 번호판과 바꾸면 어떻겠느냐고 말했다.

그러나 나는 우리가 붙잡혔을 때 간단히 그의 번호판임이 드러나게 되므로 재미없다고 대답했다. 그는 웃으면서 경찰관은 전혀 걱정없다고 말했다. 그러면서 오늘 밤 자기가 차를 밖에 내놓을 테니까 내가 말없이 바꾼 것으로 해주기 바란다고 말했다.

그의 마음 속에는 저 위대한 컨튼이 붙잡힐 리가 없다는 신뢰감이 있는 것이리라.

고마운 일이지만 이것은 12살 난 아이의 눈에 비친 나의 영상이었다. 아마 그는 아직 국가 경찰이 얼마나 엄한 것인지 모르는 모양이다. 마침내 그가 차를 밖에다 내놓겠다는 약속으로 두 장의 번호판을 얻어 왔다.

그는 좀더 이야기가 듣고 싶어서 좀이 쑤시는 모양이었으나, 동시에 필요없는 질문은 하지 않는다는 지하 조직의 규칙을 잊고 있지는 않다는 태도였다. 나는 아무 이야기도 하지 않고 윙크만 한 뒤 헤어졌다.

나는 매건할트의 시트로엥을 바깥 길에서 안 보이도록 집 뒤로 돌려서 번호판을 바꾸고는 이층으로 돌아왔다.

모두들 새고기 파테를 먹고 있는 참이었다. 길쭉한 덩어리가 한가운데에서 잘려 있고 양 끝에 새 대가리와 꽁지 깃이 내다보였다. 개똥지빠귀인 모양으로, 내가 좋아하는 음식이었다. 개똥지빠귀는 목소리보다 고기 쪽이 더 좋다.

내 접시에 잔뜩 담아 놓고 허베이에게 말했다.

"차의 번호판을 바꿨소."

그는 천천히 얼굴을 내 쪽으로 돌렸다.

"서류 번호와 다르니까 국경을 넘을 수는 없을걸."
나는 입 안에 가득히 넣은 채 고개를 끄덕였다.
"어차피 넘을 수 없지. 이미 세관에 번호가 돌려져 있을 테니까."
매건할트가 험상궂은 표정으로 나를 보았다.
"그럼, 어떻게 할 생각이오!"
"이렇게 되리라는 것쯤은 저 쓸모없는 요트를 3마일 영해 안에 넣었을 때 이미 생각해 두었어야 했을텐데요. 아무튼 좋소. 우리가 주네브에 있다는 것이 발각되지만 않는다면 다른 차를 빌릴 수도 있소. 그리고 기차를 이용하는 것도 쉬울 테고."
"난 자동차 편이 낫겠는데."
허베이가 무거운 어조로 말했다.
나는 그를 보고 고개를 끄덕였다. 그의 입장에서 본다면 열차는 목격자가 너무 많다.
메리오 부인이 커다란 엉덩이를 흔들며 와서 식탁 위의 붉은 포도주 병을 집어들어 내 잔에 가득 따라 주었다. 매건할트와 여자의 잔에는 아까부터 붉은 포도주가 들어 있었다.
부인은 허베이 쪽을 턱으로 가리키며 어깨를 으쓱해 보였다.
"미국인이니까."
납득할는지 어떤지 모르지만 나는 그렇게 설명해 두었다.
부인은 그것으로 만족했는지, 이번에는 병을 돌려 상표를 보여 주었다.
"피넬인데, 어때요?"
그녀는 모든 것을 다 알고 있다는 듯한 웃음을 띠고 파테 접시를 들고 나갔다.
저먼 양이 물었다.
"피넬이라는 말에 뭔가 특별한 뜻이 있나요?"

나는 고개를 끄덕였다.

"어떤 의미로는, 그 피넬 제조원의 집 역시 래트 라인의 은신처 가운데 하나였거든요. 이 앞의 로느 강 건너에 있지요."

나는 부인이 사라진 부엌문 쪽을 보았다. 그녀가 피넬에 대해서 알고 있으리라고는 전혀 생각지 못했다. 그러나 전쟁이 끝난 뒤에는 그런 말을 내놓고 이야기하는 모양이다. 그러나 그것만으로는 부인의 저 뜻있는 웃음의 설명이 되지는 않는다. 안전한 은신처라는 것 말고도 내가 묵고 있던 이유가 있었다는 이야기를 들은 게 분명하다. 그렇지만 그런 것까지 드러내 놓고 이야기하는가?

매건할트가 입을 열었다.

"평판만 못한 포도주로군."

나는 고개를 끄덕였다. 바로 그렇다. 피넬 사람들은 장사를 잘한다. 누가 과대평가해 주지 않으면 실력 이상의 높은 가격을 부르지 않는다.

부인이 커다란 도기 포트에 스튜를 담아 가지고 왔다. 거위, 콩, 양고기 등 온갖 것이 들어 있었다. 아마 9월 무렵에 끓이기 시작하여 계속 건더기를 더 넣어 가며 5월까지 내내 끓일 것이다.

허베이는 두서너 입 먹더니 주머니에서 작은 용기를 꺼내어 약을 두 알 입에 집어넣었다. 그는 일어서면서 말했다.

"한잠 자 두겠어."

그는 매건할트 쪽을 보았다. "그동안에 당하는 건 어쩔 도리가 없지."

사실 그에게 있어서는 잠보다 술이 더 필요한 것이다. 나로서도 하룻밤 내내 술을 마시고 싶어 몸부림치다가 다음날 아침 지쳐서 일어나는 것보다는 수면제를 먹고 멍해 있는 편이 나을 것 같았다.

부인은 내 쪽을 보고 어깨를 으쓱해 보이더니 앞장서서 허베이를 안내했다.

식사가 끝나자 매건할트가 리히텐쉬타인에 연락을 하고 싶다고 말했다. 나도 멜랑에게 전화 약속을 했던 것이 생각났다. 부인이 새로 선출된 촌장집에 마음놓고 쓸 수 있는 전화가 있다고 가르쳐 주었다. 촌장은 안심이라고 자신있게 말하는 것으로 보아 아마 상당한 돈을 빌려 주고 있는 모양이다.

매건할트는 내가 멜랑을 통해 리히텐쉬타인에 전언을 보내는 것은 절대로 안된다고 버티었다. 리히텐쉬타인에 직접 전화하는 것은 마음이 내키지 않았으나 이번 여행의 목적이 그의 회사를 구하기 위한 것이고 보면 더 이상 이의를 내세울 수도 없었다. 저면 양이 촌장 집에 같이 가 주었다. 물론 매건할트 자신이 직접 전화를 걸거나 할 리가 없다.

그녀는 상대방의 번호를 말해 놓고 내 쪽을 보았다.

"몇 시에 리히텐쉬타인에 도착한다고 하면 될까요?"

"운이 좋으면 내일 저녁때쯤."

"어느 정도 운이 좋아야 하지요?"

"상당한 행운이 필요하오. 경찰이 국경을 감시하고 있다면 어두워진 뒤가 아니면 넘을 수 없으니까."

그녀는 이상한 듯이 눈살을 찌푸렸다.

"오늘 밤 안에 우리가 발견되지 않으면 경찰은 놓쳤다고 생각하지 않을까요?"

나는 고개를 저었다.

"경찰의 사고방식은 그러지 않소. 발견되지 않으면 우리가 아직 어딘가에 숨어 있다고 생각하오. 그들의 생각이 옳은 거지."

전화의 상대가 나왔으므로 나는 자리를 비키고 촌장과 잡담을 나누었다.

11

 다음날 아침 7시 반에 나는 메리오 부인과 저먼 양과 함께 블랙 커피를 마시고 있었다.
 이때는 아직 인생이 즐거워 못 견디겠다는 기분과는 거리가 멀었으나, 적어도 곧 기분이 좋아질 것이라는 기대감은 가지고 있었다. 어젯밤 전화가 끝난 뒤 한 시간쯤 메리오 영감과 마르를 마시면서 레지 스탕스 시절의 추억담과 여러 가지 소문에 대해 이야기를 나누었다.
 영감이 어디선가 와서 내 어깨를 치더니 두서너 마디 알아들을 수 없는 말을 부인에게 했다. 그녀는 돌아서서 내게 키스를 했다.
 깜짝 놀라 졸음이 달아났다. "아니, 어떤……?" 하고 하마터면 입 밖에 낼 뻔했다.
 저먼 양이 말했다.
 "그 꽃 때문일 거예요. 당신이 어제 이분 아들의 무덤 위에 놓은 야생의 수선화를 본 거지요."
 "내가? 그랬군, 그때 당신이 없어진 건 그 때문이었군."
 나는 부인에게 웃어 보이고 의미없이 어깨를 으쓱해 보였다. 메리오 부인은 "영국인이군" 하고 말하더니 일어서서 커피를 가지러 갔다. 메리오의 모습도 보이지 않았다.

나는 저편 양 쪽을 보았다.

"고맙소. 내가 생각했어야 했는데……."

"영국인 남자는 꽃 같은 건 몰라요. 그러나 당신에게 어울리는 일이라고 생각했어요. 한때는 당신과 함께 일하다가 아들이 죽었다는데, 그 집 사람들이 하룻밤 재워 줄 것으로 당신이 확신하고 있는 게 이상했어요."

그녀는 커피를 마셨다. "그런데 총을 당신이 리용에 갖다 주었다기에 알았어요. 시체를 길가에 버리고 가도 별수 없었을 텐데, 당신은 차에 싣고 리용에 갔다가 다시 멀리 이곳까지 싣고 왔군요. 대단한 위험을 무릅쓴 거지요. 이곳 사람들이 당신을 좋아하는 이유를 알았어요."

부인이 커피를 들고 돌아왔다. 메리오가 와서 내 커피에 마르를 부었다. 거절하려고 했으나 안되었다. 내가 다 마실 때까지 두 사람은 내 곁에 서서 웃고 있었다. 이렇게 하여 하루를 시작하는 것도 그리 나쁘지는 않다.

허베이와 매건할트가 내려왔다. 두 사람 모두 원기왕성하다는 말과는 거리가 먼 것 같았으나 적어도 자기 힘으로 걷고는 있다. 두 사람은 한방에서 잤다. 부인은 모두를 재우는 것은 나와 같이 왔기 때문이라고 잘라 말했다. 그리하여 나는 가장 좋은 독방에서 잤다. 당연한 일이지만.

허베이가 커피를 받으며 "어젯밤 멜랑에게 전화했소?" 하고 물었다.

"했소."

나는 곁눈질로 찬찬히 그를 살펴보았다. 약간 멍한 느낌으로 동작도 둔했으나 컵을 든 손이 떨리지는 않았다.
 "뭐라고 하던가요?"
 "산프론 오리엔트 호로 주네브에 가겠다고 하더군. 만일 우리가 국경에서 차가 없어 꼼짝 못할 경우에는 무슨 방법을 써서든지 넘을 수 있도록 해주게 되어 있소. 그러면 어떻게든 해줄 거요."
 그는 미간을 찌푸리고 컵에 시선을 떨구고 있었다.
 "오히려 위험할지도 몰라. 만일 경찰이 그를 감시하고 있다면."
 나는 고개를 끄덕였다.
 "하긴 그렇지……그러나 경찰을 다른 데로 유도할 수도 있소. 상황에 따라서는 그에게 연락하지 않아도 되니까."
 매건할트가 얼굴을 홱 들었다.
 "멜랑 씨는 리히텐쉬타인에서 나와 함께 있지 않으면 곤란하오."
 나는 아무 의미 없이 크게 고개를 끄덕여 보였다. 이미 생각은 결정되어 있는 것이다. 주네브를 지나 놓고 나서 멜랑에게 연락하면 된다. 그는 취리히 행의 비행기나 기차나 자동차를 이용하면 두 시간 만에 리히텐쉬타인에 올 수 있을 것이다.
 매건할트가 "나는 언제라도 출발할 수 있는데" 하고 말했다. 일종의 명령이나 다름없는 말이었다.
 메리오 부부와 헤어지는 것은 그다지 곤란하지 않았다. 두 사람이 알고 있는 나는, 간다고 하면 이별을 슬퍼하는 일 같은 건 없이 떠나는 사나이였기 때문이다. 8시 15분 전에는 이미 차가 달리고 있었다.
 허베이가 권총을 발꿈치께로 옮기고 지도를 조사하고 있었다.
 "앞으로 70킬로미터쯤 가면 로느 강에 닿을 거요. 어디로 건너지?"
 "르 프장."
 "큰 강이오."

납득이 가지 않는다는 듯한 목소리였다. "다리를 모두 감시하고 있을지도 모르오."

"난 우리가 리용 북쪽에서 건널 것으로 짐작해 주기를 바라고 있소. 멜랑이 요트에 전보를 쳐 놓겠다고 했소. 우리가 빠리 경유라고 생각하게 만들기 위해서지. 르 프장은 리용에서 남쪽으로 열 번쯤 되는 다리니까."

그는 불분명한 투로 "흐음" 하고 말했다.

매건할트가 몸을 내밀고 물었다.

"경찰에 일이 어느 정도 알려져 있다고 생각하시오, 케인 씨?"

"글쎄요……."

나는 생각해 보았다. "우리가 프랑스에 있다는 건 알고 있겠지요. 동행이 넷이라는 것도 알고 있을 테고요. 요트의 승무원이 알고 있는 것은 모두 털어놓았을 테니까. 뱃사람을 협박하기란 간단하지요. 영원히 프랑스에서 추방한다고 하면 되니까. 당신과 저면 양에 대해서는 분명히 알겠지만, 나와 허베이의 인상은 말할 수 없었을 거요. 바닷가에서 얼핏 보았을 뿐이니까. 나머지는 전보, 그 정도겠지요."

저면 양이 물었다.

"투우르에서 싸운 사나이들의 일은 어떨까요? 그들의 일은 알려지지 않았을까요?"

허베이가 대답했다.

"그건 괜찮소. 같이 있던 녀석이 어디 돌팔이 의사에게 데리고 가서 치료를 받았겠지. 경찰에게 자기들의 행동을 어떻게 설명할 수 있겠소?"

매건할트가 무서운 말투로 "당신 말대로라면 좋겠는데……" 하고 말했다.

"언제나 판단이 옳아야 합니다."

나는 내뱉듯이 말했다. "경찰은 한 번만 올바른 판단을 하면 충분하지요. 그뿐이오."

허베이가 일그러질 듯한 웃음을 보이며 말했다.

"당신은 이 드라이브를 즐기고 있지 않은 것 같군."

나는 그들을 노려보았으나 짜증은 곧 가라앉았다. 디나단을 몇 킬로미터 지나온 곳에서 솔밭을 지났다. 길가에 거대한 아스파라거스 같은 갓 벤 재목이 쌓아올려져 있었다. 거기서 고원의 바깥 가장자리를 향해 꼬불꼬불한 오르막길이 되었다. 바깥 가장자리를 지나자 그 뒤로는 로느 강을 향해 내리막이 되었다. 비탈이 급해짐에 따라 농장은 보이지 않았다. 구릉의 꼭대기는 회색의 바위 지대로 바뀌었으며, 길 양쪽은 바위 산이 되어 군데군데 풀숲이 있었다.

왼쪽으로 도는 커브를 다 올라가자 바위 산을 뚫고 가운데로 길이 통해 있었다. 양쪽이 거친 바위벽을 이루고 있으며 금작화가 어우러져 피어 있었다.

연녹색의 르노가 두 대의 찻길을 막고 있었다.

차는 신중하게 배치되어 있었다. 두 대가 꽁무니를 서로 붙이고 비스듬히 놓여 있어 화살이 우리 쪽을 향하고 있는 형태였다. 아무래도 충돌은 피할 수 없을 것 같았다.

나는 악셀을 힘껏 밟았다. 상대방의 의표를 찌르는 수단은 그것뿐이었다. 충돌 직전에 허베이가 권총을 뽑아들고 겨냥하여 두 발을 앞유리창 너머로 쏘아넣었다.

두 대의 차와 부딪친 충격은 금속을 잡아찢는 듯한 날카로운 소리로 바뀌었다. 한동안 주위가 조용해졌다.

나는 핸들에 얼굴을 기대고 있었다. 강하게 받은 느낌은 없었다. 도어의 손잡이에 손을 댔으나 열리지 않아 발로 차서 열고 길 위로 굴러나왔다. 서류 가방의 입이 열려서 지도며 모제르 권총이며 예비 탄창이 주위에 흩어져 있었다.

반대쪽 도어에서 허베이가 굴러나오는 소리가 들렸다.

나는 흩어진 유리 파편 위에 엎드려 있었다. 시트로엥과 충돌하는 바람에 옆으로 쓰러진 르노와 길가의 6피트나 되는 바위벽이 삼면을 차단하고 있었다. 허베이가 자기 쪽 바위벽에 달라붙어 있는 것이 보였다.

허베이가 이쪽을 보고 "내 위를 보고 있게" 하고 말했다.

"좋아."

나는 무슨 말을 하는 것일까 하고 주위를 둘러보았다.

교묘한 함정이었다. 나도 기억하고 있는, 주의를 기울였어야 했을 곳이었다. 바위 산을 깎아 뚫은 길이어서 장애물을 피할 수가 없고, 르노가 충돌한 뒤 길에서 밖으로 튀어나갈 수도 없다. 길 한가운데에 못 박혔으니, 이제 양쪽 바위벽 위에서 매복하고 있는 사람들이 겨냥하여 쏘기만 하면 되는 것이다.

그러나 힘껏 들이받았기 때문에 못 박힌 자리가 몇 야드 앞으로 이동했다. 그 때문에 상대는 사격하기 위해 위치를 바꾸어야 한다.

그렇다고 해도 우리가 바위 산 사이에 뚫린 길에 갇혔고 상대방이 바위벽 위에 있는 상황에는 변화가 없다.

머리 위에서 총소리가 울리고 총알이 한 발 시트로엥의 천정을 뚫었다. 허베이가 마주 쏘았다. 바위벽이 거의 수직이어서 내 머리 위의 상대는 나를 쏠 수가 없고 허베이 쪽의 상대도 그를 쏠 수가 없다. 우리는 각자 머리 위의 적을 겨냥하여 쏘게 된다.

갑자기 허베이의 위쪽 바위에서 머리가 하나 나타나더니 나를 겨냥하여 두 발을 쏘아 왔다. 내 등 뒤에서 바위 부스러기가 떨어졌다. 나는 자세를 낮게 하고 모제르를 손에 들자 총대를 붙여서 레버를 전자동으로 했다.

길 뒤쪽에서 날아온 총알이 내 옆의 르노에 맞았다. 또 한 발. 그것이 신호였는지——아마 신호였을 것이다——처음에 보았던 사나이가 바위 사이에서 튀어나와 내 머리 위를 겨냥하여 쏘았다.

나는 총을 어깨에 대고 탄창을 잡고 마주 쏘았다.

탕탕탕, 총알이 튀어나가면서 그 반동으로 손에서 총이 벗어날 뻔했다. 사나이는 총탄 바람에 휘몰렸다. 두 팔을 벌리고 머리가 뒤쪽으로 꺾여지더니 곧 눈앞에서 사라졌다.

귀가 멍한 가운데 허베이의 목소리가 들렸다.

"이미 전쟁은 끝났다고 말했잖소. 단발로 하시오."

"해치웠군."

몇 발 쏘았을까 생각했으나 짐작할 수가 없었다. 모제르는 총알이 나오는 게 너무 빨라서 한 발 한 발 셀 수가 없다. 열 발쯤 될까. 탄창의 총알이 절반쯤 남아 있었다.

허베이가 "지금까지 세 사람 보았소" 하고 말했다.

"글쎄…… 어떻소, 전쟁 같잖소?"

"웃기지 마시오."

그는 내 머리 위를 향해 쏘았다. 총신이 짧은 그의 총으로는 거리가 좀 멀다고 생각되었으나, 그는 표적 사격용의 커다란 피스톨을 손에 들고 있는 자세로 신중하게 가늠하여 쏘고 있었다.

총소리가 끊겼다. 세 대의 차가 뒤섞여서 길이 완전히 막혔다. 한 대의 르노가 시트로엥의 앞부분에 비스듬히 틀어박혀 있었다. 누군지 모르지만 수류탄을 가지고 왔더라면 자기들의 모습을 보이지 않고 우리를 산산조각으로 만들 수 있었을 것이다. 그들이 모습을 드러낸 것을 보면 가지고 오는 것을 잊었음에 틀림없다.

내 뒤쪽에서 총소리가 들렸다. 나는 얼른 엎드리며 몸을 비틀어 그쪽을 보았다. 깨닫고 보니 총알은 내 곁으로 날아오지 않았다.

길 한가운데에서 한 사나이가 총을 하늘로 향하고 서 있었다. 그 사나이는 "앨비!" 하고 외쳤다.

차 아래를 보니 허베이가 팔을 똑바로 앞을 향해 뻗고 있었다. 손에 든 총이 연기로 흐려졌다. 세 발 쏘았다. 길 쪽을 돌아보니 사나이는 길 위에 쓰러져 있었다.

내 머리 위에서 두 발의 총소리가 울렸다. 한 발은 시트로엥의 뚜껑을 꿰뚫었다. 허베이가 차 너머로 받아 쏘며 "큰 것을 이리 줘!" 하고 외쳤다.

시트로엥 너머로 모제르를 던지자 그는 잡아서 탕탕탕 탕탕탕 하고 두 번 벽 위를 향해 쏘아 댔다.

이윽고 그는 차 사이에서 모습을 나타내어 위쪽을 보고 있었다. 나도 일어서서 조심조심 어깨 너머로 뒤를 보면서 그 쪽으로 걸어갔다. 바위벽 위에 사람의 그림자는 없었다.

허베이가 "정신없이 달아났소" 하고 말하면서 모제르를 돌려 주었다.

"도움이 되어 다행이군" 하고 나는 말했다.

그는 그 말에는 대답하지 않고 권총에 총알을 재면서 길 뒤쪽으로 걸어갔다. 나는 예비 탄창을 찾아서 모제르에 끼우고 그의 뒤를 따라갔다.

그는 자기가 쏜 사나이 곁에 서서 시체를 바라보고 있었다. "바보 같은 녀석."

조용히 말했다. "뭘 생각하고 있었을까? ……버티고 서서 내게 뭐라고 고함을 치다니……정말 바보 같은 녀석이야."

나는 그가 발을 들기에 시체의 얼굴을 걷어차는가 했다. 그러나 그는 발 끝으로 사나이의 손에서 권총을 떼었다.

그는 고개를 들고 나를 보았다.

"알고 있소?"

나는 고개를 끄덕였다. 베르나르였다——유럽에서 첫째 둘째를 다투는 총잡이다. 허베이보다 내가 함께 일하기를 바랐던 두 사람 중의 하나였다.

허베이가 말했다.

"나도 녀석을 알고 있었지. 나를 알아본 모양이오. 내 이름을 부르고 있었소. 어쩔 셈이었을까?"

나는 어깨를 흠칫했다.

"싸움은 그만두자는 협정이라도 맺으려고 생각했겠지. 동업자끼리 서로 죽이는 게 싫었는지도 모르오. 매건할트를 내주면 무사히 보내 주겠다는 거겠지."

"그럴까?" 그가 눈을 크게 떴다.

"그밖에 달리 생각할 게 있소?"

그는 다시 또 사나이에게로 눈길을 돌렸다. "바보 같은 녀석이로군. 이쪽이 진심이었다는 걸 몰랐나?" 도저히 믿을 수 없다는 듯 낮게 가라앉은 말투였다.

"이 사나이를 쏘게 될 줄은 생각지도 못했소."

베르나르도 그렇게 생각했음이 틀림없다. '이번엔 일류 팀을 내놓았군.' 내 머리에 떠오른 생각은 그뿐이었다.

허베이는 고개를 끄덕이며 차 쪽으로 되돌아갔다.

나와 베르나르 둘만이 남았다. 얼른 이 자리에서 떠나고 싶었다. 내 총소리를 들은 사람이 있다면 밀렵자의 엽총 소리로는 생각지 않을 것이다. 그렇다고 해서 시체를 내버려 둔 채 갈 수도 없다. 나는 시체를 끌고 바위 산에 뚫린 길 끝까지 가서 바위와 잡목 사이에 집어넣었다.

그리고 허베이가 보이지 않는 곳에서 시체의 주머니 속을 뒤져 얼른 점검했다. 단서가 될 만한 것은 아무것도 없었다. 차 쪽으로 돌아왔다.

 매건할트는 시트로엥 안에 앉아 있었다. 여자는 밖으로 나와서 아마 허베이에게 지시를 받았는지 모제르의 탄환을 모으고 있었다. 그리고 허베이는 시트로엥의 앞부분에 처박힌 르노를 살펴보고 있었다.

 허베이가 말했다.

 "둘이서 밀어낼 수 있겠지."

 르노의 차체는 엉망이 되어 있었다. 우리 차가 그 꽁무니를 들이받자 그 기세로 바위벽에 부딪쳤다가 다시 퉁겨져나와 시트로엥 앞에 비스듬히 처박힌 것이다. 왼쪽 뒷바퀴가 은종이에 싸인 초콜릿처럼 차체의 철판에 싸여 있었다.

 둘이서 차 뒤의 범퍼에 손을 걸고 아래위로 흔들었다. 금속이 뜯기는 듯한 소리가 나며 르노가 시트로엥에서 떨어져나갔다. 스마트한 소형 차였다. 한 번 두 번 밀어서 길옆으로 치웠다. 고갯길로 밀어 떨어뜨리고 싶었으나 뒷바퀴가 꿈쩍도 하지 않았다.

 시트로엥의 앞부분을 점검해 보았다. 전조등은 양쪽 다 못 쓰게 되어 있었다. 당연한 일이다. 오른쪽보다 왼쪽이 더 심했다. 쑥 들어간 부분이 앞바퀴에 닿아 있는 것 같았다. 차 밑을 들여다보았다. 문제는 거기에 있었다. 앞바퀴 사이에서 천천히 붉은 기름이 흘러나오고 있었다.

 "여보게, 출혈하고 있는데."

 내가 말했다. "유압용의 메인 탱크가 새고 있어. 이래 가지고는 멀리까지 못 가겠는걸. 어디로 가든 아무튼 서둘러야겠어."

 유압 장치의 심장부를 뭔가가 꿰뚫은 것이다. 핸들, 브레이크, 스프링, 기어 체인지를 움직이게 하는 동물에게 있어 피나 다름없는 액체가 점점 줄어들고 있는 것이다.
"그렇겠군."
허베이가 여자에게 소리를 질렀다. "출발!"
여자가 왔다. 창백해진 얼굴로 두 손에 가득히 탄환을 안고 있었다. 서류 가방을 열고 그 안에 쏟아넣었다.
여자가 입을 열었다.
"미안해요, 이런 일엔 익숙해 있지 않아서……이렇게 될 줄은 꿈에도 생각 못했어요."
"아무도 생각 못했소."
그녀는 등을 보이고 차에 올라탔다.
나는 운전용 장갑을 끼고 앞바퀴에 닿아 있는 펜더를 떼어 냈다. 기름 탱크는 앞바퀴 바로 뒤에 있다. 펜더가 찌그러지면서 그 탱크에 구멍이 뚫린 모양이다. 예비관에서 기름을 보텔까 생각했으나 시간 낭비에 지나지 않았으므로 그만두었다. 차에 올랐다.
유압 브레이크의 경보 램프가 켜진 채였다. 기어를 1단으로 넣고 심호흡을 하고 나서 천천히 차를 몰았다. 차는 아직 완전히 명맥이 끊긴 것은 아니었다. 그러나 차츰 못 쓰게 되어 가고 있었다.
"급히 차를 수리할 순 없을까?" 매건할트가 침착한 목소리로 물었다.
"수리는 문제 밖입니다. 자동차 수리공장에 접근하는 것도 위험하고 마을을 지나갈 수도 없습니다. 차는 탄흔투성이니까요. 탄흔은 누가 보든 탄흔으로 보이니까 곤란하거든요."
허베이 쪽 앞유리창에 구멍이 두 개 뚫려 있었다. 충돌 직전에 그가 쏜 두 발이다. 뒤쪽 트렁크 뚜껑에 하나, 천장에 두 개, 그리고 매건할트 쪽의 도어에 하나.
"그럼, 이제부터 어떻게 할 거요?"

"사람 눈에 띄지 않도록 갈 수 있는 데까지 가서 차를 버리고 전화를 걸어 누구한테 도와달라고 하는 수밖에 없겠지요."

그러면 "누구에게?" 하고 물어 올 줄 알았다. 그 점은 아직 나 자신도 생각이 정해지지 않았다. 그러나 그가 말한 것은 "그럼, 또 시간이 늦어지겠군" 하는 한 마디뿐이었다.

대답할 말이 없었다. 허베이 쪽으로 눈을 돌렸다. 그는 날카로운 눈으로 앞을 바라보고 있었다. 뭔가 찾고 있는 모양이었다. 그의 머릿속에는 또 한 사람의 총잡이 생각이 들어 있는 모양이다. 그 사나이는 두 번 다시 우리 앞에 모습을 나타내지 않을 것으로 나는 생각하고 있지만.

좁고 꼬불꼬불한 길을 다 올라가서 언덕을 넘었다. 유압이 내려감에 따라 핸들이 무거워졌다. 얼마 안 가서 기어를 바꾸어 넣을 수도 없게 되고, 완충 장치도 움직이지 않게 될 것이다. 그리고 파워 브레이크가 말을 안 듣게 되면 그 다음은 핸드 브레이크밖에 못쓰게 된다.

엔진은 계속 돌아가니까 달릴 수는 있다. 그러나 타고 가는 기분이 나쁘다. 그리고 일단 멈춰서면 기어 체인지가 되지 않으므로 차를 출발시킬 수가 없다. 가장 잘 쓰는 2단에 기어를 넣어 두었다.

허베이가 갑자기 입을 열었다.

"어느 산 속 숲에서라도 못 움직이게 되면 어떻게 전화를 찾지?"

"전화 가까이까지는 갈 수 있을 거요."

유압이 떨어져 감을 알리는 램프가 켜졌다. 모퉁이에 이르자 거의 핸들을 돌릴 수 없을 만큼 무거워졌다. 완충 장치가 말을 안 들어 차체의 흔들림이 그대로 몸에 전해져 왔다. 드디어 차가 못 쓰게 될 때가 다가온 것이다.

길이 곧고 비탈이 완만해졌다. 내 기억에 틀림이 없다면 이대로 가면 능선이 하나 나올 것이다. 부근 15킬로미터 범위 안에는 마을이 없다. 로느 강에 가까워지지는 않지만, 경찰이 도로를 차단하고 검문소를 설치해 두었다면 이쪽이 안전하다. 누구나 예상할 수 있는 도주 경로는 될 수 있는 한 피해 가고 싶었다.

능선 위로 나왔으므로 속력을 올렸다. 핸들은 힘껏 돌려야 하는데다 둥글어야 할 바퀴가 네모난 듯한 느낌이다. 지금까지는 오르막길이라 브레이크를 쓰지 않았으나 내리막길에 접어들어 마지막에 멈춰 설 때는 써야 한다.

속력을 내어 두 채의 농가와 짐수레를 지나쳐 놓고 속도를 늦추었다. 매복 지점에서 12킬로미터쯤 달려왔다. 능선의 왼쪽에는 완만한 비탈이 진 넓은 평지가 이어져 있었다. 오른쪽은 경사가 가파른 솔밭이었다. 그 기슭에 조금 나은 길이 있고 촌락이 여기저기 흩어져 있었다.

6킬로미터쯤 달리자 눈에 익은 작은 길이 나왔다. 브레이크를 밟았으나 소용이 없었다. 핸드 브레이크를 당겼다. 차가 코 끝을 땅바닥에 처박은 듯한 모습으로 빙글 돌았다. 회전이 너무 느려 엔진의 움직임이 불규칙해졌다. 차는 작은 길을 내려가기 시작했다.

지금까지 바퀴가 네모난 듯했는데 이제는 세모진 듯한 느낌이 들었다. 차 바닥이 땅을 쳤다. 엔진 소리가 발 밑에서 들려 왔다. 아마 배기관을 망가뜨린 모양이다. 경사가 또 급해졌다. 브레이크를 잡아당겼더니 속도가 떨어졌다. 오르막길이 한층 더 가팔라졌다. 브레이크를 힘껏 잡아당기자 뒷바퀴가 돌면서 땅 위를 기어가듯이 미끄러져 나갔다. 파이프가 소리를 내며 끊겼다.

급히 스위치를 껐다. 차가 털털거리며 몸을 떨었다. 나는 어린 나무가 모여선 곳을 향해 핸들을 힘껏 돌렸다. 차는 작은 길을 벗어나더니 쿵 하고 땅 위를 치면서 어린 나무숲에 머리를 처박고 천천히 멈춰섰다.

"다 왔습니다. 종점이오."

내가 말했다.

모두들 자기 쪽 도어를 비틀어 열었다. 우리의 머리 위며 둘레는 온통 전나무로 덮여 있었다. 차 아래에 깔린 것도 전나무였다. 운이 좋으면 차는 며칠 동안 아무에게도 발견되지 않을 것이다.

나는 허베이에게 "차 안을 닦아 주오"라고 말한 뒤 엔진 덮개를 열었다. 드라이버를 찾아서 디나단의 번호판을 떼어 헌 번호판과 함께 모았다. 보니 짐은 모두 밖으로 내려져 있고 허베이가 신중하게 차 안의 지문을 닦아 내고 있었다.

매건할트가 "저건 내 차인데, 보험금을 받을 수도 없겠군" 하고 말했다.

나는 어이가 없어 그의 얼굴을 바라보고 있다가 천천히 고개를 저었다.

"안될걸요. 우리가 해 온 것과 같은 일이 면책 조항에 들어 있지 않으면 장사가 안되지요."

나는 배기관을 찾아서 어디다 숨기기 위해 좁은 길을 올라갔다.

차 있는 곳으로 돌아오니 허베이가 밀려 쓰러진 나무를 두서너 그루 일으켜서 숲에 뚫린 공간을 메우고 있었다. 나는 타이어 자국을 발로 지우면서 비가 와 주기를 바랐다. 준비는 다 되었다.

12

 우리는 좁은 길을 내려갔다. 짐은 너무 크게 만든 듯싶은 핸드백같이 손잡이가 달린 부드러운 이탈리아 제 가죽 가방 두 개와 나의 서류 가방과 허베이의 프랑스 항공 가방이었다. 나르는 데 고생스럽지는 않았으나 산책 나온 관광객으로 보이기엔 짐이 너무 많았다. 한동안 어디다 숨겨 놓아야 되겠다.
 30분쯤 걸어서 기슭의 시냇물에 이르렀다. 나는 진흙 땅을 골라 한 개의 번호판으로 구덩이를 파서 네 개 다 그 안에 넣고 발로 진흙을 덮었다.
 매건할트가 "어차피 차의 엔진 번호로 소유자를 알아낼걸" 하고 말했다.
 "하지만 그만큼 시간을 벌 수 있습니다."
 숲은 시내가 있는 곳에서 끊어졌으나 왼편으로 3, 4백 야드쯤 떨어진 강 건너편에 다시 숲이 이어지고 있었다. 거기까지 걸어가서 시내를 건너 한길을 향해 숲 속을 걸었다. 내 계산에 의하면, 가장 가까운 마을까지 4분의 1마일쯤 되는 위치일 것이다.

허베이는 아주 자연스럽게 매건할트의 오른쪽 어깨 뒤에 위치를 잡아 걷고 있었다. 그는 내 쪽을 돌아보고 "그래, 이제부터는 어떻게 할 거요?" 하고 물었다.

"여럿이서 마을로 가면 재미없을 거라고 생각되오. 네 사람이 같이 있으면 이상하게 보일 거요. 게다가 지금쯤은 총질에 대한 소문이 퍼져 있을지도 모르오."

9시 반이었다. 총질이 시작된 지 한 시간이 지났다.

허베이가 말했다.

"좋소, 당신 혼자 가든지 당신과 저먼 양 둘이 가는 게 좋겠어. 난 매건할트 씨와 함께 여기 있을 테니."

명령조의 말투였다.

나는 고개를 끄덕이고 여자 쪽을 보았다.

"저먼 양, 괜찮다면 같이 가 주시지요. 남자와 여자가 함께 가는 게 남자 혼자보다는 자연스럽게 보일 테니까요."

"말씀대로 하지요."

그다지 내키지 않는 듯한 대답이었으나, 생전 처음 총질을 구경한 지 한 시간 뒤니만큼 무리도 아닐 것이다. 누군가가 정말 자기를 죽이려 하고 있다는 경험은 굉장한 충격이었을 것이다.

허베이가 끼어들었다.

"전화할 만한 상대 말인데…… 내게도 생각이 있소."

"말해 보오."

"디나단은 그만두오."

나도 그럴 생각은 없었다. 비밀 루트를 가는 경우에는 생각을 바꾸어 이제까지 있던 곳으로 되돌아가는 것은 절대 금물이다. 그러나 허베이가 그렇게 말한 까닭을 물어보고 싶었다.

"어째서요?"

"매복하고 있던 녀석들은 정확하게 우리의 움직임을 파악하고 있었소. 딱 들어맞았어. 녀석들은 디나단에서 될 수 있는 대로 떨어진 지점을 택하긴 했지만, 우리가 로느 강을 목표로 한다면 아무래도 지나야 할 길에서 기다리고 있었소. 그들은 우리가 디나단에 있었다는 것을 알고 있었던 거요. 그러나 투우르에서 미행해 온 건 아니오."

나는 천천히 고개를 끄덕였다.

"녀석들은 분명히 알고 있었소. 디나단 사람들에 대한 당신의 의심은 잘못이라고 생각하지만, 지금 여기서 다툴 생각은 없소. 나도 그리로 되돌아갈 생각은 처음부터 없었으니까."

허베이는 냉정한 사려를 얼굴에 나타내고 나를 바라보았다.

"알았소. 시간이 없소. 레지스탕스 시절의 친구로 이 근처에 있는 사람은 없소?"

"리용에 하나 있는데……."

"거긴 너무 머오."

그는 딱 잘라 말했다. "어젯밤에 이야기했던 그 양조장 집은 어떻소. 피넬이라고 했던가? 로느 지방산이라고 했지. 그럼, 이 근처가 아니오?"

나는 고개를 저었다.

"마음이 내키지 않는데."

"믿을 수 없소?"

"믿고 있기는 하지만……."

"그럼, 전화하오. 거기라면 운반용 트럭이나 지프가 있을 거요. 우리를 재워 주기는 간단하지."

"나로서는 개인적인 문제가 있소."

그는 눈썹을 치켜올렸다. 그리고는 조용한 어조로 말했다.

"지금 여기에 네 사람의 개인적인 문제가 있소. 당신의 문제는 나와 마찬가지로 살인죄이겠지. 그럼, 그 사람들을 믿을 수 있다면……."
"알았소."
그의 말은 이치에 맞는다. 반론할 여지가 없었다. "좋소, 전화하리다."
"부탁하오."
그는 고개를 까닥해 보였다. "그리고 또 한 가지 제안이 있는데 어슬렁어슬렁 걸어가지 말고 빨리 달려가 주기 바라오."
저먼 양과 나는 10분쯤 걸어서 마을에 닿았다. 디나단에서 30킬로미터쯤 떨어져나오니 주위의 모습이 전혀 달랐다. 이곳은 분명히 남프랑스로, 거의 여름에 가까운 날씨였다. 밭은 건조해서 먼지가 많고 울타리에는 장미꽃이 한창이었다. 마을의 집들은 남부 특유의 노란 돌들로 만들어지고 지붕은 붉은 색 물결 무늬가 있는 타일이었다.
광장에 면한 카페 바깥에 녹슨 작은 탁자가 세 개 놓여 있었다. 저먼 양과 나는 자리에 앉아 커피와 파스티스를 주문했다.
종업원이 주문을 받아 가자 저먼 양이 말했다.
"정말로 두 분 다 살인죄에 걸릴 가능성이 있나요?"
"우리는 두 사람을 죽였소. 그것도 계획적인 의도 아래에서였으니 훌륭한 살인죄이지."
"하지만 상대방이 우리를 죽이려 하고 있었잖아요. 이런 경우는 정당방위가 되지 않을까요?"
"법정에서 그것을 입증해 보일 수 있다면 성립이 되겠지요. 그러나 당신도 잘 알고 있는 누구처럼 우리는 재판을 기다려 항변할 생각은 조금도 없소. 그러니까 서류상으로는 살인으로 기록될 거요."
"부녀 폭행과 살인은 문제가 달라요?"

"분명히 다르지요. 특히 매건할트같이 무고한 경우와 우리처럼 사실상 사람을 죽인 경우는 서로 다르지요. 또 한 가지 큰 차이는, 경찰은 우리가 누구인지 모르지만 매건할트가 누구인지는 알고 있다는 점이오."
"하지만 당신들에 대해서 어차피 알게 되겠지요?"
나는 어깨를 으쓱해 보였다.
"결국에는…… 또는 경우에 따라서는 그럴지도 모르지요. 그러나 아무것도 입증하지 못하는 동안엔 괜찮을 거요. 빠리의 총잡이 두 사람이 죽었다고 해서 세상이 떠들썩할 리도 없고, 경찰에 압력을 넣을 사람도 없을 거요."
종업원이 저먼 양의 커피와 나의 파스티스를 날라왔으므로 발레바안 행 버스 시간을 물어보았다. 그것은 우리가 가는 것과 거의 반대 방향이다. 바라던 대로 앞으로 몇 시간 동안은 없다고 말했다. 그리하여 곧 전화를 빌 수 있겠느냐고 부탁했다.
한참 기다리고 있으니 전화가 연결되었다. 침착한 노인의 메마른 목소리가 대답했다.
"크로스 피넬(농원)이오."
"백작 부인을 바꾸어 주시기 바랍니다."
"댁은 누구신지요?"
나는 잠시 망설였다. 어느 쪽 이름을 대야 할까? 그때 상대방의 목소리를 생각해 내었다. 나는 곧 "모리스가 아니오?" 하고 되물었다. 나는 이미 그가 세상을 떠났거나 지금쯤은 연금으로 늘그막을 보내고 있으리라고 생각했던 것이다. "나 컨튼이오" 하고 덧붙였다.
이번에는 상대방이 망설였다. 저쪽의 목소리가 따뜻해졌다.
"컨튼 씨라고요? 잠깐만 기다려 주십시오……."
곧 여자의 목소리가 들렸다.

"정말로 당신이에요, 루이스?"

"지네트요? 아마 그런 것 같소."

"너무하시는군요. 마치 땅 속으로 숨어 버린 것처럼 소식이 없으시니, 지금 우리 집에 오시는 거지요?"

그녀의 영어는 완벽에 가까웠다. 약간의 악센트로 오랜 동안 영국을 방문하지 않았다는 것을 알 수 있었다. 그러나 나는 악센트에 귀를 기울이고 있지는 않았다. 부드럽고 허스키한 목소리를 탐내듯이 듣고 있었다.

"지네트, 곤란한 일이 있소. 4명이 동행인데, 이런 일 부탁하기는 정말 싫지만……손을 빌려 주지 않겠소? 우리를 조금만 앞으로 데려다 주면 되는데……일의 내용은 모르고 있는 편이 좋을 거요."

"모르는 편이 좋다고요?" 웃음과 비난이 섞인 듯한 목소리였다. "무슨 소릴 하는 거예요, 루이스, 지금 어디 있어요?"

나는 마을 이름을 댔다.

그녀의 목소리가 사무적이 되었다.

"우리 집 이름이 씌어져 있는 회색 시트로엥 밴이 한 시간반 뒤에 그리로 갈 거예요. 여러분을 이리로 모시겠어요."

"잠깐만, 지네트, 일행을 그리로 끌고 들어갈 필요는 없소. 로느 강을 건네 주기만 하면 우리 스스로……"

"여기는 지금도 당신의 은신처예요, 루이스."

저쪽에서 말하는 대로 하기로 했다. 도와 주는 사람을 상대로 입씨름을 하는 것은 실례이며 무의미한 일이다. 상대방이 이런 일에 익숙한 사람인 경우는 더욱 그렇다.

"마을 남쪽 길 끝에 있겠소."

그녀가 수화기를 놓았으므로 테이블로 돌아왔다.

"모든 게 잘됐소."
나는 시계를 보았다. "11시 반에 데리러 올 거요."
저먼 양이 고개를 끄덕이며 물었다.
"그 집은 어디에 있지요?"
"로느 강을 건넌 곳이오."
"어떤 사람들이 있어요?"
"마리스 백작이라는 사람의 성관(城館)이오. 레지스탕스 시절에 알았지요. 하지만 3년 전에 백작이 물에 빠져 죽었다는 신문 기사를 보았소. 요트 사고였던 모양이오."
"그럼, 지금 부인이 혼자 남았겠군요. 그 부인이 아까 말한 개인적인 문제인가요?"
나는 술잔 속으로 연기를 뿜어넣었다.
"왜 묻지요?"
"별 이유는 없지만, 그 일이 우선 머리에 떠오르는군요."
그녀는 유쾌한 듯이 웃었다.
나는 얼굴을 찡그렸다.
"그럼, 그렇다고 해 둡시다."
그러나 저먼 양은 그 정도에서 그만둘 여자가 아니었다.
"그 부인도 레지스탕스에 가담하고 있었나요? 그때에도 백작 부인이었어요?"
나는 무뚝뚝하게 대답했다.
"아니오."
"그럼, 당신이 아니고 백작을 택했군요. 누구나 그렇게 하겠지요. 귀족이고 포도밭이 있으니까요."
귀가 따끔했다. 생각하고 싶지 않은 일이었다.
그녀는 생각하면서 말을 이었다.

"하지만 그것이 원인이라고는 생각되지 않아요. 젊었을 때의 당신은 사귀기 쉬운 사람이 아니었을 거예요. 너무 젊었던 거지요. 그래서 모두들 당신을 컨튼(오리새끼)이라고 부른 게 아니었나요? 어쩌면 그건 당신 이름으로 만들어진 건지도 몰라요."
갑자기 타이어가 마찰하는 소리가 나더니 북쪽에서 경찰 지프가 굉장한 속력으로 달려와 급히 멈추었다.

나는 얼른 말했다.
"그대로 호기심이 있는 듯한 태도로 앉아 있어요. 그게 자연스러우니까."
그녀는 눈을 크게 뜨고 몸을 비틀어 지프 쪽을 보고 있었다. 상당히 낡은 푸른 빛 차로 지붕의 캔버스가 펄렁펄렁 바람에 나부끼고 옆에는 유기 유리로 된 도어가 열려 있었다. 파출소 주임인 듯한 사나이가 뛰어내려 카페 안으로 뛰어들어갔다. 지프 뒷자리에서 경찰관 셋이 내렸다. 한 사람이 급히 광장 아래쪽으로 달려갔다. 나머지 두 사람은 재빨리 주위를 둘러보고 나서 담배에 불을 붙였다.
나는 낮은 소리로 말했다.
"아마 누군가가 자동차 잔해나 적어도 시체 하나를 발견한 모양이오. 단순한 자동차 사고로는 저렇게 뛰어다니지 않거든."
그녀의 크게 뜨여진 눈이 날카롭게 청자색으로 빛나고 있었다.
"총을 가져왔어요? 어떻게 할 작정이에요?"
"안 가져오길 잘했소. 모제르는 이런 카페에는 좀 지나치게 크단 말이야. 가만히 기다리고 있읍시다."
"얼마쯤이나?"
"우리가 이곳을 떠나는 것이 부자연스럽지 않게 보일 때까지."
파출소 주임과 카페 주인이 카페에서 나왔다. 서로 상대방의 말을 듣지도 않고 지껄이고 있었다. 나는 몸을 내밀 듯이 하고 말을 걸었다.

"무슨 일이 있었나요?"

주임은 흘긋 이쪽을 보았으나, 내가 남자인지 여자인지 눈여겨보지도 않았을 것이다. 카페 주인에게 두서너 마디 말을 던지고는 지프로 돌아가 부하를 불러모았다.

카페 주인이 와서 오늘 아침 산 속에서 있었던 산적들의 총격전 광경을 이야기해 주었다. 차 한 대가 망가지고 적어도 한 사람이 죽은 모양이라는 것이었다. 그가 '적어도'라는 말을 강조한 데에는 1개 소대쯤의 시체가 아직 있다는 걸 넌지시 비추고 있는 것이다.

나는 그의 말에 맞장구를 치며 "빠리를 떠나면 여러 가지 일을 만나게 되는군" 하고 말했다. 카페 주인은 몸짓으로 빠리라는 말을 일축해 버렸다. 그리고는 10년 동안에 일어난 큰 사건으로 빠리에서 일어난 게 한 건도 없다는 사실을 알고 있느냐고 물었다. 빠리 시민들은 기운이 없어졌어, 이를테면 '목 없는 여자' 사건에서도······.

광장 아래쪽에 있던 경찰관이 뛰어와서 지프에 올라타자 남쪽으로 통하는 도로를 30야드쯤 나아갔다. 우리가 올라온 길이다. 거기에 멈춰서더니 모두들 뛰어내려 길 위에 가시 돋친 철망을 둘러치기 시작했다. 달려오는 차를 막으려는 것이다. 그 일이 끝나자 차 안에서 경기관총 두 자루를 내려놓고 지프에 기대어 담배에 불을 붙였다.

나는 다시 커피와 파스티스를 주문했다. 카페 주인이 가자 저먼 양이 물었다.

"이제부터 어떻게 하지요?"

"기다려야지."

"길을 막고 있어요. 매건할트 씨와는 연락이 끊기고······."

"알고 있소. 마을 뒤로 돌아가서 북쪽으로 가는 길까지 데리고 오면 되오. 거기서 피넬의 차를 세우는 거요. 어려울 건 없소. 경찰관 양반들은 그다지 진지한 것 같지 않으니까."
"진지하지 않다고요?"
그녀는 믿을 수 없다는 표정이었다.
"일부러 마을 사람들이 보이는 곳에서 저러고 있는 걸 보시오. 진지하다면 저런 곳에 있지 않소. 저 길을 달려오는 차라면 그들의 총이 미치는 사정 거리 두 배쯤 되는 거리에서 보이지. 아무튼 상대는 이 고장의 도둑이니까 이 지역에서 나가지 않으리라고 생각하는 모양이오. 그러나 누군가 한 마디 매건할트라고 말하기만 하면 문제가 커지겠지만."
멀리서 총소리가 두 발 들렸다. 아주 먼 곳은 아니었다. 분명히 피스톨 소리임을 알 수 있었다.
저먼 양이 눈썹을 치켜올리며 나를 보았다.
"아마도 친구 허베이가 쏘기 시작한 거겠지."

13

 나는 몸의 방향을 바꾸어 막힌 길 쪽을 보았다. 경찰관들은 지프 뒤로 돌아서 준비를 갖추고 남쪽 길을 살피고 있었다. 아무것도 보이지 않았다. 카페 주인이 안쪽에서 달려나오는 소리가 들렸다.
 카페 주인과 파출소 주임이 나오자 나는 벌떡 일어나 경찰의 보호를 요청했다. 산적이 보고 싶어서 이곳에 온 것은 아니다, 마을은 곧 포위당할 것 같지 않은가, 어디가 안전한가?
 파출소 주임은 차가운 웃음을 띠며 이곳이면 충분히 안전하다고 말했다. 나는 30야드 저쪽에서 당신 부하가 몸을 숨기고 있지 않느냐라고 지적했다. 그런데 우리보고는 몸을 드러내 놓고 있으라는 말인가? 저쪽에는 산적이 없는가? 나는 북쪽을 가리켰다. 그러자 주임은 없으니까 그쪽으로 가고 싶거든 마음대로 하라고 말했다. 그리고 나서 그는 곧장 지프 쪽으로 달려갔다.
 급히 돈을 치른 다음 저먼 양의 팔을 잡고 광장 북쪽을 향해 잰걸음으로 갔다. 어깨 너머로 보니 두 경찰관 가운데 한 사람이 경기관총을 들고 지프에서 이쪽으로 달려와 카페 곁의 골목을 돌아 개울 쪽으로 가는 참이었다. 포위 태세를 취할 작정인 모양이다.
 급히 걸었다.
 마을에서 완전히 빠져나온 뒤 근처 밭 가운데를 개울 쪽으로 향해 쌓아 놓은 돌 축대를 발견했다. 여자에게 여기서 가만히 있으라고 말했다.
 "차는 아직 30분 안에는 오지 않을 거요. 오거든 세워요. 마을 안으로 들여보내서는 안되오."
 나는 자세를 낮게 하여 돌 축대 뒤쪽으로 달려갔다.

 몇 분쯤 달리고 나서 이미 이런 자세로 달릴 수 있는 나이는 지났다는 것을 절실히 느꼈다. 나무 뒤에서 몸을 펴고 호흡을 가다듬었다. 이번에는 조금 천천히 달렸다. 개울까지는 4분의 1마일쯤 되었다. 밭을 완전히 빠져나와 위치를 확인해 보니 다시 온 만큼의 거리를 더 가야만 했다.
 개울을 철벅철벅 건너서 숲 속으로 들어갔다. 거기서 다시 방향을 바꾸어 개울 건너편 기슭을 남쪽으로 달렸다. 나무들 사이를 통해 보이는 경사면 바로 저쪽에 있는 성당의 탑을 표적으로 삼았다. 저 탑이 있는 선으로 나가기까지는 안전하다. 그 다음부터는 저 두 경찰관을 주의해야만 한다.
 탑이 왼쪽으로 직각의 선으로 보이자 걸음을 늦추었다. 개울 저쪽은 푸른 밭으로, 튼튼한 돌 축대로 구획이 지어져 있었다. 허베이와 매건할트가 있는 숲까지 가려면 아직도 4분의 1마일은 더 가야 한다. 경찰관들이 개울을 넘어오리라고는 생각지 않았으나 개울가에까지 올 가능성은 있다. 개울은 자연히 수사 구역의 경계가 되는 것이다.
 그러나 그들은 수사하고 있지 않은지도 모른다. 다만 가만히 감시하고 있을 뿐인지도 모른다. 증원을 기다리는 것이다. 나는 다시 걸음을 늦추어 개울가를 떠나 숲 속 깊숙이 들어갔다.

누군가가 물소리를 냈다. 나는 나무 그늘 아래 얼어붙은 듯 서서 한쪽 눈썹을 치켜올리며 바라보았다.

경찰관 한 사람이 젖은 한쪽 발을 들어 불쾌한 듯이 흔들고 있었다. 곧 내가 있는 쪽 기슭으로 올라와 앉더니 장화의 물을 빼고 있었다. 그것이 끝나자 그는 경기관총을 집어 들고 축축한 개울가를 신중하게 살펴보기 시작했다. 발자국을 찾고 있는 것이다.

나와의 거리는 30야드로, 눈길을 막는 물건이 없기 때문에 움직이면 틀림없이 발견될 것이다.

그는 천천히 시간을 들여 조사하고 있었다. 기슭을 따라 몇 야드쯤 지면을 보면서 걷고 있었다. 이번에는 고개를 들어 건너기 좋은 곳을 찾고 있었다. 겨우 강을 건너 밭을 지나 숲 속에서 비스듬히 도로 쪽으로 통하는 좁은 길을 천천히 걸어갔다. 나는 크게 숨을 내쉬고는 다시 달리기 시작했다.

몇 분 지나지 않아 개울 저쪽 숲으로 나오자 차를 버리고 처음에 개울을 건넜던 지점을 찾았다. 정면 숲 속에서 뭔가가 빛났다. 그것은 나무에서 나무로 조심조심 움직였다. 가까이 다가감에 따라 연녹색의 르노가 어린 전나무 숲 속에 반쯤 숨어들어가 있는 것이 보였다.

아까 카페 주인이 차가 한 대 엉망이 되었다고 하던 말이 생각났다. 좀더 주의해서 들어둘 것을…… 아까 달아났던 세 번째 사나이가 차를 움직여서 우리의 뒤를 밟아 온 것이다. 그것은 틀림없이 쉬운 일이었을 것이다. 우리 모습을 잡을 필요도 없었을 테고 알 만한 사람이라면 간단히 더듬을 수 있는 기름 자국을 남기면서 달렸으니까.

아까 들렸던 총소리는 그 사나이가 허베이와 매건할트를 추적하며 쏜 소리였던 것이다……

찌그러진 도어를 열고 만의 하나 우연을 바라며 예비 총이 한 자루 떨어져 있지 않나 살펴보았다. 물론 있을 리가 없었다.

개울 쪽으로 달려가서 물을 건너 도로에 올라섰다. 이 근처에서는 개울이 훨씬 도로 가까이에 있다. '200야드쯤 되겠구나'라고 생각하였다. 허베이와 매건할트를 두고 온 위치는 알고 있었으나, 총질과 동시에 이동했음이 틀림없다. 어디로 갔을까? 우선 두 사람 다 아직 살아 있을까? 총소리는 두 방밖에 들리지 않았다. 두 발로 두 사람을 죽이는 일은 우선 불가능에 가깝다. 그러므로 한 발은 손님 것이고, 한 발은 허베이가 되쏜 것이리라. 아니, 처음 한 발에 허베이가 당하고 두 발째에 매건할트가 천천히 겨냥되어 총살당했는지도 모른다······.

나는 멈춰서서 나무 뿌리에 걸터앉았다. 이런 생각을 하고 있으면 사고력이 마비되어 버린다. 지금 내가 알고 있는 사실은 총질이 한창인 속으로 총도 들지 않은 내가 들어간다는 것뿐이다. 왜 모제르를 갖고 가지 않았을까? 너무 크기 때문이었다. 그럼, 어째서 기회가 있었는데 베르나르의 권총을 줍지 않았던가? 그거라면 몸에 지니고 걸을 수도 있었을 텐데. 모르겠다. 몸을 두 겹으로 꺾고 달려 나아갔다.

나머지는 100야드다. 움직임을 가려 줄 만한 풀숲은 아니었으나 적어도 땅이 축축해서 발소리는 나지 않았다. 나무에서 나무로 기듯이 나갔다.

나머지 50야드, 길가에서 끊어진 숲 저쪽에 하늘이 보였다. 엎드려 있는 사람의 모습, 손의 움직임, 총신의 번쩍임을 찾아서 풀숲과 잡목 하나하나에 눈길을 보냈다. 여기 저기 사람 그림자와 움직임이 보였다. 그러나 모두 환각이었다.

허베이에게 소리를 지르는 편이 나을지도 모른다. 아니, 이대로 가만히 있는 편이 머리에 총알을 맞지 않게 되는지도 모른다.

 그때 바로 앞에 뭔가가 보였다. 빈터에 무언가 형태 같은 것이 보였다. 그러나 그것은 움직이지 않았다. 가방이었다. 다시 숨을 쉬기 시작했다. 소리를 지르려면 지금이다. 아니면 가만히 있는 수밖에 없다. 나무 뿌리에 몸을 비끼고 낮은 목소리로 "허베이, 케인이오" 하고 불러보았다.

 오른쪽 잡목 속에서 뭔가가 움직였다. 나는 얼른 엎드렸다. 총소리가 울리고 나뭇조각이 쏟아졌다. 앞쪽 풀숲에서 머리가 불쑥 튀어나왔다. 이미 늦었다. 풀숲 속에서 엉거주춤 일어서는 사람의 그림자가 보인 것이다.

 뭔가가 번쩍 얼굴을 스치더니 귀가 멍해졌다. 엎드린 채 나는 죽었구나 생각했다.

 허베이의 목소리가 들렸다.

 "여어, 데이비 크로켓이 아닌가? 알라모에 잘 오셨어. 자네가 와서 그놈을 유인해 주기를 기다리고 있었지."

 "언제든지 부탁을 들어 주지."

 나는 풀숲에서 몸을 일으켰다. 오른쪽 몇 야드 떨어진 곳에 한 사나이가 잡목 사이로 몸을 내밀 듯이 하고 쓰러져 있었다. 허베이는 그 사나이 쪽으로 걸어갔다. 걸음걸이가 어색했다. 보니 윗도리 늑골 있는 데가 찢어져서 피가 배어 있었다. 나는 급히 일어나 그의 뒤를 쫓았다.

 "심한가?"

 "대단치는 않아."

 그는 발로 시체를 바로 뉘이려고 하다가 얼굴을 찡그렸다. 얼굴을 보고 죽어 있는 것을 확인하자 발을 떼고 본디 자세로 돌려 놓았다.

 "이 녀석이 움직이기를 기다리며 20분 동안이나 가슴 조이고 있었지. 일은 어떻게 되었소?"

"먼저 상처를 봐야지."

나는 셔츠를 찢어 보았다. "마중하러 나오기로 했는데, 경찰이 입구를 막고 있었소. 총소리를 듣고 밭 쪽으로 나왔지."

나는 어깨 너머로 고개를 갸웃했다. "피부가 찢어졌을뿐이지만, 이런 상태로 달려갈 수 있겠소?"

허베이는 고개를 끄덕였다.

"그럼, 마을을 빙 돌아서 길로 나갑시다."

매건할트가 뒤에서 따라왔다. 죽은 쥐라도 잡은 것처럼 엉거주춤 모제르를 들고 있었다. 내가 얼른 받았다.

허베이가 그에게 "리히텐쉬타인은 이번에는 이쪽 방향이오" 하고 말하면서 개울 쪽을 가리켰다. "가방을 들고 달리는 거요."

매건할트가 "가방은 두고 가도 되는데……" 하고 말했다.

"그럼, 우리가 곤란해집니다. 누가 있었는지 증거를 남기게 되니까요."

내가 말했다. 매건할트는 가방을 가지러 갔다. 그의 뒷모습에다 대고 허베이가 소리쳤다.

"당신 회사를 구하러 가는 거요. 알겠소, 그걸 잊지 마시오."

그리고 나서 시체를 보더니 말했다. "이것도 좋은 증거로군. 자살이라고 생각하는 자는 없겠지."

밭 쪽에서 경관들의 부르는 소리가 들렸다.

"어어이! 간다!"

"한참 동안은 속일 수 있을지 모르겠소. 강 저쪽 기슭에서 떨어져 있어야 하오. 녀석들은 냇가의 발자국을 찾을 테니까. 무슨 소리가 들려도 나 때문에 돌아오지는 마시오."

그는 눈썹을 치켜들고 내 얼굴을 보며 말했다.

153

"갑판의 불길 속에서 혼자 남는 건 아니겠지?"
매건할트가 가방을 두 개 들고 걸었다.
내가 말했다.
"곧 가겠소."
허베이는 가다가 말고 이쪽을 돌아보았다.
"총에 맞은 건 처음이오."
뭔가 생각에 잠긴 것 같은 말투였다. "녀석이 뒤에서 달려드는 바람에 불의의 습격을 당했지."
"그런 것쯤은 알고 있소."
그는 내 말을 듣고 있는 것 같지는 않았다.
"사실 이런 말은 변명이 될 수도 없소. 누군가가 내 등 뒤로 와서 불의에 습격을 하는 일 같은 게 있어선 안되오, 내 직업으로는 말이오."
그는 말을 마치자 성큼성큼 좁은 길을 뛰어내려갔다. 왼쪽 팔꿈치로 옆구리를 누르고 프랑스 항공의 가방을 들고서…….
나는 크게 심호흡을 했다. 왜냐하면 바로 조금 전까지 뛰어왔었기 때문이다. 모제르의 총대를 찾아들고 시체 쪽으로 걸어갔다.
검은 머리를 길게 기른 몸집이 작은 사나이였다. 싸구려 회색 더블을 입고 있었다. 총은 미군용 콜트 45구경이었다. 콜트는 내 주머니에 넣고 사나이를 둘러멘 뒤 숲 속을 뚫고 밭 쪽으로 걸어갔다.
숲 끝 가까이에 이르자 사나이를 조용히 내려놓고 콜트를 꺼내어 탄창의 총알 수를 조사했다. 총알이 너무 많아서 곤란했다. 그리하여 세 발만 남겨서 손에 들려 놓았다. 그리고는 들키지 않도록 조심조심 밭 끝까지 갔다.
경찰관 한 사람이 약 100야드 앞쪽에서 허벅지까지 차는 풀숲 속에 우뚝 서서 숲 쪽을 살피고 있었다. 또 한 사람의 모습은 보이지 않았다. 나는 되돌아와 기어서 길까지 갔다.

아까 울린 네 발의 총소리와 시체 하나를 설명해 주어야 한다. 나는 모제르를 어깨에 대고 마을의 가장 앞쪽에 있는 집에다 두 발을 신중히 쏘았다. 벽이 떨어지는 것이 보였다. 이렇게 해 두면 그쪽 경찰관은 자기들이 표적이 되어 있는 것으로 생각할 것이다. 그리하여 아까 그 총소리도 자기들을 겨눈 것으로 짐작할지도 모른다.

나는 시체 곁으로 기어서 갔다. 경찰관은 여전히 밭 한가운데 있었다. 그는 이제 권총의 위험한 사정 거리에서 벗어나 있다고 생각하는 모양이다. 총대를 단 모제르라면 그의 눈썹이라도 뽑아 줄 수 있는 거리이다. 어차피 놀라게 해주겠지만, 그전에 또 한 사람이 어디 있는지 알고 싶었다.

나는 신중하게 나무 뒤에 몸을 숨기고 고함을 질렀다.

"용기가 있으면 와 봐! 우리 아버지와 형은 경찰관에게 당했다. 죽일 수 있다면 죽여 봐! 또 한 사람은 길동무삼아 줄 테니까."

될 수 있는 한 미친 듯한 투로 고함을 질렀다. 미치광이라고 생각하면 다른 자질구레한 점까지는 주의가 미치지 않을 것이다. 내가 고함을 지르기 시작하자 경찰관은 얼른 자세를 낮추었으나 아직 잘 보였다. 나는 '너 말이야' 하는 듯이 머리 가까이로 한 발 보냈다. 그는 풀썩 엎드렸다.

또 한 명의 경찰관이 근처 풀 속에서 갑자기 몸을 일으키더니 무릎을 세우고 경기관총을 쏘아 댔다. 전나무 껍질과 나무 토막이 머리에 쏟아졌다. 내 예상대로 된 것이다. 나는 한 번 크게 비명을 지른 뒤 목구멍이 막히는 듯한 소리로 끝을 맺었다.

나는 모제르의 빈 탄창을 밭에 던져 버린 뒤 "경찰관을 쏘니까 이렇게 된 거야."

하며 시체의 어깨를 툭 치고는 서류 가방을 집어들고 달렸다.

허베이와 매건할트 두 사람이 길로 나오기 위해 개울을 건너는 참에 뒤따라잡았다. 그때는 나도 천천히 달리고 있었다.

허베이가 쓴웃음을 지으면서 말했다.

"아이디어는 마음에 들었지만, 언제까지 속일 수 있을까?"

내 고함 소리를 듣고 있었던 모양이다.

"상당히 오래 속여 넘길 수 있지 않을까?"

"어차피 그들은 기관총이 아니라 38구경에 맞았다는 걸 알게 될 걸."

"자기들이 사살했다고 생각하면 서둘러 검시하지는 않을 거요."

우리는 개울을 건너자 도로까지 이어져 있는 돌 축대 뒤로 들어섰다. 시계를 보니 저먼 양과 헤어진 지 30분이 조금 지나 있었다. 발이 질퍽거렸으므로, 그 뒤로 네 번이나 개울을 건넜던 일을 떠올렸다. 우리는 계속 걸었다.

밭 입구에 회색 시트로엥 밴 트럭이 서 있었다. 양옆은 물결 모양의 철판이었으며, 뒤끝 도어에 '크로스 피넬'이라고 크게 씌어 있었다. 저먼 양과 또 한 여자가 타이어를 조사하는 듯한 자세로 앞바퀴 옆에 웅크리고 앉아 있었다.

우리가 지친 말 떼처럼 거센 숨을 몰아쉬면서 그곳에 이르자 저먼 양 옆에 있던 여자가 일어나서 재빨리 트럭 뒤로 돌아왔다. 지네트였다. 산뜻한 회색 스커트 위에 얼룩이 묻은 털 자켓을 입고 있었다.

마지막으로 본 12년 전보다는 늙어 보였다. 그러나 12년을 그대로 늙은 것은 아니었다. 검은 눈동자에 어렴풋이 피로한 빛이 엿보이고 표정의 움직임이 좀 느리며 침착해진 정도의 차이뿐이다. 짙은 밤색 머리, 햇볕에 그을릴 줄 모르는 부드럽게 투명한 살결, 그리고 내 머릿속에서 떠난 적이 없는 우수에 찬 장난기 어린 미소…….

그녀는 내 팔을 잡았다.

"루이스, 조금도 변하지 않았군요."

나는 무릎까지 젖은 데다 윗도리와 셔츠는 이끼와 솔잎에 덮이고 머리는 절반쯤 이마 위로 흩어내려 숲 속의 온간 잡동사니가 머리에 붙어 있었다. 게다가 손에는 커다란 모제르가 들려 있었다.

나는 고개를 끄덕였다.

"변했어야 할 텐데 말이야……."

우리는 트럭에 올라탔다.

14

 다음에 차문이 열린 것은 성안의 별장 앞 자갈길에서였다.
 영국인의 눈에는 전형적인 성관으로 보이는 건물이었다. 그것을 의식하고 몇 대인가 전의 백작이 세운 것이리라. 포도주의 상표에 그 그림을 넣고 싶었던 것이다.
 건물은 옛부터 이 지방에서 흔히 써 오던 양식이 아니라 북쪽인 로아르 지방의 양식에 따른 것이었다. 고딕 양식을 흉내낸 튼튼한 건축이었다. 키가 크고 높다란 창문이 보이고, 마녀의 모자 같은 푸른 빛 기와 지붕을 이고 있는 탑이 건물 양 끝에 서 있었다. 기와의 푸른 빛과 건물 전체의 핑크빛은 거의 조화를 이루고 있지 않았으나, 상표에는 그것까지 보이지는 않는다.
 드디어 다른 사람들도 차에서 내렸다. 나는 지네트 쪽을 보았다.
 "소개하지 않는 편이 좋다면……."
 그녀는 묘한 얼굴로 매건할트를 쳐다보고 있었다.
 "성함을 알아 두는 편이 좋겠군요."
 소개를 했다.

"매건할트 씨……이쪽은 지네트 마리스 백작 부인입니다.."
그의 이름을 듣자 그녀의 눈썹이 아주 조금 움직였다. 매건할트는 그녀의 손을 잡고 똑바로 서서 인사를 했다.
이어서 저먼 양과 허베이를 소개했다. 허베이는 여느 때의 얼굴이 아니었다. 얼굴의 주름이 깊어진 정도가 아니라 얼어붙은 듯이 무표정했다.
"부상을 입으셨군요. 안에 들어가서 모리스의 치료를 받으세요."
지네트가 말했다.
백발에 흰 웃옷을 입은 모습이 창 앞 테라스에서 기다리고 있는 것이 보였다. 나는 올라가서 그 손을 잡았다. 주름투성이의 얼굴이 활짝 웃었다. 서로 그 뒤 어떻게 지냈느냐고 물었다. 둘 다 순조롭게 지내 온 것 같다. 그는 "옛날 생각이 나는군요" 하고 다시 웃음을 보이며 허베이를 안내해 갔다.
나머지 사람들도 테라스로 올라갔다. 매건할트가 입을 열었다.
"언제까지 이곳에 있게 되는 거요, 케인 씨? 오늘은 100킬로미터도 가지 못한 것 같은데."
지네트가 말했다.
"지금 그 이야기는 하지 맙시다. 질, 매건할트 씨에게 마실 것을 드려요."
그리고 나서 지네트는 저먼 양 쪽을 보았다. "자, 방으로 안내해 드리지요."
지네트는 저먼 양의 팔을 잡고 방을 나갔다. 저먼 양의 얼굴은 창백했다.
성관 안은 거의 변하지 않은 것 같았다. 커다란 집이 1세기나 걸쳐 모은 가구들로 채워져 있으니 변하지 않는 것이 당연한지도 모른다. 들어가서 바로 오른쪽 방이 사무실겸 응접실인데, 여전히 창가에 놓인 루이 13세 시대의 찬장에는 술병이 가득 들어차 있었다.
 나는 병을 둘러보았다.
 "무엇으로 하시겠습니까?"
 "있으면 셰리를 주시오."
 매건할트가 말했다.
 "없는데요. 프랑스 인은 셰리 주를 마시지 않으니까요."
 "그럼, 위스키에 물을 많이 타서 주시오."
 스카치 병을 꺼내어 물을 섞어 주었다. 내 몫으로도 술잔에 3분의 1쯤 되게 물 타지 않은 위스키를 부었다.
 매건할트가 천천히 마시고 있었다.
 "앞으로의 예정은 어떻소, 케인 씨?"
 "내일 아침 일찍 주네브에 들어가려고 생각합니다. 새벽 직전에 말입니다."
 "새벽? 왜 그전에 가지 않소?"
 나는 구겨진 지타느 갑에서 한 개비 꺼내어 불을 붙였다.
 "불법 입국을 해야 하기 때문입니다. 새삼스럽게 패스포트를 보일 수는 없으니까요. 그러려면 아무래도 밤까지 기다려야 합니다. 저녁에 일찌감치 들어가게 되면 주네브에서 하룻밤을 지내야 하지요. 차를 빌리기에는 너무 늦고, 야간 열차는 타고 싶지는 않습니다. 스위스 인들은 대체로 야간 열차를 타지 않기 때문에 남의 눈에 띄기 쉽거든요.
 　그러나 새벽 직전에 들어가면 사람들 눈을 피하기 쉽지요. 또 곧 사람들의 왕래가 심해지기 시작하니까 이쪽의 움직임도 빨리 시작할 수 있습니다."
 그는 눈썹을 찌푸리고 손에 든 술잔을 바라보고 있었다.
 "멜랑 씨는 주네브에 가 있겠다고 하였소. 지금 전화를 하면 차를 준비해 줄 거요. 그럼 어두워지고 난 뒤 곧 국경을 넘을 수 있겠지요."

나는 귀찮아졌다. 앞으로 내가 하는 말은 더욱 그의 마음에 들지 않을 것이다. 그보다도 내 말의 참뜻을 이해할 수 없을지도 모른다.

"어제 멜랑과 이야기하고 나서 사정이 완전히 달라졌습니다. 누군가가 우리의 움직임을 더듬고 있소. 녀석들은 멜랑의 전화를 도청하고 있는지도 모르오. 그렇다면 주네브에서도 같은 짓을 하지 않으리라고 볼 수 없지요. 아시겠습니까?"

"경찰이 중요한 지위에 있는 변호사에게 그런 짓을 할 리가 없다고 말하지 않았소."

"그것은 어디까지나 경찰의 이야기이지 적 쪽에 대한 말은 아니오. 우리의 움직임을 쫓고 있는 건 적 쪽입니다."

그는 얼굴을 찡그렸다.

"전화는 간단히 도청할 수 있는 거요?"

"간단하지는 않지만……특히 대도시에서는 매우 곤란합니다. 그렇기 때문에 어제는 도청에 대해 걱정하지 않았던 겁니다. 그러나 베르나르 같은 사나이를 고용하는 방법을 알고 있는 것을 보면 여러 가지 수법을 알고 있다고 생각해야 하니까요."

"로벨 씨는 디나단 사람들이 우리를 배신했다고 생각하고 있소."

"그렇습니다. 하지만 충분히 생각한 결과는 아닙니다. 메리오 집안 사람들은 누구에게 우리를 팔아야 할지 모르고 있소. 경찰 말고 말이오. 그리고 아무도 미리 메리오에 교섭해 둘 수는 없었을 거요. 우리가 그리로 간다는 건 아무도 몰랐으니까."

그는 위스키를 한 모금 마시고 내 말과 함께 그 맛을 음미했다.

"리히텐쉬타인에서 멜랑 씨가 함께 있어 주지 않으면 곤란하오."

"그건 나도 알고 있소. 그러나 그에게 전화를 하려면 국경을 넘고 난 뒤라야 합니다. 여기서는 아무나 어디에도 전화를 해선 안됩니다. 전화를 쓰는 건 엄금합니다."
나는 단숨에 위스키를 들이마셨다.
한참 있다가 나는 신중하게 입을 열었다.
"하긴 어젯밤 전화한 사람이 또 있습니다만."
그가 놀라서 나를 바라보고 있는 것이 느껴졌다.
"비서가 리히텐쉬타인의 중역에게 전화를 한 거요."
딱딱한 말투였다.
"네, 그녀도 그렇게 말하고 있긴 합니다만……."
잠깐 뒤 그가 말했다.
"사실은 다른 사람에게 걸었다는 거요? 절대로 있을 수 없는 일이오!"
"듣고 있지 않았으니까 알 수 없지요. 하지만 만일 내가 당신을 죽이려고 생각하고 있다면 당신의 비서를 맨 먼저 한편으로 만들지요."
이번에는 그의 시선에 기가 죽지 않았다.
문이 열리고 모리스가 루이 13세 왕조풍의 표정으로 "식사 준비가 되었습니다" 하고 알렸다.
세 사람뿐이었다. 지네트, 매건할트, 그리고 나. 허베이는 먹고 싶은 생각이 없는 모양이고, 저먼 양은 그대로 잠이 들었다.
지네트가 미간을 찌푸리고 내게 물었다.
"그녀에게 무슨 짓을 했어요, 루이스?"
나는 어깨를 흠칫했다.
"그녀의 눈앞에서 사람을 죽였을 뿐이야."
"오늘 아침에?"
"디나단 근처에서 습격당했지."

나는 고개를 끄덕이며 크게 숨을 들이쉬었다.
"한 사람은 베르나르였어."
그녀도 전쟁 중에 그를 알고 있었던 것이다.
그녀는 아무 말 없이 수프를 젓고 있었다.
"그이와 알랭이 그런 길로 들어섰다는 이야기는 듣고 있었어요. 그렇게 되었으니 누구한테 살해당해도 별수없지요."
죽인 것은 내가 아니라 허베이라고 말하려다가 그녀도 알고 있으리라 생각하고 입을 다물었다. 옛날 그녀는 내 솜씨를 절대적으로 믿고 있었지만, 그래도 베르나르를 당해낼 수 있다고는 생각지는 않았었다.

화제를 바꾸고 싶었으나 봄의 패션이니, 최근에 누가 이혼을 했느니, 무엇 때문에 그런 녀석을 당선시켰느냐니 잇달아 화제를 바꾸어 갈 수 있는 허물없는 분위기가 아니었다. 수프에 이어 오믈렛이 나왔으나, 양로원의 장례식 뒤 회식과도 같은 어두운 분위기였다.

모리스가 숭어 구이를 가져왔을 때에는 이쯤에서 기분 전환을 하지 않으면 나 자신 자살할 것 같은 기분이었다.
"생선 요리여서 다행이로군. 이것이면 피넬을 마시지 않아도 될 테니까."
지네트가 몸을 일으키며 나를 흘겨보았다.
"당신은 언제나 숭어만은 소스 맛에 의지하지 않고 맛볼 수 있는 생선이라고 하셨지요? 그래서 숭어 요리로 한 거예요."
"지금도 그 의견에는 변함이 없소. 숭어를 지저분하게 손이 가도록 요리하는 사람은 무덤 도둑에 어린아이를 능욕하고 카드놀이에서 속임수를 쓰는 놈이나 마찬가지야. 하지만 지금은 이중으로 고맙군. 이 집의 맛없는 포도주를 안 마셔도 되니까."
그녀는 하는 수 없다는 듯 우아한 몸짓으로 체념하고 매건할트 쪽을 보았다. 그는 의식적으로 우리들의 대화에서 떠나 숭어 해부에 전념하고 있었다. 아마 자기가 피넬을 평판보다 못한 포도주라고 했던 말을 상기한 모양이다.

"영국 사람이 자기네가 전혀 모르는 일에 대해 의견을 말하는 걸 보면 유쾌하지 않으세요? 그럴 듯한 말을 하거든요."

그녀가 말했다.

매건할트는 얼른 숭어 한 조각을 입에 집어넣었다.

내가 말했다.

"영국인은 본디부터 겸허한 국민이오. 언제나 바른 말을 하고 실행한다는 일이 얼마나 어려운 것인가를 옛날부터 잘 알고 있지. 그러니까 올바른 말을 하고 있다는 인상을 남에게 주려고 마음을 쓴 거요. 그것이 영국의 상류 계급과 퍼블릭 스쿨, 나아가서는 바로 최근까지 존재한 대영 제국 사고방식의 바탕이 되어 있소."

모리스가 내 어깨 너머로 새 글라스에 백포도주를 따라 주었다. 엄숙한 얼굴에 웃음이 올라 있었다. 말은 하지 않지만 그는 영어를 잘 아는 것이다.

"그럼, 영국인은 프랑스 인 특유의 논리성과 사교성을 어떻게 생각하지요?"

나는 포크를 내둘렀다.

"봐 줄 수 없는 자부심으로 보지. 아무튼 영국인은 프랑스 인의 논리성 따위를 믿지 않지만."

지네트는 한숨을 쉬었다.

"우리에 대해 아직도 자동차 사고가 많은 무모하고 감정적인 사람들이며, 발로 포도주를 밟아 짜는 사람 정도로 생각하고 있겠지요. 하지만 루이스……." 그녀는 거의 백작 부인답지 않은 행동으로 나이프로 나를 가리켰다. "요즘은 당신들에게 미국인이라는 경쟁상대가 생겼어요. 그들도 그럴 듯한 말을 할 수 있거든요."

"맞았소."

나는 새 포도주를 맛보았다. 차갑고 독한 화이트 버간디였다.

"하지만 그들은 몇 백만 달러나 들여서 조사 연구한 결과 그럴 듯한 말을 하는 거요. 그만큼 돈을 들이면 누구한테라도 그럴 듯하게 들리지. 그러나 영국인의 방법은 좀더 수수해. 물론 원자 물리학 같은 분야에서는 큰소리칠 생각이 없어진 것 같지만⋯⋯그대신 포도주에 대한 의견은 좀더 강화되었지. 런던에 한 번 갔다오는 게 좋을 거요, 지네트. 요즘 영국인은 포도주에 대해서 까다로와."

나는 매건할트 쪽을 보았다. 숭어에다 눈을 떨군 채 엷은 웃음을 띠고 있었다.

지네트가 나이프로 테이블을 탁 쳤다.

"이제 알았어요. 영국의 음모로군요. 영국인은 무슨 일이든 잘 안 되면 곧 프랑스를 구실로 삼아요. 새삼스러운 일은 아니지만. 그래서 이번에는 영국인에게 포도주 만드는 법을 가르쳐 준다는 건가요? 자, 루이스, 가르쳐 줘요."

"지네트, 만일 내가 거짓말을 못하는 사나이라면 포도주 양조를 그만두고 저 언덕에 양배추를 심으라고 말하겠소." 나는 집 뒤의 포도밭 쪽을 턱으로 가리켰다. "하지만 드마리스 집안 사람들은 100년 전부터 더 이상 피넬을 개량할 수 없다는 걸 알고 있었지. 그래서 이름을 팔기에 힘을 기울인 거요. 그 결과 지금은 가장 비싼 값으로 양배추 즙을 팔고 있지. 그것은 다시 말해서 손님에게 좀더 좋은 술을 대접할 만한 돈이 있다는 이야기가 아니오?"

그녀는 부드러운 웃음을 띠고 곁의 벨을 눌렀다. 모리스가 나타나서 접시를 치우고 치즈 보드와 피넬을 한 병 놓고 갔다. 나는 얼굴을 찡그려 보였다.

그녀는 병을 돌려서 상표를 보여 주었다.
"이 새 디자인 어때요, 루이스?"
성관의 그림이 없었다. 그 대신 보통 것보다 좀 길다랗고 흰 상표에 간단한 무늬가 동판으로 인쇄되어 있었다. 종이는 두껍고 정교한 은화(隱畵)가 든 가장 질이 좋은 것인 듯 거의 투명한 느낌이었다. 그녀가 부드러운 말투로 말했다.
"모르겠어요?"
나는 생각해 보고 고개를 저었다. 어디서 본 듯한 생각은 드는데……
그녀가 웃었다.
"옛날 영국의 5파운드짜리 지폐예요. 크기도 인쇄도 똑같지요. 어째서 이렇게 아름다운 지폐를 만들지 않게 되었는지 모르겠어요."
나는 씁쓸한 얼굴로 대답했다. "위조하기 쉽다는 이유겠지요. 이제야 겨우 그 까닭을 이해할 수 있을 것 같군."
나는 매건할트 쪽을 보았다. "레지스탕스 시절에 지네트의 임무는 문서 위조였답니다. 전쟁 중의 훈련이 평화시에 도움이 된다는 건 나쁘지 않군요."
그는 언뜻 표정을 움직이며 웃음을 보였다.
"당신이 나를 도와 주고 있는 것도 같은 일이 아닐까요, 케인 씨."
그는 일어나려고 했다. "백작 부인, 괜찮으시다면 이만하고 자게 해주십시오. 여러 가지 생각하고 싶은 일도 있고 해서……."
지네트는 얌전하게 고개를 끄덕였다.
"모리스에게 안내를……."
"잠깐 기다리시오."
내가 말했다.
매건할트는 일어서려다가 몸을 굽힌 자세로 있었다.

"이제 슬슬 왜 리히텐쉬타인으로 가야 하는지, 좀더 자세히 들려주는 게 좋을 것 같은데요."

"어째서 그 까닭을 알아야 하는지 잘은 모르지만" 하면서 그는 다시 자리에 앉았다.

"그럼, 내가 먼저 한 마디 하겠소. 오늘의 총질에서 우린 모두 죽을 뻔했소. 베르나르는 허베이 로벨보다 솜씨가 좋은 총잡이였소. 그리고 다른 녀석들도 나보다는 솜씨가 좋았을 거요. 다행히도 일이 각본대로 되지 않았지만. 그러나 이로써 알 수 있는 것은 상대방이 누군지는 모르지만 온갖 수단을 다 동원하여 당신을 죽이려 하고 있다는 것이오. 이것이 첫째 문제요.

그리고 둘째, 상대방은 당신이 무엇을 하는지 잘 알고 있다는 점이오. 그러나 난 그것을 모르거든요. 이 두 가지 점을 합해 보면 아무래도 우리 쪽이 불리합니다. 이미 두 번이나 우리의 움직임을 눈치채였소. 이 다음 때는……."

나는 어깨를 으쓱해 보였다.

그는 잠자코 철로 만든 동상 같은 눈으로 나를 노려보았다. 이윽고 그는 "뭘 알고 싶은 거요?" 하고 물었다.

"모두 다."

15

 그는 눈썹을 찌푸리고 지네트 쪽을 보았다.
 "지네트에 대해서는 내가 보증하겠소. 우리는 입이 무겁습니다."
 그는 또 눈썹을 찌푸렸다. 그녀가 입이 무겁지 않으면 어차피 구제될 수 없다는 것을 깨달은 모양이다.
 지네트가 미소를 띠며 치즈를 그에게로 밀어 주었다. 그는 조금 고개를 저어서 거절하고 내 쪽을 보았다.
 "당신은 어느 정도로 카스파르 주식회사에 대해 알고 있소, 케인 씨?"
 "주식회사인 동시에 판매를 하고 있으며 리히텐쉬타인에서 등기되어 있다는 것, 유럽 여러 곳에 있는 전자 공업회사의 주식 중 과반수를 쥐고 있다는 것, 그리고 당신이 그 회사에 관계하고 있다는 것……이 정도지요."
 "거기까지는 당신의 말대로요. 나는 그 회사 주식의 33퍼센트를 가지고 있소."
 "3분의 1이군요."

"아니오."

그는 2퍼센트 정도의 웃음을 보였다. 그로서는 크게 웃는 표정이다. "리히텐쉬타인에서 등기하는 이점을 알고 있소? 세법 말고?"

"익명이 가능하다는 건가요?"

그는 으스대면서 고개를 끄덕였다.

"그렇소. 주주의 이름을 공표하지 않아도 되지요. 그럼, 설명해 주겠소. 내 주식은 33퍼센트요. 주식은 33, 33, 34퍼센트의 셋으로 나뉘어 있소."

그는 나의 무지를 실증하는 것이 즐거운 듯했다.

"그러니까 34퍼센트의 주주가 다른 두 사람을 1대 1로 누를 수 있어도 양쪽을 상대해서는 이길 수 없겠군요. 나머지 두 사람은 누굽니까?"

"또 한 사람 33퍼센트를 가지고 있는 이는 리히텐쉬타인에 사는 프레츠라는 사나이오. 그가 회사의 일상 업무를 맡아 보고 있지요. 그러므로 최소한 리히텐쉬타인 국민을 한 사람 이사(理事)로 해야 한다는 최근의 법률에도 따르는 게 되는 거지요."

그의 말투로 짐작컨대 프레츠의 존재는 법의 요구를 채우기 위한 것에 지나지 않는 모양이었다.

그가 말을 끊었으므로 내가 재촉했다.

"그리고 34퍼센트는 누가 가지고 있나요?"

"케인 씨, 그런데 그게 분명치 않아서 곤란한 거요."

나는 어느새 따라 놓았던 피넬을 한 모금 마셨다. 맛이 없는 건 아니었으나, 그저 그뿐이었다. 나는 고개를 저었다.

"미안합니다만…… 나는 이해가 가지 않는군요. 회사의 대주주로서 장부나 무언가를 보고 누군지 조사할 수 있지 않습니까?" 다른 생각이 머리에 떠올랐다. "아니면 무기명 주주인가요?"

"바로 그거요."

그는 엄숙하게 고개를 끄덕였다.

"이거 놀랍군요. 그런 것은 이미 먼 옛날에 없어진 줄로 알고 있었는데. 분명 중대 문제로군요."

그의 표정이 한동안 딱딱해졌다.

"무기명 주식이란 기밀 유지상 필요했던 거요. 어떤 회사에나 각 부서를 담당하고 있는 사람이 있소. 그 사람이 아내나 친구에게 말하지 않는다고 보증할 수는 없소. 그러나 무기명 주식이라면……"

"그건 알고 있습니다."

무기명 주식. 주주 증서라는 한 장의 종이쪽지에 지나지 않는다. 어느 회사의 주식을 몇 주 가지고 있다 하는 증명서이다. 그러나 소유자의 이름은 적혀 있지 않고, 회사의 장부에도 이름이 실려 있지 않다. 그러므로 누군가 소유권을 증명할 수 없는 한 이 증명서는 가지고 있는 사람의 소유로 돌아가는 것이다. 소유권을 기록해 놓은 것이 전혀 없고, 양도하는 경우에도 인지(印紙)를 필요로 하지도 않는다. 그러므로 남의 주머니에서 훔친 것일지라도 그것을 증명할 수는 없는 것이다.

나는 고개를 끄덕였다.

"그래, 그 34퍼센트는 본디 누구 것이었습니까?"

그는 가만히 한숨을 쉬었다.

"기밀이 유지되기를 가장 바라고 있던 사람이오. 맥스 헬리거."

들은 적이 있는 이름이다. 나는 지네트 쪽을 보았다. 그녀도 나를 보고 있었다. 맥스 헬리거라면 수수께끼의 안개 속에 싸인 전설적인 경력의 소유자이다. 그의 조카들 이름이 가끔 신문의 가십난에 나온다. 단지 그의 조카이기 때문이리라. 그러나 본인의 이름은 절대로 나오지 않는다. 비록 뉴스가 될 만한 일이 있어도 실리지 않는다. 자칫하다가는 자신이 일하고 있는 신문사가 그의 것인지도 모르는 수가 있는 것이다.

그러나 나는 곧 그가 결국 신문에서 숨길 수 없었던 사실이 있었음을 생각해 냈다.

"그는 죽었지요. 일주일쯤 전에 알프스에서 일어난 자가용 비행기의 추락 사고로."

매건할트는 희미한 미소를 띠었다.

"그것이 문제요, 케인 씨. 맥스가 죽은 뒤 며칠 지나서 한 사나이가 맥스의 주주 증시를 가지고 리히텐쉬타인에 나타난 카스파르 회사의 운영에 중요한 변경을 요구했던 거요. 아시다시피 프레즈 씨의 33퍼센트는 상대의 34퍼센트를 이길 수가 없소. 그 때문에 내가 꼭 가야 합니다."

무기명 주식의 경우에는 위임장을 표결에 붙일 수가 없다. 자기가 주주라는 유일한 증거인 주주 증서를 상대방의 코 앞에 들이대는 수밖에 없는 것이다.

매건할트는 말을 이었다.

"회사의 정관에 따라 주주는 누구나 7일 동안——0시에서 0시까지——의 예고 기간만 두면 리히텐쉬타인에서의 주주 회의 개최를 요구할 수 있소."

"그 예고 기간이 언제쯤 끝나지요?"

"상대방은 기한이 끝나면 즉시 회의를 열자고 요구했소. 내일 밤 24시 1분이 지나면 회의를 열어야 합니다. 앞으로 36시간쯤 남았지요."

나는 고개를 끄덕였다.

"시간은 충분히 있습니다. 만일 시간이 없다면, 다시 7일 동안의 예고 기간을 두고 회의를 소집해서 그전에 한 의결을 번복시킬 수는 없습니까?"

"케인 씨, 상대방의 요구는 카스파르 회사의 주식을 처분하는 일이오. 이것이 한 번 행해지면 절대로 회수할 수는 없지요."

나는 술잔을 들어올렸다.

"회사의 자산을 현금으로 바꾸어 어디로 가려는 걸까요? 아무래도 합법적인 상속인의 행동 같지는 않은데요. 누굽니까?"

"프레츠 씨의 말에 의하면 브뤼셀에 사는 벨기에 사람으로 갈레롱이라고 하는데, 들어보지 못한 이름이오."

나는 지네트 쪽을 보았다. 그녀는 고개를 저었다. 들은 적이 없다는 것이다.

매건할트가 싸늘한 어조로 말했다.

"게다가 재판소가 그에게 그 주주 증서를 소유할 권리가 없다는 판결을 내렸다 해도 카스파르 회사의 주식을 회수할 수는 없소."

"카스파르 회사의 주식은 시가로 얼마나 갑니까?"

그는 어깨를 으쓱해 보였다.

"우리가 조종하고 있는 회사의 주식 시가는 아주 낮아요. 물론 이익이 모두 카스파르 회사에 들어가 버리기 때문이지요. 그러나 이번 경우는 회사의 주식뿐 아니라 지배권까지 양도하려는 것이오. 이런 경우의 주가는 현재 가격의 10배 이상이 되겠지요. 대충 3천만 파운드쯤 될까……."

한참 뒤 나는 알았다고 고개를 끄덕여 보였다. 물론 이해할 수는 없었다. 3천만 파운드라는 금액의 크기를 간단히 이해할 수 있을 리가 없다. 매건할트도 프레츠나 맥스 헬리거도 알고 있는지 어떤지 의심스럽다. 그만한 금액을 암흑 속에서 움직이고 있으니, 암흑 속에서 뜻밖의 사람을 만나게 되는 수도 있으리라.

"글쎄요, 그 34퍼센트가 있으면 연금을 받게 될 때까지 맥주 값이나 담배 값은 궁하지 않겠군요."

그는 일어섰다.

"나를 리히텐쉬타인까지 안전하게 데려다 주어야 할 까닭이 납득되었습니까?"

"적어도 이쪽이 불리하다는 점만은 분명해졌습니다."

그는 지네트에게 인사를 하고 내게는 찌푸린 얼굴을 보인 채 방에서 나갔다.

지네트가 의자를 뒤로 물리고 내 쪽을 돌아보았다.

"어때요, 루이스?"

"어떻게 생각해, 지네트?"

"저 동화 같은 이야기를 어디까지 믿을 수 있을까요?"

"매건할트가 한 말 말이오? 난 정말이라고 생각해. 그 이야기를 만들어 낼 만한 상상력이 있다면 이번 같은 문제는 미리 예상할 수 있었을 거요."

"하지만 갈레롱이라는 벨기에 사람 말이에요, 그런 일을 정말로 할 수 있을까요?"

"무기명 주식이라면 할 수 있겠지. 증거를 제시하는 짐스러움이 없으니까. 자기가 정당한 소유자임을 증명해 보이지 않아도 되거든. 따라서 누군가가 그렇지 않다고 증명해야 돼. 정말이지, 그 사람들은 말썽의 씨앗을 뿌리기 위해 고생하고 있는 거나 마찬가지야."

그녀는 모르겠다는 표정으로 고개를 갸우뚱했다.

"맥스 헬리거나 매건할트 저 사람들은 자기 재산을 무기명 주식으로 바꾸고, 리히텐쉬타인에서 회사를 등기하고, 스위스 은행에다 구좌를 만드는 등 세금을 피하기 위해 한평생 안달하고 있어. 그러다가 죽는 거여. 그 재산의 행방은 아무도 모르지. 저 사람들한테서는 아무도 재산을 상속받을 수 없어. 대부분은 은행 금고 속에서 자고 있지. 스위스 은행이 어째서 그렇게 부자인지 알아? 그들 은행 중에는 아직도 게슈타포의 자금을 맡아 가지고 공표를 거부하고 있는 은행도 있어. 게슈타포가 오기를 기다리고 있는 걸까? 천만의 말씀. 그냥 맡아 가지고 있고 싶을 뿐이야."

"당신이 그렇게 재계의 일에 밝은 줄을 몰랐어요. 지금쯤 백만장자가 되어 있는 건 아니에요, 루이스? 그렇지요?" 그녀는 내게 미소를 보냈다. "꼬냑을 마시고 싶군요. 하지만 '영국인이라면' 하는 따위의 강의는 빼고 말예요."

나는 씁쓸한 얼굴을 보이며 모리스가 사이드테이블 위에 남겨 놓은 쟁반 쪽으로 갔다. 먼지를 뒤집어쓴 것 같은 둥그스름한 병이 늘어서 있었다. 나는 1914년의 크로아제를 발견하여 따르려고 했더니 두서너 방울밖에 없었다.

"미안해, 없구먼."

나는 유감스러웠다. 요즘 나오는 달콤한 브랜디는 그다지 좋아하지 않았으나 1914년 것이라면 더 말할 게 없다.

"일주일 전에 따서 날마다 한 잔씩 마셨을 뿐인데……."

그녀는 눈썹을 찌푸렸다.

"모리스의 마음에 들었나 보군."

그녀는 식탁의 벨을 눌렀다. 한참 뒤 모리스가 왔다. 나는 프랑스식 창문 쪽으로 걸어가 눈부신 햇살 속에 섰다. 두 사람의 이야기를 듣고 싶지 않았기 때문이다.

테라스 밑의 정원은 급한 경사가 진 잔디밭으로, 그 끝은 월계수와 삼나무가 빽빽이 들어서 길로부터의 시계(視界)를 차단하고 있었다. 다시 그 앞에 연한 푸른 빛 구릉이 로느 강변까지 이어져 있다. 조용하니 마음이 가라앉는 경치였다. 이곳에서는 사람의 시체도, 크게 부서진 자동차도, 서로의 자취를 추적하며 전화통에 대고 고함을 지르는 경찰관의 모습도 보이지 않는다. 지네트가 말을 걸었다.
"원인을 알았어요, 루이스. 모리스가 당신 친구인 로벨 씨에게 한 잔 권했더니 몇 잔이나 마신 모양이에요."
나는 햇볕 속에서 얼음장 같은 냉기에 휩싸였다. 그녀는 즐거운 듯 미소짓고 있었다.
"이것으로 모든 조건이 다 갖추어진 셈이군, 이것으로."

16

 허베이는 테라스의 햇살 속에서 가끔 위스키를 홀짝이면서 저먼 양과 이야기를 하고 있었다. 보통 사람과 다른 점은 전혀 없었다. 하긴 그것이 당연하다. 어두운 방 안에서 술병째 나발을 불고 있는 모습을 상상할 까닭은 없다. 그는 단시간에 대량으로 마실 필요는 없는 것이다. 다만 끊임없이 홀짝홀짝 마시고 있으면 된다. 다만 그것이 몸이 녹아버릴 때까지 계속되지만. 이것이 보통 사람과 다른 유일한 점이다.
 얼굴의 근육이 늘어진 채 상처도 마음에 걸리지 않는 모양이다. 검은 울 셔츠로 붕대를 숨기고 있었다. 여자는 하얗게 칠한 정원 의자에 앉아 있었다. 불꽃같이 빨간 비단 블라우스에 고급 트위드 스커트를 입고 있었다.
 우리가 다가가자 허베이가 일어섰다. 부드럽고 균형이 잡힌 동작이었다.
 "드디어 시작됐군."
 내가 말했다.

"긴 여행이었으니까."

허베이는 얼굴을 일그러뜨리는 듯한 웃음을 보이며 지네트에게 자기 의자를 권했다. 그녀는 고개를 저어 정중하게 거절하고 그리스 풍의 술 항아리 같은 모양의 키가 큰 꽃병에 기대었다.

"긴 여행임에는 틀림없지만, 아직 끝나지 않았소. 오늘 한밤중에 출발해야 돼."

그가 눈썹을 들었다.

"자는 게 아니었소?"

"날이 새기 전에 주네브 부근에서 국경을 넘고 싶소. 그때까지는 괜찮겠소?"

저먼 양은 의아한 표정으로 나를 보고 있었다.

"이런 상처로는 쉬는 게 좋지 않을까요? 난 그렇게 생각해요."

허베이가 조용한 목소리로 말했다.

"그는 그런 의미로 말하고 있는 게 아니오."

그녀는 또 눈썹을 찌푸렸다.

"그럼, 어떤 의미지요, 케인 씨?"

"말해 보오, 케인."

웃으면서 허베이가 말했다.

"이 사람은 알코올 중독자요!" 나는 내뱉듯이 말했다. "오늘 한밤중에는 엉망이 되어 혀꼬부라진 노래나 부르고 있는 게 고작일걸!"

물론 심리적인 효과를 노리고 한 말이었다.

저먼 양이 튀어오르듯 의자에서 벌떡 일어나더니 "누가 그런 말을 했지요?" 하고 사납게 말했다. "왜 조금쯤 마시면 안되지요? 그는 부상을 입고 있어요!"

뜻밖이었다. 그녀나 허베이를 변호하리라고는 생각지도 못했다. 나는 짜증이 조금 가라앉았다.
 "알았소. 분명히 부상을 입었지요. 그렇다고 해도 알코올 중독임에는 변함이 없소" 하고 허베이가 말했다.
 그녀는 그 쪽으로 돌아섰다.
 "정말이에요, 허베이?"
 그는 어깨를 으쓱하고는 미소를 지었다.
 "잘 모르겠소. 여기 계시는 케인 박사 말고는 아무한테도 정신 분석을 받아 본 적이 없으니까."
 그녀는 이번에는 내 쪽으로 돌아섰다.
 "어떻게 단언할 수 있어요?"
 나는 귀찮아져서 고개를 저었다.
 "때가 되면 당신 스스로 판단해 보시오. 한밤중에는 종이 총을 가진 어린애만큼도 쓸모가 없을 테니까."
 그가 몸을 떠는 것같이 보였다. 다음 순간 작은 권총이 나를 겨누고 있었다. 왼손에 든 잔은 전혀 움직이지 않았다. 1941년의 브랜디를 반쯤 비운데다 위스키를 마셨으니 약간의 움직임이 둔해졌을지도 모른다. 그러나 알코올에 대한 저항력이 약해져서 단 두 잔으로 극락에 간 기분이 되어 있지는 않은 모양이었다.
 나는 휴우 한숨을 쉬며 총을 보고 있었다.
 "친구가 나에게 총을 들이대리라고 내가 예기하고 있을 때 그렇게 해보오."
 그는 웃었다.
 "오늘 밤쯤?"
 그는 다시 총을 홀스터에 넣고 셔츠로 가렸다.
 그때 모두들 주위의 침묵을 깨달은 것 같았다.
 한동안 아무도 입을 열지 않았던 것이다. 지네트가 등 뒤에서 손을 내밀어 정원용 꽃삽을 화단에 집어던졌다. 푹 하고 꽂혔다. 허베이가 눈을 크게 떴다.
그녀가 조용히 말했다.
"로벨 씨, 이런 일에 대해선 내가 선배예요. 그것도 우리에게 있어 좀더 소중한 것을 위해서 한 일이었어요."
허베이는 찬찬히 한 사람 한 사람의 얼굴을 둘러보았다. 저먼 양은 개운치 않은 얼굴로 눈살을 찌푸린 채 그를 보고 있었다.
그는 잔을 비우고 고개를 끄덕였다.
"알았소. 대선생께서는 내가 생각했던 것보다 좀더 신경이 치밀한지도 모르지. 그래, 어쩔 셈이오, 선생? 밤중까지 내 손을 눌러 떨리는 걸 멈춰 주겠소?"
"수면제를 먹고 자는 게 어떻소?"
"곁에 붙어 지키지 않아도 되겠소?"
나는 고개를 저었다. 저먼 양이 물었다.
"허베이, 정말이에요?"
그는 쇠 테이블에다 소리나게 술잔을 놓았다.
"대선생께서 그렇게 말씀하시니 괜찮겠지."
그는 프랑스 식 창을 지나 안으로 들어갔다. 다시 또 본디의 가면 같은 표정으로 돌아가 있었다.

다시 한 동안 침묵이 계속되었다. 지네트가 꽃병에서 몸을 떼며 손을 내밀었다.
"담배 있어요, 루이스?"
한 개비 주고 나도 불을 붙였다. 그녀는 잔디의 비탈면을 천천히 내려가기 시작했다. 저먼 양은 허베이가 지나간 프랑스 식 창을 가만히 바라보고 있었다.

"누가 곁에서 돌봐 주지 않아도 될까……."
자기 자신도 잘 모르겠다는 듯한 말투였다.
나는 어깨를 으쓱해 보였다.
"가면 안된다고는 말하지 않았소. 사실 그는 그렇게 해주길 바라고 있지요. 그에게는 곁에 앉아서 충고해 주는 사람, 나쁜 건 너라고 잔소리할 수 있는 사람, 권총을 들이댈 수 있는 사람이 필요해요. 그의 적의 흉내를 내주는 사람 말이오. 늘 자기 혼자서 적과 맞서 싸우는데 자기 편이 없다는 생각을 떨쳐 버리고 싶은 거요."
"케인 대선생께서는 즉시 뭐든지 해결해 주신다, 그거로군요?"
무표정한 말이었다.
"해결은 안합니다. 진단할 뿐이지. 류머티즘 환자에게 '쥐는 류머티즘이 없으니 쥐가 되세요'라고 하는 의사와 마찬가지로 자질구레한 점까지 머리를 쓰지는 않소."
폭탄이 주르르 떨어지듯이 다음 질문이 날아오는 소리가 들렸다. 다만 그 예상 방향을 잘못 짚고 있었다. 질문한 것은 지네트였다.
"어떻게 고쳐요, 루이스?"
"그의 생활을 파괴하는 수밖에 없어." 나는 담배를 깊숙이 빨아들이며 천천히 이야기했다. "그의 과거, 일, 온갖 것들을 뿌리째 밑바닥에서부터 때려부수는 거야. 학자는 이것을 다른 말로 표현하고 있지만, 내용은 같은 것이지."
"어째서 그런 짓을 해요?"
그녀의 목소리는 연극의 프롬프터처럼 아무런 억양이 없었다. 아니, 그녀는 프롬프트의 역할을 의식하고 있는지도 모른다.
"흑사병이 발생한 집을 태우는 것과 마찬가지지. 어딘가에 균이 있기 때문이야. 그러니까 가구도 융단도 침대도 모든 걸 태워 버리지. 알코올 중독자의 경우에도 똑같아. 그의 생활의 뭔가가 술을 마시는 원인이 되고 있어. 그 때문에 그의 생활을 철저히 파괴해야 돼. 파괴가 끝났을 때쯤에는 알코올 중독에서 벗어나 있을지도 모르지."

"믿을 수 없어요." 저먼 양이 싸늘하게 말했다.

나는 어깨를 으쓱하고 담배를 깊이 빨아들이고는 꽁초를 월계수 쪽으로 집어던졌다.

"현대 의학의 기적이라는 것 말이오? 몇 년 전까지만 해도 대개의 의사들은 도덕심이 약해진다는 이유에서 술을 마시지 말아야 한다고 생각하고 있었소. 그것이 아까와 같은 사고방식에 이르렀지요. 대개의 경우 그 원인을 지적할 수는 없습니다. 그러나 집을 태워 버려야 한다는 건 알고 있소. 상당히 진보한 거지."

"그래서 나왔나요?" 지네트가 물었다.

"아니, 그 점은 의사도 정직하게 나왔다고는 말하지 않지. 점심에 맥주를 마시고, 6시가 되면 마티니를 마시고, 그것으로 끝낼 수 있다면 나았다고 말할 수 있지. 그러나 의학은 아직 그렇게 만들 수 있는 데까지 가 있지 않아. 지금 할 수 있는 방법은 완전히 술을 차단하는 일이야. 영원히 술에 손을 대지 못하게 하는 것뿐이지. 의사는 그걸로 나았다고는 보지 않아."

저먼 양이 낮은 소리로 말했다.

"그 정도의 일밖에 못하나요?" 그리고는 지네트를 보고 덧붙였다. "정말 그럴까요?"

"저먼 양, 루이스의 말이 정말인지 아닌지 알아맞출 수 있었다면 나는 벌써 15년 전에 이이와 결혼해 있었을지도 몰라요."

나는 흘긋 그녀 쪽을 보고 말을 받았다.

"지금 생각해야 할 것은, 파괴할 허베이의 생활이 어떤 것인가 하는 점이야. 그는 보디가드야. 이 일을 계속하고 있는 한 술에 취했

건 취하지 않았건 다른 사람같이 침대에서 숨을 거두는 일은 아마 없을걸."

저면 양이 얼른 물었다.

"그게 원인인가요?"

"그건 알 수 없소. 아까 말한 것처럼 대개의 경우 그 원인을 알 수 없으니까. 완전히 정신 분석을 해보면 알 수 있을지 모르지만. 하지만 완전히 정신을 분석한다는 것은 내가 생각하기에는 집을 태워 버리는 거나 같은 일이오. 꼭 그 원인을 생각해 보고 싶다면 허베이는 지금까지 많은 사람을 죽였고 앞으로도 죽여야 한다는 걸 알고 있기 때문일 테지요. 그러면서도 태연할 수 있는 인간은 별로 없겠지요. 그런데……." 나는 상투 수단을 썼다. "왜 그렇게 신경을 쓰지요?"

"좋아요." 그녀는 턱을 떨었다.

"어제는 그렇지도 않았는데. 우리 두 사람을 할리우드에서 온 갱 정도로 보고 있었으니까."

"그에 대한 생각을 바꿨어요." 그녀는 눈을 아래로 내리떴다.

"지금 이야기한 것은 거짓말이에요. 미안해요. 두 분에 대한 저의 생각이 잘못된 것이었어요. 그렇지만 당신은 그분에 대해 알고 있지요? 어떻게 도와 줄 수 없을까요?"

나는 고개를 저었다.

"나는 그의 생활의 일부요. 이틀 전까지는 그가 어느 말 뼈다귀인지도 몰랐소. 그래도 역시 지금 나는 그의 생활의 일부인 것이오. 우리는 총이라는 것으로 맺어져 있소. 그가 총을 버리게 되면 나도 그렇게 해야 되오."

그녀는 한참 동안 자신의 몸을 안듯이 팔짱을 단단히 끼고 꼼짝 하지 않은 채 공허한 눈길을 잔디 쪽으로 보내고 있었다. 그러다가 팔을 풀었다.

"가서 이야기하고 오겠어요."

그녀는 집 쪽으로 향했다.

나는 급히 소리를 질렀다.

"그는 모든 것을 알고 있소. 지금까지 사흘 동안이나 술을 입에 대지 않았지요. 술을 마시면 권총을 못 쏜다는 사실을 알고 있기 때문이오. 그는 자신을 속이는 일 따위는 하지 않았고, 술을 그만두려는 생각만 하면 그만둘 수도 있소. 그만두지 않으면 안될 강력한 이유가 있으면 그만둘 수가 있는 거요. 사람을 죽이지 않겠다는 이유만으로는 충분치 못할지도 모르지만."

"그건 무슨 뜻이지요?"

"대개의 경우, 사람이 왜 알코올 중독자가 되느냐 하는 건 크게 문제가 되지 않습니다. 알코올 중독 그 자체가 원인이니까. 그러므로 술을 마시지 않아야 강력한 이유가 필요해지지요. 따라서 술을 마실 이유를 없애 주는 것만으로는 충분치 못한 것이오."

그녀의 눈이 살피듯이 내 얼굴을 보고 있었다. 이윽고 그녀는 천천히 고개를 끄덕이고 나서 성관 앞으로 들어갔다.

17

지네트는 그녀의 뒷모습을 바라보고 있었다.
"저면 양에게 그 이유가 되어 주라고 말할 작정이었나요?"
나는 어깨를 흠칫했다.
"교회의 팜플렛과 한 잔의 코코아로는 알코올 중독을 고칠 수 없다고 가르쳐 준 것 뿐이야."
"그래, 고칠 수 없다는 건 정말인가요?"
"의사는 백 명 가운데 한 사람은 나을 수 있다고 말하지. 다시 또 마시게 해도 걱정없는 환자도 말이야. 다만 어떤 이유로, 어떻게 하여 나았는지는 몰라. 그 말을 해 둘 걸 그랬나?"
그녀는 생각하면서 고개를 저었다.
"필요 없어요. 어차피 그녀는 당신의 말을 믿고 있지 않을 거예요. 저 젊은 아가씨는 기적을 행할 수 있을지도 모르겠군요."
지네트는 내 얼굴을 쳐다보았다.
"그는 그 백 명 가운데 한 사람이 될 수 있을까요, 루이스?"
"그는 이미 수백만 명 가운데 하나 있을까 말까한 남자야. 대체 몇 사람이 보디가드가 될 수 있겠어. 더구나 그와 같이 우수한 보디가드가? 빠리에서는 세 번째로 치는 사람이지." 그때 문득 생각이 났다.

"지금은 두 번째로군. 베르나르가 죽었으니까."

그녀는 엄숙한 얼굴이 되었다.

"그 일이 언제나 머릿속에 있으면 그를 위해 좋지 않겠군요."

나는 잠자코 고개를 끄덕였다. 그녀의 말이 옳지만, 그렇다고 해서 허베이가 그 일을 잊으리라고 생각되지는 않았다.

지네트는 잔디밭 끝을 따라 걷기 시작했다. 나는 그녀와 나란히 서서 걸었다.

"그래, 당신은 몇 번째인가요, 루이스?"

나는 싸늘하게 대답했다.

"난 총잡이가 아니야."

"그렇군요. 지금의 당신은 장군이지요. 총을 메고 걸어가는 병사가 아니라……어디어디 가서 총질을 하라고 명령하는 장군 말이에요. 당신은 지금 자기는 직접 싸움에 끼어들지 않는다고 생각하고 계시지요. 이제까지 한 번도 언젠가는 그 싸움이라는 괴물에 잡혀먹히리라고 생각해 본 적이 없지요?" 그녀는 말을 이었다. "아시겠어요? 나도 이제 권총 사업을 하는 사람들의 사고방식을 잘 알아요. 자신은 절대로 지지 않는다고 생각하고 있어요. 전투기의 조종사와 마찬가지로 말예요. 갑옷과 투구로 몸단속을 한 기사처럼 언제나 다음 용을 찾아다니는 거예요. 언제까지나……마지막 용이 나올 때까지. 어떤 경우에도 마지막은 있어요. 랑베르의 경우에도, 당신의 경우에도."

"난 총잡이가 아니야. 지네트."

"랑베르도 총잡이가 아니었어요. 그가 왜 죽었는지 아세요?"

"신문에서 보았어. 스페인 근처에서 보트 사고를 만났다고……."

"그게 정말인 줄 알았어요, 루이스?"

나는 어깨를 흠칫했다. 이상하다고는 생각했지만 그렇다고 달리 생각할 수도 없었다.

"우리는 몽펠리에 근처에 보트를 갖고 있었어요. 당신과 랑베르가 지브롤터와 북아프리카에서 소형 범선으로 보내져 온 무기를 인수하곤 했던 곳이지요. 그는 1년에 한 번쯤 옛 친구와 밀수를 하러 그곳에 갔어요. 탕지르에서 담배를 가져오기도 하고 커피와 자동차 부속품을 스페인으로 보내기도 했지요. 이런 일을 한 것은 돈벌이가 목적이 아니라 너무 평온 무사하게 나이를 먹는 게 싫어서였답니다. 그런데 스페인의 연안 경비대가 어쩌다 경계하고 있었던 모양이에요. 보트가 기관총 세례를 받았어요. 점잖지 못한 방법이지만 이것이 그분의 스포츠 대신인 줄은 상대방도 몰랐을 테니까요."

나는 의미없이 고개를 끄덕였다.

그녀는 부드러운 말투로 계속했다.

"신문은 폭풍 때문이라고 해주었어요. 백작인데다 레지스탕스의 영웅이었으니까 폭풍으로 해준 거지요. 고마웠어요. 랑베르 역시 결국 마지막 용을 만난 거예요."

한참 뒤 내가 말했다.

"난 이 일을 스포츠로 하고 있는 건 아니야."

"그렇겠지요. 그럼, 왜 하고 있지요?"

"고용되었으니까. 이건 나의 일이야."

"지금은 뭘 하고 있어요? 법률가는 안되셨군요?"

"결국 안되었지. 전쟁이 끝난 뒤 한동안은 빠리의 대사관에 있었지만……"

"당신은 영국의 비밀 정보부원이었지요." 다정하게 나무라는 듯한 말투였다. "우리는 다 알고 있었어요."

"모두들 안다는 건 나도 알고 있었어. 그래서 결국 그만둔 거지."

"하지만 우리 모두가 알고 좋아한 사람을 스파이로 보내다니, 런던은 무척 친절하다고 생각했었답니다."

그녀는 상냥한 미소를 보였다. "미안해요……이야기를 계속하세요."

"별로 계속할 만한 이야기도 없어. 난 프랑스에서 온갖 사람들과 접촉을 가졌고 대륙의 법률에도 밝은 데다 대사관 상무관의 부하로 있었으니까 사실 여러 가지 사업에 관한 상담이 많이 들어왔어. 그래서 직장을 그만두고 독립하여 비즈니스 대리인이 되었지. 여러 가지 연락을 해주기도 하고 고문역을 맡아 주기도 하고 법률상담에 응하기도 하고……."

"법의 눈을 피하기도 하고?"

"그런 일은 하지 않아."

나는 담배를 한 대 붙여 물고 그녀에게도 권했다. 그러나 그녀는 고개를 저었다.

"법의 눈은 피하지 않아. 피할 필요가 없으니까. 불법 행위가 아니라도 변호사가 상담에 응해 주지 않는 일은 얼마든지 있거든. 예를 들어 자기를 죽이려는 상대를 죽이는 건 합법 행위지. 그렇다고 해서 그런 일을 변호사에게 부탁해 봐야 해주지 않으니까."

"그런 경우에는 케인 씨나 로벨 씨에게 부탁하는 거로군요."

"달리 더 좋은 방법이 없으면."

그녀는 반은 슬픈 듯한 웃음 보였다.

"매건할트 같은 사람은 물론 자기를 위해 싸우는 사람으로 으뜸가는 이만 고용하겠지요?"

나는 우뚝 멈춰서서 한 마디 한 마디 분명하게 이야기했다.

"지네트, 허베이와 나는 매건할트가 살해되지 않도록 지키기 위해 고용되었어. 베르나르는 그를 죽이기 위해 고용된 것이고, 거기에 차이가 있는 거야, 큰 차이가."

"매건할트 같은 사람을 위해서 이런 일을 하고 있어도요?"

나는 짜증스럽게 고개를 저었다.

"당신은 매건할트가 싫은 모양이군. 그건 아무래도 좋아. 나 자신도 별로 좋아하지 않으니까. 그러나 이번 경우에는 그가 옳아. 그는 아무도 죽이려 하고 있지 않아. 다른 상대방이 그를 죽이려 하고 있지. 만일 허베이와 내가 없었더라면 그는 벌써 죽었을 거야. 그를 지켜 주려는 결의는 상당히 중대한 것이야."

"하지만 당신 스스로 결심한 건 아니잖아요?"

"그건 모르겠어." 나는 생각하면서 천천히 이야기를 이었다. "하지만 어쩌면 나 자신의 결심인지도 몰라. 허베이와 둘이라면 그를 무사히 데려다 줄 수 있다고 생각하자, 이번에는 우리가 없으면 그는 죽을지도 모른다고 생각하게 되었어. 이렇게 되면 나 같은 사람은 몸을 피하여 지나쳐 버릴 수가 없어지지. 이 자체가 일종의 결심이라고 할 수 있지 않을까."

"글쎄요." 그녀는 내 얼굴을 보지 않고 골짜기 저쪽을 바라보며 조용히 말했다. "그렇군요. 당신은 당신만이 이 용과 싸울 수 있다고 생각하고 있지요. 그리고 다음 용도, 또 그 다음 용도 몸을 피해서 지나쳐 버리지 않고, 그러다가 언젠가는 마지막 용을 만나는 거지요."

"난 프로야. 랑베르가 그 보트를 타고 나갔을 때, 그는 아마추어였어. 15년이나 포도 재배를 하고 있었으니까. 만일 내가 그 보트에 타고 있었다면 출항을 중지했거나 아니면 출항해도 격침당하지는 않았을 거야." 나는 거칠게 말했다.

그녀는 꿈꾸는 듯한 모습으로 고개를 끄덕였다.

"글쎄요…… 그때 그는 이미 아마추어였군요. 한 걸음 피해서 가는 것을 모를 만큼 아마추어가 되어 있었던 거예요."

그녀는 내 쪽을 보고 쓸쓸한 웃음을 띠며 말을 이었다. "내가 랑베르를 죽게 했어요."

"농담은 그만둬."

"정말이에요. 난 말할 수가 있었어요. 하지만 그때 나는 여자답게 남자가 하는 일에 참견해선 안된다고 생각했지요. 그리고 그에게만은 그런 일이 있을 수 없다고 믿고 있었어요. 이번만은 생각한 거지요. 이 다음은 어떨지 모른다……아니, 이 다음에도 괜찮다. 이렇게 믿고 있었던 거예요. 알겠지요? 나도 총잡이와 같은 생각을 하고 있었던 거예요. 말릴 수 있었는데도 그냥 보냈어요. 내가 죽인 거예요."

나의 굳어진 얼굴을 몇 개의 표정이 달렸다.

그녀는 천천히 말을 이었다.

"내가 잘못했어요. 또 한 가지 점에서도 잘못을 저질렀는지 몰라요. 내가 랑베르를 택한 건 그와 함께라면 전쟁을 잊고 생활해 나갈 수 있다고 믿었기 때문이에요. 당신은 컨튼이 아니게 되자 곧 비밀 정보부에 들어가 버렸어요. 당신에게는 아직 전쟁이 끝나 있지 않았어요."

나는 약간 고개를 끄덕였다. 그럴지도 모른다.

"그때 나는 당신의 생활에서 전쟁의 그림자를 떨쳐 버리는 것이 내 임무라는 걸 깨닫지 못했던 거예요. 당신과 결혼해서 당신의 전쟁을 끝내 주었어야 했던 건데……."

그녀는 내 얼굴을 똑바로 쳐다보았다. "루이스, 그렇게 하고 싶었어요. 정말로 그렇게 하고 싶었어요."

내 얼굴이 돌처럼 굳어지는 것을 느낄 수가 있었다. 자기가 마음에 두었던 단 하나의 여자로부터 다른 남자와 결혼한 것은 잘못이었다는 말을 듣는 건 좀처럼 있을 수 없는 일이다. 그리고 그녀는 지금도 늦지 않았다고 호소하고 있다. 행운의 사나이에게도 한평생에 하루 있을까 말까한 날이다. 그 하루가 세금을 피해 다니는 부자를 리히텐쉬타인으로 싣고 가야 하는 날인 것이다.

나는 고개를 저었다.

"지네트, 당신이 겨냥을 맞힌 건 이번이 처음이야. 나와 결혼했더라면……그러나 난 여전히 매건할트 같은 인간을 상대로 어쩌면……."

"말을 가로막는 것 같지만, 못하게 할 거예요."

나는 놀라며 그녀의 얼굴을 쳐다보았다. 조용하고 자신에 넘쳐 있었다. 너무나 침착한 느낌이었다.

"벌써 15년 전의 일이야."

"당신 자신이 그동안 몹시 변했다고 생각하시는군요?"

나는 얼굴을 찌푸렸다.

"알았어. 너무 적게 변했는지도 모르지. 난 아직도 컨튼이야. 그러나 이제 새삼스럽게 달라질 수는 없어. 처음부터 다시 시작해서 변호사가 되어 영화 배우의 취중 운전을 무사히 덮어 주기엔 너무 나이를 먹었어."

"처음부터 다시 시작할 필요는 없어요. 여기서 일을 할 수 있어요. 크로스 피넬은 매니저가 필요해요."

간단한 일이다.

주위의 정원이 조용했다. 남부에서 이렇게 조용한 일은 드물다. 들리는 건 매미 자신은 듣고 있지도 않는 듯한 맥빠진 매미 소리뿐이었다. 태양은 푸른 구름 쪽으로 떠가는 흰 햇빛 덩어리였다. 뒤에 남은 약간 불에 탄 듯한 냄새가 여름을 전해 주었다.

여기에서 한 마디 '예스'라고 하면 되는 것이다.

그러나 구름은 다른 데에도 있다. 녹색의 안개가 낀 듯한 습기 찬 스위스의 언덕——그 언덕에다 사흘 전에 '예스'라고 대답을 한 것이다.

"지네트, 내게는 일이 있어. 내게 맞는 일이."

"당신을 도와 드리겠다는 건 아니에요, 루이스. 매우 바빠져요."

"이런 일은 피넬을 마실 수 있게 되어야 할 수 있잖아?"

"불법 행위는 아니잖아요?"

나는 천천히 고개를 저었다.

"역시 일이 있으니까."

"당신은 곧 배울 수 있어요." 그녀는 빠른 말투로 말했다. "당신이 아는 사람이 많은 것도 도움이 될 테고, 당신의 경험과 법률 지식도 필요해요. 우선 지금 온 세계에 수출하고 있어요, 런던에도……."

그녀의 말은 결렬하고 날카로웠다. 다른 사람들의 귀에는 공포의 소리로 들릴지도 모르겠다는 느낌이 들었다.

"지네트!"

그녀는 꼼짝도 하지 않고 얼굴을 든 채 서 있었다. 눈을 꼭 감고.

나는 한 걸음 나아가서 그녀를 끌어안았다. 그녀의 몸이 내 쪽으로 다가왔다. 딱딱하게 굳어져 떨고 있었다. 이윽고 그녀는 얼굴을 들었다.

성관 안에서 총소리가 한 발 울렸다.

18

 "사람을 죽이는 데 한 발밖에 쏘지 않는다는 건 있을 수 없어. 반드시 두 발이 필요하지. 게다가 허베이를 죽였다고 하더라도 매건 할트가 있어. 그렇게 생각한다고 말해 줘, 빨리!"
 그녀도 잔디밭 끝의 월계수 옆에서 자세를 낮게 하고 있었다. 옛날의 반사 신경은 좀처럼 둔해지지 않는 모양이다.
 "주정뱅이 친구 허베이가 서부극에서처럼 바의 술병을 쏜 거예요."
 나도 그렇게 생각했으나 그렇다고 기뻐할 일도 아니었다. 병으로 끝나면 다행이지만——게다가 나는 맨손이다.
 나는 천천히 일어나서 자갈길을 지나 정면 입구로 향했다. 입구가 필요 이상으로 크게 보였다.
 입구 홀에 세 사람이 납 인형처럼 굳어져 서 있었다. 허베이는 오른쪽 벽에 기대어 총을 아래로 향한 채 서 있었다. 그렇다고 해서 쏠 마음이 없는 것같이 보이지는 않았다.
 모리스가 반대쪽 벽을 등지고 증오에 찬 눈으로 허베이를 노려보고 있었다. 저먼 양은 우뚝 서 있을 뿐이었다. 수화기가 떨어져서 방바닥 위에 굴러떨어져 있었다.

　내가 들어가자 총이 흠칫 움직였다.

"그런 건 넣어 두시오. 어떻게 된 거요?"

허베이가 말했다.

"남자가 여자에게 폭력을 쓰는 건 본디부터 참을 수가 없는 성미여서 말이오."

생기없는 목소리로 혀가 무거웠다. 한 마디 한 마디 골라서 말하고 있는 것 같았다. 아마 그렇게 하고 있는 거겠지.

"이제 끝났어. 술병 있는 데로 돌아가 주게." 나는 모리스 쪽으로 향했다. "어떻게 되는 거요······."

허베이가 한 마디 한 마디 신중하게 말했다.

"이 여자의 고함 소리가 들리기에 와 보았더니 이 사나이가 여자와 다투고 있었소."

저먼 양이 말했다.

"내가 전화를 걸려고 했더니······."

"누구에게?"

그녀는 아무렇지도 않은 듯 눈을 크게 뜨고 나를 보았다.

"저어······. 아는 사람에게. 난······."

나는 급히 가서 수화기를 집어들었다.

"여보세요."

끊겨 있었다. 나는 수화기를 탕 하고 놓았다.

"아무도 이 전화를 써선 안된다고 했는데······ 모리스는 그걸 지킨 데 불과하오. 오해라고 해도 좋아. 자, 누구에게 전화를 걸려고 했지요?"

"친구예요."

그녀는 턱을 들고 상류 여학교 학생 특유의 표정을 띠고 있었다.

무슨 일이 있어도 라틴 어 여선생의 침대에 개구리를 넣은 학생의 이름은 말할 수 없다는 그 표정이다.
"아무래도 좋소. 우리를 배신하려거든 지금까지 상대방이 취한 수단을 생각해 보는 게 좋을 거요. 당신 자신도 맞을 가능성이 있소. 다른 사람보다 더 가능성이 클지도 모르지. 처음 한 발로 내가 죽이지 않는다면 말이오."
저먼이 벽에서 몸을 떼었다.
"대체 무슨 말이야, 그건?"
나는 그쪽을 돌아보았다. 나는 그의 주정과 덮어놓고 사람에게 권총을 들이대는 데 어느 정도 싫증이 나 있었다. 그가 총을 들어올리기 전에 손목을 부러뜨려 줄 수 있을지도 모른다······.
"총을 루이스에게 주지 않으면 쏘겠어요." 지네트가 말했다.
우리는 둘 다 목소리가 나는 쪽을 보았다. 지네트는 홀 뒤쪽 그늘진 벽에 기대어 있었다. 두 손으로 모제르를 들고서 겨누고 있었다.
"전자동으로 되어 있어요, 로벨 씨." 그녀는 덧붙였다.
"그런 걸 여기서 쏘아 댈 리가 없지." 허베이가 천천히 말했다. 그러면서도 그는 신중하게 그녀를 지켜보고 있었다. 총을 겨누는 모습을 보면 지네트가 익숙하게 다룰 줄 안다는 것을 알 수 있었다. 허베이도 그것을 알아챘다.
지네트는 상대방을 경멸하는 듯한 투로 말했다.
"그럼, 목숨을 걸겠어요?"
그는 크게 숨을 들이쉬었다. 총잡이란 자기는 결코 지지 않는다고 생각하는 법이다. 그러나 졌다는 것도 분명히 안다. 그녀는 모제르를 나직이 겨누고 있다. 반동으로 튀어 오를 것을 계산에 넣고 있는 것이다. 무슨 짓을 하든 그녀가 방아쇠를 당기면 산산조각이 날 것이다.

그는 총을 내게로 던져 주었다.
지네트가 말했다.
"고마와요. 이 집 안에서 총을 쏠 권리가 있는 건 나뿐이라는 걸 잊지 마세요. 모리스, 총알은 어디로 날아갔지?"
모리스는 전화 곁 벽의 구멍을 가리켰다.
지네트가 내 곁으로 다가와서 모제르를 내밀었다. 나는 고개를 저었다.
"이제 끝났어. 그를 재우고 오지."
허베이는 먼 곳을 보는 듯한 눈으로 나를 보고 있었다. 입가에 비웃는 듯한 웃음을 띠고 있었다.
"총이 없어도 나는 지지 않소!"
나는 어깨를 흠칫했다.
"그럴지도 모르지. 우린 둘 다 격투술의 훈련을 받았으니까. 하지만 그건 아무런 증명도 되지 않소."
그는 고개를 끄덕이고 계단 쪽으로 향했다. 나는 저먼 양에게 말했다.
"그가 마시고 있던 병을 가져와 보시오."
"또 마시게 할 작정이세요?" 아까와 같은 여학생의 태도이다.
나는 귀찮아졌다.
"당신이나 내가 어떻게 생각하든 소용없소. 잠자코 병이나 가져와요."
나는 허베이를 따라 이층으로 올라갔다. 다 올라간 데서 매건할트를 만났다. 허베이는 그 모습이 눈에 들어오지 않는 듯이 지나쳐 갔다. 매건할트는 쏘는 듯한 눈으로 노려보고 있었으나 곧 의혹의 표정으로 바뀌었다. 이번에는 나를 향해 뭐라고 말하려 했으나 나는 아무 말 없이 그의 옆을 스쳐 지나갔다.

침실로 들어가자 허베이는 비단 침대 커버를 벗겨 버리고 그대로 엎드려 쓰러졌다.

곧 몸을 옆으로 뒤척여 똑바로 누웠다. 몸을 움직이기가 힘든 것 같았다.

뒤에서 저먼 양이 위스키 병과 글라스를 하나 들고 들어왔다. 나는 병을 받았다. 상당히 가벼워진 걸 보면 어지간히 마신 모양이다.

"이제부터 어떻게 하실 생각이세요?" 여자가 물었다.

"내일을 위한 준비를 해주는 거지요."

나는 글라스에 술을 조금 따랐다.

"그 술로?"

"그가 늘 하고 있는 짓이오."

나는 그에게 글라스를 건네 주었다. 여자는 가만히 그를 지켜보고 있다가 내 쪽을 향했다.

"진정으로 이분에 대해 걱정하고 계시는 게 아니로군요?"

"누구에게 전화했지요?"

그녀의 눈이 성을 냈다.

"곧 알 때가 올 거예요."

그녀는 난폭하게 문을 닫고 나갔다.

저먼 양이 글라스를 들고 내게 고개를 숙이고는 한 모금 마셨다.

"당신은 진정으로 저 아가씨가 우리를 팔려 하고 있다고 생각하오?"

"어딘가에 배신자가 있소." 나는 대답했다.

"하지만 그녀가 아니었으면 좋겠다고 생각하오." 허베이는 한동안 생각하더니 "좋은 아가씨요" 하고 말했다.

"저먼 양도 당신이 좋은 모양이오. 당신의 병을 고치려고 마음먹고 있다오."

"그런 것 같더군." 그는 또 한 모금 마셨다. "그래, 당신은 남의 일엔 신경쓰지 않겠다는 말이오?" 그는 비꼬는 듯한 웃음을 띠고 나를 보고 있었다.

"나와는 관계없는 일이오. 내일이 지나면 만날 일도 없을 테니까. 그건 알고 있겠지?"

"알고 있소."

허베이는 글라스를 비웠다. 나는 손을 뻗쳐 글라스를 집었다.

"따를까?"

그는 베개 위에서 어깨를 움츠렸다.

"글세……."

나는 병이 놓여 있는 테이블로 갔다. 그가 말을 걸었다.

"얌전히 있으면 총을 돌려주겠소?"

"미안하오, 잊고 있었군."

나는 사실 그가 이렇게 말하기를 기다리고 있었던 것이다. 주머니에서 작은 권총을 꺼내어 탄창을 열었다. 실탄은 장전되어 있지 않았다.

"총알 있소?"

"윗옷 주머니에" 하고 그가 대답했다.

의자에 윗옷이 걸려 있었다. 그에게로 등을 돌리고 양쪽 주머니를 뒤져보았다. 한쪽 손에 총알을 한 발, 한쪽 손에는 수면제로 생각되는 작은 병을 집었다. 총알을 장전하고 탄창을 닫은 뒤 침대 위로 던졌다. 총잡이는 다른 사람이 자기 총을 건드리면 반드시 점검하는 법이다. 생각한 대로 그는 총을 손에 들고 조사해 보았다. 그동안 나는 글라스 속에 수면제 정제를 세 알 넣었다. 무슨 약인지도, 정량이 얼마인지도 몰랐다. 알코올과 수면제 이 두 가지 진정제를 섞는 것은 좋지 않다는 것은 알고 있다. 그러나 오늘밤에 한 병 비워 버리는 것보다는 내일 닥칠 위험 쪽이 오히려 덜 위험할지도 모른다.

나는 글라스에 위스키를 따르고 내 글라스를 찾는 척하며 세면소에 가서 정제가 녹기를 기다렸다. 커트글라스라서 약간의 혼탁은 보이지 않는다. 게다가 지금 그는 완전히 미각을 잃고 있을 것이다.

나는 내 몫도 따르고 그에게 글라스를 건네주었다.

"당신과는 약간 얘기가 통하는 것 같소." 그는 천천히 입을 열었다. "아니면 당연히 매정한 녀석인지도 모르지. 남을 이해한다는 건 결코 쉬운 일이 아니니까."

그는 몹시 피로한 듯 고개를 돌려 나를 쳐다보았다. "당신은 대 선생님이고 난 환자요. 내 꿈 이야기나 하나 들려줄까요?"

나는 그의 윗옷이 걸려 있는 의자에 앉았다.

"참고 들을 수 있을까?"

"괜찮겠지. 재미는 없겠지만 곧 익숙해질 테지요."

"아침에 일어났을 때의 기분에 익숙해질 수 있겠소?"

"안되오. 하지만 그게 얼마나 힘들었나 하는 건 기억하고 있지 않소. 내일도 오늘처럼 소중한 날이라고 생각한다면 아마 술을 마시는 녀석은 없을 거요. 그렇겠지?"

"그렇게 간단히 해결되지는 않을걸. 당신은 자기가 본질적으로 주위 사람들과 다르다고 생각하고 싶은 거요. 그러나 다른 점은 하나도 없소. 남보다 많이 마실 뿐이지."

나는 이렇게 이야기하면서 작은 병을 주머니에 다시 넣었다.

그는 미소지었다.

"멋있는 말을 하는군, 선생. 그런데 무엇이 가장 괴로운 일인지 알고 있소? 맛을 모르는 일이오. 그 뿐이야. 전혀 맛을 즐길 수가 없단 말이오."

그는 한 모금 마시고 글라스를 불빛에 비추며 공허한 눈으로 보고 있었다.

"빠리에서 진짜 마티니 만드는 법을 알고 있는 가게에 들어갔던 일이 생각나는군. 낮에 사람이 붐비기 전에 가면 정성들여 만들어 주곤 했지. 만들어 주는 사람도 기뻐했지요. 잘 만든 것을 정말로 음미해 주는 손님이 반갑지 않겠소? 그러니까 그 손님 몫은 정성껏 만들지. 신중하게 오랫동안 나도 같은 기분으로 마셨소. 상대방은 그것이 또 마음에 드는 거요. 몇 잔씩 주문해 주기를 기대하는 건 아니오. 가끔 그런 손님이 와서 자기 솜씨를 발휘할 수 있는 게 기쁠 뿐이지. 그것을 같이 기뻐해 주면 만족하지요. 가엾은 존재지, 바텐더란."

그는 한 모금 마시고 나서 천장을 쳐다보았다. 천천히 조용한 목소리로 이야기하고 있었지만, 나에게 말하고 있는 건 아니었다. 자기에게 들려주고 있는 것도 아니었다. 그는 몇 년이나 전에 자기 눈앞을 막아 버린 문을 향해 이야기하고 잇는 것이다.

"글라스가 약간 흐릴 정도로 식히는 거요." 그는 부드러운 목소리로 말을 이었다. "얼게 해선 안돼. 얼리면 대개의 것은 일단 맛있게 보일 수가 있소. 말이 나왔으니 말이지만, 이것이 미국을 다스리는 비결이오, 케인. 진짜 마티니에는 시시하게 올리브나 오니언을 넣지 않소. 다만 여름의 냄새를 넣을 뿐이지." 베개 위에서 머리의 위치를 바꾸었다. "이미 몇 년 동안이나 마티니를 마신 적이 없군. 맛을 모르겠소. 지금은 그걸 마시면서도 다음 잔만을 생각하고 있지. 제기랄, 피로하군!"

그는 팔을 뻗쳐 글라스를 침대 옆 테이블에 놓으려고 했다. 글라스를 잘못 놓아 융단 위에 몇 방울이 떨어졌다.

나는 일어섰다. 그는 눈을 감고 있었다. 나는 내 글라스를 놓고 조용히 문 쪽으로 걸어갔다.

손잡이에 손을 대었을 때 그가 말했다.

"미안하오, 케인. 일이 끝날 때까지는 견딜 줄 알았는데······."
"당신은 견뎠소. 일이 늦어진 거지."
한참 뒤 그는 말했다.
"그럴지도 몰라······ 혹시 총을 맞지 않았더라면······ 역시 마찬가지일까?" 그는 얼굴을 돌려 나를 보았다. "아까 뭐라고 했지? 내가 여느 사람과 다른 게 없다고 했었소? 난 사람을 죽이는 사람이란 말이오. 알겠소?"
"그만두면 되지."
그는 천천히 피로한 듯한 웃음을 띠었다.
"단 내일 이후에 말이지, 그렇지 않소?"
얼마 뒤, 나는 방을 나왔다. 나는 자신이 융단의 얼룩처럼 시시하고 쓸모없는 존재로 생각되었다.

매건할트와 지네트가 계단 위에서 서로 예의바른 대화를 하려는데 이야깃거리가 없어 난처한 모양으로 서 있었다. 내가 다가가자 매건할트는 내 쪽을 돌아보고 예의란 눈꼽 만큼도 없는 태도로 대들었다.
"로벨 씨가 술주정꾼이란 걸 왜 말하지 않았소?"
"여행을 시작하기 전까지는 나도 몰랐소." 나는 난간에 기대어 담배를 꺼냈다.
"그럼, 멜랑에게 잔소릴 해야겠군. 그 사람 덕분에 죽을지도 모르니······."
"시시한 소리하지 마시오, 매건할트 씨." 나는 그가 미운 생각이 들었다. "어제도 오늘도 살아남았지 않소. 그게 쉬운 일이라고 생각한다면 인식을 고치는 게 좋을 거요. 허베이가 없었다면 이렇게 살아남을 수 없었을 거요. 그만 자 두는 게 좋겠소."
"나는 아직 저녁도 안먹었소."

그는 부루퉁한 얼굴로 말했다. 영락없는 오스트리아 인이다.
지네트가 위로하듯이 말했다.
"곧 준비가 될 거예요, 매건할트 씨. 좋으시다면 지금 마실 것을 드리지요."
그는 냉동실에서 꺼낸 것같이 차가운 시선으로 나를 노려보고 나서는 등줄을 꼿꼿이 세우고 계단을 내려갔다. 나는 난간에 기댄 채 성냥을 꺼내 담배에 불을 붙였다.
"저녁 식사를 잊고 있었군. 긴 하루였으니까."
"케인 사(社)는 언제나 손님을 그렇게 다루나요?"
"글쎄, 상대방을 좋아해야 할 필요는 없으니까."
"당신은 지금 당장이라도 이곳 일을 시작하는 게 좋겠어요."
나는 그녀의 얼굴을 보았다. 그녀는 나의 눈길을 피했다. 그녀는 나와 나란히 난간에 기대었다. 그 바람에 손이 올라가 나는 그녀가 아직도 모제르를 들고 있는 것을 알았다.
그녀는 가만히 총을 보고 있었다.
"이것이 우리에게 있어 무엇을 의미했는지 기억하세요? 해방, 자유…… 그런 말들이었지요?"
"기억하고 있지."
"그 뒤 모든 것이 변해 버린 것 같군."
그녀는 무심코 아래층에 조준을 맞추고 있었다. 무의식중에 안전장치를 빼고 전자동으로 바꾸는 스위치에 엄지손가락을 대고 있었다. 몸에 밴 동작이었다.
"피스톨은 변하지 않아."
"당신은 레지스탕스 운동이 피스톨에 의해 이뤄진 것이지 어떤 고상한 이상에 의해 이뤄진 것은 아니라고 생각하나요?"
"피스톨만으로 할 수 있는 건 아무것도 없어. 사람들은 피스톨 때문에 죽은 게 아니야. 총은 말이라는 뒷받침이 없으면 아무것도 할 수 없지. '너희들은 옳은 일을 하고 있다'라는 말 말이야."

그녀는 흘긋 내 쪽을 보았다. 내 말투가 시무룩하게 들렸는지도 모른다. 사실 나는 오늘밤의 자동차 여행과 허베이의 상태를 생각하고 우울해져 있었는지도 모른다. 이 일이 매건할트 같은 인간의 생명을 지키고 세금 포탈을 도우는 것에 그치지 않았으면 좋겠다고 마음 속으로 생각하고 있는지도 모른다.

나이를 느끼고 피로해 하고 있는지도 모른다.

그녀는 생각에 잠기면서 입을 열었다.

"전쟁 중에는 우리가 하고 있는 일이 옳은지 그른지조차 생각해 보지 않았어요. 대답이 명백했기 때문이지요. 하지만 때로는 잘못을 저지르고 있었을지도 몰라요. 베르나르며 알랭 같은 사람을 만들어 냈잖아요."

그녀는 총을 내렸다. "당신도 매건할트가 옳으니까 자신이 하고 있는 일이 옳다고 믿고 계시는군요?"

"그 정도지." 나는 신중하게 대답했다.

그녀는 자신을 납득시키듯이 고개를 끄덕였다. 한참 뒤 그녀는 말했다.

"하지만 이 다음에 매건할트가 하는 일은 옳지 않을지도 몰라요. 그런데도 당신은 역시 한 걸음 피해서 지나쳐 버리지 못하는군요."

이제 새삼스럽게 생각해 본 일은 아니었다. 언제나 내 뇌리를 왔다 갔다하는 생각이었다. 피로하여 기분이 우울할 때면 으레 고개를 드는 낯익은 유령과도 같은 것이었다. 밤중에 나와 함께 일하다가 먼저 죽어 간 사나이들의 얼굴을 꿈꿀 때 떠오르는 그런 생각이었다.

매건할트에 관한 한 내 생각은 옳았다. 나는 멜랑과 매건할트와 내 판단을 믿었고 그 결과는 옳았다. 그러나 언젠가는 잘못을 저지를 때도 있을 것이다. 나의 의뢰인이 사실은 악인이고 매복해 있는 이들이 사복 경찰관인 경우도 있을지 모른다……

변호사라면 의뢰인이 거짓말을 했다고 변명할 수도 있다. 그러나 나는 총구가 뜨거워진 모제르를 들고 우뚝 서 있을 뿐이다.

생각을 떨쳐 버리듯이 나는 고개를 저었다.

"그럴 리가 없다고는 말하지 않겠어, 지네트. 하지만 이번 경우는 틀림없어. 다음은 또 그때의 일이야."

"이 다음까지는 괜찮겠지요."

젖은 눈이 나를 바라보고 있었다. 밤색 머리칼이 불빛에 비쳐, 잘 닦여진 오래 된 나무처럼 반짝이고 있었다.

"지네트, 15년 전의 일이야. 당신은 지금 나를 사랑하고 있지 않아."

"모르겠어요." 그녀는 쓸쓸하게 말했다. "나는 추억을 소중히 간직하고 기다리는 수밖에 없겠군요. 당신이 살해되지 않도록 기도하면서……"

"난 살해……." 나는 이렇게 말하다가 이내 후회했다. 할 말이 아니었던 것이다.

그러나 그녀가 말했다.

"말해 줘요, 절대로 죽지 않는다고. 컨튼이 죽을 리가 없다고 말해 줘요."

나를 붙잡기는 어렵다고 체념한 것이다. 그리하여 내가 이 일을 계속하더라도 결코 죽는 일은 없다고 믿고 싶은 것이다. 용과 대결한다면 마지막 용이 나오지 않기를 바라는 것이다. 그녀는 다시 총잡이의 사고방식으로 돌아가려 하고 있다. 전에 자기가 믿어서 잘못되어 있었던 일을 잊어버리고 싶은 것이다.

나는 가슴이 아팠다. 이곳으로 돌아오는 게 아니었는데…… 15년 동안이나 이 조용한 집에 접근하지 않으려고 노력하고 있었다. 그녀가 전쟁의 그늘을 털어 버리려고 열심히 노력하고 있는 이 집에. 그런데 내가 돌아온 것은 내가 아직까지도 싸움 속에서 생활하고 있기 때문이다.

"당신 혼자서 확신할 수 있는 일이 아니야." 나는 천천히 지껄였다. "모든 건 내 생각에 달려 있어."

"알고 있어요." 그녀는 고개를 끄덕이며 다정하게 웃었다. "기억하고 있어요."

계단에서 발소리가 들렸다. 모리스가 조심스럽게 쟁반을 날라왔다. 술병이 하나 얹혀 있었다.

"허베이는 아무것도 안 먹을 거요. 벌써 잠들었겠지."

그녀는 고양이처럼 우아한 동작으로 난간에서 몸을 일으켰다.

"당신과 난 내 방에서 식사하겠다고 모리스에게 말해 두었어요."

나는 놀라 입을 열려고 했다.

"이제 논쟁은 그만두어요, 루이스. 당신은 일을 계속하는 거예요. 난 이해하고 있어요. 그뿐이에요."

그 일을 맡을 수 없다는 이유가 수없이 있을 텐데 지금은 하나도 생각나지 않았다. 오랜 세월이 지났구나, 하는 느낌뿐이었다.

"돌아오겠어, 지네트."

나는 겨우 이 말을 입 밖으로 밀어내었다.

그녀는 반은 슬픈 듯한 미소를 보였다.

"아무 약속도 하지 말아요, 루이스. 나는 약속을 바라고 있는 건 아니에요."

그녀는 모리스의 뒤를 따라 복도를 걸어갔다. 잠깐 생각하다가 나도 그 뒤를 따랐다.

19

 우리는 국도 92호선을 따라 북으로 향했다. 같은 시트로엥 배달 트럭으로, 나와 지네트가 운전석에 앉아 번갈아 가며 운전했다. 뒤쪽 문을 열었을 때 세 사람의 모습이 보이지 않도록 술병 상자를 쌓아 두었다.
 여럿이서 끌다시피하여 허베이를 태웠다. 그는 수면제 때문에 깊은 잠에 빠져 있었다. 지금도 계속 자고 있는 것이다. 낡은 매트리스 두 개에다 몇 장의 담요를 실었다. 목소리를 듣지 않아도 매건할트가 자고 있지 않다는 건 상상할 수 있었다. 매건할트가 작은 창문으로 새된 소리를 보내왔다.
 "어떻게 스위스로 들어갈 작정이오, 케인 씨?"
 "주네브에서 북서쪽으로 몇 마일 떨어져 있는 잭스라는 곳에 갑니다. 거기서 내려 국경을 넘어 공항으로 가는 거지요."
 그는 한참 동안 생각하고 있었으나 예상한 대로 마음에 들지 않는 모양이었다.
 "차를 빌기 위해서는 큰 도시로 가야 할거요. 왜 에비앙까지 가서 보트로 호수를 건너 로잔느에 가지 않소?"
"상대방이 우리가 그렇게 할 거라고 예상하고 있기 때문이오. 주네브에서 국경을 넘는 게 가장 좋소. 그 근처는 거의 경비를 할 수 없으니까. 스무 개 이상의 길이 달리고 있고, 국경선 근처는 밭이거든. 걸어서 넘으면 문제없소."
"하지만 전쟁 중에는 경비하고 있었지 않았소" 하고 그는 반대했다.
"맞았소. 그럼에도 불구하고 국경을 넘은 사람의 수는 대단한 것이었지요. 스위스 정부는 일부러 커다란 수용소를 만들어 그들을 받아들였소."
"케인 씨." 그는 쌀쌀하게 말했다. "만일 우리가 스위스 감옥에 들어가게 되면 프랑스 감옥에 들어가는 거나 마찬가지요."
"스위스 쪽이 훨씬 깨끗하겠지요. 나는 스위스 경찰이 우리를 찾고 있지 않기를 빌고 있습니다. 그들은 프랑스 경찰의 의뢰가 없이는 아무것도 할 수 없어요. 또한 프랑스 측에서는 아직 우리를 놓쳤다는 공표하고 싶지 않을지도 모르오."

나는 은근히 이 근처에서 우리의 일련의 발자취를 지우고 수배 파문에 앞서가고 싶다고 생각하고 있었다. 남의 눈에 띄지 않게 국경을 넘고 나서도 프랑스 경찰이 아직 프랑스 안에 있는 것으로 생각해 준다면 다행한 일이다. 그 시트로엥의 잔해가 매건할트의 차라는 것이 발견되는가 아닌가가 중대한 열쇠가 된다. 차 그 자체는 발견되었을 것이다. 그 뒤의 총질과 르노의 잔해로 말미암아 지금 그 일대를 샅샅이 뒤지고 있을 것이다.

다른 각도에서 생각해 보면, 그 차의 주인이 발견되어도 좋다. 그것은 빠리에서 북쪽 루트를 경유하고 있다는 생각을 버리게 만드는 것이 되며, 게다가 또 차가 없으므로 어디엔가 숨어 있으리라 착각할 것이기 때문이다. 나는 우리들의 잠행 루트와 크로스 피넬이 연결지어져 떠오르리라고는 생각지 않는다. 내가 같이 있다는 것만 모르면 문제없다. 나에 대해서는 아직 모르고 있을 것이다.

그러나 허베이가 차안에 지문을 완전히 닦지 않아서 내 지문이 검출된다면 상태는 달라진다. 하지만 내 지문이라고 판단할 수는 없을 것이다. 나는 프랑스에서 체포된 적이 없으니까. 한 가지 생각할 수 있는 것은, 내가 대사관에 있을 때 프랑스 첩보부가 어디서 내 지문을 인수하지 않았을까 하는 것이다. 그들은 물론 나의 경력을 알고 있다. 그러면 주네브에서 국경을 넘는 옛 레지스탕스 루트도 알고 있을 것이다.

나는 고개를 저었다. 경찰이란 업신여겨서는 안되지만, 너무 과대평가해서도 안된다. 상대방은 X지점의 정보를 인수했으니 이제 Y지점은 감시하고 있지 않을 것이다. 그리하여 Y지점에 가 보니 상대가 기다리고 있었다. X지점에 대한 보고가 3시간이나 서장 책상 위에 방치되어 있어 모두 그걸 잊고 있었기 때문이다.

룰렛의 경우와 마찬가지이다. 사람들은 여러 가지 거는 법을 주장한다. 그러나 룰렛의 회전반은 그런 것을 모른다. 나는 주네브에서 국경을 넘기로 결심했다. 내가 노린 룰렛의 숫자인 것이다.

차가 달림에 따라 아침이 차츰 가까워졌다. 내 옆에서 지네트가 익숙한 솜씨로 핸들을 잡고 있다. 가끔 전조등의 반사빛에 얼굴이 떠올랐다. 나는 담배를 피우면서 그 얼굴을 보고 있었다. 침착하고 여유 있는 얼굴이었다. 트럭은 가파른 고개를 올라가 사보와에 들어섰다.

"정차 명령을 받으면 어쩔 셈이지?"
"어차피 주네브에 배달할 게 있어요. 우리 집 물건을 받는 레스토랑이 두 군데나 있거든요. 젝스에는 좋은 가게가 하나 있으니까 거기서 아침을 먹고 그리로 달려갈 작정이에요."
"무엇 때문에 이렇게 아침 일찍 가야 하지?"
"경관님, 오후에 피넬에서 사람을 만나야 한답니다."
"정말이오?"
"모리스에게 방문객을 맞을 준비를 해 놓으라고 말해 두었어요. 안심할 수 있는 사람으로."
"아직 매니저가 필요하다는 말이지?"
그녀는 생긋 웃었다.
"내가 옛날 레지스탕스 시절의 동지 뒤를 봐 주고 있는 동안 사업 쪽을 맡아 줄 사람이 필요해요."
"손들었는데."

나는 곧 잠이 들어 버렸다. 차가 자유 지대에 들어갔을 때 잠이 깼다. 차는 북서쪽에서 주네브로 접근하기 위해 오른쪽 국경선에서 1, 2킬로미터 떨어진 근처를 우회하고 있었다.

깨워 주었더라면 좋았을 거라는 생각이 들었다. 내가 운전할 차례였던 것이다. 그러나 그 말을 입 밖에 내는 것도 쑥스러웠다. 리히텐쉬타인까지는 아직 400킬로미터나 남았다. 긴 하루를 앞에 두고 있기 때문이다.

지네트가 말했다.
"이제 거의 다 왔어요, 루이스."

그녀는 젝스의 몇 킬로미터 앞에서 오른쪽으로 접어들어 국경 가까운 페니볼테에르로 향했다.

"너무 가까이 접근하지 않는 게 좋아."

경찰은 국경선이 아니라 좀더 가까운 곳을 경계하고 있을 것이다. 트럭이 가까이까지 와서 섰다가 다시 돌아가는 소리를 듣게 하고 싶지는 않았다.

"그럼, 이쯤으로 해요."

그녀는 이렇게 말하고 차를 세웠다. 엔진은 걸어 둔 채로. 나는 뛰어내리자 뒤쪽으로 달려가서 문을 열었다. 안에서 상자를 움직이고 있는 소리가 들렸다. 매건할트, 여자, 끝으로 허베이가 내려왔다.

폭격당한 건물 안에서 끌려나온 사람 같았다. 그는 비틀거리며 머리를 흔들고 있었다. 흔들 때마다 머리가 아픈 모양이었다. 총잡이로서는 지친 고양이 새끼를 상대하기도 힘든 상태이다.

조용히 문을 닫고 운전석으로 갔다.
"고마와, 지네트. 이제 그만 가지."
그녀는 내게 팔을 뻗쳤다.
"조심해요, 루이스."
"연락할게, 오늘밤쯤."
"꼭이에요."

우리는 서로 손을 잡았다. 그리고 트럭은 어둠 속으로 사라졌다. 나는 길가의 밭을 가리켰다.
"저쪽 밭으로 들어갑니다, 빨리!"

이 사람들에게 빨리 행동하라는 것은 무리한 소리였다. 울타리를 넘어 이슬에 젖은 풀밭으로 들어가는 데만도 꼭 1분이 걸렸다.

이 일에서 확실히 말할 수 있는 것은 12시간마다 발을 적셔야 한다는 것이다. 나는 나의 서류 가방 이외의 짐은 모두 피넬에 두고 오게 했다. 서류 가방에는 모제르와 지도가 들어 있어 두고 올 수가 없었다. 나는 한 손에 가방을 들고 한 손은 허베이의 팔을 잡고 울타리를 따라 앞장서 갔다.

멀리서 엔진 소리가 사라져 갔다. 싸늘하게 내리덮는 듯한 밤으로, 별은 보이지 않았다. 브르타뉴에서 뒤에 남기고 온 모양이었다. 앞쪽에서 흰색과 녹색으로 깜박이는 불빛이 구름에 비치고 있다. 주네브 코안트란 비행장의 표지탑이었다. 우리는 그쪽을 향해 나아갔다.

4시 45분이었다. 날이 샐 때까지 아직 45분이 남았다.

한동안 아무도 말을 하지 않았다. 발소리가 울렸다. 입으로 가르쳐 준다고 해서 발소리를 내지 않고 걷게 만들 수는 없다. 훈련이 필요한 것이다. 그러나 이 축축하고 흐릿한 공기 속에서는 멀리까지 전해지지 않을 것이다.

별안간 여자가 나직한 소리로 물었다.

"저건 뭐지요?"

나는 깜짝 놀라 얼굴을 돌렸다. 몇백 야드 떨어진 지평선에 떠올라 있는 커다랗고 시커먼 집이었다. 나무들이 그쪽을 향해 죽 늘어서 있었다.

"볼떼르의 성관이지요."

나는 깜박 잊고 있었다. 유효한 목표가 될 곳을.

그녀는 풀 속에서 발을 들어 털었다. 물방울이 사방으로 흩어졌다.

"대가의 경구(警句)를 인용하고 싶군요" 하고 그녀는 말했다. 나직하나 기분이 좋지 않은 목소리였다. "이를테면……멋있는 세상에서 사람은 더욱 최선을 찾는다……."

"아니면 신은 언제나 강력한 군대의 편이다."

"지금 경우는 기분 나쁜 말이로군요."

"적당히 해 둬." 허베이가 무거운 어조로 말했다. "문학 산책을 하고 있는 건가, 아니면 조용히 국경을 넘으려 하고 있는 건가, 어느 쪽이야?"

"흐음, 당신은 그 차이를 알고 있나?"

나는 이렇게 내뱉고 다시 걸음을 계속했다.

허베이는 지금으로서는 친구라 부르기에 거리가 먼 존재였다. 잠이 말끔히 깨어 있고 숙취로 흐린 머리가 아니라면 매건할트를 보살필 수가 있다. 앞으로 가라든가 가만히 있으라든가. 그렇게 되면 나는 저편 양만 보살펴 주면 되는 것이다. 그러나 지금 상태로는 세 사람 모두 내가 돌봐 주어야 한다. 무엇보다도 무슨 일이 일어났을 때의 허베이의 반응이 걱정이다. 멍해 있다가 경찰을 향해 발포할지도 모르기 때문이다. 정면의 생울타리로 생각했던 것이 다가감에 따라 사람의 키만한 작은 사과밭이라는 것을 알았다. 철사가 쳐져 있었다. 잎은 아직 돋아나지 않았다. 이곳은 북쪽 지방의 봄이 일찍 오는 기후인 것이다. 가지가 밀집해서 자라도록 전지(剪枝)가 되어 있고, 나무 자체도 토지 이용을 생각해서 간격이 좁혀져 있다. 어둠 속에서는 다시없는 차폐물이었다.

차폐물이란 쌍방에 대해 같은 기능을 갖는다. 만일 내가 국경 경비대를 지휘하고 있다면 당연히 그 과수원 안에 1개 분대쯤 배치할 것이다. 여기저기 흩어져서 조용히 소리를 내지 말라고 명령할 것이다. 그러나 우리가 그들을 알아차렸을 때는 이미 그 한가운데에 들어가 있을 것이다.

만일 내가 국경을 넘는 행동대원을 지휘하고 있다면, 과수원 안에는 들어가지 않는다. 멀리 돌아서, 그것도 기어서 전진해 갈 것이다. 그러나 내가 지금 지휘하고 있는——그렇게 말할 수 있을지 어떨지 모르지만——것은 중년의 실업가와 실스킨 코트를 입은 여성, 그리고 멋들어지게 잔뜩 취하여 머리를 싸쥔 총잡이다. 실스킨 코트를 입은 여자에게 진흙 속을 기어가라고는 도저히 말할 수 없다.

과수원을 지나는 수밖에 없다.

나는 여자 쪽을 보고 낮은 소리로 속삭였다.

"학교 다닐 때 혹시 캡틴을 해 본 적이 있소?"

"아니오." 놀란 듯한 속삭임이 돌아왔다. "하키도 다른 운동도 모두 안했어요."

"그럼, 축하해야겠군. 당신은 지금부터 이 두 사람의 캡틴이 되는 거요. 내 뒤에서 10야드쯤 거리를 두고 따라와 주오……나무 사이로 가는 내 모습을 놓치지 말고, 내가 서면 당신도 서야 해요. 내가 옆으로 돌아가면 곧 옆으로 돌고, 그러나 그때 내가 돌아간 지점까지 와선 안되오. 알겠소?"

"알긴 하지만, 이런 일에는 허베이 씨가 더 좋지 않아요?"

"사실은 그렇소." 나는 엄하게 말했다. "그러나 지금은 당신이 해줘야겠소. 알겠소?"

저면 양은 고개를 끄덕였다. 나는 한 가닥의 철사를 밟고 다른 한 가닥을 끌어올렸다. 모두들 그 사이로 빠져나갔다. 소리는 그다지 나지 않았다. 약간의 충돌 사고 정도의 소리밖에 나지 않았다. 나는 다시 모두의 앞장을 서서 정연하게 늘어선 나무 사이를 뚫고 나아갔다.

20야드쯤 나아갔다. 이어서 30야드, 40야드. 나무 밑은 뜻밖에도 밝았다. 뒤돌아보니 그녀는 밝기를 이용하여 머리를 써서 지시한 10야드 보다 더 간격을 두고 있었다.

50야드쯤 나아가자 대체로 과수원 한가운데쯤 되리라 짐작했다. 앞의 나무가 없어지고 하늘이 보이는 곳쯤에 또 철사가 있을 것이다. 눈을 모아 보았으나 분간할 수가 없었다. 규칙적인 표지등만 보였다.

발을 멈췄다. 그 이유를 생각하는 데 한동안을 소비했다. 그동안 뒤의 세 사람은 야생의 코끼리가 폭주하는 것 같은 소리를 내고 있었다. 세 사람도 섰다. 나는 그 이유를 알았다. 어렴풋이 담배 냄새가 난 것이다.

담배를 피우면 안된다고 명령받았을 것이다. 그러나 명령은 아마 한밤중에 받았을 테니까 이미 다섯 시간은 지났다. 춥고 습기차고 지루하고…… 그리하여 엎드린 채 윗도리 밑에서 성냥을 그어 담뱃불을 풀 속에 숨기고 감싸듯이 하여 피웠을 것이다. 그러나 냄새는 숨길 수가 없다.

하지만 어느 쪽으로부터 풍겨 왔을까? 손가락 끝을 적셔서 바람을 쐬어 보았다. 언제나와 마찬가지로 손 끝 전체가 차가왔다. 숨을 내쉬어 보았으나 뽀얗게 입김이 서릴 만큼 춥지는 않았다. 과수원 밖은 그다지 바람이 없었고, 안에는 더 없었다.

다음은 어떻게 할까?

나는 오베르뉴의 레지스탕스들에게 소화기의 사용법을 가르치던 전 외인 부대 중사의 목소리를 떠올리면서 고함을 질렀다.

"담배를 피우는 바보 같은 녀석이 어디 있어. 술집 같은 냄새가 난다! 누구야?"

앞쪽 오른편께에서 당황한 듯한 소리가 들리고 팽팽하게 긴장한 듯한 고요가 돌아왔다.

나는 소리를 내지 않고 왼쪽으로 갔다. 뒤돌아보니 저면 양도 나와 평행으로 움직이고 있었다.

나는 다시 한 번 소리쳤다.

"담배를 피운 바보 녀석은 어디 있어?"

내가 멀어져 간다는 걸 알면 대답을 하거나 이쪽을 찾아오는 일은 없으리라고 생각했기 때문이다.

옆으로 꺾어진 채 계속 나아가 과수원 가장자리 가까이에 오자 방향을 바꾸어 다시 공항의 표지등 방향으로 전진했다. 40야드쯤 나아가자 생울타리가 보였다. 다시 돌아와서 세 사람을 데리고 왔다.

저면 양이 속삭였다.

"우리 소리를 신경 쓰고 있는데, 당신 목소리가 들려 와서 안심했어요."

"하마터면 1개 분대의 경찰과 마주칠 뻔했소. 상관인 체하고 속였지." 나는 생울타리 쪽을 턱으로 가리켰다. "저쪽에 길이 있는데, 그 오른쪽으로 가면 프랑스 세관 출장소가 있지. 똑바른 길이야. 그걸 눈에 띄지 않게 넘어야 하는 거요." 그리고 나서 허베이쪽을 보았다. "어때, 몸은?"

"죽었다 살아났네. 이렇게 빨리 부활시켜서 하느님한테 꾸지람을 듣지 않을까?"

나는 웃음이 나오고 차츰 기분이 명랑해졌다. 그의 입의 움직임은 아직 우스꽝스러웠으나, 짜증스러운 상태는 없어져 버렸다. 머리가 조금씩 맑아지기 시작한 모양이다. 세 사람을 생울타리 쪽으로 이끌어 갔다.

기어서 지나갈 수 있는 곳을 찾아 머리를 내밀고 살펴보았다. 세관 출장소는 오른쪽으로 900 야드도 못되는 곳에 있었다. 임시로 세워 놓은 작은 건물에 불이 환히 켜져 있고, 차 두 대와 몇 사람의 그림자가 보였다.

이 정도의 거리라면 우리가 내는 소리를 듣지 못할 것이다. 그러나 공항 관제탑의 불빛 한가운데를 지나지 않으면 안된다. 몇천 촉광의 빛이 겨우 수백 야드의 지점에서 비치고 있는 것이다. 게다가 임시 건물에 있는 사람들 중 몇 명은 이쪽을 감시하고 있을게 틀림없다.

나는 머리를 들이밀었다.

"안됐지만 좀더 길을 따라 왼쪽으로 움직여 주시오."

우리 뒤에서 누군가 작은 소리로 물었다.

"누구야?"

저먼 양이 속삭였다.

"효능이 끊겼나 봐요."

그 말이 맞다. 상관이 자기네들을 찾으러 오지 않으므로 도리어 수상하게 생각한 모양이다. 그리하여 이번에는 그들이 상관을 찾기 시작한 것이다. 이 지점에서 도로를 넘어야 한다.
 임시 건물 반대쪽에서 엔진 소리가 들려 왔다. 차가 전조등을 빛내면서 우리의 눈앞을 최고 속력으로 지나갔다. 저편 양이 얼른 자세를 낮추었다. 허베이와 나는 그대로 꼼짝 않고 있었다. 매건할트도 여전한 태도로 서 있었다.
 차가 지나가자 나는 작은 소리로 날카롭게 주의를 주었다.
 "빛을 받게 되면 가만히 있어야 해. 움직이면 도리어 발견되니까."
 여자가 천천히 일어섰다.
 "주위가 조용해지면 고함을 지르고……차츰 방법을 알겠어요."
 허베이가 말했다.
 "지금 지나간 게 뭔지 알겠나? 자네 여자친구의 트럭일세. 크로스 피넬의 배달차."
 나는 다시 생울타리 사이로 고개를 내밀었다. 차는 마침 세관 검문소 곁에 서는 참이었다. 누군가 달려가서 문을 열고 있었다.
 바보같이! 왜 이런 위험을 저질렀을까? 나는 그 뜻을 알고 있었다. 나는 우리가 지나갈 루트를 그녀에게 이야기해 두었었다. 그녀는 이 도로가 가장 곤란한 곳이라는 걸 알고 있다. 어디서 기다리고 있다가 우리가 도착할 때쯤을 보아 달려온 것이다.
 세관에서는 이상하다고 생각하겠지. 좋이 4명의 사람을 태울 수 있는 트럭이 어제 총격이 있었던 지점에서 그리 멀지 않은 곳으로부터 이상한 시간에 먼 길을 돌아오다니——그러나 이것은 그녀의 계산에 들어 있다. 수상히 여겨 모두들 모일 것이라고.
 "생울타리를 빠져나가, 빨리!" 하고 나는 명령했다.
 허베이가 아무 말 없이 빠져나갔다. 나는 여자를 몰아세우듯이 하여 빠져나가게 했다. 이어 매건할트, 그리고 나. 지네트가 아직 세관에 있을 동안 우리는 무사히 저쪽에 도착했다.

나는 그녀가 무사한지 지켜보고 싶었지만, 그런 짓을 하고 있으면 그녀의 일이 헛수고가 되어 버린다. 전진해야 한다. 그것이 이런 경우의 법칙인 것이다.

자세를 낮게 하여 다른 생울타리를 따라 비행장 쪽으로 나아갔다. 표지등 빛이 우리의 얼굴을 비추어 냈다. 비행장 울타리까지는 앞으로 200야드 남아 있다.

저면 양이 물었다.

"비행장에 다다르겠군요."

"그게 목적이오. 스위스는 몇 년 전에 활주로를 연장하기 위해 프랑스 령을 빌렸지. 그러니까 지금은 울타리가 국경선이 되어 있소. 비행장에 한 발자국 들어서면 스위스 령이오."

"비행장 울타리란 쉽게 기어오를 수 있는 것이 아니오." 허베이가 말했다.

"알고 있어. 그러니까 지네트에게서 철선을 자르는 가위를 빌려 왔소."

몇 분 뒤 울타리에 닿았다.

철 기둥 사이에 7, 8피트 높이의 튼튼한 철망이 쳐져 있었다. 서류 가방에서 긴 자루가 달린 철선 가위를 꺼내 시험삼아 한 곳을 끊어 보았다. 찰칵 하고 큰소리를 내며 끊겼다. 다음 것은 좀더 조심해서 해보았다. 역시 큰소리가 났다. 시간이 걸리는 작업이다. 2인치나 되는 그물코였다. 적어도 세로 3피트는 잘라야 구멍이 생긴다.

갑자기 한줄기 불빛이 우리를 비춰 내었다. 하늘에서 탐조등을 비추고 있었다. 있을 수 없는 일이다. 나의 몸은 빳빳하게 굳었다. 그러자 불빛 뒤에서 제트기의 가벼운 엔진 소리가 들려 왔다. 착륙 태세에 들어간 여객기가 착륙등을 켠 것이었다.

나는 가만히 있었다. 조종사가 우리를 발견하리라고는 생각되지 않앉으나 등 뒤 밭쪽에서는 우리의 모습이 떠올라 보일 것이다.

 여객기가 고무 소리를 내며 착륙하자 제트 엔진을 역분사했다. 굉음이 주위를 덮었다. 나는 그 소리를 이용하여 급히 철망을 끊었다. 가위 소리는 전혀 들리지 않았다.

 나는 매건할트 쪽을 보았다.

 "스위스에 잘 오셨습니다."

그때부터는 비교적 간단했다. 주네브 코안트란 비행장에는 한 가닥의 활주로가 있고, 그 양쪽에 길쭉한 풀밭이 있을 뿐이다. 공항 건물과 수리 공장은 우리와 반대쪽 끝에 있었다. 이쪽에는 건축 자재 더미와 불도저로 밀어 모은 채 아직 고르지 않은 흙더미와 변전소며 레이더 관계의 작은 벽돌 건물이 몇 채 있을 뿐이었다. 따라서 차폐물은 아쉽지 않았다.

 우리는 활주로와 울타리 사이를 다시 반 마일쯤 걸어서 프랑스 령을 완전히 떠난 지점에서 다시 철조망을 끊고 그곳에서 빠져나왔다. 전번에도 이번에도 될 수 있는 한 철조망을 본디 모양대로 해 놓았기 때문에 절단 부분이 발견되기까지는 며칠이 걸릴 것이다. 발견되었다 하더라도 그것을 매건할트라는 사람과 결부시킬 것은 아무것도 없다.

 우리는 마텐년의 교외로 나왔다. 진흙탕 속에 높다라니 새 아파트가 서 있었다. 누가 언젠가는 진흙탕을 녹색 잔디밭으로 만들 작정이었겠지만, 지금은 다른 일 때문에 손이 돌아가지 않는 형편인 것 같았다. 산그늘 지대가 아니고 구름이 끼지 않았으면 이미 날이 샜을 시간이었다. 아직 길에는 사람 그림자 하나 없었다.

 "이제부터 어떻게 해서 시내로 들어갈 생각이오?" 매건할트가 물었다.

 "공항 정면으로 돌아서 버스나 택시를 타는 거요."

그는 내 말의 내용을 검토해 보고 나서 다시 입을 열었다.
"비행장을 가로질러 갔으면 좋지 않소, 그편이 가까울 텐데!"
"글쎄요, 방금 비행기에서 내려온 듯한 얼굴로 말이요? 패스포트를 보이고 비행장 안에서 발을 적신 변명을 한단 말입니까?"
거기서부터 그는 쓸데없는 말을 하지 않고 잠자코 걸어갔다.

20

 공항 빌딩에 도착했을 때는 6시를 지나 있었다. 날이 어렴풋이 밝아오기 시작했다. 건물 안에는 아직 불이 켜져 있었으나, 그 불빛은 동녘 산을 넘어 비치기 시작한 보랏빛 속에서 색이 바래져 있었다.
 정면 현관 앞에 서너 대의 차와 화물용 트레일러를 단 소형 버스가 멈춰서 있었다. 불은 켜져 있지 않았다.
 "저 안에 들어가 몸차림을 고치고 5분 뒤 입구에 모입시다."
 내가 지시했다.
 저먼 양은 여자용 세면실 쪽으로 또박또박 걸어갔다. 홀의 밝은 불빛 아래서도 트럭 뒤에 다섯 시간이나 타고 생울타리를 빠져나와 젖은 풀밭을 2마일이나 걸어온 모습으로는 보이지 않았다. 그녀는 진흙 같은 것으로는 더럽혀지지 않는 타고난 빛남을 발휘하고 있는 것 같았다. 다만 얼굴이 약간 창백하고 발이 젖어 있을 뿐이었다.
 매건할트는 삵쾡이와 격투라도 해서 당한 것 같았다. 갈색의 고급 레인코트는 엉망으로 구겨져 흙이 묻었고, 두 곳이나 찢어져 있었다. 바지는 젖어서 흙투성이인데다 머리는 볼 수 없을 정도로 흐트러져 있었다. 그는 이렇게 엉망이 된 모습으로 불쾌한 표정을 짓고 우뚝 서 있었다. 그 모습 그대로 있으리라 결심하고 있는 것 같았다. 내가 일부러 나쁜 길을 골라 걷게 했다고 생각하는 모양이다. 그리하여 더러워진 채로 있겠다는 심산인 모양이다.

우리는 그를 세면실에 밀어넣고 그 양쪽에 섰다. 허베이와 나는 그다지 험한 꼴은 아니었다. 본디 훌륭한 옷차림이 아니었기 때문이리라. 허베이는 얼굴빛이 창백하고 눈은 쑥 들어가고 얼굴의 주름이 깊어졌으나, 전체적으로는 생기를 되찾고 있었다.

내가 세수를 시작했을 때 매건할트가 말했다.

"멜랑 씨에게 전화하는 걸 잊진 않았겠지요?"

나로서는 잊고 싶었고, 전화를 걸고 싶지 않았다. 그러나 뭐니뭐니 해도 그가 돈을 내고 있다. 나는 레인코트의 더러움을 없애고 얼굴과 손과 구두를 씻고 머리를 빗고 나서 4분 뒤에는 전화를 찾았다.

나는 멜랑의 호텔을 불러 중요한 용건이라고 말했다. 멜랑이 나왔다.

"어떻게 된 거야!" 그가 고함을 질렀다. "무슨 일이 일어났어? 디나단 이후 연락이 전혀 없으니. 꼬박 하루가 더 됐어! 라디오와 신문이 온통 오베르뉴의 총질 이야기로 법석이야! 어떤……?"

"그만두게, 앙리. 방금 이곳에 도착했어. 우릴 만나고 싶거든 20분 뒤 코르나방 역으로 오게, 거기 있을 테니."

한동안 말이 없었다. 이윽고 "그럼, 거기서 만나세" 하고 그는 말했다.

"매표소 앞을 지나 식당으로 오게."

옆 전화실에 누가 들어왔다. 나는 유리 너머로 그쪽을 보았다. 급히 "그럼, 20분 뒤 코르나방에서……" 하고 수화기를 놓았다.

저편 양이 다이얼을 다시 돌리기 전에 나는 전화실을 튀어나와 옆

박스로 뛰어들어갔다. 한 손으로 전화를 끊고 한 손으로 그녀를 밖으로 끌어냈다.

그녀는 순진한, 어린애같이 놀라는 표정을 보였다.

"어머나, 왜 이러세요……?"

"국경에서는 제대로 해주었소. 지금 그걸 망가뜨리는 일을 해서는 안돼. 전화를 걸어서는 안된다고 말했지 않았소?" 나는 엄한 표정으로 말했다.

"그건 성관에서의 이야기가 아닌가요?"

"왜 내게 묻지 않았소?"

나는 한 손으로 그녀의 팔꿈치를 잡고 홀을 가로질렀다. 누가 보아도 신혼 여행 온 두 사람 같이 보이지는 않았을 것이다.

그녀는 귀여운 말투로 "안된다고 할 것 같았기 때문이에요" 하고 말했다.

나는 어처구니가 없어 여자의 얼굴을 보았다.

우리는 허베이, 매건할트 두 사람과 동시에 문에 이르렀다. 밖의 버스에는 불이 켜져 있고, 사람들이 피로한 모습으로 올라타 있었다. 수염과 여러 가지 점으로 미루어 보아 빠리나 런던에서 값이 싼 밤 비행기 편으로 날아온 게 틀림없다. 나는 좀더 고급 손님을 기대하고 있었던 것이다. 격식을 찾아서가 아니라 카무플라주하기 위해서. 아무리 지쳐 있어도 매건할트는 부활절 휴가를 이용하는 학생으로 보이지는 않았던 것이다.

그러나 학생은 신문의 3면 기사에는 관심이 없다. 올라타고 버스 값을 주었으나 아무도 관심을 두지 않았다.

나는 저면 양과 나란히 앉았다. 바로 뒤에 허베이와 매건할트가 앉았다. 나는 머리를 뒤로 젖히고 말했다.

"역에서 멜랑과 만날 수 있을지도 모르겠소."

"역?" 매건할트가 물었다.

"공항 터미널과 역이 같이 있는 코르나방에서. 도착하면 그가 와 있을 거요. 허베이는 나와 같이 갑시다."

"싫소." 허베이가 말했다. "제1조, 보디가드는 늘 곁에 붙어 있어야 한다."

"알고 있소." 나는 고개를 끄덕였다. "하지만 역 구내에서 쏠 녀석은 없소. 문제는 경찰관에게 눈치채일지 어떨지 하는 거지. 당신은 나하고 같이 가면서 매건할트 씨의 뒤를 미행하는 자가 있는지 살펴보는 거요. 아니면 먼저 가서 누가 기다리고 있는가 둘러보든지."

"그럼, 그렇게 하지." 그는 납득했다.

"그리고 나서는 어떻게 할거요?" 매건할트가 물었다.

"베른 행 기차를 탑니다."

"차를 빌려서 가는 게 아니었소?"

"지금으로서는 안됩니다. 또 누군가 자동차로 가리라 생각하고 있던 사람이 있다면 미안하지만."

저먼 양이 냉랭한 어조로 말했다.

"나 말이로군요."

"누구든."

버스가 가득 차서 주위가 붐볐으므로 이야기를 그만두었다.

이른 아침이어서 10분 만에 터미널에 도착했다. 코르나방 역에 들어갔을 때는 6시 반이었다.

다른 손님들은 앞을 다투어 차를 타러 내려갔다. 나는 매건할트 쪽을 보고 말했다.

"저먼 양과 먼저 가시오. 베른 행 2등 차표를 두 장 끊는 거요. 그녀더러 사게 하는 게 좋을 거요. 그리고 나서 플랫폼에 올라가십시오. 우리를 보더라도 모르는 척해 주시오."
여자가 말했다.
"표를 사려면 스위스 돈이 필요해요."
"갖고 있지 않소. 전화를 걸려고 했으면서, 있었소?"
그녀는 내 쪽을 훔쳐보며 먼저 내려갔다.
허베이와 나는 10야드 떨어져서 어슬렁어슬렁 걸어갔다.
매표소는 천정이 높고 어두컴컴한 아르 누보 양식으로, 일부러 허수룩하고 썰렁한 느낌이 들게 만든 것 같았다. 아무리 청소를 하고 난방을 넣어도 어쩔 도리가 없는 건물이다. 전형적인 역 건물이라고나 할까.
우리 곁에는 교외로 일하러 가는 직공들과, 빠리와 런던에서 들어온 야간 열차에서 내린 듯한 가족 동반이 두서너 쌍 보일 뿐이다. 모두들 수용소 사진에서 본 것 같은 공허한 표정을 짓고 있었다. 지금으로서는 거울 속의 자기 얼굴도 기억하지 못하고 있을 것 같다. 그러니 신문에서 본 얼굴을 알아보는 일은 절대로 없을 것이다.
허베이와 나는 재빨리 한 바퀴 둘러보았다. 그는 고개를 저었다. 나도 마찬가지였다. 사복 경찰관 같은 것은 보이지 않았다.
매표소의 창구는 하나밖에 열려 있지 않았다. 여자가 매표소에 가 있는 동안 매건할트는 뒤에서 기다리고 있었다. 내가 신호를 하자 허베이가 플랫폼으로 통하는 길고 어두컴컴한 통로를 지나 올라갔다. 역에서 감시를 한다면 통로를 다 올라간 경식당의 카운터에 위치를 잡을 것이다. 열차에 탈 손님은 모두 그 앞을 지나야 하며, 카운터라면 서 있어도 이상하지 않을 테니까.
나는 표를 사기 위해 저먼 양의 뒤에 섰다. 그녀가 창구에서 멀어져 갔다. 내 존재는 눈에 들어오지도 않는다는 듯한 시선이었다.

그녀가 매건할트 곁에 가서 둘이서 통로 쪽으로 걸어가기 시작하는 것을 눈 끝으로 잡았다. 다음 순간 두 사람이 멈춰섰다. 나는 표를 집고 돌아보았다.

깨끗한 레인코트를 입은 앙리 멜랑이 흰 고무공처럼 큰 홀을 굴러오듯 뛰어왔다.

그는 매건할트를 발견했으나 나는 보지 못했다. 나는 본능적으로 그의 등 뒤를 쫓았다.

꾀죄죄한 트렌치 코트를 입고 챙이 좁은 녹색 소프트 모자를 쓴 마른 사나이가 정면 문을 밀고 들어와서 걸음을 빨리 하려다가 그만두고 방향을 바꾸어 시간표를 보는 체하고 있었다.

아차! 절대로 뒤를 밟히지 않도록, 또 내가 확인할 때까지는 아무에게도 이야기를 걸지 말도록 전화로 일러 둘 작정이었는데, 그럴 시간이 없었다. 이것도 저 여자가 전화를 걸려고 하고 있었기 때문이다!

멜랑과 매건할트는 빠른 말투로 뭔가 이야기하고 있었다. 나는 두 사람에게 등을 돌리고 트랜치 코트에서 눈을 떼지 않은 채 옆으로 몸을 비키듯이 하여 문 가까이로 갔다. 그는 넌지시 주위를 둘러보는 척하면서 두 사람을 보고 있었다. 오전 6시 45분이라는 시간치고는 졸음이 전혀 보이지 않는 눈길이었다.

무슨 수를 써야 한다. 트렌치 코트에게 정체를 발각당하기 전에 매건할트를 멜랑으로부터 떼어놓아야 한다. 그러나 이미 눈치채였는지도 모른다. 보고 있자니까 사나이는 갑자기 주머니에서 접은 신문을 꺼내어서 뭔가 찾는 것 같은 태도를 급히 페이지를 넘겼다.

나는 통로의 입구에 서 있는 멜랑과 매건할트와 여자 옆을 지나쳤다. 2, 30야드 안으로 들어가 사나이에게는 보이지 않지만 세 사람으로부터는 보이는 위치에 서서 정신없이 손짓을 했다.

여자가 다가왔다.

"멜랑이 미행당하고 있소." 나는 급히 말했다. "매건할트를 데리고 플랫폼으로 올라가오. 나도 허베이도 모른 척하는 거요, 알겠소?"

그녀는 고개를 끄덕였다. 나는 한 번 돌아보고 나서 통로를 올라갔다. 허베이가 조명이 잘된 경식당의 카운터 근처에서 커피를 마시고 조그마한 무리들 속에서 모습을 나타내었다.

"이쪽에도 이상이 없군."

나는 통로 쪽으로 고개를 돌렸다.

"멜랑이 왔는데, 미행당하고 있었소. 매건할트와 떨어지라고 말해 놓았지만."

허베이는 "제기랄!" 하면서 통로 쪽으로 가려고 했다. 보디가드는 언제나 보디 곁에 있어야 한다. 나는 그를 말렸다.

"상대가 경찰이라면 이미 늦었소. 경찰관이 아니라 하더라도 거기서 총을 쏘는 일은 없을 거요. 매건할트가 발각됐는지 어떤지 알아 봐 주오."

나는 그를 식당의 혼잡 속으로 밀어보냈다. 그는 굳은 표정으로 나를 보고 있었으나 어깨를 한 번 으쓱해 보이고는 밀리는 대로 있었다.

매건할트와 여자가 통로를 올라와서 식당 앞을 지나더니 시간표를 보러 갔다. 트렌치 코트의 사나이는 두 사람의 뒤를 슬그머니 따라갔으나 두 사람이 멈춰서는 것을 보고 우뚝 멈춰섰다.

허베이에게 사나이를 지적해 줄 필요는 없었다.

그도 그렇게 바보 같은 사나이는 아니었다. 주위 사람들이 모두 졸린 듯이 걷고 있는 가운데 잰걸음으로 걸어가는 사람은 곧 눈에 띄기 마련이다. 그를 찾고 있는 쪽에서 보면 지금 그가 발을 멈춘 것은 한 눈에 알 수 있는 일이다.
 허베이가 엄숙한 표정으로 말했다.
 "녀석을 알고 있소. 아무래도 기차를 못 타겠는걸."
 "이렇게 되면 더구나 기차를 타야 하오. 미행해서 같이 타게 되면 적어도 전화 연락은 할 수 없을 테니까."
 "그도 그렇겠군."
 매건할트와 여자가 제3플랫폼으로 들어가는 계단을 올라갔다. 트렌치 코트의 사나이가 뒤따랐다. 허베이는 넌지시 그 2, 3야드 뒤를 따랐다.
 통로로 되돌아가려고 하는데 멜랑이 왔다. 아까의 기세는 보이지 않았다. 나를 보더니 이쪽이 가까이 다가가기를 기다리고 있었다. 나는 그의 곁으로 갔다.
 "컨튼……어떻게 된 건가?"
 살찐 얼굴에 핏기가 없고 걱정스러운 표정이었다.
 "자네가 미행당하고 있었네. 지금은 매건할트를 미행하고 있지만."
 "실수했군!" 비통한 표정이었다. "난 바보같이…… 여러 가지 일을 잊고 말았어. 어떻게 하면 좋겠나?" 그는 이윽고 결심이 섰다는 듯 덧붙여 말했다. "모두 같이 가세. 그놈과 같이 죽겠어."
 트렌치 코트를 기차 앞에 떨어뜨릴 것 같은 기세였다. 나는 급히 말했다.
 "시시한 소린 그만두게. 그러지 않아도 힘에 겨워. 새로운 정보는 없나? 그 벨기에 사람 갈레롱에 대해서 뭐 알아 낸 건 없나?"
 "열심히 알아보았네. 브뤼셀에 있는 친구에게도 부탁했지. 하지만," 그는 어깨를 움츠려 보였다. "……아무도 몰라. 본명이 아닌 모양이지. 무기명 주식에는 이름 같은 건 필요없으니까."
 나는 무거운 기분으로 고개를 끄덕였다.

"그럴 줄 알았네. 상당한 녀석이야." 머리 위로 기차가 덜컹덜컹 지나갔다. "그럼, 오늘 밤 리히텐쉬타인에서 만나세. 이 이상 더 미행당해선 안되네."

나는 계단 쪽으로 달렸다. 그는 희한한 오뇌와 절망의 정을 몸 가득히 나타내며 손을 흔들고 있었다.

프랑스의 변호사가 잘하는 몸짓이다.

21

우리가 탈 기차는 아니었다. 제3플랫폼에는 불투명한 유리 지붕을 통해 오는 수중광선과 같이 흐릿한 불 밑에서 20명 남짓한 승객들이 말없이 서 있었다. 허베이는 계단 근처에 있었다. 매건할트와 저먼 양은 거기서 20야드쯤 앞쪽에, 트렌치 코트의 사나이는 그 중간에서 주네브 신문을 읽고 있었다.
"기차 시간은?" 내가 물었다.
"곧 들어올 시간이오." 허베이는 트렌치 코트 쪽으로 고개를 기울였다. "누구라고 생각하오?"
"경찰. 적 쪽에는 모든 역과 공항을 감시할 만한 인원이 없소."
"경찰이라면 짝은 어디 있을까?"
그의 말이 맞다. 경찰은 일손이 모자랄 때에도 최소한 두 사람이 한 조가 되어 일을 한다. 단순히 미행하는 데도 둘이나 세 사람이 필요하다. 그러나 멜랑이 아침 일찍 튀어나왔으므로 시간이 없었는지도 모른다. 야간의 호텔 감시는 혼자 하고 있었다고도 생각할 수 있다.
나는 어깨를 움츠렸다. 로잔느, 베른 행 표시를 단 기차가 들어왔다.

매건할트와 여자는 한 찻간에 탔다. 사나이는 그 다음 찻간에 올랐다. 나와 허베이는 그 뒤를 따랐다.

결국 우리는 모두 같은 2등 금연차에 타게 된 것이다. 매건할트에게 끽연실로 들어가라고 일러 둘 걸…… 끽연실에도 통로를 사이에 두고 두 사람씩 마주보고 앉도록 자리가 나란히 있으나 등받이가 높아서 엉거주춤 서지 않으면 옆자리의 사람이 안 보인다. 매건할트와 여자는 마주보고 앉았다. 두 사람의 자리가 정해지자 사나이의 자리는 정해진 거나 마찬가지였다. 생각대로였다. 그는 그 뒤의 옆자리에 두 사람 쪽을 향해 앉았다. 자기 쪽은 두 사람에게서 안 보이지만 두 사람이 일어서면 곧 보인다.

허베이와 나는 거기서 두 개 떨어진 통로의 반대쪽에 앉았다. 기차가 움직이기 시작하자 허베이가 물었다.

"그런데 이제부터 어떻게 하지?"

내게도 좋은 생각이 없었다. 앞에서도 말한 바와 같이 사나이가 기차에 타고 있는 동안은 전화를 걸거나 연락을 취할 수 없다. 그러니까 타고 있는 시간이 길수록 좋을지도 모른다. 그러나 만일 진짜 경찰관이라면 차장에게 쪽지를 주거나 역에서 창문으로 연락 메모를 던지거나 할지도 모른다. 그러므로 만일 경찰이라면 될 수 있는 한 일찌감치 떼어 버리는 게 좋다.

"만일 매건할트에게 전할 수만 있다면 로잔느에서 내리게 하는 것인데……."

나는 천천히 말했다.

그는 내 얼굴을 보며 생각에 잠겨 있었다. 그리고는 "계획이 없단 말이지? 순간적인 착상에 불과한 거로군" 하고 말했다.

"이보다 더 못한 계획도 있을 수 있소. 적어도 이 경우는 융통성이 있으니까."
 그는 내 얼굴을 보고 있었으나 곧 천천히 긴장을 풀었다. 위기감 덕분에 머리가 완전히 맑아진 모양이다. 몹시 괴로웠을 것이다. 지금도 그럴는지 모른다. 그러나 총잡이로서의 경력은 알코올 중독자의 기간보다 훨씬 길다.
 그렇다고 해서 언제까지나 맑은 상태가 계속되는 것은 아니다. 숙취에서 깨어남에 따라 이번에는 마시고 싶은 생각이 더욱 간절해진다. 숙취와 마시고 싶은 기분이 똑같이 계속된다면 세상에 알코올 중독자는 없어질 것이다.
 기차도 역시 이른 아침의 승객들과 같았다. 호숫가를 따라 천천히 달리며 기회가 있을 때마다 섰다. 처음에는 같은 찻간에 다른 승객이 예닐곱 명 있었으나 리용에 닿을 즈음에는 모두 내리고 없었다.
 무릎께에 가방을 늘어뜨린 차장이 와서 매건할트의 표를 보더니 "베른이군요?" 하고 큰소리로 말했다. 이쪽이 예정을 바꾸었으므로 도리어 다행이었다.
 트렌치 코트는 표를 사야만 했다. 나는 그의 쪽에 귀를 기울이고 돈과 함께 메모를 건네주는가 주의해 보았다. 그러나 그는 아무것도 건네주지 않았다.
 리용을 지나자 곧 매건할트가 화장실에 가기 위해 우리 쪽으로 왔다. 그가 갔다 올 동안 얼른 종이쪽지에 전언을 썼다.
 '바로 뒷자리의 사나이가 미행자요. 큰소리로 이야기하지 말 것. 로잔느에서 내리시오. 다른 승객이 모두 내리는 걸 기다렸다가.'
 그가 돌아왔을 때 말없이 메모를 내밀었다. 그는 잠자코 받아들고 멈춰서서 읽지도 않고 자리로 돌아갔다. 이제 지시대로 실행할지 어떨지 기다리고 있을 뿐이다.

다음 역에서 또 승객이 올라탔다. 너무 많지 않았으면 좋겠는데 하고 생각했다. 사람이 많으면 형편이 좋지 않다.

마지막 커브를 돌아 로잔느에 가까워지자 승객들 대부분이 일어섰다. 허베이가 작은 목소리로 말했다.

"온 시내를 헤매다녀서 떨쳐 버릴 작정이오?"

"아니."

그는 고개를 끄덕였다.

"경찰관을 쏘는 건 사절이오."

"내 생각과 똑같군."

"당신, 아니면 나?" 그는 싱긋 웃었다.

"내가 하겠소. 사람의 눈을 막아 주오."

기차가 천천히 멈춰섰다. 사람들이 앞을 다투어 내렸다. 나는 긴장했다. 매건할트가 너무 빨리 내려 버리면 모든 게 틀어져 버린다. 정차 시간이 5, 6분 있다는 걸 미리 알려줄 걸······.

그러나 그는 잘 해주었다. 마지막 승객이 내리자 새로 승객이 올라와서 자리에 앉았다. 문에는 아무도 없었다. 매건할트는 일어서서 걸어갔다. 여자는 두서너 걸음 뒤에서 따라갔다. 허베이가 내 서류 가방을 들고 우리도 같이 일어섰다.

트렌치 코트가 "실례합니다" 하면서 우리 앞을 지나 통로를 급히 걸어갔다. 우리 쪽은 거들떠보지도 않았다. 우리는 급히 사나이의 뒤를 쫓았다. 유리문을 지나 계단 바로 앞에 있는 화장실 옆 좁은 곳에서 그를 따라잡았다. 저면 양이 사나이 바로 옆에 있었다. 그 순간 여러 가지 사실이 그의 머릿속에 번뜩인 모양이다——매건할트가 갑자기 내린 것은 미행을 눈치챘기 때문이다. 그러면 우리 두 사람이 일어선 것은 무슨 까닭일까?——하고 사나이는 걸음을 늦추고 몸을 굳힌 채 뒤를 돌아보려고 했다.

나는 손가락을 두 번째 관절에서 구부린 주먹으로 그의 목덜미를 찔렀다. 그는 휘파람 같은 소리를 내며 무릎을 탁 꿇었다. 넘어지는 그를 붙잡고 화장실 문에 기댔다. 자물쇠가 걸려 있었다.

허베이가 내 팔꿈치 밑으로 손을 뻗어 손잡이를 돌렸다. 트렌치 코트와 나는 안으로 쓰러졌다. 문이 닫혔다.

얼굴은 보지 않았다. 보아 봐야 아무 소용도 없다. 나는 그를 변기 위에 앉히고 윗도리 앞을 열었다. 겨드랑이 밑의 홀스터에 소형 월서 PPK가 들어 있었다. 안주머니와 바깥 주머니에는 잡다한 서류와 패스류·지갑·열쇠가 있고 엉덩이 주머니에는 동전 지갑이 있었다. 모두 꺼내는 데 10초도 걸리지 않았다. 홀스터를 남겨 놓은 것이 유감이었다.

보복하거나 돈을 빼앗으려는 게 본래의 생각은 아니었다. 돈을 한 푼도 갖고 있지 않은 자의 이야기는 믿기가 어렵다. 돈을 갖고 있는 사람은 신용을 받고 남의 도움을 청할 수가 있다.

우리는 일어서서 매건할트가 내리고 난 지 20초도 되기 전에 내려섰다.

앞장서서 플랫폼을 내려 통로를 지나 제1플랫폼에 올라 역 식당으로 갔다. 기차를 이용하고 있는 동안은 지금까지와 마찬가지로 두 편으로 나뉘어 있고 싶었으나, 지금은 매건할트와 여자에게 상황을 설명해 두는 편이 중요했다.

구석 테이블에 앉았다. 매건할트는 입구에 등을 돌리고 앉았다. 커피와 롤빵을 주문했다.

"누구요, 그 사람은?" 매건할트는 알고 싶어했다.,

"아직 잘은 모르지만……." 나는 서류를 한 장 꺼내 훑어보고 나서 주머니에 넣고 다음 한 장을 꺼냈다. 한꺼번에 모두 꺼낼 수는 없었다.

"죽였나요?" 저먼 양이 물었다.
"아니오!"
허베이가 웃었다.
"그랬으면 하고 바랄 뿐이오. 당신이 당수 편치를 알고 있을 줄은 몰랐지……너클 펀치더군."
"당수가 뭐예요?" 여자가 물었다.
"유도를 좀 거칠게 하는 거지요."
겨우 단서를 잡았다. 프랑스의 신분 증명서였다.
"이름은 글리프레, 로베르 글리프레……경찰관."
"프랑스의?" 허베이는 눈썹을 찌푸렸다.
"경시청 소속이오. 혼자 행동하는 거나 그 밖의 하는 짓으로 보아 경찰이 아닐까 생각은 했었소. 이제 분명해졌군."
그것은 출장지에서 필요할 때 제시하기 위한 신분 증명서 겸 협력 의뢰의 편지였다. '본 증명서를 가진 자는 경시청의 일원이므로 수시로 협력해 주기 바람'이라는 내용이었다. 부드러운 문장이기는 했으나 나에게는 권총을 휴대하고 있던 사나이라는 선입관에서 문장 그대로 받아들여지지가 않았다.
편지를 돌려 가며 읽었다. 그 밖의 서류는 프랑스에서 발행된 국제 운전 면허증과 일상 업무에 관련된, 누구나 갖고 있는 그런 것들이었다. 현재의 임무를 나타내는 단서가 될 만한 것은 없었다.
종업원이 커피를 날라왔다. 매건할트는 편지를 다 읽고 나자 뭔가 중얼중얼하면서 돌려주었다. 나는 그것을 주머니에 집어넣고 말했다.
"경찰관 로베르 글리프레에 대해서는 이 정도로 해 둡시다. 잘 되면 베른으로 갈 때까지는 세상 모르고 잠들어 줄지도 모르니까. 하지만 계획은 어차피 바꿔야겠소. 베른 경유의 기차를 이용하는 것은 위험하니까."

매건할트가 고집스럽게 말했다.

"기차는 이제 그만 탔으면 좋겠소. 기차에는 문젯거리가 따라다니는 것 같아. 여기서 차를 빌리기로 합시다."

나는 고개를 저었다.

"로잔느에서는 아무짓도 하지 않는 게 좋소, 알겠소? 글리프레는 어차피 눈을 떠서 연락을 취할 테니까. 그가 마지막으로 우리를 본 것은 로잔느니까 당연히 여기서부터 수사를 시작할 거요. 역시 여기서 기차로 몬트루까지 가서 거기서부터 다시 출발합시다."

다른 사람들은 이 제의가 그다지 마음에 들지 않는 것 같았다. 매건할트가 입을 열었다.

"케인 씨, 난 스위스에 관광 여행을 온 게 아니오. 아직 주네브에서 60킬로밖에 떠나오지 못했소. 몬트루는 막다른 골목이나 같소, 호수 끝에 있으니까. 거기서 차를 손에 넣었다 해도 주도로로 나오려면 다시 이곳까지 되돌아오지 않으면 안되오."

"맞았소. 그러니가 그런 어리숙한 짓을 할 리가 없다고 상대방은 생각할 거요. 게다가 그곳에는 만나고 싶은 사람이 하나 있소."

"당신 친구들과 교제를 하기 위해 온 것 아니오!"

"내 친구 교제 덕분에 여기까지 올 수 있었소. 아무튼 몬트루로 가는 거요!"

22

몬트루에 도착한 것은 9시 지나서였다. 기차편이 나빴던 것이다. 그 이유는 4월에 몬트루에 가 본 적이 있는 사람이라면 알 수 있을 것이다. 몬트루에서 4월을 보내려는 사람들은 절대로 기차를 이용하지 않는다. 롤스로이스가 약간 상태가 나쁘면 창피를 무릅쓰고 메르세데스를 빌린다.

몬트루는 영국의 부자들이 온거하는 장소의 하나이다. 버뮤다나 낫소는 품위가 없고 아메리카 풍이 되어 있으며, 주민도 건방지다고 생각하는 사람들이 가는 곳이다. 몬트루의 주민들은 절대로 건방지지 않다. 호텔에서는 9월부터 다음해 5월까지 로스트 비프와 카레, 그것도 일부러 맛없게 조리한 것밖에 내놓지 않는다. 식당은 다정해 보이는 할머니들로 가득차 있다. 다만 그들의 눈은 투기사처럼 차갑다. 수염을 기르거나 기타를 안은 사람이 그곳에 발을 들여놓은 날이면 즉시 사형을 선고받아 바퀴의자 밑에 깔리고 만다.

이러한 점도 우리가 몬트루에 온 이유의 하나이다. 더 타임즈의 항공편 안내란에 우리 기사가 나 있지 않는 한, 우리 일을 알고 있는 사람은 아무도 없을 것이다.

  아직 사람의 눈이 많은 장소이기 때문에 나는 허베이를 설득하여 또 두 사람씩 나뉘어 행동하기로 했다. 매건할트와 여자를 앞서 가게 하고 우리는 그 15야드쯤 뒤를 걷는 것이다. 대체로 괜찮으리라고는 생각했다. 스위스 경찰이 주네브 역을 감시하고 있지 않은 것으로 보아 아직 매건할트의 체포 의뢰가 들어와 있지 않은 것 같았다. 글리프레가 눈에 띄면 이야기가 달라지겠지만, 그래도 여기저기 연락하는 데 시간이 걸릴 것이다.

  매건할트는 나의 지시대로 역에서 100야드쯤 떨어진 카페로 들어가 자리잡고 앉았다. 허베이와 나는 그 가까운 테이블에 앉았다. 나는 역에서 산 여러 종류의 신문을 훑어보았다.

  주네브 일보에 나와 있었다. 로베르 글리프레가 보고 있던 것은 이 신문인 모양이다. 당국은 겨우 매건할트의 8년 전 사진을 찾아내어 실어 놓았다. 분명히 패스포트 용 사진인데, 본디 그는 패스포트 사진과 같은 얼굴을 한 사나이다. 게다가 이 8년 동안에 그다지 달라지지도 않은 것 같았다. 똑같은 모난 얼굴에 모난 안경을 끼고, 숱이 많은 검은 머리를 뒤로 넘겨 빗고 있다. 전자 공업에 1천만 파운드나 투자하고 대서양에 요트를 띄우는 인간은 그리 쉽게 늙지 않는 법이다.

  사진의 기사를 읽고 얼마쯤 마음을 놓았다. 분명히 주네브 국경의 프랑스 경찰 당국이 발표한 것 같다. 국경을 폐쇄했으므로 쥐새끼 한 마리 못 지나간다. 주네브 시민은 이 부녀 폭행 전문의 괴물을 두려워할 이유가 하나도 없다. 프랑스 국가 경찰에게 쫓기고 있는 이상 스위스 국경에 가까이 다가올 수는 도저히 없는 것이다.

  매건할트의 동행자에 대해서는 당국도 정직하게 애매한 말을 하고 있다. 누가 붙어 있든 경찰은 겁내지 않는다고 말하고 있다. 거기서 이야기는 달라져서 국경의 경비대를 방문하고 다닌 기자의 보고가 실려 있었다.

허베이가 말했다.

"그것도 마음에 안 드는 녀석이군."

나는 얼른 눈을 들었다. 늙은 사나이가 신문을 들고 맨 안쪽 벽 가의 테이블에서 일어서려는 참이었다. 그는 입구 가까이에서 사람의 눈을 속이려는 속셈인지 신문을 만지작거리며 매건할트 쪽을 탐조등 같은 시선을 보냈다.

60살쯤 된 키가 작고 단단한 몸집의 사나이로 등이 구부정했다. 눈이 검고 붉은 수염이 희끗희끗했다. 그러나 내가 놀란 것은 그의 옷차림이었다. 발 끝에서 머리 끝까지 완전히 자가용 운전사의 옷차림이었다. 반짝반짝 빛나는 검은 장화, 검은 레인코트, 턱을 받칠 듯한 칼라에 검은 넥타이. 그러나 그 위에다 털이 선 오렌지 색 트위드로 된 커다란 사냥 모자를 쓰고 있었던 것이다.

그 사나이는 아마 모자만 바꾸면 운전사의 모습을 감추고 변장한 것이 된다고 생각한 모양이다. 변장은커녕 공항의 신호 표지등처럼 남의 눈을 끄는 모습이었다.

그는 갑자기 눈길을 움직이더니 다시 신문을 들치다가 곧 가슴을 펴고 밖으로 나갔다. 자기로서는 군인다운 활발한 걸음걸이라고 생각하는 것 같지만, 옆에서 보기엔 노인의 힘없는 걸음이었다.

허베이와 나는 얼굴을 마주보았다.

"어떻소, 저자는 프로가 아니오." 내가 말했다.

"매건할트의 얼굴을 눈치챘다면 그게 누구이든 귀찮은 일이지." 허베이가 말했다.

나는 고개를 끄덕였다.

"매건할트를 데리고 나가 이 앞의 카페로 가 주게. 그러면 찾기 쉬우니까." 나는 일어서서 10프랑 지폐를 한 장 건네주었다. "그리고 매건할트에게 안경을 벗고 머리 가리마를 달리 타라고 이르시오."
 사진이 난 곳을 보이도록 신문을 건네주고 밖으로 나왔다.

 이곳이 몬트루 시가 아니라면 거리는 시계 제조나 돈 만들기에 바쁜 스위스 사람들로 가득차 있을 것이다. 그러나 여기서는 상황이 완전히 다르다. 사람들은 두 잔째의 중국 차를 마시고 나서 아침 식사는 삶은 달걀 한 개로 할까 두 개로 할까 하고 생각하는 참이다. 거의 인적이 없어 목표의 사나이를 금방 찾았다. 그는 왼쪽으로 50야드쯤 앞에서 시내 중심부를 향해 걸어나고 있었다.
 나는 길을 건넜다. 통행이 적어서 상대방이 어느 골목에 뛰어들어도 곧 길을 건너 뒤쫓을 수 있을 것이다. 그러나 길을 사이에 두고 사람을 미행할 수 있다는 것을 알고 있는 사나이같이 보이지 않는다. 상대방은 두 번 멈춰서서 뒤를 돌아보고 흘끔 둘러보았다. 마치 욕실 안의 악어처럼 남의 눈에 띄는 행동이었으나 본인은 악인에게 미행당하고 있지 않다고 확신하는 것 같았다.
 나는 간격을 유지하기 위해 걸음을 늦추었다. 상대방과 같이 계속 걸었다.
 몬트루는 호수의 끝을 테라스로 둘러싼 것 같은 도시로 중앙부에서 주도로와 철도가 교차하고 있다. 그는 상점가를 지나 시의 중심부를 뒤로 하고 마침내 호수에 면해 늘어서 있는 호텔로 향했다. 춥고 흐린 아침으로, 시간으로 볼 때 담요에 싸여 롤스로이스를 타는 할머니들에겐 너무 일렀다. 집이 적어짐에 따라 나는 좀더 간격을 늘렸다.
 사나이는 다시 한 번 험한 눈길로 뒤를 돌아보고 길을 건너 내가 있는 쪽으로 오더니 잔교(棧橋)로 가는 길 바로 앞의 골목으로 들어갔다. 엑세르시아 호텔을 지나쳐서 빅토리아 호텔로 들어갔다.

나는 성큼성큼 급히 문 앞에 이르렀다. 제복을 입은 문지기가 내가 70살도 안된 젊은이라는 것을 확인하지도 않고 문을 열어 주었다. 나는 고개를 끄덕이고는 가로질러 엘리베이터로 향했다.

호텔 내부는 호화롭고 어두컴컴하게 장식되어 있었다. 여기에 비하면 장의사의 홀은 프로츠 파알러처럼 밝다. 기둥은 전부 색이 짙은 판자로 둘러쳐져 있고, 바닥에는 갈색과 크림색이 섞인 융단이 깔려 있다. 창가의 화분에 심은 커다란 고무나무와 올리브색 커튼이 햇빛을 막고 있었다. 나는 걸음을 빨리했다. 이런 호텔이라면 엘리베이터도 성능이 좋을 것이다. 계단을 쓰는 젊은이가 없기 때문이다.

나는 사나이의 바로 뒤를 따라 거무스름하게 칠한 엘리베이터에 올라탔다. 도어맨이 문을 닫고 나에게 몇 층이냐고 물었다. 나는 연장자에 대해 예의를 지키는 척하면서 검은 레인코트에게 인사를 했다. 사나이는 영국 사투리가 심한 프랑스어로 "5층" 하고 말했다. 나는 4층이라고 했다.

사나이는 의심스러운 듯이 내 눈을 잡으려고 했으나, 나는 교묘하게 피했다. 자기가 미행하는 사람과 눈길을 마주칠 자는 없을 것이다.

4층에서 내리자 도어맨을 안심시키기 위해 두서너 걸음 걸어가다가 문이 닫히자 얼른 계단 쪽으로 되돌아왔다. 계단 모퉁이에서 머리를 반쯤한 내밀고 기다렸다. 엘리베이터가 멎고 검은 레인코트가 복도로 걸어나왔다. 나는 발 끝으로 계단을 올라갔다.

복도는 길고 천정이 높았다. 크림색 벽이 그을린 오렌지색으로 되어 있었다. 그는 20야드쯤 간 곳에 서더니 왼쪽 문으로 향했다. 나는 계단을 두세 단 내려서 몸을 숨겼다. 상대방의 버릇을 알고 있기 때문이다. 그는 문을 열기 전에 틀림없이 좌우를 노려볼 것이다

나는 20초쯤 기다렸다가 사나이가 있던 쪽으로 걸어갔다. 510호실

이었다. 복도에는 아무도 없었다. 나는 문을 노크했다.
 한참 뒤 노인의 떨리는 소리로 "누구야?" 하고 물었다.
 나는 높고 명랑한 목소리로 "종업원입니다" 하고 대답했다.
 한동안 기척이 없었다. 이윽고 문이 6인치쯤 열리고 붉은 콧수염이 수상스럽다는 듯이 내다보았다.
 나는 글리프레의 소형 권총을 목덜미에 들이대고 안으로 들어갔다.

23

 길쭉한 방이었다. 호수를 내려다보는 발코니 쪽에는 커다란 창문이 있었다. 지난 6개월 동안 이 문을 연 적이 있었다 하더라도 내 눈에는 그런 흔적이 보이지 않았다. 방안의 온도는 터키탕 정도쯤 되었다. 바닥에 진홍색 융단이 깔려 있고, 온 방 안은 호텔의 것이라고는 생각되지 않을 만큼 값비싼 가구로 장식되어 있었다. 거기에는 다른 사나이도 있었다. 나는 발로 문을 닫고 그 문에 기대었다. 레인코트의 사나이는 두서너 걸음 뒷걸음질치더니 넥타이로 손을 가져갔다. 나는 권총을 두 번째 사나이에게로 향했다. 그는 난롯불 곁에 앉아 있었다.
 사나이는 침착한 목소리로 "중사, 그만두게. 성급한 짓은 안하는 게 좋아" 하고 말했다. 그리고 나서 내 쪽으로 눈을 돌렸다. "누구신지요?"
 "자칫하면 겁을 집어먹는 사람이오" 라고 말하고는 상대방을 천천히 고쳐 보았다. 무척 늙었다. 사나이의 얼굴을 보고 있으면 나이 생각은 안할 만큼 나이를 먹었다. 갸름한 얼굴은 바싹 마른 가면처럼 쭈글쭈글했고 턱 아래 피부가 축 늘어져 있었다. 큰 코밑에 하얀 콧수염이 있었다. 허물어져 내리는 벽 틈에 나 있는 마른 풀처럼 곧 꺾일 것 같은 콧수염이었다.

마른 잎을 갖다붙인 듯한 귀, 머리에 잘못 놓아 둔 것 같은 흰 머리카락이 두서너 가닥 붙어 있었다. 습기 없는 무덤 속에 한 여섯 달쯤 들어가 있었던 듯한 얼굴이다. 눈만이 살아 있었다. 물방울같이 투명한 푸른 눈으로 처지는 눈시울을 지탱하기에 온 몸의 에너지를 절반 이상 쓰고 있는 듯한 느낌이었다.

얼굴에 입김을 불면 겉모양은 먼지가 되어 버리고 흰 두개골만이 남을 것 같은 기분 나쁜 얼굴이었다.

금색과 검은 색이 섞인 가운데 싸여 앉아 있는 그의 무릎 위 불구자용 붙박이 테이블에는 커피포트, 컵, 그리고 많은 서류가 얹혀 있었다.

천천히 그의 입이 열리고 마지막 숨을 거둘 때와 같은 목소리가 나왔다. 그러나 그 목소리에는 상대방에게 틈을 주지 않는 매서움이 있었다.

"나를 죽이려고 왔다면 그대로 두진 않겠소. 그렇지, 중사?"

"그렇습니다. 그대로 두지 않겠습니다."

레인코트가 말했다. 악센트라기보다 뭐라고 말할 수 없는, 이 자리에 어울리지 않는 리듬이었다. 그렇다, 웨일스 사투리이다.

"아무렴." 노인은 말했다. "그대로 두진 않아."

'알았습니다. 그대로 두지 않겠지요.' 나는 곁눈질로 상대방의 얼굴을 보았다.

"당신을 죽이러 왔다고 단정할 수는 없습니다."

"피스톨을 쥐고 있지 않소?" 노인이 지적했다. "비록 종이 총과 같은 월서 PPK라 하더라도 말이오. 총은 그렇다 치고, 문제는 그것을 갖고 있는 인간이오. 그렇지 중사?"

"넷, 인간이 문제입니다." 중사답게 대답했다.

"알겠소?" 난로 곁의 사나이가 말했다. "문제는 그 인간이오."

감기로 열이 있거나 세법(稅法)과 씨름하고 있을 때의, 발이 땅에 붙어 있지 않은 것 같은, 이 세상 것 같지 않은 이상한 기분이 들었다. 나는 손으로 더듬어 의자를 끌어당겼다.

"알았소. 내가 문제라고 하지."

노인이 목구멍 안에서 메마른 소리를 냈다. 웃은 모양이다.

"중사, 이 사나이는 아마도 내가 누군지 모르는 모양이군."

나는 의자에 앉았다.

"이제 알았소. 당신은 페이 장군이오. 내가 만나기 위해 일부러 몬트루에 온 바로 그 사람이지."

나와 같은 일을 하고 있는 사람들 가운데에서는, 장군은 오랫동안 전설적인 존재였다. 언제부터인지는 모른다. 그는 제1차 대전의 유물로, 지금은 직접 산업 스파이망을 조종하고 있다. 어느 회사가 파산 직전인가, 회사를 빼앗을 기회는 다 익었는가, 곧 자본을 늘릴 것인가 어떤가――이런 따위의 일을 알고 싶으면 장군이 가르쳐 준다. 물론 대가를 지불해야 하는데 그 대가의 액수도 전설적인 고액이다. 그래서 나는 지금까지 그와는 직접 거래가 없었던 것이다. 그가 요구하는 대가를 지불할 수 있는 사람에게 있어――몬트루에는 그러한 자들이 많이 있지만――장군은 충분히 가치가 있는 존재였다.

그가 다시 메마른 소리를 내었다.

"그렇소. 저 사람은 모건 중사, 내 운전수요." 일단 그 고통스러운 목소리에 익숙해지면 전세기 영국 상류 계급 특유의 말투임을 알 수 있다. "그래, 당신은 누구시오?"

모건 중사가 말했다.

"제가 매건할트 씨를 본 카페에서 뒤따라온 모양입니다."

그는 팔을 뒤로 돌리고 나를 내려다보면서, 군대에서 말하는 '쉬어 자세'를 취하고 있었다. 그가 나에게 마음을 허락하려면 상당한 시간이 걸릴 것 같다. 지금으로서는 그럴 것 같다. 지금은 그럴 생각이 전혀 없는 모양이다.

"흐음." 장군의 반쯤 감긴 눈이 나를 바라보았다. "그럼, 저 어리석은 매건할트와 관계가 있는 게로군? 당신은 누구요?"

"컨튼이라고 해 둘까."

"흐음, 들은 적이 있지. 특별 공작원이었지요? 훈련을 쌓은 강인하고 만만찮은 사람들이야. 군인이 아니라는 건 알고 있었지만, 군인이라면 나 같은 노인에게 총을 들이댈 배짱은 없거든. 지난번 전쟁에는 모두 여자 같은 녀석들뿐이었어. 그렇게 생각 안하나, 중사?"

"넷, 그렇습니다." 모건이 힘있게 대답했다.

"여자치고도 할머니에 가깝지. 20퍼센트도 안되는 손해로 연대를 전선에서 떠나게 했거든, 어처구니없는 이야기야. 우리 때는 80퍼센트 이상이 아니면 철수하지 못했지."

나는 고개를 조금 끄덕였다. 두 사람의 이야기를 듣고 있는 동안 다시 머리가 멍해 왔다. 정글 속 같은 방안의 열기 때문이리라. 레인코트, 윗옷, 셔츠를 벗어도 땀이 날 것이다. 벗고 싶었지만, 이미 총을 들이대고서 권하기도 전에 의자에 앉아 여러 가지 실례를 무릅쓰고 있는 것이다. 더 이상 실례할 수는 없다. 아무리 특별 공작대원이라 할지라도 무턱대고 옷을 벗지는 않는다. 부인들이 오셨을 때나 옷을 벗는 것이다.

나는 머리를 흔들어 어떻게든 현실 세계로 돌아오려고 했다. 장군의 목소리가 도와 주었다.

"흐음, 중사가 매건할트를 알아본 것을 눈치채고 따라온 거로군. 간단한 일이지. 모건은 그런 일에선 어린애나 마찬가지니까. 좋소, 얼마 주겠소?"

"무슨······?"

"경찰에 말하지 않는 대가, 바보 같으니······."

나는 멍청해 있었음이 틀림없다. 문득 현실 세계로 떨어져 돌아온 것 같다. 이번에는 내가 공갈당하고 있는 것이다. 장군이 어떻게 이와 같이 사치스러운 생활을 꾸려 나가고 있는지, 어째서 내가 자기를 죽이러 왔다고 생각했는지, 차츰 그 이유를 알게 되었다.

나는 이야기를 돌렸다.

"이곳 경찰이 매건할트의 체포를 의뢰받았다고 생각하고 있소?"

반쯤 뜬 그의 눈이 나를 찬찬히 보고 있었다.

"좋은 질문이로군. 그다지 바보는 아니구먼, 이 사나이는. 경찰은 외국에서 의뢰가 없는 한 체포해서 인도할 수가 없지. 신문 기사를 근거로 행동하는 건 허락되지 않거든. 단······." 눈시울이 약간 처졌다. "불법 입국의 경우는 달라. 스위스 국내에서 불법행위를 한 게 되거든. 그렇지 않소?"

"그걸 인증할 수 있다면."

"생각한 것보다 머리가 나쁜 자로군. 불법 입국 외엔 있을 수 없지 않소. 어제까지 프랑스에 있던 것을 본 사람이 있으니까."

"본 사람이 아직 살아 있나?"

그는 나를 가만히 보고 있었다. 저 투명한 눈으로 보고 있다는 말은 어울리지 않는다. 꿰뚫어보고 있었다. 이윽고 신음 소리를 냈다.

"흐음, 어제 오베르뉴에서 있었던 총질에 어떤 관계가 없을까 하고 처음에 생각했더니 맞았구먼. 자넨 살인자인지는 몰라도 바보는 아닌 것 같군. 중사! '불법 입국'은 청구서에서 빼게. 그건 공짜로 해주지. 본디 문제로 돌아갈까. 중사, 스위스 경찰의 체포 의뢰를 받았나?"
모건이 무거운 걸음으로 한두 걸음 하얀 전화기 쪽으로 걸어갔다.
"잠깐만!" 내가 말했다.
그는 멈춰 섰다. 두 사람이 내 쪽을 보고 있었다.
"내 입장을 분명히 해 두지. 나에게도 그 정보는 필요하오. 돈을 주겠소. 그러나 내가 말하는 대로하지 않으면 매건할트를 경찰에 판다는 따위의 생각은 버려 주기 바라오."
침묵이 계속되었다. 이윽고 장군이 침착한 목소리로 말했다.
"그건 무슨 까닭이지? 나는 정보를 팔아서 생활하고 있소. 돈을 내든가, 경찰에 연행되든가 둘 중 하나를 택할 기회를 주고 있는 거요. 나는 장사꾼이니까."
"그건 이쪽도 마찬가지요. 나는 보수를 받고 매건할트를 리히텐쉬타인까지 무사히 데려다 줄 약속을 했소. 약속대로 할 작정이오."
"그건 당신 돈이 아니야. 매건할트가 내는 거지. 몬트루를 지나는 데는 특별 통행세를 내야 한다고 말하시오."
"각하, 내 말을 아직 잘 모르시는 모양이로군. 이 여행은 매건할트가 아니라 내가 지휘하고 있소. 이럴 때 어쩌면 좋으냐고 그에게 물어볼 필요는 없소. 결단은 내가 내리니까. 이 경우 중사가 전화를 들고 경찰에다 조금이라도 이상한 말을 하면 두 사람 다 죽이려고 결단을 내렸소."
다시 침묵이 계속되었다. 장군이 입을 열었다.
"나 같은 노인을 협박하는 건 시간 낭비야. 이제 생명이 얼마 남지도 않았어. 내일이라도 죽을지 모르니까 죽어도 그만이야."
나는 천천히 고개를 끄덕였다.

"목숨이 아까운 건 누구나 마찬가지지. 아무리 늙어서 얼마 남지 않은 목숨이라도 목숨은 목숨이니까."

침묵이 흘렀다. 증기와 같은 방의 열기가 발이 젖은 곤충처럼 내 등줄기를 타고 올라왔다. 이것을 참고 가만히 앉아 폐허와 같은 얼굴을 바라보며 교활한 움직임을 지켜보고 있어야 하는 것이다. 생명이라는 회사의 얼마 남지 않은 주(株)를 셈하고 있는 얼굴을.

내가 이길 것은 뻔했다. 젊은 사나이에게 총을 들이대면 달려들 것이다. 젊은이에게는 죽는다는 게 염두에 없기 때문이다. 그러나 노인은 일단 생각을 한다. 문의 틈새가 차츰 벌어져서 싸늘한 바람이 들어오는 것을 느끼기 때문이다.

나는 고개를 저으면서 초조하게 총으로 무릎을 두들겼다.

"어떻소?"

장군은 천천히 얼굴을 들고 내 얼굴을 똑바로 쳐다보았다.

"애송이 같으니. 좋소, 매건할트는 당신에게 주지." 입가가 약간 치켜 올라가며 환상같은 웃음이 떠올랐다. 그리고는 "애송이 같으니……" 하고 다시 말했다. "정보부 녀석들도 만족하겠지."

나는 가냘픈 표정을 띠었다. 나로서는 만족이고 뭐고 없었다.

노인은 고개를 홱 돌리더니 전화 곁에 서 있는 사나이에게 말했다.

"중사! 코르크 병을 내오게. 손님과 이야기가 있으니까."

모건이 시계를 보았다.

"하지만 지금은……."

"티베트에선 이미 해가 중천을 지났어. 잔소리 말고 샴페인을 갖고 와."

모건은 체념한 듯이 고개를 끄덕이며 "알겠습니다" 하고 옆방으로 갔다.

두 사람의 대화가 어쩐지 익숙한 느낌이었다. 매일 이 시간이면 같은 말을 되풀이하고 있는 모양이었다. 장군은 천천히 내 쪽으로 고쳐앉았다.

"아침이지만 같이 샴페인을 마시지 않겠소?"

"샴페인은 아침이 가장 좋지요."

"맞았소. 점심 시간을 지나면 아녀자의 음료가 되지." 그는 천천히 눈을 감았다가 다시 떴다. "점심 뒤의 여자도 나쁘진 않지만, 식사 직후는 곤란해."

나는 힘없이 고개를 끄덕이고 일어서지 레인코트와 윗옷을 벗고 셔츠 깃을 풀어놓은 뒤 다시 방안을 둘러보았다. 저쪽 끝에 커다란 타원형의 식탁이 있고, 그 주위에 값진 골동품과 의자들이 늘어서 있다. 작은 사무용 책상과 키가 큰 놋쇠 램프가 보이고 난로 위에 열두서너 자루의 권총 골동품이 걸려 있었다.

피스톨 골동품에 대해서는 거의 아는 바가 없다. 그런 것을 모을 만한 돈도 없거니와 진열에 어울릴 만한 벽과도 인연이 없기 때문이다. 그래도 최고품에 가까운 물건뿐이라는 것을 알 수 있었다. 나무나 쇠 같은 값싼 재료가 쓰였다 할지라도 진주패와 금, 은 또는 놋쇠나 구리의 세공물로 덮어씌워져 있었다. 그 중에는 로마 병사의 머리 모양을 한 상아 손잡이가 달린 것도 있고, 격철이 독수리 문장 모양을 한 것도 있다. 그밖에도 모두 다 공들여 만든 것들이었다.

"그 정도 크기의 콜렉션으로서는 세계 제일일 거요." 장군의 만족스러운 목소리가 들렸다. "아시리라 생각하지만, 그건 18세기의 부싯돌 총이오." 나는 다만 고개를 끄덕여 보였을 뿐이다. 그런 것인 줄은 몰랐던 것이다. 장군의 말이 계속되었다. "카제스도 부테도 있지……."

모건이 은쟁반 위에 병과 글라스를 얹어들고 왔다.

그는 레인코트를 벗고 검은 제복을 입고 있었다. 가슴에는 제1차 대전의 리본을 잔뜩 달고 있었다. 몸을 굽히고 샴페인을 따를 때 엉덩이 주머니가 불룩한 것이 눈에 띄었다. 아마도 장군의 피스톨 콜렉션은 18세기로 끝나 있지 않은 모양이다. 그대로 갖고 있게 내버려두기로 했다. 빼앗으면 좀더 발견하기 어려운 고약한 무기를 몸에 지닐 테니까.

모건이 글라스를 건넸다. 장군은 직접 글라스를 젓는 막대기로 휘젓고 있었다.

"요즘은 배 쪽에서 거품을 싫어해서 말이오. 그럼, 건배!"

우리는 건배를 했다. 하마터면 "참 좋은 술이군요"라고 말할 뻔했다. 장군들의 시대에는 남에게 대접하는 건 최고품으로 정해져 있었다. 그것을 칭찬하면 뜻밖에도 좋은 술이라는 뜻으로 해석될 것이다.

그 대신 나는 "어떤 계기로 이 길에 들어왔습니까?" 하고 물었다.

"글쎄……" 그는 떨리는 손으로 신중하게 글라스를 밑에 놓았다. "어떤가, 중사, 가르쳐 줄까? 거래를 하기 전에 우리의 실적과 힘을 알려 주어도 좋겠지? 놀라서 뒤로 물러서도 곤란하지만."

모건이 싱긋 웃었다. 내가 겁내는 모습을 보고 싶은 모양이다. 그는 내가 주인을 협박한 일에 본인보다 더 화내고 있는 것 같았다. 장군이 말했다.

"아무튼 좋소. 우리는 1916년 이래 이곳에 있지. 그 후 1계급밖에 오르지 않았소. 우린 그 당시 대령과 하사였소. 나는 헤이그 원수의 정보부원으로 스파이망을 만들기 위해 파견되었소. 그는 무관보다는 문관이 통제하는 비밀 조직을 믿지 않았던 거요. 그 바보는 아무도 믿을 줄을 몰랐지. 나라에서 떠난 순간 우리까지도 믿지 않게 된 거요. 그렇지, 중사?"

모건이 그렇다는 듯이 고개를 끄덕였다.

"그 바보 같은 녀석이……." 장군은 다시 말을 이었다. 중사가 아니라 원수에 대해 말하는 것이라고 추측했다. "내가 루덴돌프의 포병 배치와 1918년의 대반공(大反攻) 계획을 인수해 주었는데, 그걸 믿지 않았던 거요. 그 결과 3월에 불의의 습격을 당했지. 그 바보는 내 정보가 옳았다는 것을 끝까지 못마땅해 했어. 그래서 1계급 올려 주어 군대에서 쫓아냈소. 그래서 복원한 것은 두 사람이 제일 먼저였소. 그렇지, 중사?"

"그렇습니다." 모건은 빙긋 웃었다.

"그래서 우리는 전쟁 중에 쓰고 있던 가면을 다시 썼지. 은퇴한 노인이 운전수를 데리고 조용하게 여생을 보내며, 가끔 안전한 투자선을 물색하고 있는 것으로 되어 있소. 그리고 만들어진 스파이망을 그대로 산업 스파이로 전용했을 뿐이오."

그는 글라스를 들고 단숨에 마셨다.

"그건 그렇고, 점심 값은 벌어야겠군. 안 그래, 중사? 그 핑크빛 카드를 가지고 와. 어느 것인지 알고 있겠지?"

모건이 "네" 하고 대답하고는 나갔다.

장군과 나는 글라스 너머로 서로의 얼굴을 쳐다보았다.

한참 뒤 모건이 담뱃갑의 두 배 정도 되는 크기와 작은 핑크색 카드를 잔뜩 가지고 돌아왔다. 책상 서랍에 넣어 두는 정리 카드인 듯했다.

장군은 그 카드를 무릎 위의 테이블에다 트럼프처럼 늘어놓았다. 그리고 나서 코위에 금테 안경을 얹고는 골라내고 있었다. 모건이 샴페인을 따라 주었다.

얼마 뒤 장군이 얼굴을 들고 나를 보았다.

"좋아, 이것으로 적어도 당신 신원이 밝혀졌군." 그는 한 장의 카드를 읽었다. "루이스 케인. 전쟁 중의 코드 네임──컨튼. 흐음, 나와 비슷한 일을 하고 있는 모양이로군."

그는 카드를 내려놓았다. 나는 눈썹을 찡그렸다. 좀더 일찍 컨튼이라는 이름을 버려야 했었다.

그는 다시 내 얼굴을 보고 있었다.

"어떻소, 케인 씨. 무엇을 살까 결정했소?"

전화가 울렸다.

모건이 집어들고 "그렇습니다" 하고는 한동안 듣고 있었다.

이윽고 장군 쪽을 보고 신호를 했다. 노인은 앉은 채 손을 뻗쳐 다른 수화기를 집어들었다. 완벽한 프랑스 어로 두서너 마디 이야기하고는 그냥 듣고만 있었다. 곧 수화기를 내려놓고 천천히 내 쪽을 보았다.

"케인 씨, 좀더 빨리 거래를 끝낼걸 그랬소. 당신 친구 매건할트가 방금 체포되었소."

"정말이오?" 라는 어리석은 질문이 입 밖에 나올 뻔했다. 마음을 고쳐먹고 이 늙은 너구리가 매건할트를 경찰에 팔아서 무슨 소득이 있을까 생각해 보았다. 도무지 알 수가 없었다. 이 근처의 경찰은 단순한 밀고에 대해 도저히 큰 액수를 지불하지는 못할 것이다. 또한 장군은 훌륭한 시민으로서 뿌리를 박고 있고, 도시 자체가 그러한 부유한 시민만을 대상으로 살고 있다. 경찰에 아첨해야 할 아무런 이유가 없는 것이다.

나는 생각하기를 그만두고 이치에 맞는 질문을 했다.

"어디서 잡혔을까?"

"그로테라는 카페요. 지금 전화해 온 건 그 집 주인이지."

모건이 참견을 했다.

"제가 본 것은 거기가 아니었는데요."

그는 모건에 물었다.

"그렇습니다. 그렇게 됩니다."

나는 고개를 끄덕였다.

"분명히 매건할트인 모양이군."

허베이가 내 지시에 따라 그쪽으로 옮겼을 것이다. 그러나 매건할트가 고집을 피워 머리 모양을 바꾸지 않았음이 틀림없다. 그래서 잡힌 것이다.

"이것으로 문제 하나는 끝이 났군." 장군이 말했다. "경찰은 체포의뢰장을 받았는가? ······받았군. 아깝게 됐어. 그걸 찾아서 팔아 넘길 작정이었는데."

"아직 대답은 나와 있지 않소. 신문 기사만 보고 움직였는지도 모르니까. 조사해 주지 않겠소. 체포당한 걸 모르는 체하고."

장군은 잠자코 내 얼굴을 보고 있었다.

"중사, 이 사나이는 우리가 1916년부터 이 일을 하고 있다는 걸 못 들은 모양이로군."

나는 싱긋 웃었다.

"실례했습니다. 믿고말고요. 그밖에 누가 체포되었는지 말하지 않던가요?"

"매건할트뿐이오."

"오케이, 카페에 가겠소. 거기서 전화하지요."

그가 값을 말하기도 전에 나는 이미 그 방을 튀어나왔다.

24

 카페 데 그로테에는 5분도 안 걸려서 도착했다. 허베이와 저먼 양이 아직 그곳에 있었다. 나는 두 사람 옆에 앉았다.
 "다 글렀소, 케인. 매건할트가……." 허베이가 말했다.
 "알고 있소. 어떻게 된 것인지 말해 보오."
 그는 어깨를 흠칫했다.
 "이곳으로 데리고 왔소. 머리 모양을 바꾸라는 말은 도무지 들으려 하지 않았으나 안경만은 벗겼지. 전혀 도움이 되지는 않았지만."
 나는 고개를 끄덕였다.
 "그래서?"
 "난 혼자 앉아 있었소. 미국인 관광객인 체하고. 경관이 한 사람 커피를 마시러 들어왔소. 그 녀석이 매건할트를 알아본 모양이오. 그리고 헬렌," 그는 저먼 양쪽으로 고개를 돌렸다. "……이 물건을 사러 나갔어. 10분 뒤 경관이 파출소 주임을 데리고 와서 그를 데리고 간 거요."
 "당신은 무얼 하고 있었소?"

그의 얼굴은 전혀 무표정했다. 눈은 내 쪽을 보고 있었으나 시선은 나를 지나쳐 있었다.

"아무것도." 조용한 목소리로 말했다.

그 자신의 자존심과 내 경험에 대한 경의로 인해 뻔한 설명은 붙이지 않았다.

저편 양이 나를 보고 말했다.

"당신은 그동안 무얼하고 계셨지요?"

"아침 샴페인을 한 잔 마시고 있었소. 그런데 당신은 무얼 하고 있었지요?"

"당신 말대로 짐을 전부 프랑스에 두고 왔어요. 기억하고 계시지요? 그래서 쇼핑을 하러 갔었어요."

"그리고 두서너 군데 전화를 걸었겠지요?"

그녀는 나를 바라보고 있더니 한참 뒤 "글쎄요" 하고 말했다.

허베이가 털썩 의자에 기댔다.

"술을 마시고 싶군."

그는 조용한 목소리로 분명히 말했다. 여자는 겁 먹은 눈으로 그를 보았다.

"여기서는 안되니까 빅토리아 호텔로 가 주오. 잔교 거리 근처인데, 알고 있소? 510호실에 가서 내 말을 듣고 왔다고 하면 되오. 악마의 할아버지보다 더 나이 먹은, 그리고 그보다 좀더 질이 나쁜 사나이가 있을 거요. 이름은 페이 장군. 지금부터 당신네들이 간다고 전화해 둘 테니."

"당신은 어떻게 할 셈이오?"

두 사람이 나가자 나는 카운터 쪽으로 걸어갔다. 주인은 내가 다가가는 것을 보자 마치 내가 가게에 들어온 것도 모르는 척하고 있었다. 사실 그는 우리 세 사람을 겁먹은 코브라 같은 눈초리로 응시하고 있었던 것이다.

나는 카운터에 100프랑짜리 지폐를 놓았다.

"장군으로부터의 사례요."

그는 멍하니 내 얼굴을 보고 탐욕스러운 시선을 지폐로 옮겼다. 나는 그를 안심시키기 위해 싱긋 웃어 보였으나 효과는 없는 것 같았다.

"써도 좋소……?" 방 구석에 있는 전화를 가리키며 물었다.

그는 미소지으며 고개를 숙여 보였다.

"쓰십시오."

빅토리아의 번호를 돌려서 주인에게도 들릴 만한 소리로 장군을 찾았다. 전용 전화가 있을 것이 분명했으나, 정보를 팔고 사는 장사 때문에 걸려 온 전화는 무시하지 못할 것이다.

가게 주인이 내 쪽을 보았으므로 코 옆에 집게손가락을 세워 보였더니 상대방도 같은 짓을 했다. 둘이서 중대한 비밀을 나누어 갖고 있다는 것인 듯싶었으나, 서로 무슨 뜻인지는 모르고 있다.

납종이를 흔드는 듯한 늙은 목소리가 전화선에 울려 왔다.

"아무래도 좀 노망기가 있는 모양이군. 당신이 가고 나서 생각났는데, 매건할트가 잡힌 정보를 팔려고 했었지."

"그 대신 나도 협력했소. 방금 가게 주인에게 100프랑을 주었소."

"너무 많군. 나한테서 돌려 받으려고 해도 소용없소. 이쪽에서 알아 낸 게 있는데……."

"말해 주시오."

"얼마 내겠소?"

"달아 놓아요. 그밖에도 또 나올 테니까."

"좋소. 매건할트에 대한 체포 의뢰장은 나와 있지 않소. 자기네들의 판단으로 한 거니까. 손을 쓸 수 있는 방법이……."

"내가 하겠소. 10분 뒤 당직 경감에게 전화해 주시오. 매건할트가 체포되었다고 하는데, 확인하고 싶다고 말해 주시오. 그때 프랑스의 체포 의뢰가 없다는 점을 약간 비추시오. 피해자가 고소를 취하한다는 소문이 있다든가, 아무튼 걱정이 될 만한 말을 해주시오. 그런데 당직 경감은 누구지요?"

"칸테레나 루캉일 거요. 이것도 달아 두겠소, 케인 씨. 그래, 어떻게 할 셈이오?"

"도박을 해보는 겁니다. 그건 그렇고, 당신에게 두 사람을 보냈습니다. 내가 돌아갈 때까지 돌봐 주시오."

"곤란한 사람이로군. 난 호텔에 살고 있소. 호텔을 경영하고 있는 게 아니라……."

"한 사람은 미인입니다."

메마른 목소리가 울려 왔다. 웃고 있는 모양이다.

"좋소, 시간을 맞추시오." 목소리가 끊겼다. 시계를 보고 있는 모양이다. "알겠소, 지금부터 10분이오."

나도 시계를 보았다. 그렇게까지 정확하게 할 생각은 없었으나, 적어도 예정은 섰다. 전화를 끊고 달렸다.

4분 뒤에 나는 파출소 주임에게 매우 중대한 용건이 있다고 설명하고 있었다. 기밀을 요하며, 아주 미묘하고 긴급한 일이라고. 이쯤 해두어야 보통 용건으로 받아들여진다. 이렇게 말하지 않으면 장난이라고 생각하는 것이다.

그 뒤는 어떻게 해서든 루캉 경감을 만나야 한다. 4분 동안 그가 당직이라는 것도 알아냈다. 나머지 2분 동안 장군의 전화가 걸려 올 때까지 기초 작업을 해 놓아야 한다. 그러나 만일 루캉이 바쁘다고 하면 그건 매건할트에 대한 일임에 틀림이 없다. 지금은 몬트루가 한

가한 시기이다. 스키 손님과 여름의 피서객 사이에서 교통 혼잡도 없고 관광객이 없으므로 그 속에 섞여서 일하는 사기꾼이나 도둑도 없다. 주임은 전화를 집어들고 내 이름을 물었다.
"프랑스 경시청의 로베르 글리프레."

 루캉은 마른 몸집에 옷차림이 단정한 사나이로, 검은 콧수염을 기르고 검은머리를 기름으로 빗어 넘겼으며, 작고 날카로운 눈을 가지고 있었다. 사실은 동작이 재빠르고 의심이 많은 인간인 듯했으나 몬트루라는 고장의 성격에 맞추어 겉을 꾸미고 있었다. 여유가 있고 예의 바르며, 뱃속을 헤아릴 수 없는 태도이다.
 표면상의 성격 쪽이 나에게는 더 유리했다. 의혹을 일으키게 하여 로베르 글리프레에 대해 의심을 사게 되면 나는 적어도 7년형은 각오해야 한다.
 나는 협력 의뢰장을 내놓고 그 뒤는 나오는 대로 들이댔다. 그를 수세에 몰아세워 신분 증명서를 보자는 말이 나올 틈을 주지 않기 위해서이다. 클리프레의 사진은 낡은 것으로 본인과 그다지 닮지 않았으나, 그래도 나하고는 얼토당토 않는 모습이었다.
"매건할트를 체포하셨다고 알고 있습니다만, 아무튼 고맙습니다. 저의 상관이 인도 청구 수속을 밟는 동안 무엇이든 적당한 죄명을 씌워서 붙잡아 두어 주시지 않겠습니까? 곧 정식으로 청구해올 것이 틀림없습니다. 아마 곧 올 겁니다."
 그는 의심스러운 표정으로 눈썹을 찌푸렸으나 즉시 태연한 척했다. 그리고 부녀 폭행죄에 대해 물었다. 그것이 틀림없느냐고.
 나는 낙담하는 표정으로 고개를 저어 보였다. 고소한 당사자인 여자를 찾고 있는데, 어디로 자취를 감춘 것 같다고 말한 다음 아무래도 그것을 보니…… 부호를 체포하는 데는 신중에 신중을 기할 필요가 있다고 덧붙였다.

그는 미소지었으나 이를 드러내 보였을 뿐이었다. 부호를 취급하는 데 있어서는 충분히 경험이 있는 것이다. 몬트루 경찰관의 경우는 특히 그렇다. 게다가 매건할트로부터 그 정도의 욕을 실컷 먹었을 게 분명하다.

그는 어떻게 해주기를 바라느냐고 내게 물었다.

나는 흘긋 시계를 보았다. 장군이 시간을 지킨다면 앞으로 50초쯤 남았다. 나는 이틀쯤 매건할트를 유치해 달라고 말했다. 적당한 죄상을 생각해 내주기 바란다. 스위스에의 불법 입국은 어떤가? 매건할트의 패스포트에 입국 검인이 없을 것은 확실할 텐데…… 그는 냉랭하게 대답했다. 유럽 어느 나라에도 그것을 증거로 삼는 법정은 없다. 현실적으로 국경에서 검인을 찍지 않는 곳이 너무 많기 때문이다. 게다가 법률적으로 말해도 매건할트는 스위스 시민이니까 일이 복잡해진다.

나는 약간 화를 내보였다. 죄상은 그쪽에서 생각해 주기 바란다, 체포한 것은 그쪽이지 내가 아니다, 따라서 거기에는 그만한 이유가 있었던 게 아닌가.

전화가 울렸다.

그는 전화와 나를 번갈아 보고 있다가 수화기를 집어들었다.

"루캉이오." 그리고는 한참 있다가 "아아, 안녕하십니까, 각하" 하고 말했다.

나는 몸을 돌리고 못 들은 척해 주는 듯한 시늉을 해 보였다.

처음에 루캉은 "아니오" "네" "가능합니다" 하고 대답할 뿐이었다. 그러다가 누구한테서 매건할트가 체포된 것을 알았느냐고 물었다.

나는 안 듣는 척하던 것을 그만두고 작은 소리로 힘있게 매건할트를 체포했다는 것을 아무에게도 말해서 안된다, 매건할트의 변호사에게 알려지면 귀찮아진다, 두 사람 다 재미없게 된다고 말했다.

그는 손을 저어 나에게 조용히 하라고 손짓했다. 얼굴이 약간 창백해졌다. 마지막으로 그는 공식적으로는 아무 발표도 하지 않았다고 말했다. 장군이 그쪽에서 소문을 퍼뜨리겠다고 말해 주었으면 하고 생각했다.

나는 그에게 설명을 요구했다. 그는 장군의 경력과 지위 따위를 간단하게 들려주었다. 나는 그런 건 아무래도 좋지만 이렇게 된 이상 장군도 같이 체포해야 한다. 그러면 소문이 퍼지는 걸 막을 수 있다고 말했다.

그는 나에게 비웃음을 퍼부었다.

나는 로베르 글리프레에게 화를 폭발시켜 마지막 수단을 썼다. 루캉이 협력하지 않으면 이 글리프레가 프랑스 공화국의 위력으로서 루캉 따위는 아예 바보로 만들어 버리겠다, 몬트루쯤의 시골 경찰관이 프랑스에서 온 경시청 경찰관의 말을 듣지 않으면 혼이 날 것이라고 …….

진짜 글리프레라면 절대로 입 밖에 내지 않을 말들이다. 스위스 관헌은 주위의 대국이 '그렇지 않으면'이라고 말하면 반드시 격노한다. 3분도 못되어 나는 밖으로 쫓겨났다. 나에 이어 매건할트도 쫓겨났다. 루캉이 결국 잘못을 저지르면 어쩌나 겁을 먹은 것인지, 아니면 나에 대한 화풀이인지는 모르겠다. 그런 건 물어 보려고 생각지도 않았다.

나는 4분의 1마일쯤 매건할트를 뒤따르며 다른 미행자가 없음을 확인하자 곁으로 다가가서 빅토리아 호텔 510호실로 가라——이번에는 정말로 머리 모양을 바꾸라고 말했다. 그는 군말없이 머리 가리마를 달리 탔다. 나는 택시를 타고 그가 탄 택시를 따랐다.

25

 모두들 510호실에 모였다.
 허베이와 저먼 양은 벌써 와서 샴페인을 마시고 있었다. 방이 더워 두 사람 모두 코트를 벗고 있었다. 모건은 우리의 모습을 보자 눈썹을 치켜 떴으나 달리 표정을 바꾸지는 않았다. 장군은 여전히 난로 곁에 앉아 있었다.
 허베이가 일어섰다.
 "이거 놀랍군, 어떻게……?"
 "부탁합니다, 라고 말했을 뿐이오."
 "재미있군."
 그때 문득 그는 자기 손에 들고 있던 샴페인 글라스로 정신이 간 모양이다.
 나는 아직 걱정하지 않았다. 그에게 있어 샴페인은 영국의 맥주와 같은 것이었다. 게다가 매건할트가 돌아온걸 보고 자기 책임을 상기한 것은 좋은 징후이다.
 나는 매건할트를 장군에게 소개하려고 했다. 그러나 둘이 서로 얼굴을 알고 있는 것 같았으므로 그만두었다. 매건할트는 선 채로 장군의 갸름한 주름투성이 얼굴을 타는 듯한 눈으로 내려다보고 있었다.

장군이 먼저 입을 열었다.

"당신이 저 바보 같은 매건할트로군."

"전세기식 인사니까 마음에 두지 마시오" 하고 나는 매건할트를 위로해 주었다. "이분은 세상에 두 종류의 인간밖에 없다고 생각하고 있어요. 자기 자신과 그밖에는 바보들뿐이지."

매건할트는 내 쪽을 돌아보았다.

"왜 이런 사람과 관계를 맺었소?"

장군은 코웃음을 쳤다.

"장사꾼과 거래하는 게 싫으신가? 당신한테도 그 짧은 생애 동안에 도움이 된 일이 있었을 텐데? 당신과 저 바보 같은 헬리거와 프레츠, 도움이 안되었다고 말하는 건 아니겠지?"

"그 정보는 분명히 가치가 있었소. 그러나 이번에는 나에 대한 정보를 얼마에 팔 것인가 생각하고 있겠지?"

"그 정보는 분명히 가치가 있었소. 그러나 이번에는 나에 대한 정보를 얼마에 팔 것인가 생각하고 있겠지."

"자기 손으로 사들이는 방법도 있소." 장군이 제안했다.

"그 이야기는 이미 되어 있지 않소, 장군. 그새 잊으셨소?" 나는 조용히 말했다.

그는 천천히 내 쪽을 보았다.

"알았소, 케인 씨. 기억하고 있지. 한 번 말해 보았을 뿐이오. 이 바보가 돈을 내었을지도 모르니까. 이 사람도 맥스 헬리거도 프레츠도 모두 골라 모은 바보들이야. 한평생을 통해 옳은 일은 한 거라고는 전쟁이 끝난 뒤 전자 공업에 눈을 돌린 것뿐이거든. 이들은 리히텐쉬타인에서 등기를 하고, 무기명 주식을 만드는 등 숨바꼭질 같은 미친짓만 하고 있소."

그는 핑크빛 카드를 한 장 집어들더니 안경을 쓰고 읽기 시작했다.

"카스파르 주식회사. 1950년 창립. 자본금 4만 스위스 프랑." 그는 매건할트의 얼굴을 보았다. "법의 규정으로 2만 5천 프랑 이상이어야 하며, 5만을 넘으면 감사(監査) 중에 본국인을 한 사람 넣어야 하지. 하지만 그렇게 하고 싶지는 않아, 기밀 보전을 위해서⋯⋯그렇지?" 그는 다시 카드로 눈을 떨어뜨렸다. "프랑스, 독일, 오스트리아 등지에서 13개 회사를 지배하고 있다⋯⋯."

매건할트는 날카로운 눈초리로 나를 노려보았다.

"당신네들은 내 사업 이야기를 하고 있었소?"

장군이 침착한 어조로 말했다.

"자료의 대부분은 리히텐쉬타인의 등기소에 철해져 있소. 그밖에는 내가 입수한 거지. 장사니까."

매건할트는 또 나에게 대들었다.

"왜 이런 사람과 관계했나? 이제 우리 정보를 온 유럽 안에 흘릴 참인가."

"유럽에 아직도 우리에 대해 모르는 사람이 있다는 거요?"

급소를 찔렀다. 장군이 웃었다.

"이 젊은이의 말이 옳소, 매건할트 씨. 그런 정보로는 당신을 미끼로 한 푼도 못 얻어. 달리 방법이 없는 건 아니지만⋯⋯." 반쯤 감은 눈이 나를 보았다. "프랑스 경찰이 아직 체포를 의뢰하지 않았으니까 데리고 올 수 있었지만, 만일 의뢰가 오면 어떻게 할 셈이오?"

나는 어깨를 흠칫했다. 어차피 그렇게 될 것이다. 진짜 글리프레가 어디에서 몇 프랑 빌려 프랑스에 전화를 걸면 즉각 의뢰가 올 것이다. 그러면 맨 먼저 루캉 경감이 심장마비를 일으키겠지. 그 다음은 ⋯⋯ 나는 다시 어깨를 움츠렸다.

"그때쯤에는 출발해 있겠지요."

"당신도 바보들 틈에 낄 참이오, 케인 씨. 어떤 계획이 있소?"

"비밀로 해 두겠습니다."

"더더구나 바보로군. 그런 정보가 팔릴 거라고 생각하오? 바라는 사람은 아무도 없소. 당신들이 리히텐쉬타인으로 가려 하고 있다는 것은 다 알려진 사실이오. 그것만으로도 충분해."

그는 김빠진 샴페인 글라스를 집어들어 콧수염 밑에 대고 소리를 내어 마셨다. 글라스를 다시 밑에 내려놓았다.

"케인 씨, 리히텐쉬타인에 대해서는 어느 정도로 알고 있소? 작은 나라지. 스위스와의 국경은 15마일밖에 안되오. 게다가 리히텐쉬타인으로 통하는 길이 몇 개 있는지 알고 있소? 여섯 개밖에 없소. 다리가 다섯 개, 나머지 하나는 멘페르트에서 발츠아로 통하는 남부 도로지. 그러니까 경찰관이 18명만 있으면 되는 거요. 몇 백명의 사람을 써서 찾는 것보다 거기서 기다릴 게 분명해."

오랜 침묵이 계속되었다.

어느 새 허베이가 일어서 있었다. 그는 의아한 표정으로 나의 얼굴을 응시하고 있었다.

코트를 벗고 있으니 벨트에 찌른 권총이 유난히 눈에 띄었다.

그는 느릿한 어조로 말했다.

"난 리히텐쉬타인에 가 본 적이 없소, 케인. 당신은 가 봤소? 그의 말대로?"

"간 적이 있소. 그의 말대로."

허베이는 고개를 갸웃하고 납득이 가지 않는다는 얼굴을 했다.

"그런데도 매우 침착하군. 국경은 어떻게 넘을 셈이었소?"

나는 어깨를 흠칫했다.

"쓸데없는 트러블만 일으키지 않으면 간단하게 넘을 수 있겠소.

보통은 그 다리에 감시도 아무것도 없으니까."

세관도 없고 경비원도 없다. 아무것도 없는 것이다. 세관에 관한 리히텐쉬타인은 스위스와 일체가 되어 있으므로 스위스와의 국경은 전혀 문제시하지 않는다. 국경답게 경비하고 있는 곳은 오스트리아와의 경계뿐이다. 그러나 그곳으로 해서 가려면 먼저 오스트리아로 들어가야 한다. 그렇게까지 해서 사태를 복잡하게 할 필요는 없다.

허베이가 말했다.

"다리가 감시당하고 있다면 남부 도로는 어떻소? 그 근처까지 가서 걸어서 넘을 수는 없소?"

리히텐쉬타인의 남쪽 끝으로 스위스 령이 강 저쪽에까지 미치고 있는 지점이 있다. 거기서라면 국경 감시 초소를 지나지 않아도 강을 건널 수가 있다. 다만 거기서부터는 북쪽을 향해 리히텐쉬타인으로 통하는 길이 하나밖에 없다.

나는 고개를 저었다.

"그곳은 요새 지대요. 길로 가는 수밖에 없소."

바로 그 지점에서 골짜기가 약 1마일의 폭으로 좁아진다. 양쪽은 가파른 산골짜기가 벽으로 되어 있다. 이것이 장크트 루치스타이히 협곡이다. 남쪽으로부터 라인 강을 올라오는 침략자에 대한 천연의 방어 지점이다. 나 개인으로서는 어째서 침략자가 강을 타고 올라오는지 이해할 수 없지만, 그 근방에서 점거할 수 있는 것이라곤 생 모리츠와 클로스터의 스키장이 있을 뿐이다. 이들 관광지의 터무니없는 물가를 보면 침략자라 할지라도 망설일 것이다. 그보다 더 좋은 방어는 없다.

그렇기는 하나 그네들은 약 2세기에 걸쳐 요새 지대를 구축했다. 그것이 리히텐쉬타인의 국경까지 이어져 있다. 축성 부분은 대부분 거의 풀이 우거진 토산(土山)으로 변해버렸으나, 1930년대에 제1차 대전의 영화 촬영 세트를 생각케 하는 증축을 행하고 있다. 참호, 토치카, 전차 방어, 대포와 구포(臼砲)용 구덩이 등. 전지대가 폭 1마일, 안쪽으로의 길이가 몇백 야드 되는 계곡의 가장 좁은 부분을 채운 코르크 마개 같은 느낌이 드는 곳이다.

허베이는 이상하다는 표정으로 내 얼굴을 보고 있었다.

"여보시오, 케인. 여기서 앞의 일에 대해 어느 정도 계획을 세워두어야 하지 않겠소."

나는 고개를 끄덕였다.

"생각은 하고 있었소. 다만 문제는 아무 계획도 생각나지 않았다는 것이지."

"재미없는데." 그는 빈 샴페인 글라스를 보고 있었다. "마시고 싶어졌어." 그리고 나서 모건 쪽을 보았다. "좀더 독한 술은 없소?"

"당분간 샴페인으로 참으시오." 내가 말했다.

"아주 침착하시군."

"물론이지, 장군에게 생각이 있소. 그걸 우리에게 팔려고 하는 거요."

한참 뒤 장군이 말했다.

"과연 있을까, 케인 씨?"

"있고말고요. 당신은 아직 우리에게서 한 푼도 벌지 못했소. 게다가 이 문제는 당신이 꺼낸 거요. 당신에게는 계획이 있어요, 틀림없이."

"흐음." 장군은 조용히 한숨을 쉬었다. "없다고는 안하겠지만, 비쌀지도 모르는데…… 어떻소?"

나는 어깨를 흠칫했다.

"그 판단은 매건할트 씨에게 맡기겠소. 게다가 그는 리히텐쉬타인에 대해 잘 알고 있으니까. 사정도 잘 알 테고."

나는 곁눈질로 매건할트를 보았다. 그가 장군을 내려다보고 있는 표정으로 보아 2페니 이상은 안 내기로 결심하고 있는 것 같았다.

나는 얼른 말했다.

"우리에게는 이 계획이 필요합니다. 지불은 결과를 보아 나중에 할 수도 있지요. 결과가 꼭 좋다고 만은 할 수 없지만."

그가 줄로 가는 듯한 불쾌한 목소리로 나를 나무랐다.

"나를 리히텐쉬타인까지 데려다 주기로 하고 일정한 보수를 지불하기로 했는데……."

"그것과 소요 경비."

"그렇소. 그러나 경비는 예상보다 많이 들었소. 차가 한 대 망가졌고 요트는 브레스트에 억류되어 있고, 짐은 프랑스에 버리고 왔소. 지금 또 당신은……."

"말씀대로입니다." 나는 상대방을 어르듯이 말했다. "이렇게 돈이 드니 카스파르 회사의 1천만 파운드 주식을 구하는 게 무의미하게 되겠군요. 나 같으면 예정을 바꾸어 코스모스로 2, 3일 동안 놀러 가겠는데."

그는 쏘는 듯한 시선으로 나를 노려보았다.

"어째서 그 계획이 필요하오? 다른 좋은 생각은 없소?"

나는 손은 벌려 보았다.

"없는 건 아니오. 그 계획대로 그것을 시험해 보아도 좋소. 그러나 장군의 계획만은 못할 거요."

값을 깎기 위해서 한 말이었을 뿐이다. 장군의 계획이 꼭 필요했던 것이다.

매건할트가 난로 곁에 있는 노인 쪽을 돌아보았다.

"하는 수 없군. 얼마요? 지금 여기서 3분의 1을 지불하겠소."

"1만 프랑으로, 2분의 1을 지금 주시오." 장군이 말했다.
"5천으로 하고 반을 지불하지."
"1만. 선불은 3분의 1로 해주지."
"7천으로 하고 3분의 1을 주겠소. 어떤 계획이오?"
"매우 좋은 계획이오. 9천에 3분의 1로 해주겠소."
"7천 5백에 3분의 1로 하면?" 내가 참견을 했다.
"6천에 절반이면 좋소." 장군이 말했다.

매건할트가 곧 "좋소. 지금 3천을 주고 계획대로 되면 나머지를 지불하지" 하고 말했다.

장군은 고개를 조금 끄덕였다. 눈을 감고 한숨을 쉬었다.

"이젠 나도 나이를 먹었어. 좋소, 매건할트 씨. 스위스 은행의 현금 지불 수표로 하시오. 중사! 라인 강 상류의 서류철을 가지고 오게."

모건이 뚜벅뚜벅 옆방으로 갔다. 매건할트는 안주머니에서 수표책을 꺼내어 고르고 있었다.

"주네브?" 하고 물었다. 장군이 고개를 끄덕였다. 매건할트가 수표에 써넣고 있었다.

허베이가 묘한 얼굴로 나를 보고 있었다. 내가 윙크하자 그는 고개를 돌려 창 밖의 바람이 불어가고 있는 잿빛 호수를 내려다보고 있었다.

모건이 녹색의 서류철을 가져오자 장군은 그 안을 뒤적이더니 두 개로 접은 커다란 종이 쪽지를 꺼냈다. 펴서 읽다가 신중하게 그 한 귀퉁이를 찢었다.

매건할트가 수표를 다 써서 장군의 테이블 위에 밀어 놓았다. 장군이 종이쪽지를 건네주었다.

"케인 씨에게 보여 주시오. 그라면 잘 알 테니까."

한참 동안은 뭐가 뭔지 알 수가 없었다. 도면의 복사 사진인 듯했다. 꼬불꼬불한 선이 가로세로 달리고 있고, 그 위에 기하학적인 무늬가 어떤 것은 지그재그로, 어떤 것은 작은 삼각형의 연속으로, 어떤 것은 반 인치마다 X표를 이은 선의 형식으로 기입되어 있었다. 그 전체를 가로질러 꼬불꼬불한 붉은 선이 한 줄 그어져 있었다.

한참 동안 가만히 보고 있으니까 문득 모양이 갖추어졌다. 증축된 요새 지대의 도면이었다. 곡선은 등고선이고, 기하학적 무늬는 참호와 철조망 전차 방어점등을 나타내고 있다. 그리고 붉은 선은…….

"어떤가? 뭔가 알 수 있겠죠?" 장군은 물었다.

"글쎄요. 붉은 잉크 선을 더듬어 가면 무지개 다리에 이르는 거겠지요. 붉은 선은 뭐지요?"

"정찰대의 통로요. 정찰기를 적중으로 보내는 길이지."

나는 머리를 내저어서 아직도 납득이 안 간다는 표정을 해보였다.

"이 도면은 20년 이상이나 된 것일 텐데……."

"바보 같으니, 방위선의 배치는 20년 동안 한번도 바뀌지 않았어. 바꿀 필요가 어디 있겠나?"

매건할트가 내 어깨 너머로 들여다보았다.

"조금은 도움이 되겠소?" 하고 의심스러운 듯이 말했다.

"진짜임에는 틀림없소. 가짜를 가지고는 돈이 안될 테니까. 아마 1940년부터 서류철에 넣어 두고서 살 사람을 기다리고 있었을 테지."

장군이 목청을 올리며 웃었다.

매건할트가 찢어진 곳을 만지작거리고 있었다.

"왜 여기를 찢었소?"

"그걸 손에 넣은 사나이의 이름이 있었기 때문이오." 장군이 대답했다.

나는 도면을 접어서 주머니에 쑤셔 넣었다.
"아무튼 좋소. 그런데 그 지점까지 가고 나면 문제없겠지만, 국경까지는 어떻게 가면 좋겠소?"
그는 의자에 기대어 눈을 감았다.
"그건 도면의 대금 속에 포함되어 있지. 서비스로 모건이 운전해 갈 거요."
나는 눈을 감은 채 말했다.
"흐음, 그게 어떻게 큰 서비스가 된다는 거요? 내가 차를 빌려 가지고 가도 마찬가지라고 생각하는데."
"어떤 차를 타고 있는지 금방 경찰에게 알려질 거요. 차부터 먼저 조사할 테니까. 하지만 경찰은 절대로 내 차는 세우지 않아. 내 차를 모르는 사람은 없소."
"상당한 차인 모양이로군." 허베이가 말했다.
뭔가 의심을 품고 있는 것 같다. 매건할트도 그런 모양이다. 그의 경우는 모든 일에 있어 다 그렇기는 하지만.
장군이 조용한 목소리로 말했다.
"확실히 당신 말대로 상당한 차지."
나는 장군의 말을 믿고 싶은 기분이 되어 있었다. 물론 신용하지 않는다 해도 빌린 차보다는 장군의 차 쪽이 위험성이 적을 것이 분명하다. 스위스는 작은 나라이다. 남부의 산악 도로가 빙설로 막히게 되면 차를 움직일 수 있는 범위는 아주 한정된다. 어떤 계획을 세우든 우리는 중앙 계곡 지대를 지나가는 수밖에 없다. 그 지대 안에 프리부르, 베른, 르체른, 취리히 등 주요 도시가 집중해 있으며, 간선 도로는 세 개밖에 없다.
허베이가 느릿한 말투로 말했다.
"난 아무래도 지금 아이디어가……"

"아이디어 부분은 내 담당이야. 쓸데없는 말은 말고 예쁜 피스를 구경이나 하게" 라고 나는 내뱉듯이 말했다.

그는 갑자기 따귀라도 맞은 것처럼 입을 다물었다. 천천히 몸을 돌려 이제까지 보고 있던 벽의 피스톨로 다시 시선을 돌렸다.

저편 양이 화난 시선으로 나를 노려보고 있었다.

"슬슬 출발하는게 좋지 않을까?" 매건할트가 말했다.

나는 시계를 보았다. 12시가 다 되어 있었다. 나머지는 300킬로미터이다. 자동차로 5시간 걸리는 길이다.

"그렇게 서두를 건 없소. 어차피 어두워지기 전에는 국경을 넘을 수 없으니까. 시간으로 말하자면 8시 반 이후가 되겠지. 그렇다고 해서 시간을 잡아먹으면서 갈 수도 없으니까. 역시 여기 있는 게 가장 안전할 거요."

"그럼, 여기서 점심을 들고 가는 게 어떻소?" 장군이 말했다.

매건할트가 "리히텐쉬타인에 들어가는 것은 오후 9시 이후가 되겠군? 빠듯한 예정인데…… 만일 차라도 고장나면 어쩔 셈이오?" 하고 말했다.

"중사! 차가 마지막으로 고장난 게 언제였었지?"

모건은 한동안 표정이 굳어진 채 한참 생각하고 있었다.

"1956년에 소음 장치의 고장이 있었습니다. 하지만 그건 고장이라고 할 것까지도 없습니다. 고장은 전기 계통의 상태가 나빠진 것이 마지막으로…… 1946년이라고 기억하고 있습니다만……."

나는 그만 웃고 말았다.

"알았소. 식사는 이 방에서?"

"물론." 장군은 대답했다.

방구석의 테이블에 점심 식사가 준비되었다. 모건이 문 곁에서 쟁반을 받아 모두들에게 나누어 주었다. 아마 호텔 종업원들에게 매건할트를 보이지 않기 위한 조심 때문이리라. 맨 처음 머리에 떠오른 것은 이렇게 하면 도리어 의심을 받지 않을까 하는 것이었으나 생각해 보면 장군은 이 호텔에 40년 이상이나 살고 있다. 40년 동안의 사귐으로 종업원들의 호기심이 없어지는 일은 물론 있을 수 없겠지만, 경찰이 와서 여러 가지로 심문할 때 쓸데없는 일을 전부 잊어 버려주기에는 충분한 세월이라고 할 수 있다.

숭어 요리와 버터처럼 연한 새끼 양구이가 나왔다. 아마도 장군은 몬트루에 있는 영국인이 유일한 음식으로 생각하고 있는 로스트 비프 애호가는 아닌 모양이다. 그는 여전히 김빠진 샴페인을 마시고 있었으나, 우리에겐 차가운 포도주가 나왔다.

조용한 식사였다. 들리는 건 장군이 음식을 먹으며 내는 혓소리 정도였다. 매건할트는 빠듯한 예정이 걱정스러운 듯, 그리고 할 일없이 기다리고 있는 게 마음에 안 드는지 조바심내고 있었다. 허베이는 잠자코 우울한 얼굴을 하고 있다. 그는 포도주를 한 잔밖에 마시지 않았으나, 그 한잔을 단숨에 들이켜 버렸다. 그러고는 잔을 열심히 만지작거리고 있었다. 다음 한 잔을 마실 때까지의 시간을 카운트다운하고 있는 듯한 느낌이었다.

1시 반이 되자 모건이 모두에게 커피를 따라 주었다. 장군이 브랜디는 어떠냐고 물었으나 나는 거절했다. 허베이도 얼핏 경련하는 듯한 웃음을 보이더니 천천히 거절했다. 다른 사람도 마시지 않았다.

시간을 보내기 위해 적당한 화제가 없을까 머리를 짜 보았다. 그렇지 않으면 매건할트와 장군이 서로 상대를 멸시하는 말을 주고받아애서 얻은 계획이 틀어질 염려가 있었다.

화제가 생각나지 않아 궁리하고 있는데, 장군이 허베이에게 말했다.

"당신은 보디가드요? 내 컬렉션을 어떻게 생각하오?"
허베이는 맨틀피이스 위에 걸려 있는 피스톨을 보았다.
"값진 것인 듯하군요."
"세계에서 제일가는 콜렉션의 하나요, 그 시대의 것으로서는. 하지만……."
늙은 얼굴에 웃음 같은 것이 떠올랐다.
"자네라면 다른 눈으로 볼지도 모른다고 생각했는데."
허베이는 어깨를 흠칫했다.
"무기로서라면 이것보다는 돌을 던지는 편이 더 나을 거요. 예술로서 보는 경우, 곤란한 건 대상이 권총이라는 점이지요. 저런 잡물들이 총기의 발달을 200년 이상이나 정체시켰소. 그러면서도 예술적으로 그다지 기여하고 있지 않는 것 같아요."
내가 끼어들었다.
"잠깐 기다리게. 요즘은 총에다 그런 세공을 하는 기술이 전혀 보이지 않잖나."
"거기에 대해서는 신에게 감사해야겠군. 신이 아니더라도 누구든 좋지만, 다행한 일이오." 그는 컬렉션 쪽을 가리켰다. "저걸 잘 보게. 저만큼 조각을 해 놓았으니 손잡이를 쥐기가 훨씬 부드러워졌지. 어느 것이나 다 끝에 중심이 모여 있단말야. 저런 고급품이 아닌 것 중에는 좋은 총이 있었지. 그건 분명해. 이를테면 결투용 총에는 손잡이가 안정되어 균형이 잡힌 것이 있었어. 그러나 우리의 스승 격인 사람들이 장식 총을 만들기 시작하자 다른 자들도 모두 그것을 흉내 냈소. 그래서 500년 동안이나 총포에 조각을 하거나 금줄을 감는 따위의 짓을 하고 있었지. 정말로 일에만 철저했다면 화학을 약간 공부해서 500년 전에 이미 뇌관이나 지금과 같은 총탄을 발명해 냈을 거요. 그러나 그들은 관심이 없었소. 너무 실용적이기 때문이오. 그네들은 예술가이고 싶었거든. 피스톨을 만들고 있다는 것을 잊고 싶었던 거요." 그는 장군 쪽을 지그시 보고 있었다.

"그래서 저런 걸 만들게 되고 말았소. 말하자면 값진 벽지이며 장식용으로밖에 쓸모가 없는 저런 총을."

나는 허베이의 말이 끝나자마자 장군이 크게 화를 내며 반격하리라 생각하고 있었다. 그런데 그는 천천히 고개를 끄덕이며 이렇게 말했다.

"매우 색다르고 재미있는 견해로군. 어째서 그렇게 강한 반발을 느끼지요?"

허베이는 어깨를 움츠리고 눈썹을 찌푸리며 천천히 말했다.

"피스톨은 사람을 죽이기 위한 거요. 그 이외의 아무것도 아니오. 그 밖의 존재 이유는 없소. 그러기에 이런 화려한 옷을 입고 있는 게 영 마음에 안 드는지도 모르겠소."

장군이 부드러운 웃음 소리를 내면서 허베이를 지켜보았다.

"당신이 만일 내 나이쯤 되면——직업상 그런 일은 없겠지만——어떤 인간이든 겉모습을 꾸며서 알맹이를 감출 필요가 있다는 것을 알게 될 거요. 당신 자신도 이미 그런 필요를 느끼고 있는 게 아니오?"

허베이는 얼어붙은 듯이 굳어졌다. 나는 일어섰다.

"이 이상 리허설을 하고 있다간 모두 연기 과잉이 되겠군. 자, 그만 출발합시다."

모건이 모두에게 코트를 입혀 주기 시작했다. 나는 그 자리에 우뚝 서 있었다. 장군의 눈이 내 쪽을 향했다.

"어떻소, 케인 씨." 조용한 말투였다. "내가 로벨 씨에 대한 한 말은 맞지 않았소? 글라스를 만지작거리는 것을 봤지."

"당신 말대로요."

"어려운 일이야. 아주 어려운 일이야." 늙은 머리가 줄기 위해서 떨고 있는 마른 꽃과도 같았다. "그래, 당신 자신은 어떻소?"
"나요? 나는 스스로 언제나 정의 편에 서 있다고 생각합니다."
"흐음…… 하지만 그런 것이 더 어려운 법이오. 그런 건 곧 알맹이를 드러내니까."
나는 고개를 끄덕였다.
"그럼, 당신은 어떻습니까?"
그는 천천히 의자에 기대며 눈을 감았다.
"로벨 씨가 말했듯이 금줄과 조각으로 꾸미고 있소. 그게 더 오래 가니까."
"그러면 편리하겠군요, 준장."
그는 눈을 약간 크게 떴다.
"알고 있었소?"
"당신 시대에는 대령의 한 계급 위는 준장이었지요. 1920년대에 장군이라는 글자도 안 붙이게 되어 버렸지만."
"내가 승진하였을 때는 아직 '장군'이 붙어 있었소. 그래서……."
그는 다시 눈을 감았다. "장식으로 쓰고 있는 거요."
"안녕히 계십시오, 장군."
그는 아무 말도 하지 않았다. 나는 고개를 약간 숙여 인사를 하고 웃음과 레인코트를 들고 모두의 뒤를 쫓았다.
모건이 뒤편 엘리베이터 쪽으로 안내했다. 그대로 곧장 지하의 차고로 내려갔다.

26

 차를 본 순간 국경선까지는 안전하게 갈 수 있다고 확신하였다. 이런 차를 못 알아본다면 경찰관은 내가 생각하던 것보다 훨씬 더 머리가 나쁘다는 말이 된다. 여러 가지 점은 그만두라고도 30년 동안이나 보아 왔으니까 기억할 게 당연하다.
 7인승 리무진 타입의 차체를 단 1930년 제 롤스로이스 팬덤 H형이었다. 그때에는 차의 제조 연대와 형을 몰랐으나, 나중에 모건이 가르쳐 주었던 것이다.
 그때의 인상은 산프론 오리엔트 급행 열차와 전함의 트기가 네 바퀴를 달고 있는 듯한 느낌이었다. 차고 안에는 그밖에도 좀더 모던한 롤스로이스, 신형 메르세데스 500, 재규어 마크 10과 캐딜락이 한 대씩 있었다. 그것들은 이 차에 비하면 단순한 수송차로 밖에 보이지 않았다.
 또 하나 특히 눈에 뛰는 특징이 있었는데, 그것은 전체가 조각한 은으로 만들어져 있는 것처럼 보인 점이다. 차는 어두컴컴한 차고 안에서 크리스마스 장식처럼 빛을 내고 있었다.

잘 보니 그것은 알루미늄이었다. 전혀 페인트가 칠해져 있지 않고 무수한 원형 무늬가 도드라지게 되어 있어 여러 각도로부터 빛을 발사했다. 리벳(대가리가 둥글고 굵은 못)의 대가리가 전부 깎여 있었다. 5분 전만 해도 알루미늄 재료로는 도저히 롤스로이스가 갖는 기품을 나타낼 수 없다고 말했을 것이다. 그러나 그렇게 말했다면 커다란 잘못이다. 그것은 롤스로이스에 꼭 들어맞는 재료이다. 최고의 전투기나 우수한 총, 또는 진짜 우주선에서 볼 수 있는 것과 같이 호화롭고 단순하고 견고한 느낌을 주었다.

내 옆에서 허베이가 "이거 놀랐는데" 하고 중얼거렸다. "이래도 아직 개성이 없다고 생각한 모양이지."

나는 그 말을 듣기 전까지는 몰랐다. 차문에는 손바닥을 편 정도의 크기로 문장이 그려져 있었다. 처음에는 뭔지 몰랐으나, 문득 생각이 났다. 녹색과 흰색 방패에 정보부 마크인 장미와 월계수 화관을 붙인 것이다. 육군성의 다른 병과 사람들로부터 삼색오랑캐꽃(뻔질뻔질한 사나이라는 뜻도 있다)이 월계수 위에서 쉬고 있다고 놀림받던 문장이다. 나는 그만 웃음이 터져나오고 말았다. 이 차에서 장식다운 것이라고는 그 문장 하나뿐이었다. 장군으로서는 마지막 손질로서 달지 않을 수 없었을 것이다.

모건이 한 걸음 나서서 차문을 열었다. 이번엔 그 오렌지색 트위드의 기묘한 모자가 아니라, 얌전하게 운전수 모자를 쓰고 있었다. 전형적인 자가용 운전사의 모습이었다.

매건할트와 저먼 양이 계단을 오르는 듯한 모습으로 올라탔다. 올라간다는 표현이 알맞은 느낌이었다. 차의 밑바닥이 지면에서 훨씬 떨어져 있고, 천정과 바닥 사이도 상당한 거리였다. 차문 밑 발판에 올라서지 않고는 차 지붕의 저쪽이 보이지 않았다.

허베이가 차의 양쪽 끝으로 걸어가서 긴 직사각형 모양의 엔진 뚜껑을 통통 두드리며 말을 걸었다.
"어이, 기관실. 여긴 함장이다. 양쪽 엔진을 회전시키게."
허베이가 돌아오자 모건이 적의에 찬 눈으로 노려보았다.
허베이가 그쪽으로 얼굴을 향하고 "적의 어뢰같은 건 거들떠보지도 말게"라고 내뱉고는 올라탔다.
"도중에 급유하러 설 필요가 없소?" 내가 물었다.
모건이 한동안 머릿속으로 계산을 하고 있었다.
"필요없을 겁니다. 20갤런 들어 있으니까요. 게다가 예비로 2갤런을 트렁크 안에 넣어 두었지요."
나는 마음을 놓았다. 주유소에서 사람들의 눈에 띄고 싶지는 않았다. 나는 허베이에 이어 올라탔다. 도어가 찰칵 하고 닫혔다.
차는 퀸 메리호가 소렌트의 바다를 달리고 있는 듯이 묵직하고 위엄에 찬 모습으로 햇빛 속으로 미끄러져 나갔다. 호화스러운 장례식으로 향하는 영구차와 같다고 말할 수 있을 것이다.
2시 반이었다.

몬트루 시내로 되돌아가는 듯한 형식으로 북쪽을 향해 지그재그로 된 산길을 브로네이를 향해 나아갔다. 그곳을 지나 프리부르로 가는 간선 도로로 나가려고 산기슭을 달렸다.
나는 허베이와 나란히 운전석과의 칸막이에 붙여져 있는 폈다 접었다 하는 보조 좌석에 앉았다. 그는 내 오른쪽에 앉았다. 우리는 정면을 향하고 있어서 좌석 뒷자리에 있는 매건할트의 발을 귀찮게 하지 않을까 생각했으나, 이 차는 그렇지도 않았다.
차가 달리기 시작하자 허베이가 신중하게 차의 내부를 조사하기 시작했다. 모건의 운전석 뒤에 있는 유리 칸막이, 천장, 자기 쪽 문을 조사하고 있었다.

이 근처의 주민들이 뒷자리에 있는 것이 장군이 아니라고 깨달을 염려는 없었다. 매건할트와 저편 양이 앉아 있는 곳은 어두워서, 옆에 앉아 있는 자기 마누라 얼굴도 분간 못할 정도였다. 뒤쪽 도어로부터는 뒤쪽에는 곁창이 없고, 좌석은 문에서 4피트나 뒤에 있었다. 맨 끝의 작은 창은 짙은 색이 칠해져 있고, 도어의 유리도 전 빛 유리로 되어 있다. 차 안은 런던 상류 클럽의 끽연실과 같은 분위기로, 조도품(調度品)도 거기에 맞게끔 배려되어 있었다.

좌석은 두툼한 갈색 가죽으로 되어 있고, 나무를 쓴 부분에는 긁힌 자국이 보였으며, 연대를 나타내는 것 같은 오래 된 놋쇠 부분은, 신품 놋쇠에서는 볼 수 없는 중후함을 지니고 있었다. 바닥의 융단과 천장을 씌운 가죽은 같은 색조로 흐린 금빛을 던지고 있었다. 모두 다 스마트하고 모던한 느낌과는 거리가 멀었다. 일부러 그렇게 보이도록 한 의도는 전혀 없는 것이다. 오래 되고 많이 쓰여진 느낌을 주는 게 목적이다. 그대로 영구히 쓸 수 있다는 안정감이 있었다.

한참 뒤 매건할트가 말했다.

"장군 같은 사람의 것치고는 몹시 사람의 눈을 끄는 차로군. 그에게는 적도 적지 않을 텐데. 좀더 남의 눈에 안 띄는 차일 거라고 생각했는데."

그는 자기가 시트로엥을 쓰고 있는 것을 자찬하는 모양이다.

나 자신도 그 점을 생각하고 있었다.

"일종의 자기 방위겠지요," 내가 말했다. "만일 진짜로 목숨을 노리는 자가 있을 경우에는 매달 차를 바꿔도 상대를 속일 수는 없습니다. 이런 식으로 하면 모든 경우에 남의 눈을 끌게 되겠지요, 직업적 살인자는 스포트라이트를 받고 있는 곳에서는 쏘지 않으니까요, 같은 호텔에 40년 동안이나 살고 있는 것도 이와 같은 뜻에서 일 겁니다. 어느 방에 있는지는 누구나 다 알고 있지만, 죽이고 난 뒤 어떻게

층에서 빠져나와야 될지 모르거든요. 언덕 위의 외딴 집 같으면 갓난 아기를 비트는 거나 같지만."

매건할트가 말했다.

"사람들이 모인 앞에서 행해진 유명한 암살 사건을 몇 가지 들은 적이 있는데……."

"정치적 암살을 하는 것은 광신자입니다. 반드시 붙잡히지요. 그러나 살인 청부업자는 언제나 기회를 계산하고 있거든요. 완전히 달아날 자신이 없으면 쏘지 않습니다."

"아마추어에 대해선 손을 쓸 수가 없소." 허베이가 여전히 차 안을 둘러보며 나직이 말했다. "상대가 프로라면 이쪽도 만전을 기할 수 있소. 상대와 같은 방법으로 맞서니까. 그런데 아마추어가 나타나면 모든 게 엉망이 되어 버리지. 우리 직업에서 어려운 점은 이쪽이 두 방 째에 쏠 수밖에 없다는 거요. 첫방은 상대방이 쏘아 오죠. 그런데 그 두 방 째가 자기 대가리를 꿰뚫는다는 걸 걱정하지 않는 녀석이 나타나면 어떻게 되겠소?"

나는 뒤를 돌아보고 매건할트의 검은 그림자에 미소를 보냈다.

"아시겠소? 당신이나 장군을 노리는 자가 미치광이가 아니라 진짜 살인 청부업자뿐이라는 것에 감사해야 되겠군요."

"잊지 않고 감사하기로 하겠소."

허베이가 뭔가 입안으로 중얼중얼하며 옆 도어와 앞 칸막이를 계속 조사하고 있었다.

가파른 경사면을 올라가는 것을 느꼈으나, 차 자체는 못 느끼는 모양이다. 가속 페달을 밟은 메르세데스라도 우리에게 뒤지지 않게 따라오려면 힘들 것이다. 모건은 기어를 최상단에서 두 단쯤 내렸을 뿐이다. 이 7천cc의 엔진으로는 기어가 없어도 될 것이다. 첫째, 회전이 '1마일의 이정표마다 점화한다'고 농담을 들을 만큼 느린 것이다. 1930년대의 롤스로이스는——어느 시대에나 그렇지만——톱 스피드는 별것 아니었다. 그러나 급한 경사면은 도화선을 전해 가는 불처럼 획획 올라간다.

모퉁이에서도 속도를 늦추지 않았다. 모건이 갑자기 급 커브를 꺾었을 때는 과거의 추억이 휙 하고 머릿속을 스쳤으나 차는 아무 탈 없이 달려갔다. 완충 장치는 닷새 동안이나 방치해 둔 시체처럼 단단했다. 그러나 능선을 넘어서 직선 도로에서 스피드를 올리자 그 차의 좋은 점을 알 수 있었다. 매우 듬직한 안정감이 있었다. 다만 구멍에 들어갔을 때는 그 충격이 직접 등벽에 전해져 왔다.

허베이가 차 안 점검을 마치고 내 쪽을 돌아보았다.

"됐소……차는 안전해. 아무데도 도청 장치는 없고, 칸막이는 완전히 방음이 되어 있소. 따라서 녀석에겐 아무 소리도 안 들리오." 그는 두툼한 유리 저쪽 몇 인치 떨어진 곳에 보이는 모건의 목덜미 쪽으로 턱질을 했다. "자, 케인, 왜 이 고물 마차에 타고 있는지, 이유를 들어 볼까."

나는 부드럽게 웃어 보였다.

"좋은 차니까. 그리고 공짜니까 당신으로서는 드라이브를 즐기면 되지 않소?"

그의 눈이 차갑게 내 쪽을 똑바로 보고 있다.

"한 조각의 치즈와 같은 거요." 그는 나직한 목소리로 말했다. "커다란 치즈 조각……네 마리의 쥐가 구멍 안에 앉아서 마침 배가 고픈데 누가 치즈를 두고 갔다고 기뻐하고 있는 거나 같소. 왜 이 차에 타고 있소, 케인?"

"서비스니까."

"당신은 장군이 뭔가……." 저면 양이 입을 열었다.

"그렇지, 장군이 뭔가……." 허베이는 내 얼굴에서 눈을 떼지 않은 채 말했다. "어쨌든 좋소, 케인. 지금까지 당신 생각이 옳았다는 건 인정하지. 하지만 이점도 생각해 보오. 이번 여행에서 처음으로 누군가가 우리의 행선지를 정확하게 알고 있소. 어디에서 국경을 넘으리라는 걸 몇 인치의 오차도 없이 정확하게 알고 있소. 함정이라면 멋진 함정이지."

"알고 있소." 내가 대답했다. "그러나 이렇게도 생각할 수 있지. 적이 어디서 매복해 있는가를 이번에는 이쪽이 알고 있는 거요. 지금까지는 그런 일이 없었소."

"그럼, 함정이란 말이오?" 허베이의 눈썹 끝이 아주 조금 올라갔다.

"물론이지. 이런 장사에서 300프랑으로 뭘 살 수 있다고 생각하오?"

매건할트가 완전히 눈이 뜨인 모양이다.

"페이 장군이 그 갈래롱 쪽에 붙어 있단 말이오?"

나는 어깨 너머로 그에게 미소지었다. 갈레롱이라는 표현이 재미있었다. 세상에는 그의 1천만 파운드를 횡령하려 하는 갈레롱이 수없이 있는데, 그 갈레롱이 제일 무섭다고 말하는 것 같은 느낌이었다.

"글쎄요, 20분 전의 장군은 그렇지 않았을지도 모르지만, 지금은 분명히 그렇소. 아니, 처음부터 그랬다고 나는 생각합니다. 사실 그 가능성은 늘 있었던 거니까. 그렇게 생각되지 않소? 이 근방에서 행해지는 큰 거래에서 장군이 관여해 있지 않을 경우는 없다고 단언해도 좋소. 그런데 당신도 프레츠도 장군을 쓰지 않았소."

"거기까지 알고 있었소?" 그가 소리질렀다. "그러면서도 나에게 3천 프랑이나 내게 했단 말이오?" 그는 머리가 둘 달린 괴물이라도 보는 듯한 눈으로 나를 노려보았다.

"그때 7천 5백 프랑에 3분의 1을 선불하는 게 어떠냐고 제안했었는데." 나는 상대를 위로하는 투로 말했다. "그렇게 하면 500프랑은 건졌을 거요. 그는 잔금은 절대로 받지 않는다는 걸 알고 있었지. 그 금액은 도저히 거절할 수 없는 입장에 있었소."

이런 말로 위로받을 사나이가 아니었다.

"배신당하는데 어째서 돈을 줄 필요가 있소?"

"사실 경찰에서 당신을 빼내 주었고, 약속한 서비스도 받고 있소. 국경까지는 경찰에게 쫓기지 않고 데려가 주고 있으니까. 거기까지는 거짓말이 아니오. 만일 우리를 경찰에 넘기고 싶었다면 당신을 몬트루의 유치장에서 내주지 않았을 거요. 아무튼 적이 우리가 경찰에 잡히는 걸 바라고 있지 않다는 건 명백합니다. 그쯤은 알고 있겠지만."

"그리고 나서 스스로 함정에 빠져들어 가다니……" 매몰찬 목소리였다.

"이렇게 생각하는 게 좋소. 상대방이 우리를 국경까지 데려가 주면, 그를 속이고 적이 어디에 매복해 있는지 알아내는 거요."

허베이가 또 눈썹을 치켰다.

"그럼, 이것은 예정된 행동이란 말이오?"

나는 어깨를 흠칫했다.

"나는 두 다리를 걸치고 있었소. 장군이 갈레롱 쪽이 아니고 정직하게 우리를 도와 주거나, 저 쪽에 붙어서 우리를 함정에 밀어넣거나 둘 중의 하나라고 생각했지. 최종적으로 그가 어느 쪽을 택하는지만 잘 판단하면 되는 거요."

저먼 양이 이상하다는 듯이 물었다.

"그걸 어떻게 알았지요?"

"우선 그는 우리를 미끼로 충분히 벌지 못했소. 이런 장사에서는 3

천 프랑쯤은 푼돈이오. 매건할트를 유치장에서 꺼내 준 수수료도 청구하지 않았고, 게다가 요새의 도면으로 우리에게 거짓말을 했소."
"그럼, 도면은 가짜란 말이오?" 허베이가 물었다.
"그렇지는 않소. 가짜 가지고는 장사가 안되니까. 게다가 우리가 그곳으로 빠져나갈 것을 미리 몰랐을 테니까 가짜를 준비해 두었다고 할 수는 없지. 문제는 그것이 아니고, 내가 어떻게 요새 지대를 빠져나가느냐고 걱정했을 때 그가 설명한 거였소. 그는 요새에 대해서는 아주 잘 아오. 그런데 제2차 대전에선 이것이 그다지 쓰이지 않았기 때문에 내가 요새에 대해서 모르리라고 생각한 거요.

사실은 요새만큼 간단히 빠져나갈 수 있는 곳도 없소. 참호라고 해도 7피트 통로를 땅 속에 파 놓은 것에 지나지 않소. 참호는 전선으로 증원 부대를 보내거나 퇴각할 때 쓰도록 되어 있을 뿐이거든. 그런데 그는 참호로 가는 건 곤란하다고 생각게 하려고 했소. 우리를 특정 지점으로 유도하기 위해서지. 붉은 선이 그어진 부분이 정찰대의 통로라고 말했지만 그런 건 있지도 않소. 정찰대라면 연락용 참호를 사용하거나, 보통은 전선 부대 중에서 보내게 되어 있으니까."
"그럼, 그 도면은 뭐요?"
"탱크의 통로를 나타내고 있소. 앞쪽의 방위선은 역습 때의 발진(發進)지점도 되는데, 그 경우 탱크를 보내는 게 절대 조건이오. 그러나 참호를 지나게 할 수는 없으니까, 일정한 통로를 정해서 참호 위에 다리도 걸어야 하오. 그가 도면의 한구석을 찢은 것은 도면의 명칭이 적혀 있었기 때문이오."
허베이는 천천히 고개를 끄덕였다.
"그래, 지금쯤 도면의 사본 한 장이 기차로 리히텐쉬타인을 향해 가고 있다는 말인가?"
"그렇지 않다면 곤란하지. 도면을 받고 나서도 매복할 시간은 충분히 있으니까."
"좋은 이야기로군." 그는 편안히 고쳐 앉았다. "그때까지 달려들지 않는단 말이지?"
"상대는 프로니까."
그는 눈을 감았다.
"그 말을 들으면 언제나 안심이 돼."

27

 비둘기 시계의 오두막집을 크게 확대한 것 같은, 교외에 가까운 별장 거리를 지났다. 호텔에 살고 싶지 않은 사람들이나 죄의식 때문에 호텔에 몸을 숨기지 않아도 될 사람들이 살고 있다. 그곳을 지나자 널찍한 농촌이 나왔다. 길가에서 아이들이 수선화를 흔들어 보이며 팔려고 했으나 상대하지 않고 지나갔다. 이 여행에는 꽃이 필요 없는 것이다.
 내 옆에서 허베이가 졸고 있었다. 그답지 않은 일이었다. 수면 시간이 짧은 데다 숙취의 피로가 겹친 모양이다. 뒤에서는 매건할트가 장군의 방에서 가져온 주네브 일보를 보며 저먼 양에게 주가에 대해서 뭔가 나지막이 이야기하고 있었다. 목을 뒤로 빼고 보니 그녀는 무슨 숫자를 적어 넣고 있었다. 중요한 일인 모양이다.
 3시 반쯤 차는 프리부르의 교외에 닿았다. 반대쪽으로 빠져나갈 때까지 고도(古都)의 깎아지른 듯한 절벽이 우리 위에 덮어씌워져 있었다. 미쉘랑의 지도와 시계로 계산을 해보았다. 이럭저럭 예정대로였다.

차가 튀고 삐걱삐걱 소리를 내고 있음에도 불구하고 졸음이 몰려왔다. 잠이 들어서는 안된다고 생각되었다. 자기 운전수가 자기 차를 운전하고 있는 동안은 장군도 우리를 습격하지 않으리라고 자꾸만 나 자신에게 타일렀다. 그런 일은 없다고 확신하기에 이르렀으나, 그때는 이미 졸음이 가시었다.

베른에 들어가기 직전에 허베이가 눈을 떴다. 진흙 늪에서 기어 나오듯이, 또는 6시간 수면을 취해야 할 것을 1시간만에 잠자리에서 빠져나오는 사나이처럼 천천히 시간이 걸렸다. 같은 느린 동작으로 담배에 불을 붙이고 두서너 번 기침을 했다.

"지금 어디요?"

"베른."

"앞으로 얼마나 가면 되오?"

"4시간 반쯤."

"그렇게나 걸리오?"

그는 손으로 얼굴을 만지고 나서 지그시 그 손을 보고 있었다. 나도 넌지시 바라보았다. 그와 마찬가지로, 그리고 그와 똑같은 이유에서 관심이 있었던 것이다. 손가락이 떨리고 있었다. 기다렸으나 그는 아무 말도 하지 않았다.

우리는 베른 시내 한가운데에 있는 국회의사당 앞을 지나 츠운스트라세를 따라 미끄러지듯이 달렸다. 시민들이 신기한 듯이 우리 차를 보고 있었다. 두 사람의 경찰관이 반은 진심에서 우러나오는 경례를 붙였다. 모두들 그 차를 알고 있는 모양이었다.

시가지를 나오자 또 길이 나빠졌다. 롤스로이스가 나무가 서로 부딪치는 듯이 끽끽 소리를 내었다. 이상하게도 마음이 가라앉은 소리였다. 돛을 있는 대로 올린 범선의 선실에 있는 듯한 기분이었다.

나는 뒤를 향해 검은 그림자에 대고 말을 걸었다.

"갈레롱이라는 이름에 대해서는 기억이 없다고 하셨지요?"

"전혀 기억이 없소." 매건할트가 대답했다.

"아마도 상당한 녀석인 것 같소. 장군을 앞잡이로 쓰면서 부녀 폭행죄를 꾸며내는 등 온갖 것을 알고 있는 모양이오. 게다가 맥스 헬리거의 주식을 손에 넣기도 하고……."

"나로서도 그 점에 가장 놀랐소. 맥스는 중요한 서류를 몸에 지니고 다니는 습관이 있는 사나이였소. 모든 걸 몸에 지니고 있었지."

"커다란 검은 가방에 말예요." 저면 양이 나직이 말했다. "사슬로 손목에 매달고 있었어요. 무기명 주식, 공채, 증서 따위로 가득찼지요. 몇 백만 파운드나 되었을 거예요."

"흐음." 나는 그녀 쪽을 보았다. "그럼, 왜 그가 추락했을 때 가방이 없었을까요?"

그녀는 어둠 속에서 미소지었다.

"아무도 그 이유를 몰라요, 케인 씨."

매건할트가 느닷없이 입을 열었다.

"당신은 갈레롱이 나에 대해 그 죄상을 꾸며 낸 것 같다고 했소만, 그가 아니면 누가 했겠소, 뻔하지."

"반드시 그렇다고 할 수는 없습니다. 그 사나이의 짓이라면, 당신이 경찰에 잡혀서 카스파르 회사의 회의에 나오지 못하게 수단을 강구했을 거요. 이 이틀 동안 당신을 경찰에 잡히게 할 기회는 몇 번이나 있었는데, 그때마다 당신의 목숨을 노렸소. 나는 그 이유를 알 수 없단 말이오. 프레츠를 지게 하기 위해 당신을 죽일 필요는 없거든요. 회의에 나오지 못하게 하려면 벌써 할 수 있었을 텐데……."

"내 회사를 망하게 하려면 나를 죽이는 편이 그를 위해선 더 좋겠지."

자기 대사가 마음에 드는 듯한 목소리였다. 나는 고개를 저었다.
"나는 그렇게 생각지 않습니다. 만일 그가 카스파르 사에서 자기 주식을 청산하겠다고 결정했다면 당신이 무얼 할 수 있겠소? 그는 훔치는 것도 아니오. 회사의 자산을 돈으로 바꿀 뿐이지. 자기 몫만큼의 돈을 받고 당신도 자기 몫을 받는 거요. 불평할 수가 없지 않소?" 그가 말을 꺼내기 전에 나는 얼른 덧붙였다. "법적으로는 말입니다."
저먼 양이 물었다.
"그럼, 당신은 우리를 죽이려 하는 자가 갈레롱이 아니라는 건가요?"
허베이가 조용히 소리내어 웃었다.
"그렇지 않소." 내가 말했다. "다만 구태여 베르나르 같은 사나이를 고용해서 죽이려 한다면, 부녀 폭행죄 따윈 필요없다는 거요."
그때 문득 다른 좋은 생각이 떠올랐다.
"어쩌면 카스파르 사를 빼앗으려고 프레츠와 짠 건지도 모르겠는걸. 갈레롱이라는 사람은 존재하지 않고, 헬리거의 주식은 사실 불에 타 버렸는지도 모르오. 매건할트 씨, 당신은 갈레롱을 만난 적이 없다고 했지요?"
"그렇소. 하지만 멜랑이 만났소. 프레츠에게서 연락이 있었을 때 곧 멜랑을 보냈었지."
"그럼, 그는 갈레롱을 만났소?"
"그렇지."
"왜 그는 갈레롱을 걷어차고 주식을 빼앗지 않았을까요?"
"변호사는 그런 방법을 쓰지 않소, 케인. 그리고 잊어선 안되는 것은 그 갈레롱이 법적으로 정당한 소유자일지도 모른다는 점이오. 그는 맥스의 정식 상속자일지도 모르오."

"흐음, 나는 이번 일에도 조금이나마 합법적인 요소가 있으리라는 것을 자꾸 잊어버린단 말이야."

"게다가," 그는 내 말에 개의치 않고 계속했다. "프레츠 씨는 혼자서 주주 총회를 개최할 수가 없소. 규칙으로 두 사람의 주주가 출석하지 않는 한 회의가 성립되지 않소."

나는 고개를 끄덕였다.

"흐음, 이제야 프레츠가 좋은 사람이라는 걸 알았군. 그렇다면 어째서 갈레롱은 당신 대신 프레츠를 죽이지 않을까? 그는 당신네들 중 어느 쪽이든 1대 1이면 주식의 수로써 이길 수 있소. 그런데 당신은 온 유럽 안은 숨어 다니고 있지만, 프레츠는 리히텐쉬타인에 딱 버티고 앉아 있소. 내 생각으론 프레츠를 해치우는 편이 훨씬 간단하다고 생각하는데……."

매건할트는 한동안 생각하고 있다가 입을 열었다.

"카스파르 사의 정관에 따라 프레츠 씨는 현지인 주주 중역으로서 특별한 책임을 지고 있소. 그는 언제든 주주 회의에 출석해야 하는 거요. 만일 그가 살아 있는데 출석하지 않은 경우 그의 표가 다수표에 동조한 것으로 인정되지요. 이건 이미 알고 있겠지만, 다른 두 사람 중 한 사람밖에 출석하지 못할 경우 그가 일부러 결석하여 회의의 성립을 방해시키지 않도록 하기 위한 조치요.

그러나 지금 상태로는 내 출석이 방해 당하고 있소. 이 경우 갈레롱이 프레츠를 죽이면, 나는 일부러 출석하지 않아 회의의 개최를 불가능하게 할 수가 있소."

나는 천천히 고개를 끄덕였다.

"알았습니다. 당신을 죽이려 하고 있는 이상 프레츠를 살려 놓아야 한다는 거로군요?"

그렇다고는 하지만 어째서 매건할트를 유치장에 집어넣는 것만으로 만족하지 않는지 납득이 가지 않았다.

 자동차는 나무다리를 덜컹덜컹 건너서 랑나우 시내에 들어가 바닥에 돌이 깔린 길을 달렸다. 시내를 빠져나오자 그림엽서와 같은 엔틀부흐 계곡의 농촌 지대로 들어섰다. 언덕 위로 거뭇거뭇하게 솔밭이 펴져 있고, 길 양쪽에는 사과꽃이 활짝 피어 있는 사이로 마녀의 뾰족 모자 같은 오래 된 교회 건물이 보였다.
 그러나 내 눈에는 스위스 전체가 그림엽서와도 같은 느낌이었다. 조용하고 모든 것이 주의 깊게 손질되어 있다. '날씨는 좋다. 차도 순조롭게 달리고 있다. 그러나 자극이 없다. 이미 몇 시간 동안이나 아무도 쏘아 오지 않았다……' 그러나 이것은 스위스의 죄가 아니다. 내 기분이 문제지. 어쩌면 온 유럽 전체에 지옥과 같은 광경이 펼쳐져 있을 때도 이곳만은 그림엽서같이 질서있고 조용하게 지내고 있었던 것이 마음에 들지 않는 건지도 모른다. 그런 기분을 없애기에는 나는 너무 나이를 먹었다. 내가 죽으면 이 기분도 같이 없어지겠지.
 허베이가 몸의 위치를 움직이며 손으로 얼굴을 문지르고는 또 그 손을 쳐다보고 있었다. 눈앞에서 손바닥을 펴고 있을 뿐, 의사가 환자에게 시키는 것같이 팔을 똑바로 뻗지는 않았다. 그러나 그가 무엇을 생각하고 있는지는 분명했다. 손가락이 프리 댄서의 허리처럼 떨리고 있었다.
 그는 천천히 얼굴을 내 쪽으로 돌렸다. 표정이 하나도 없었다. 이 이상 더 표정을 지을 수는 없을 것 같은 얼굴이었다. 지옥을 들여다보면 이것이 지옥인가 하고 납득이 갈 것 같은 얼굴이었으나, 지금은 무엇을 생각하고 있는지 그 한 조각조차 보이지 않았다.
 나 스스로 상상하는 수밖에 없었다.
 '술이 필요하구나.'

그는 또 펼친 손가락에 시선을 돌렸다. 전혀 감정을 나타내지 않고 있어서 매니큐어가 필요한지 어떤지를 결정짓지 못하고 있는 듯한 얼굴이었다. 얼마 뒤 그는 느린 말투로 한마디했다.

"아마 술이 필요한 것 같군."

이렇게 되리라 예상은 하고 있었으나 그래도 아직 한 가닥 희망을 걸고 있었다. 어젯밤 피넬에서 엉망으로 취한 이래 다시 본디 상태로 되돌아간 것이다. 술기운이 끊기면 손가락이 떨어져나갈 만큼 떨린다. 여기까지 유지해 온 것도 장군네 집에서 마신 포도주 덕분이다. 그 기운이 끊긴 것이다.

이러한 손가락의 떨림은 멎기는 한다——그러나 그러기 위해서는 24시간이 걸린다. 나로서는 앞으로 5시간도 되기 전에 그의 권총의 도움이 필요하게 될지도 모르는데…… 가방에서 지도를 꺼내 조사했다.

"이제 10분 뒷면 월퓨전에 도착하겠군. 거기서 한두 잔 마시면 되겠지."

그는 고개를 끄덕이면서 아직 손가락을 바라보고 있었다.

그러고는 "아니면 한 병 사든가" 하고 말했다.

나는 그 말이 마음에 들지 않았다. 떨림이 멎을 정도로 마셔 주기를 바랐다. 행동이 둔해질 만큼 마셔서는 곤란하다. 물론 그 경계는 종이 한 장 차이지만…… 사실 내 희망은 꿈과도 같았다. 경계 같은 건 있을 수가 없다. 단순한 시간의 문제에 지나지 않는다. 한 번 마시기 시작하면 몸이 녹을 때까지 마시지 않고는 끝이 안 난다.

그러나 다음 한 잔을 언제 마실 수 있을까 생각하고 있는 알코올 중독자는 다른 건 전혀 생각할 여유가 없다. 아예 병째 한 병 안겨 놓으면 마음을 놓을지도 모른다. 그리고 나로서는 그가 마비 상태가 되기 전에 총질이 시작되기를 기도하는 수밖에 도리가 없다.

"좋아, 차를 세우고 한 병 사지."

"꼭 그래야 돼요, 허베이?" 저먼 양이 말했다.

허베이는 몸을 틀어 그녀 쪽으로는 손을 내밀었다. 그녀는 떨리는 손가락을 보고 있다가 자기 손을 뻗쳐 한참동안 그 손가락을 잡고 있었다. 이윽고 그녀는 자기 쪽 벽에 붙박이가 되어 있는 마호가니 상자 뚜껑을 열고 이제까지 본 적도 없을 만큼 큰 은제 플라스크(술을 담는 휴대용 병)를 꺼냈다.

"아까 발견했어요." 그녀는 아무렇지도 않게 말했다.

그는 그것을 받아서 큰 컵을 들어 한 잔 부었다. 무슨 술인지는 모르나 병에 절반 이상이나 들어 있는 모양이다. 허베이는 냄새를 맡아보고 한 모금 마셨다.

"포어 스타로군."

"꼬냑인가?"

그는 고개를 끄덕이며 컵을 들어올려 건배하는 시늉을 했다.

"이제 살았어."

그러나 나는 그렇게 생각되지 않았다.

월퓨젠을 지나 르체른으로 들어갔다. 거기서 러시아워의 자동차 사이에 끼어 시간이 지체되었으나 밝은 동안 국경에 도착하여 어두워질 때까지 시간을 보내는 것보다는 나았다.

그 뒤 호수가의 지그재그 길에 접어들어 작은 산을 넘어 다음 호수로 내려갔다. 누구도 별로 말이 없었다. 허베이는 가끔 꼬냑을 홅고 있을 뿐이었다. 그때로부터 두 잔째 따랐으며, 퍼마시는 것 같지는 않았다. 시계를 보았다. 해가 질 때까지는 앞으로 1시간 반이 남았다. 한밤중까지는 앞으로 5시간.

"어디서 국경을 넘기로 정했소. 케인 씨?" 매건할트가 물었다.

나는 급히 손을 뻗쳐 칸막이 유리가 닫혀 있는지 어떤지를 확인했다. 이미 허베이의 손이 뻗쳐 있었다. 그가 편안한 웃음을 보였다. 지금의 그는 머리도 맑고 아주 좋은 상태에 있다. 꼬냑 석 잔으로, 의식이 흐려지는 일 없이 손가락의 떨림이 멎은 것이다.

그러나 이제부터는 내리막길을 굴러 떨어질 뿐이다.

나는 요새 지대의 도면을 무릎 위에 폈다.

"방위선은 작은 능선 위에 X형으로 만들어져 있소. 탱크의 통로는 도로에서 3, 4백 야드 떨어져서 도로와 거의 평행으로 달리고 있지요. 그러니까 강 쪽에 붙은 능선을 넘으면 아무도 만나지 않고 국경을 넘을 수 있을 거요."

"시간이 얼마나 걸리겠소?"

"8시 반쯤 출발할 수 있으면······국경에서 철조망을 뚫고 가야 하기 때문에 얼마쯤 시간이 걸릴지도 모르지만······ 그렇지, 늦어도 10시에는 저쪽 전화기 있는 곳까지 갈 수 있을 거요. 전화를 해서 프레츠에게 마중 나와 달라고 하면, 10시 반에는 바도츠에 도착할 수 있지요."

"나는 바도츠에 가는 게 아니오."

나는 뒤쪽 어둠 속을 들여다보았다.

"맨 먼저 그것을 물어 두었어야 했었는지도 모르겠군. 국경에 대해서만 생각하고 있어서······ 자아, 리히텐쉬타인의 어디로 가시오?"

"회의는 스테그에 있는 프레츠 씨 집에서 열리기로 되어 있소."

"스테그?"

처음에는 이름이 얼른 생각나지 않았으나, 곧 생각이 났다. 산 속의 외가닥 길을 올라간 곳에 있는 작은 마을이다. 거기서부터 몇 킬로미터 앞인 스키 호텔에서 길이 없어져서 산을 넘으면 오스트리아와의 국경이 나온다.

"그래요?" 나는 놀랐다. "지독하게 외진 곳이로군." 기억에 남아 있는 것이라곤 나무꾼의 오두막이 서너덧 채, 나머지는 몇 채의 별장뿐이다. "프레츠는 악인은 아닌 것 같군."

"우린 지금까지 총잡이와는 교제가 없었소." 매건할트가 말했다. "그리고 프레츠가 마중 나오게 되면 재미없을 거요. 잊었는지 모르지만, 그때쯤 프레츠 씨 집에는 갈레롱이 와 있을 테니까. 만일 우리가 무사한 것을 알면 갈레롱이……."

어떻게 할 것인가 생각하는 모양이었다. 나는 그의 기분을 알 수 있을 것 같았다. 그때는 멜랑도 같이 있느냐고 물으려다가 그만두었다. 그가 있건 없건 마찬가지일 것이다. 갈레롱이 알게 되면 상대방의 허를 찌르는 효과가 없어진다.

매건할트가 침착한 어조로 말했다.

"그러니까 국경을 넘으면 당신이 차를 구해 주어야 하오."

간단하다——차를 구해 주오. 만일 누군가 아직 눈이 쌓여 있을지도 모르는 스테그로 가는 가파른 자갈길을 가는 자가 있기라도 하다면, 그 사람에게 얼굴을 보이게 되고 만다. 게다가 차나 사람은 국경에서 10킬로미터나 들어간 바도츠에 가지 않고는 구하지 못할 것이다.

과연 매건할트는 리히텐쉬타인에 대해 밝고, 문제의 소재를 알고 있었다.

"훔쳐야 될지도 모르오." 여전히 침착한 목소리였다.

"간단하게 들리겠지만……." 나는 우울해진다. "알겠소……국경 바로 건너 마을에 차도 몇 대 없을 거요. 그것도 길가 같은 데 세워두지는 않았겠지. 만일 그런 데 있다고 해도 키가 꽂혀 있을 리가 없고, 마을 한가운데서 남의 차의 배선을 만지고 있을 시간도 없을 거요……."

"그렇다면 뭔가 다른 방법을 생각해 줘야지. 내가 당신을 고용한 것은 스테그로……."

"알고 있소. 지금 생각하는 중이오."

나는 자신의 생각이 마음에 들지 않았다. 생각하면 할수록 마음에 들지 않았으나 그렇다고 해서 달리 좋은 생각이 나지 않았다.

"지금 차를 타고 가지요." 나는 천천히 말로 표현했다.

허베이가 얼른 내 쪽을 보고 눈썹을 치켜 떴다.

저먼 양이 "그건 무슨 말이지요?" 하고 물었다.

"탱크의 통로……탱크가 지나갈 수 있다면 롤스로이스도 갈 수 있을 거요. 모건을 쫓아내고 차로 국경을 넘겠소. 그렇게 하면 저쪽에 가서도 이 차를 타고 갈 수 있겠지."

너무나 뜻밖의 말이어서 여자의 목소리가 잘 이어지지 않았다.

"하지만……하지만 당신은 거기에 적이 숨어 있을 거라고 말했잖아요!"

"롤스로이스가 오리라곤 생각지 않을 거요. 그리고 우리가 저들이 매복하고 있는 걸 알고 있다고도 생각지 않고 있소. 그만큼 이쪽이 유리한 입장에 있는 거요."

"벌집처럼 총알을 맞을걸." 허베이가 생각에 잠긴 어조로 말했다.

"그럼, 달리 좋은 방법을 생각해 내어 주게나."

한참 있다가 그가 얼굴을 일그러뜨리며 미소지었다.

"그 기관총을 쓰고 싶어 못 견디겠다는 거로군. 좋았어."

그는 천천히, 그러나 확실한 솜씨로 브랜디를 한 잔 따랐다.

28

 벼랑길을 다 올라간 곳에 경찰의 폴크스바겐이 서 있었으나 우리 차를 보자 지나가라고 신호하고는 다른 차를 세웠다. 아마도 리히텐쉬타인까지의 길은 그다지 중시하고 있지 않은 것 같았다. 검문소는 국경에 있는 모양이다. 그래도 조금은 상황 판단의 도움이 되었다.
 경찰은 우리가 몬트루에 간 사실을 모르고 있는 것이다. 만일 알고 있다면 몬트루에서 오는 차는 장군의 차도 포함하여 모두 조사할 것이다. 이것은 즉 그 몬트루의 경감이 아무 말도 하지 않았다는 뜻이 된다. 지금까지 잠자코 있다면 아마 앞으로도 침묵을 지킬 것이다. 그에겐 그 나름대로 이유가 있다. 입을 열면 정식 요청이 없는데 매건할트를 체포했다는 것과, 누군가의 손에 놀아나서 풀어 준 것을 고백해야 하는 것이다.
 그 두 가지는 경찰관으로서 도무지 면목이 안 서는 일이다. 나는 그가 끝까지 입을 다물어 주기를 바랐다. 왜냐하면 그가 내 인상을 자세히 본 유일한 경관이기 때문이었다. 언젠가 슬그머니 찾아가서 한잔 사 주어도 좋다.

저녁 해가 호수 저쪽 산의 눈에 되비치고 있었다. 골짜기로 내려가자 초저녁의 어둠이 우리를 둘러쌌다. 그리고는 급속히 어두워져 갔다. 모건이 전조등을 켜자 노랑 빛이 길 위에 퍼져 길가에서 벗어나 갔다.

허베이가 다섯 잔째의 꼬냑을 따르며 내게 물었다.

"어디서 빼 낼 거요?"

"국경 근처에서 우리를 내려 줄 때까지 기다리는 것이 좋을 거요. 녀석의 권총을 보았소?"

허베이는 고개를 끄덕이며 술을 홀짝였다.

"상대는 어디쯤에서 기다리고 있을까?"

나는 지도를 펴고 담배를 한 대 붙여 물고서 조사하기 시작했다.

요새는 달리 예를 찾아볼 수 없을 만큼 신중하고도 교묘하게 배치되어 있었다. 참호가 제1선, 제2선, 그리고 예비선, 이렇게 3중으로 전개되어 있고 지그재그로 된 연락호로 이어져 있었다. 그밖에 토치카와 총좌(銃座)가 무수히 배치되어 있었다. 모범적인 싸움을 할 수 있게 되어 있는 것이다.

감탄할 건 하나도 없다. 장군들이란 무엇이든 시대에 뒤처진 뒤에야 완전한 것을 만들어 내는 법이다. 이 방위선 역시 공군이나 전차 부대에 의해 그런 것이 쓸모없는 지장물이 된 뒤 15년쯤 지나 완성된 것이다. 요즘에 이런 것에 정면으로 부딪쳐 가는 자는 없다. 전투 폭격기로 고립시켜 놓고 나머지는 융단 폭격으로 요리해 버린다. 아니, 지금 같으면 단추만 누르면 된다. 아무래도 내 전쟁 방법도 시대에 뒤진 것 같다.

나는 자신이 갑자기 나이를 먹은 듯한 기분이 되었다. 장군들의 기분도 알 수 있을 것 같다.

허베이가 "어떻게 됐소?" 하고 말을 걸었다.

"상대방은 리히텐쉬타인 쪽에서 올 거요. 도중에서 우리를 기다리고 있겠지. 우리가 어느 선으로 들어오는가 확인하기까지는 저쪽에서 우리를 잡으러 와도 성공률이 적소. 일이 끝나면 리히텐쉬타인으로 돌아갈 작정이겠지. 스위스 쪽은 경찰이 물샐 틈 없는 태세를 취할 테니까. 그러나 스위스 쪽만 그렇지, 리히텐쉬타인에는 경찰관이 15명밖에 없으니까 출입하는 길을 모두 감시하는 건 불가능할 것이오."

허베이는 고개를 끄덕였다.

"그렇다면 국경은 스위스 쪽으로 조금 들어간 지점인가?"

"그럴 거요. 요새 지대라고 해도 대부분은 사령부 건물이며 포좌(砲座) 등으로, 실제 축성되어 있는 것은 적과 접촉하는 폭 200야드 정도의 지대요. 그게 국경선에 걸쳐 있소."

그는 한참 생각하고 있더니 "차폐물엔 궁하지 않겠군. 거기서 한 걸음이면 리히텐쉬타인이라……." 그는 혼자서 고개를 끄덕이고 있었다. "그래, 총소리가 들리면 스위스 경찰은 어떻게 나올까?"

"달려오겠지. 하지만 경찰 파출소는 반 마일쯤 떨어진 곳에 있으니까 참호를 지나오겠지. 따라서 격전을 구경할 수는 없을 거요."

매건할트가 날카롭게 말했다.

"그렇게 되면 내가 리히텐쉬타인에 있다는 걸 알리는 것이 되겠군요."

"상상은 하겠지요. 그러나 국경을 넘어 뒤쫓아올 수는 없소. 그러니 프랑스 경찰은 다시 처음부터 시작하여 리히텐쉬타인에 당신의 인도를 요구해야 할 겁니다. 당신이나 프레츠가 2, 3일 연기시킬 손은 쓸 수 있다고 생각하는데. 2, 3일만 있으면……." 나는 어깨를 움츠렸다.

여자가 조용히 말했다.

"리히텐쉬타인인가 봐요."

국경을 넘은 바로 저쪽에 있는 두 개의 작은 마을에서 비치는 불빛이었다. 아직 몇 마일이나 떨어져 있고 앞으로 강도 건너야 하는데, 그래도 아주 가깝고 밝게 보였다. 아무튼 저 마을에 도착하면 되는 것이다. 그렇게 되면 모든 문제는 지나간 일이 되어 버릴 것이다.

롤스로이스가 마을의 불빛을 등지고 튼튼한 걸음으로 달리며 꼬불꼬불한 길을 나아가서 그 양쪽 기슭이 다 아직 스위스 령인 강으로 향했다.

첫 번째 다리를 지나 북쪽으로 반쯤 돌아 마이엔펠트를 지나 장크트 루치스타이히 산을 향해 오르막길에 다다랐다. 거기서부터는 탱크 통로가 시작된다.

오른편은 험한 절벽이며, 그 위쪽의 2천 피트 근처에는 눈이 쌓여 있다. 그곳이 장크트 루치스타이히 요새의 오른쪽 날개가 된다. 앞쪽 왼편에 프레셔베르그의 검고 옆으로 긴 모습이 보인다. 방어 진지의 중앙 요점이 되는 능선이다. 그 근처에서 축성이 시작되고 있을 것이다. 100년이나 되는 옛날의 구조물에 풀이 자라고, 그 사이에 현대적으로 축조된 지하 참호와 포좌가 여기저기 흩어져 있다. 그것을 지나자 진짜 참호, 토치카, 철조망이 시작되었다. 어두워서 보이지는 않았지만 거기 있을 것이다.

롤스로이스에 타고 있으니까 썰렁한 물이 괸 참호와 철조망이 있으리라고는 생각되지 않았다. 내가 "그대로 전진!" 하고 명령하면 국경 같은 건 문제없이 통과할 것이다.

철조망을 뚫고 나갈 필요는 없지 않은가?

나는 차츰 부자의 기분을 알 수 있을 것 같았다——어째서 그들이 갑자기 말썽에 말려 들어가나 하는 것도. 그들은 롤스로이스에 타고 마호가니와 가죽에 푹 싸여 "그대로 전진!" 하고 말하겠지. 그들은 자신이 그런 변을 당할 리가 없다고 생각하는 것이다. 그리고 그렇기 때문에 그런 변을 당하는 것이다.

오늘 밤 국경의 검문소에서는 임금님도 쥐도 패스포트를 보이고 있을 게 틀림없다.

한줌의 등불 사이를 지났다. 여기서부터 장크트 루치스타이히까지 가는 길에는 인가가 없다. 모건이 속도를 늦추고 도로의 주변을 신중하게 살피고 있었다. '정차와 촬영 금지'라고 쓴 푯말이 보였다. 목적지에 닿은 것이다. 롤스로이스가 천천히 멈춰섰다.

우리는 길을 다 올라가기 바로 직전에 있었다. 200야드쯤 앞에서 길은 내리막이 되어 3킬로미터 앞의 리히텐쉬타인으로 접어 들어간다. 방위 계획에 의하면 여기까지는 오르막길을 이용하여 탱크는 적이 모르게 숨어서 전진하고, 여기서부터 앞은 탱크 통로로 들어간다는 계산인 모양이다.

모건이 전조등을 끄고 차에서 내려 왼쪽 도어를 열어 주었다. 나는 가방 속의 모제르에 손을 대고 있었으나, 그는 어디까지나 전형적인 자가용 운전사의 태도였다. 그는 굳이 도끼를 휘두르지 않아도 되는 것이다. 예의 바르게 단두대까지 안내해 가기만 하면 된다. 나는 차에서 내려 하늘을 쳐다보았다.

좁은 골짜기에서는 햇빛은 이미 사라져 버렸으나 하늘은 컴컴하다기보다 반투명이었다. 조각구름이 미친 듯이 달리는 말처럼 남서쪽을 향해 산등성이에서 산등성이로 달려갔다. 그 사이를 뚫고 창백한 달빛이 흐르고 있었다. 차가운 바람이 살갗을 찔러 얼른 레인코트의 단추를 채웠다. 그러나 몸 안에서는 더 차가운 바람이 불고 있었다.

허베이와 나와 모건의 중간에 서서 권총을 꺼내 탄창을 열어 보았다. 그가 그런 짓을 하는 걸 이제까지 본 적이 없었다. 총잡이는 언제나 몇 발이 들어 있는지 알고 있는 법이다.

이윽고 그는 "여기서 모두 '리히텐쉬타인으로 가자'를 3번 외치고 출발할까" 하고 말했다. 그리고는 모건 쪽을 향해 권총을 들이댔다.

"총에 손을 대지 말게!"

주위의 정적 속에서 모건이 잇새로 숨을 들이쉬는 소리가 들렸다. 그는 허베이를 지나쳐 내 얼굴을 쳐다보았다.

"안심할 수 없는 사나이라고 생각하고 있었지."

"피장파장이야."

나는 그의 뒤로 돌아가서 레인코트 밑에서 웨블레이 45를 뽑았다. 이런 것을 허리에 차고 운전하다니, 류머티즘에 걸리지 않는 게 이상할 정도다.

"롤스로이스를 가져가겠지?" 하고 그는 우울하게 중얼거렸다.

"무슨 짓을 해도 잡힐 텐데."

"탱크 통로로 가면 안 잡히지."

"그 뒤에 말이야. 각하가 관계하고 있다고 경찰이 생각하게 만들면 재미없어!"

그는 진짜로 화가 나 있는 것 같았다.

"그게 아니겠지, 중사. 잊었나? 저것이 탱크 통로라는 건 우리가 모르는 걸로 되어 있어. 누가 매복하고 있다는 것도 모르는 걸로 돼 있고. 이미 장군은 콧수염까지 진흙속에 파묻혀 있을 거야. 코까지 파묻혀도 별수 없겠지. 우리를 배신한 게 잘못이었어."

그는 나를 노려보고 있었다. 머리가 모자라는 송사리가 몬트루의 죽어 가는 노악당의 명예를 구하려고 머리를 짜고 있는 것이다. 칭찬할 것도 없지만 멸시해 버리는 것도 가엾다.

"당신네들보다 더 훌륭한 사람을 판 일도 있어." 그는 겨우 입을 열었다.

내 뒤에서 매건할트가 말했다.

"설마 우리가 페이 장군에게 누를 끼쳐 드리고 있다는 건 아니겠지?"

모건은 그에게 적의에 가득찬 시선을 보내고는 왔던 길을 다시 걸어갔다. 군대 시절의 면목이 약간 남아 있는 걸음걸이였다. 나는 그 모습이 모퉁이를 돌아 보이지 않게 될 때까지 보고 있다가 길 왼쪽으로 건너가서 울타리를 조사해 보았다.

20야드 올라간 곳에서 목적한 것을 발견했다. 철조망이 끊기고 두 줄의 유자철선이 옆으로 쳐져 있을 뿐이었다. 달빛이 비치기를 기다려서 그 너머 저쪽에 오른편으로 뻗어 가는 길 같은 자국을 발견했다.

등 뒤에 저먼 양이 와 있는 것을 깨달았다.

"저 통로인가요?" 하고 그녀가 물었다.

"그렇소." 나는 모건의 연발 권총을 꺼내어 오발이 되지 않도록 탄창을 열고 격철과 총신 끝 사이에 철사를 끼워 좌우로 흔들었다. 철사 끊는 기구 같이 되지는 않았으나, 아무튼 끊기겠지. 여자가 말했다.

"불 없이는 무리예요. 게다가 풀이 자라서 지나갈 수 없을지도 모르는 일이고요."

"몇 년 만에 한 번씩은 손질을 하고 있을 거요. 그리고 작은 탱크가 밀고 지나간다면 롤스로이스도 지나갈 수 있소."

"롤스로이스를 운전할 줄 알아요?"

나는 어깨를 으쓱했다.

"부자의 차지……망나니의 차는 아니오. 하지만 어려울 건 없을 거요."

"당신, 점화 조정과 혼합 가스를 콘트롤할 줄 알아요?" 귀여운 얼굴로 시치미를 떼고 물었다. 나는 어처구니가 없어서 그녀의 얼굴을 멍하니 보았다. "제가 운전하겠어요."

"농담······." 철사가 끊어졌다. "시시한 소리 마시오. 아직 못 들었는지 모르지만, 당신은 여기까지면 됐소. 마이엔펠트까지 걸어가서 내일 마중하러 갈 때까지 기다리고 있어요."

그녀는 급히 무표정하게 지껄였다.

"아버지가 총독이었을 때 공용차로서 팬텀 II형이 있었어요. 그때 운전을 배웠어요. 그러니까 내가 운전하는 게 좋을 거예요."

어디 총독이었느냐고 물으려다 정말이라는 것을 알고 있었기 때문에 그만두었다. 게다가 그녀의 말에도 일리가 있었다. 어렵지 않을 거라고 말은 했지만, 이 롤스로이스는 30년 전의 운전 방법에 맞춰서 만들어져 있다.

나는 두 번째 줄의 철사에 대들었다.

그녀가 말했다.

"그렇게 하면 당신과 허베이의 손이 훨씬 자유로워질텐데요." 그것도 일리가 있다. "내가 상대 쪽에 붙어 있다고 생각한다면 별문제지만."

"아니, 그런 건 생각지 않았소. 일부러 당신도 허베이도 살해당할 짓을 한다고는 생각지 않았소. 다만 도청 전화의 위험성을 충분히 알고 있는지 어떤지 확신할 수가 없었고, 사람들이란 입이 가볍다는 걸 모르고 있는 게 아닌가 생각했을 뿐이지. 누가 '매건할트의 비서가 오늘 몬트루에서 전화해 왔어'라고 하면 그 소문은 삽시간에 퍼지고 말지요. 따라서 결과적으로는 배신한 거나 다름없는 일이 되고 마는 거요." 한참 동안 사이를 두었다 물어 보았다. "누구한테 전화했소?"

"샤머니 근처의 산 속에 병원을 하고 있는 사람이 있어요. 허베이 때문에…… 그분은 너무 많이 마시는 사람을 한 사람 고친 일이 있거든요. 어떻게 해줄지도 모른다고 생각해서……."
"왜 그렇다고 내게 이야기하지 않았소?"
"나도 모르겠어요." 조용한 목소리였다. "뭔가 아주 개인적인 일 같은 생각이 들어서요. 게다가 당신도 내가 진정이라고 생각해주지 않을 테고."
그건 사실이다. 상대방의 기분을 확인한다기보다 이쪽 기분을 전하기 위해 나는 이렇게 말했다.
"나는 당신이 단순한 생각으로 다리가 나쁜 개에게 손을 빌려 주고 있는 게 아닌가 생각했지……."
"나 자신도 모르겠어요." 그녀는 솔직히 말했다. "케인 씨, 진짜로 다리가 나쁜 개는 우리 세계에 그다지 많지 않아요. 대부분은 늑대이거나 아니면 사람의 손발을 핥으며 기뻐하고 있는 개예요. 나는 노력해서 그이의 힘이 되어 주고 싶어요. 해보아서 왜 그런 짓을 했는지 규명해 보고 싶어요."
"힘든 일이오……비록 그가 당신 말에 따른다고 하더라도."
"내 말을 들어 달라고 하는 건 무리라고 생각해요. 하지만 내가 그이를 따라갈 수는 있어요. 저, 매건할트 씨에겐 이 일을 그만두겠다고 말했어요."
나는 고개를 끄덕였다. 차츰 상대방의 말을 믿는 기분이 되어 있었다. 다만 한 가지 더 말해 둘 것이 있었다.
"그는 술을 마시기 때문에 저런 사람이 되었소. 술을 끊으면 전혀 다른 사람이 될 거요. 그 달라진 인간이 경우에 따라서는 좋아질지도 모르지."
"알고 있어요. 그 가능성은 알고 있어요."
두 가닥째 철사가 끊어졌다.

"공항에서 쓴 철사 가위는 어떻게 했지요?" 그녀가 물었다.

멍청했다. 내내 가방 속에 넣어 두고 있었던 것이다. 앞으로 싸움에 임할 사람치고는 너무 멍청했다.

"그럼 운전해도 좋겠지요?"

정신이 건전한 사람의 손을 빌려야 한다.

"좋소."

둘은 차가 있는 곳으로 돌아왔다. 허베이가 물었다.

"뭘 하고 있었소?"

"발칸의 정치 정세에 대해 의견을 교환하고 있었지. 그녀가 운전할 거요."

"뭐? 그녀는 여기 두고 갈 계획이 아니었소?"

"생각이 바뀌었소. 그녀는 이 차를 운전할 줄 아오. 생각해 보니 그게 위험이 적을 것 같소."

"그녀의 위험은 적어지지 않아."

"그렇지."

여자가 운전대에 올랐다. 땅 위에 서 있을 때보다 머리 위치가 높아졌다.

허베이가 말했다.

"이게 레지스탕스 정신이라는 건가……죽을 찬스는 남자나 여자나 같다?"

"그렇겠지."

시동이 걸렸다. 엔진이 회전을 느리게 한 레코드 같은 굵은 소리를 내었다.

나는 다시 철조망 쪽으로 가려고 했다. 허베이가 고집스럽게 "아무래도 마음에 안 들어" 하고 말했다.

나는 얼른 그에게로 고개를 돌렸다.
"내가 눈꼽만큼이라도 좋아서 이런 일을 하고 있는 줄 아오? 롤스 로이스로 서부 전선을 뚫고 지나야 할 판국이 되는 줄 알았더라면 이런 일의 소문도 들리지 않는 곳으로 도망가 버렸을 거요. 그러나 ……이미 와 버렸소……온 이상은 나머지 2킬로미터를 마저 가야 하는 거요."
"그녀가 죽게 될지도 몰라."
"그러면 당신이 가서 설득해 보구료."
나는 차에 올라타고 모제르를 조립했다. 그때 레인코트 주머니에 무게를 더하고 있는 모건의 커다란 웨블레이가 생각났다. 한참 생각하다가 아무래도 나는 쌍권총잡이엔 어울리지 않는다고 판단되어 매건할트에게 건네 주었다.
그는 반대를 했다. 나는 말했다.
"매건할트 씨, 아무도 당신에게 이걸 쓰라고 강요하고 있지는 않소. 그러나 만일 일이 잘 안 되는 경우, 쓰고 싶어질지도 모를테니까……."
내가 차에서 내렸을 때는 허베이는 여자와 이야기를 끝낸 참이었다.
"어떻게 됐소?"
"아무래도 마음에 안 들어." 그는 오른쪽 발판에 올라서서 도어 기둥에 팔을 감았다. 나는 왼쪽으로 올라갔다.
저먼 양이 기어를 넣고 차를 움직이기 시작했다.

29

 처음 몇 백 야드는 평탄한 길이었다. 농장으로 가는 통로로 쓰고 있는 모양이다. 목초지대를 지나 나무 뿌리와 옛날의 석조 축성 부분에 풀이 우거진 흙더미가 되어 있는 곳을 피하면서 나아갔다.
 여자는 분명히 운전 방법을 알고 있었다. 엔진이 가끔 회전 속도를 떨구고 발명 당시의 기관총을 공장 안에서 쏘는 듯한 굵은 소리를 냈으나, 그녀는 기어를 2단으로 넣은 채 점화 조정을 했다. 기어를 1단으로 쓰자 회전이 빠르고 소리가 멀리까지 울렸다.
 길은 머리 위의 도로에 차츰 벗어나 골짜기 밑을 기어갔다. 좌우를 꼬불꼬불하게 가는 것이 무의미하게 생각되었으나, 생각해 보니 군용 도로인 것이다. 그리고 보니 저지대며 모여선 나무들 하나하나가 차폐물로 이용되고 있음을 알 수 있었다.
 갑자기 솔밭 속으로 들어가서 왼쪽인 프레셔베르그 방향으로 올라가는 비탈면의 숲 기슭으로 나아갔다. 좋은 차폐물이지만 너무 어두웠다.
 저면 양이 물었다.

"라이트를 켜도 될까요?"
나는 창밖으로 얼굴을 내놓았다.
"안되오. 하지만 내가 '라이트' 하고 외치거든 풀로 정면을 비쳐 주시오."
"그래도 되겠지요?"
"좋지 않을 것 같으면 외치지도 않을 거요."
차는 기어가듯이 전진했다. 나무들에는 아무 색깔이 없었다. 해골에 검은 헝겊을 걸쳐놓은 것처럼 보였다. 그리하여 바로 5야드 앞도 볼 수가 없었다.

그러나 숲 속에서 총질을 벌이는 자는 없다. 사각(射角)이 몹시 좁고 어두워 등 뒤로 돌아갈 위험성이 크기 때문이다. 나는 그런 것들을 모두 기억하고 있다.

그러나 상대방은 어떨까?
"될 수 있는 대로 빨리 달리시오."
"국경선에 접근할 때까지는 천천히 가야 되는 게 아닌가요?"
"하긴 그렇지만 조금은 겁이 나서……."
그녀는 소리를 내지 않고 웃고 있었는지 모르지만, 차의 속도를 올렸다. 그녀는 거의 수직에 가까운 커다란 핸들을 좌우로 돌리고 있었다. 갱 영화의 흉내를 내고 있거나 아니면 핸들이 무척 가벼운 모양이다.

나무 사이를 빠져나가자 금방이라도 총알이 날아올 것 같은 두려움도 사라졌다.

숲 끝을 지나쳤을 때 앞쪽에 나지막하고 옆으로 길쭉하며 네모진 모양이 보였다. 근대적인 축성의 시작이다. 나는 창 밖으로 몸을 내밀고 "잠깐 세워 주시오" 하고 말했다.

차가 천천히 섰다. 내가 걸어가자 뒤에서 허베이가 따라왔다. 잠자코 블록하우스 문 양쪽에 가서 섰다.
 "뭘 찾는 건가?" 허베이가 작은 목소리로 물었다.
 "이 근처의 요새를 살펴보는 거야."
 그는 흘긋 내 쪽을 보더니 고개를 끄덕이며 같이 조사를 시작했다. 블록하우스를 좋아하는 사람에게 있어서는 이것은 매우 훌륭한 것이었다. 만든 인간보다도 무척 좋은 것 같았다. 보루의 벽은 두께 18인치의 콘크리트였다. 입구는 교묘하게 폭풍을 막는 장치가 되어 있어 날아오는 총알이나 파편을 피할 수 있게 되었다. 보루는 수평으로, 부채꼴 모양이 밖을 향해 열려 있었다. 전체가 땅 속에 파 묻혀서 땅 위에 나와 있는 것은 윗부분 3, 4피트뿐이다.
 이미 새것이라는 느낌은 없었다. 카무플라주 페인트칠이 벗겨지고 콘크리트 겉이 축축하게 불어서 부석부석한 느낌이었다. 만지니까 미끈미끈한 이끼 같은 것이 손에 묻었다. 그러나 18인치 두께에는 변함이 없다.
 허베이가 손끝으로 벽을 만지면서 "이러한 전쟁도 재미있었겠는 걸" 하고 무언가 생각에 잠긴 듯한 말투로 말했다. 그는 내 쪽을 보았다. "여기서부터 앞은 모두 이렇소?"
 "그렇지."
 "난 또 땅에 구덩이가 파여져 있거나 참호가 있을 뿐이라고 생각했지."
 우리는 차로 돌아갔다. 허베이가 말했다.
 "이런 전쟁은 재미있었겠는걸."
 거기서부터 앞에는 건조물의 수가 급속히 늘어났다. 나무가 모여서 있는 속에 토치카가 여기저기 흩어져 있었다. 콘크리트의 포좌도 있었다. 박격포용 깊은 구덩이가 무덤같이 입을 벌리고 있다. 길이 점점 나빠져서 끝내는 두 가닥의 바퀴 자국만 남게 되고, 그 사이에 잡목과 4년생 정도의 어린 나무들이 자라고 있었다. 롤스로이스가 이것들을 짓밟고 지나갔다.

차가 어떤 색이라도 좋으니 이 색만 아니었으면 좋았을 걸 하는 생각이 들었다. 가끔 새어드는 달빛에 잘 닦여진 알루미늄이 수은등처럼 번쩍였다.

골짜기 밑에 다다르자 길이 조금 평편해졌다. 오른쪽으로 반 마일쯤 올라간 근처에 있는 국경 도로에서 탐조등이 꺼졌다 켜졌다 하고 있었다. 우리는 멈췄다가 다시 달려갔다. '서류를 보여 주십시오…… 아니, 임시 검속입니다…… 감사합니다. 조심해서 가십시오.' 다른 세계의 목소리이다.

차가 속도를 떨어뜨렸다. 허베이가 나직한 소리로 속삭였다.

"이건가?"

나는 정면을 살펴보았다. ──여기다.

골짜기를 가로질러 높이 7피트 되는 둔덕이 있었다. 깎아지른 듯 평편하고 부자연스러운 경사를 이루고 있다. 구름 사이로 새는 달빛으로 보니 둑이 아니라 높직이 쌓아 올린 평지였다. 장군들은 높은 곳에서 싸우는 편이 유리하다고 판단한 모양이다. 요격진지가 크리켓 경기장처럼 손질이 잘 된 높직한 평지 위에 서 있었던 것이다. 이치는 잘 알겠지만, 어쩐지 무시무시한 기분이 들었다.

여자가 악셀에서 발을 떼자 차가 천천히 둑 밑에서 멈춰섰다. 높직한 평지의 잇점 가운데 하나는, 그 배후가 앞쪽의 적에게 보이지 않는 것이다.

허베이와 나는 차에서 내려 조심스럽게 비탈면을 올라가서 진지를 둘러보았다.

처음에는 나직한 관목에 덮인 부자연스럽게 평편한 평지밖에 보이지 않았다. 관목이 바람에 으스스 흔들리고 있었다. 그러다가 차츰 관목에 파묻힌 모난 것이 보였다. 블록하우스, 토치카, 지휘소, 박격포좌, 지그재그로 달리는 연락호 등……

 방위 진지라는 느낌은 들지 않았다. 30년 동안 비바람에 시달려서 풀이 무성하게 우거져 있기는 하지만 매우 정연한 느낌이었다. 인간이 없어진 고대 도시가 7피트의 지하에 가라앉은 것 같았다. 그러나 주민이 어떤 사람들이었나 하는 것은 상상할 도리가 없었다. 처음부터 주민은 없었던 것이다. 여기에 산 사람은 없었다.

 그와 동시에 여기서 죽은 사람도 없다. 누군가가 유사시의 손해 추정표 정도는 만들어 보았는지도 모르지만, 전쟁은 일어나지 않았으며 싸움도 없었고 사상자도 없었다. 도표 위에서 상상된 전사자의 망령이 있을 뿐이다. 달빛이 비쳐서 콘크리트의 구조물이 창백하게, 아직 채 마르지 않은 해골처럼 떠올랐다.

 "마음에 안 드는군." 허베이가 말했다.

 나와 같은 생각을 하고 있었나 하고 놀라 나는 그의 얼굴을 쳐다보았다. 그러나 곧 그의 말 뜻을 알 수 있었다. 분명히 마음에 안 드는 광경이다. 이 평지 안에 1개 군단은 숨길 수가 있다. 본디 그 때문에 만들어진 것이니까. 나는 생각하면서 말했다.

 "녀석들은 통로 바로 가까이 있을 거요. 이렇게 어두우니까 기껏해야 10야드 거리이겠지. 그러니까 우리가 참호를 따라 다가가는 거요."

 그는 한참 생각하고 있었다. 그리고는 고개를 저으며 차 쪽으로 고개를 돌렸다.

 "그건 안되오, 케인. 총질이 시작되는 날엔 나는 저 작자 곁에 있어야 해."

 "아예 떨어져 있는 동안에 우리 둘이서 총질을 끝내는 게 오히려

311

안심이 되는 게 아닐까?"
"우리가 불의의 습격을 당하여 그는 어린애처럼 우두커니 앉아 있게 될지도 몰라. 난 갈 수 없소, 케인."
"우린 그를 무사히 데려다 주기 위해 고용된 거요. 그럼, 나 혼자 하겠소."
그는 또 고개를 저었다.
"안되오. 당신은 그를 호송하기 위해 고용됐고, 난 그의 생명을 보호하기 위해 고용됐소. 만일 내 생각으로 그가 무사히 지나갈 수 없겠다고 판단되면 가지 말라고 말하는 게 내 임무요." 그는 지그시 내 얼굴을 주시했다. "처음에 말했소, 케인, 이러한 일이 있을지도 모른다고. 의견이 갈라질지도 모른다고 한 것은 이 말이었소."
"매건할트는 강행하겠다고 할지도 모르오."
"목숨이 보장되지 않는다고 말을 들으면 대개는 생각이 달라지는 법이오."
나는 뭔가를 캐내려는 듯이 그의 얼굴을 보았다.
"그럼, 그만두고 되돌아가자는 이야기요?"
"그렇소, 난 중지하고 싶소." 그는 조용한 목소리로 말했다.
그때 나는 그의 마음 속을 읽을 수 있었다. 그는 진실을 말하고 있었던 것이다. 완곡하긴 하나 그러한 사나이로서는 힘껏 진심을 털어놓고 있는 것이다.
"매건할트의 의견을 들어 봅시다."
우리는 차로 돌아왔다.

매건할트가 기다리다못해 창문으로 몸을 내밀고 있었다. 표정은 보이지 않았으나 상상은 할 수 있었다.
"어떻게 된 거요?" 조급한 목소리였다. "뭘 꾸물거리고 있소?"

허베이가 천천히 무표정한 목소리로 말했다.

"매건할트 씨, 앞은 매우 위험합니다. 적의 목적을 위해 만들어진 거나 다름없소. 이대로 강행할 경우, 나로선 당신 생명을 보장할 수가 없소. 계획을 중지할 것을 권합니다."

매건할트의 안경이 번쩍 빛나며 내 쪽을 보았다.

"케인 씨, 당신의 의견은?"

"나는 처음부터 아무것도 보증하지 않았소." 시치미를 떼고 말했다. "그러나 가도 좋소. 이런 어둠 속에서 당신이나 나나 총을 맞을 찬스는 반반이오."

"일 리가 있군." 금속성 목소리가 말했다.

그리고 안경이 허베이 쪽을 보았다. 허베이는 고집스럽게 주장했다.

"케인과 나는 임무가 다르오. 그는……"

"그는 내가 바라는 대로 따르는 것 같소." 매건할트가 달려들 듯이 말했다. "그런데 어째서 당신은 못하는 거요?"

침묵이 흘렀다. 롤스로이스의 엔진 소리말고는 아무것도 들리지 않았다.

허베이가 입을 열었다.

"나는 술을 지나치게 마셨소. 이제 사과해도 소용없지만, 여느 때와 같이 기민하게 움직일 수가 없소. 임무를 다할 자신이 없는 거요."

피를 토하는 기분이었을 것이다. 알코올 중독자가 술 때문이라고 인정하는 일은 거의 없다. 더군다나 총잡이가 자신이 없다고 고백한다는 것은 도저히 생각조차 할 수 없는 일이다. 그러나 그는 그 양쪽을 다 인정한 것이다.

매건할트가 나를 보았다. 나는 어깨를 흠칫했다.

"난 할 수 있다고 생각합니다."

운전석 도어가 열리고 여자가 내려왔다.

"허베이가 안 가는 게 좋다고 한다면 억지로 그를……."

"난 허베이에게 가라고 하진 않소. 내가 가겠다고 하는 거지요. 그 때문에 고용되었으니까."

허베이가 힘없는 소리로 말했다.

"거기에 누가 있는지 알고 있소? 알랭이오."

"알랭?"

그러고 보니 그의 말이 맞다. 알랭과 베르나르──톱 클라스의 총잡이 두 사람이다.

처음에 내가 바랐던 사람들이다. 그들은 언제나 둘이서 일을 했다. 다만 오베르뉴에서는 같이 있지 않았지만, 그리고 베르나르는 죽었다. 틀림없이 알랭이 있을 것이다.

진작 이것을 깨달았어야 했다. 허베이가 말했다.

"알랭을 알고 있소? 녀석한테 이길 수 있을 것 같소?"

"으음." 나는 고개를 끄덕였다. "알랭을 알고 있지……이길 수 있소."

"무모한 사나이로군."

"그렇지 않소. 알랭이 이 일을 꾸민 게 아니오……내가 했소. 내가 놈을 그리로 꾀어낸 거요. 게다가 그는 아직도 우리가 그물 속으로 뛰어들리라 생각하며 안심하고 있을 거요. 문제없소. 내 계획대로 될 거요. 놈에게 걸려들진 않소. 이길 거요."

저면 양이 악의에 찬 목소리로 말했다.

"돈 때문이라면 무슨 짓이든 다 하는군요!"

"아니오." 허베이는 피로한 듯이 고개를 저었다. "그렇지 않소. 다만 컨튼이고 싶은 거요. 질 줄 모르는 컨튼……아직까지는."

나는 그의 말을 가로막았다.

"15분 지나거든 차를 가지고 와 주시오. 총소리가 안 들리거든. 그렇지만 총소리가 들리거든 스스로 판단하시오."

나는 둑을 따라 오른쪽으로 걸으면서 참호의 입구를 찾았다. 그것을 찾아서 안으로 들어갔다.

30

줄달음질쳐 첫 모퉁이를 돌았다. 콘크리트 벽에 둘러싸인 꼴이 되었다. 거기서부터는 벽과 발 밑을 확인하면서 조심조심 앞으로 걸어갔다.

참호는 지붕이 없는 터널 같았다. 옆에서 적의 총격을 받지 않도록 지그재그로 이어져 있었다. 콘크리트가 아까 조사한 블록하우스와 같이 미끈미끈했다. 진흙이 흘러 들어와서 수북이 쌓였고 풀도 나 있었다. 참호 한가운데에는 배수구가 있었던 모양인데, 지금은 길쭉한 진흙 물구덩이가 되어 그 속에서 샘물이 겉으로 모습은 나타내지 않고 움직이는 소리만 들려 왔다.

'어디 있나, 알랭? 알고 있다. 옛날에 너하고 같이 일했지. 기억하고 있다. 재빠르고 냉정하고 두려움이 없는 사나이. 게다가 소문에 의하면 그 뒤에도 계속하여 훈련을 쌓았다지.'

나는 자신이 몸을 꺾고서 전진하고 있는 것을 깨달았다. 무의미한 짓이다. 밖에서 안보이도록 몸을 펴고 걷기 위해 참호가 있는 것이다. 7피트나 되는 참호가. 무덤보다 1피트 더 깊다. 외부 모습도 무덤과 조금도 다를 바가 없다.

다음 모퉁이는 더욱 급한 커브였다. 눈썹까지 얼굴을 내밀고 내다보았다. 제3선이다.

그 참호는 연락호와 직각으로 연결되어 있었다. 똑같은 콘크리트 벽이었으나, 참호의 폭이 넓어 앞쪽에 총잡이가 올라서는 18인치의 발판이 있었다. 그 위쪽인 참호의 가장자리에 울퉁불퉁한 흙더미가 있고 잡초가 우거져 있었다. 옛날의 모래 주머니를 쌓아두던 곳 같았다.

한 걸음 나아갔을 때 뭔가가 짓밟혔다. 소리가 벽을 따라 벨 소리처럼 달려갔다. 한가운데 물구덩이 속에서 뭔가가 움직여서 물결이 일더니 풍덩 하고 소리가 났다.

꼼짝 않고 있었더니 소리가 사라졌다. 발을 들었다. 희끄무레한 개구리의 뼈를 밟은 것이었다. 심호흡을 하고는 성큼성큼 개구리를 밟고 지나가 발판 위로 올라섰다.

갑자기 달콤한 공기가 코를 간지럽혔다. 관목이 바람에 조용히 흔들리고 있었다. 아무것도 보이지 않았다. 참호에서는 관목 위까지 둘러볼 수가 없었다.

'알랭, 거기 있나? 참호 안에 있어? 지금 같으면 많은 인간을 관목 속에 숨길 수 있겠지? 너 혼자는 아닐 거야. 넌 그런 짓을 할 사나이는 아니었어. 적어도 두 사람쯤은 데리고 왔겠지. 통로 양쪽에 한 사람씩. 십자 포화를 퍼부을 작정이겠지. 그러면 처음 한 발이 맞지 않아. 우리가 길 한쪽으로 비키면 그쪽 총구에 부딪치게 되겠지. 넌 프로니까. 자기가 죽어 돈을 못받게 될 그런 바보 짓은 안할 거야. 총격전은 바라지 않을 거야. 수고스럽지 않게 일방적으로 해치우고 싶겠지.'

발판을 따라 앞으로 나아갔다. 물구덩이는 없고 모래 주머니에서 쏟아진 축축한 모래가 쌓여 있었다. 나는 목을 옴츠렸더니 해치를 닫은 것처럼 바람이 없어지고 무겁고 미지근한 공기로 바뀌었다.

산병호(散兵壕)는 연락호와는 패턴이 달라서 지그재그가 없다. 흙벽을 가로눕힌 듯한 모양이었다. 앞쪽의 제1선과 제2선에서는 싸움을 하게 하고 제3선은 '뭐라고 했지? 그래, 예비선이다.' 조용히 담배나 피우고 있으면 된다.

모퉁이를 몇 개 돌아 제1선으로 갔다가 다시 되돌아왔다. 제1선의 앞쪽 벽에는 온갖 것이 다 만들어져 있었다. 캄캄하고 악취가 코를 찌르는 대피호로 들어가는 입구가 빼끔히 입을 벌리고 있고 또한 반쯤 땅 속에 파묻힌 토치카로 통하는 계단도 있었다. 토치카는 모두 앞쪽의 2선인 산병호에 붙어 있었다.

그때 탱크 통로가 눈에 띄었다. 참호를 넘어서는 부분이 튼튼한 콘크리트 다리로 되어 있고 그 밑은 사람이 기어서 갈 수 있도록 3피트쯤 파여진 구덩이었다. 나는 그 자리에 멈춰섰다. 이제까지에서 알아낸 것은 알랭이 참호 속에 있다면 이제 3선은 아니라는 것이었다. 제1선과 제2선에 사람을 배치하고 있을 것이다. 나는 자신이 조심성 없이 왔다갔다한 것을 생각해 내고 나도 모르게 몸을 떨었다.

조용히 되돌아가서 제2선으로 연결되는 연락호로 돌아왔다. 연락호에 들어가서 시계를 보았다. 15분 중의 6분을 허비했다.

각 산병호의 간격은 70야드쯤이었을 것이나, 지그재그로 되어 있어 실제 걷는 거리는 100야드쯤 되었다. 도중의 한 지점에서 철조망이 굴러들어와 길을 막고 있었다. 그 사이를 빠져나올 때 녹슨 가시에 서너너덧 군데 찔렸다. 그러나 철조망 덕분에 나의 위치를 알 수 있었다. 철조망은 참호에서 수류탄이 닿는 거리에다 치는 것이 보통이다. 이것은 전쟁의 규칙과 같은 것이다. 급강하 폭격기나 기갑 부대를 쓰기 이전의 규칙이지만.

'수류탄――알랭은 수류탄을 가지고 왔을까? 자동차로 온다는 걸 알았다면 갖고 왔겠지. 그러나 자동차로 오리라고는 생각지 않았을 것이다. 여러 사람이 넓은 곳으로 걸어오리라 생각하겠지. 수류탄은 쓸모가 없다. 던져서 터질 때까지 기다려야 하고, 탕 하고 터진 뒤에도 상대방이 죽었는지 아니면 도랑 속에 숨어 있는지 모르기 때문이다. 그러니까 수류탄은 가지고 오지 않았을 것이다.'

그럼, 무엇을 가지고 왔을까? 경기관총이다. 우리가 접근하기를 기다렸다가 기관총을 쏘아 대는 것이다. 어디선가 이런 생각을 한 적이 있었는데, 어디였던가? 맞았어, 칸베르였다. 차 안에서 죽어 있던 사나이. 열쇠고리에 9밀리미터의 탄약통이 붙어 있었다. 처음 얻은 강철 총으로 사람을 쏘았을 때의 기념일 것이다. 그런 것을 센티멘털리스트라고 한다. 리얼리스트는 돈 때문에 싸운다. 알랭을 보라. 컨튼을 보라.

모퉁이에 멈춰서서 머리를 숙이고 지상 3피트쯤 되는 곳에서 살그머니 내다보았다. 아무것도 없다. 있으리라고 생각지도 않았다. 그러나 참호 속의 모퉁이는 총을 들고 매복하기 위해서 있는 것이기도 하다.

나는 지금 1만 2천 프랑 때문에 여기 있는 것일까? 아니다. 매건할트가 옳다는 보증을 붙였지 않는가――그는 여자에게 폭행하지 않았다. 남을 해칠 생각도 없는데 누군가가 그의 생명을 노리고 있는 것이다. 그러므로 그는 정의 쪽에서 서 있다. 그리고 나도 역시. 결국은 나도 센티멘털리스트인가?

'아니면 내가 컨튼이긴 컨튼일까?'

나는 재빨리 양옆을 살펴보고 제2선 참호 속으로 들어가서 발판에 올라가 왼쪽으로, 탱크 통로가 있는 쪽으로 전진했다. 다음 모퉁이까지는 길고 썰렁한 길이었다. 이윽고 그곳에 다다랐다. 몇 번이가 가

숨이 철렁 하고 나서는 이제 다음 모퉁이를 돌 만한 기운이 없었다. 그 다음에 또 모퉁이가 있는 것이다.

신중하게 전진했다. 발을 내딛기 전에 앞에 뭔가 장애물은 없는가 확인하고 내디뎠다. 나의 총과 눈은 앞의 모퉁이를 똑바로 보고 있었다.

'한 사나이의 묘비에 이 사나이는 1만 2천 프랑을 위해 죽었다고 써도 아무도 비웃지 않을 것이다. 알고 한 일이라고 생각해 줄 것이다. 1만 2천 프랑이란 계산할 수가 있다. 이건 너무 적다고 거절하여 받지 않아도 된다.

그러나 컨튼이라는 사실은 계산할 수가 없다. 계산만으로 뒤로 물러설 수는 없는 것이다. 그러므로 컨튼은 겨우 1만 2천 프랑 때문이라고는 도저히 생각할 수 없는 일을 한다……'

다음 모퉁이는 걸어가기에는 멀고 적의 총알이 날아오기에는 매우 가까운 거리로 생각되었다. 서둘러 가야겠지만, 너무 서둘러도 재미없다. 게다가 이제 시간도 얼마 남지 않았다. 시계를 보기가 무서웠다. 그 모퉁이 저쪽을 보아야 한다. 내가 다가가는 것을 지켜보고 있는 것 같은 기분이 들었다.

나는 몸이 굳어졌다. 모제르를 겨누고 방아쇠에 손가락을 걸었다. 약간만 잡아당기면 소리 높이 총알이 튀어나가서 나의 공포심을 눌러 줄 것이다. 모퉁이가 내 쪽을 바라보고 있었다.

아무래도 좋다. 매건할트가 옳고 알랭은 악인이다…… 그럼, 나는? 내가 어떤 짓을 하든 지금 내가 판단한 선악의 사실은 변함이 없다. 내가 할 수 있는 것은 금액의 계산이다. 선을 지키기에 필요한 값은 얼마일까? 악을 저지른 댓가는? 그리고 이것을 누가 지불하는가도 중요한 일이다.

천천히 무거운 짐을 들어올리듯이 팔을 올려 총신 위에 누이고 흘굿 시계를 보았다. 야광 도료가 눈에 뛰어들어왔다.

앞으로 3분. 되돌아가서 1만 2천 프랑도 컨트도 팽개쳐 버릴 만한 시간은 아직 있다. 가든 말든 넌 정의 쪽에 서 있다, 문제는 그 대상(代償)이라고 매건할트에게 말해줄 시간은 있다.

그러나 아직 예정대로 해낼 시간도 있다. 이 싸움은 내가 계획한 것이다. 알랭은 의표를 찔릴 것이다. 나는 아직 컨튼이다. 나밖에 컨튼은 없다. 모퉁이를 도는 것은 컨튼에게 있어서는 가능하다.

재빨리 세 발자국 소리를 죽여 모퉁이를 돌았다. 총구가 칠흙같이 캄캄한 입구를 노려 보았다.

아무 일도 없었다.

천천히 다가갔다. 발판이 없는 참호를 몇 야드 나아갔다. 토치카 바로 앞에 또 하나의 모퉁이가 있었다. 그러나 거기에는 아무도 없다는 것을 알고 있었다. 있다면 저 입 안에 있을 것이다. 모퉁이 바로 앞에 멈춰서서 토치카를 살펴보았다.

참호는 돌출해 있고 6각형이었다. 그중 다섯 면에 보루가 있었다. 나머지 한 면이 참호로부터의 입구가 되어 있었다. 계단을 세 단 올라가서 안으로 들어갔다. 더 이상 올라가지 않고 가만히 위를 둘러보았다. 토치카 주위의 모래 주머니가 썩어서 모래가 계단 위로 흘러 있었다. 요 몇 주일 동안에 누군가 저 토치카에 들어 갔다면, 계단을 뛰어넘어 들어갔다고밖에 생각할 수 없었다. 계단 위의 모래를 흩뜨린 흔적이 없기 때문이다. 나는 안으로 뛰어들어갔다.

블록하우스와 마찬가지로 폭풍 장치를 돌아서 들어가야 한다. 이 안에도 온갖 장애물과 칸막이가 있어, 적이 몰래 다가와서 안의 사람을 한꺼번에 전멸시킬 수 없도록 되어 있다. 신중하게 설계되어 있었다. 재빨리 왼쪽 뒤의 보루에 달라붙었다.

반쯤 뒤쪽을 보는 자세가 되었다. 관목 위를 둘러볼 수 있었다. 20야드 떨어진 곳에 또 하나의 토치카가 있었다. 두 개의 토치카 사이에 참호 위의 다리를 지나는 탱크 길이 있었다.

이제야 배치를 알 수 있었다. 탱크 통로가 가장 방비가 허술했다. 그래서 그것을 사이에 두고 양쪽에 문기둥처럼 토치카가 있었다.

이제 알랭의 위치를 알았다. 그곳밖에는 생각할 수 없었다. 최전선의 토치카 안이다. 거기서라면 관목 위를 내다보며 다가오는 자를 감시할 수 있을 것이다. 자기 쪽은 보이지 않는다. 그리고 몇몇 사람이 한 덩어리가 될 지점에서 포착할 수 있다. 그곳은 다리 위였다.

뒤쪽에서 멀리 롤스로이스의 엔진 소리가 들려 왔다. 15분이 지난 것이다.

급히 참호로 되돌아와 달렸다. 모퉁이는 전혀 개의치 않았다. 모퉁이가 이번에는 나를 지켜 주는 것이다. 발소리도 신경쓰이지 않았다. 연락 참호의 거의 수직으로 된 벽 때문에 소리는 옆으로 퍼지지 않고 위쪽으로 사라져 갈 것이다. 토치카 안에서 롤스로이스의 엔진 소리에 귀를 기울이고 있는 알랭에게 내 발소리는 들리지 않을 것이다.

전선의 참호에 들어가서 왼쪽으로 꺾여 모퉁이를 두 개 돌아 발판 위로 올라섰다. 롤스로이스의 엔진 소리가 갑자기 가까이에서 크게 들렸다.

어깨 너머로 차가 보였다. 약 70야드 뒤쪽에서 회색 그림자가 땅 위를 전진하고 있었다. 그 곁에 사람 그림자 같은 검은 것이 보였다. 코끼리의 유령이 한 무리의 코끼리를 이끌어 가고 있는 것 같은 허베이의 모습이었다.

관목을 통해 앞쪽의 토치카가 보였다.

알랭에게도 지금은 차가 보일 게 틀림없다. 어디선가 계획이 어긋

났음을 깨닫고 있을 것이다. 일찌감치 쏘기 시작할까? 느긋이 기다릴 것인가? 그는 차가 다리 위로 접어들기를 기다릴 것인가, 아니면 차가 통로에서 벗어날 수 없다는 것을 알고 멀리서 쏠 것인가?

나는 발판 위를 달렸다. 오른쪽으로 꺾이고 왼쪽으로 꺾이며……

'알랭은 조명을 쏠까?' 절대로 안 쏠 것이다. 왜? 옛날엔 절대로 조명을 쓰지 않았다. 조명을 쓰면 자기들도 드러나게 마련이다. 잘못되는 경우에는 퇴각을 방해당하기 때문이다.

나는 토치카 아래 발판에 달라붙어 있는 힘껏 "라이트!" 하고 외쳤다.

롤스로이스가 속도를 늦추더니 전조등을 한껏 밝게 켰다. 강한 불빛이 폭풍처럼 토치카에 와 부딪쳤다. 토치카 안에서 강철 총이 불빛을 향해 발사되었다. 자신없는 겁먹은 인간이 쏘는 효과없는 사격이었다.

나는 계단을 뛰어올라 방풍 장치 끝에서 그 소형 피스톨을 안으로 집어던지고 "수류탄!" 하고 소리쳤다.

상대는 그 순간 수류탄을 생각했을 것이다——갖고 올 걸 하고, 토치카 안에서 발길에 차인 고양이처럼 누군가가 튀어나왔다.

4피트 거리에서 방아쇠를 당겼다. 그는 총알의 힘으로 몸이 들어올려지며 벽에 부딪쳐 잠시 그대로의 자세로 있었다. 다음 순간 그는 천천히 앞으로 비틀거렸다. 그대로 내 옆 참호 속으로 떨어졌다.

나는 그 사나이 바로 뒤에서 나온 녀석에게 맞았다.

31

 눈앞이 캄캄해졌다. 입 안이 미끈미끈한 것으로 가득찼다. 줄로 뇌를 써는 것 같은 소리가 멀리서 들렸다. 몸 속 깊은 곳에서 아픔을 느꼈다. 건드리고 싶지 않은, 그대로 재우고 싶은 아픔이다. 가만히 두어도 잠재울 수 없음을 알고 있는 아픔이다. 하지만 너는 자도 괜찮다. 가만히 누워 자라. 그대로 죽을 수 있을지도 모른다.
 그렇게 생각한 순간 의식이 또렷해졌다. 죽어 가고 있다는 것은 아직 살아 있다는 증거이다. 입 안의 것을 내뱉고 몸을 뒤척이려고 해보았다. 심한 고통이 엄습했다. 타는 듯한 아픔이 온 몸을 달렸다.
 나는 그 자세 그대로 가만히 있었다. 타는 듯한 아픔이 사라지고 배 근처에 둔중한 통증이 남았다. 다리가 무거워졌다.
 '하느님, 배의 부상만은 용서해 주십시오. 평생 우유를 마시며 살아야 하는 꼴은 당하지 않게 해주십시오. 겉의 상처라면 의사를 매수하여 교통 사고로 할 수도 있지만, 배에 구멍이 뚫린 것은 신고해야 합니다……. '
 나는 어느 새 옛날의 컨튼 시절과 같은 사고방식으로 되돌아가 있었다. 침착하게 생각해 보니 배의 상처로 다리를 움직일 수 없게 되는 것은 이상하다. 가까스로 고개를 돌려 보니 무릎 위에 죽은 사나이가 누워 있었다.

천천히 주위를 둘러보았다. 나는 토치카 계단 밑에 쓰러져 있고, 바로 곁에 내가 쏜 사나이가 누워 있었다. 롤스로이스의 불은 꺼져 있었다.

또다시 총소리가 들려 왔다. 이번에는 가까운 데서였다. 총알이 참호 가장자리에 부딪쳐서 날카로운 소리를 내며 날아갔다. 누군가가 물소리를 내며 참호 속으로 뛰어내렸다. 진흙 속을 손으로 더듬어서 모제르를 찾았다. 그때 허베이의 목소리가 들렸다.

"케인, 살아 있소?"

"글쎄, 그걸 나도 알 수가 없어."

나는 짜증스럽게 대답했다. 충격이 차츰 가시자 이번에는 화가 났다. 내 자신의 추태에 화가 났던 것이다.

허베이가 내 다리에서 시체를 내려 주었다.

"당신이 쏘았소?" 하고 나는 물어 보았다.

"응, 당신은 스포트라이트 속에 우뚝 서서 절하기엔 바쁜 것 같아서 말이오."

"당신은 50야드나 떨어져 있었지 않았소?" 아직 뱃속이 가라앉지 않았다. "그런 작은 총으로 맞힐 수 있을 리가 없어."

"남이 하는 일에 일일이 놀라고 있으니까 가끔 총알이 머리를 뚫게 되지."

"그만둬, 머리가 아니라 배요, 배."

그는 잠자코 내 곁에서 떨어져 두 번째 사나이의 시체를 일으켜서 보고 있었다. 나는 내가 어디를 맞았는지 보아 두는 게 좋겠다고 깨달았다.

왼쪽 옆구리의 늑골 근처에 구멍이 뚫려 있었다. 총알이 관통해 나간 구멍이다. 멍해 있다가 뒤쪽에서 맞은 것이다. 손을 뒤로 돌려 더듬어 보니 어깨 뼈 아래에도 작은 구멍이 있었다.

'내장은 다치지 않았겠지' 하고 나는 멋대로 생각했다. 호흡을 해보았으나 어디서도 새는 것 같지는 않았다. 허베이가 내 곁에 쭈그리고 앉아 들여다보고 있었다.

"늑골이 한두 개 부러진 모양이오. 총알은 그 바깥쪽을 지나갔나 보오" 하고 내가 말했다.

"그런 것 같군, 사우어 765로 쏜 거요."

그는 작은 자동 권총을 내 얼굴 옆의 진흙 속으로 떨어뜨렸다. "장난감 총이지. 당신은 운이 좋은 사나이로군. 차까지 걸어서 갈 수 있겠소?"

"모두 여기까지 왔소, 이제 얼마 남지 않았겠지."

"당신이오, 여기까지 온 것은."

그가 바로잡았다. "게다가 뽐낼 만한 모습은 아니잖아. 당신은 모르겠지만, 저 두 사람은 알랭이 아니오. 녀석은 강철 총을 들고 저쪽 토치카에서 버티고 있소."

알랭을 그렇게 간단히 해치울 수 있다고는 생각지 않았으나, 나는 두 사람 중 하나가 그이기를 바라고 있었다.

"알랭은 멈추지 않을걸."

내가 말했다. "이쪽이 아직 싸울 마음이 있다는 걸 알면 말이오. 지금은 그쪽이 더 불리해……아무래도 그는 프로니까."

"당신은 아직도 컨튼을 고집할 셈이오, 응?" 그는 일어서서 한 걸음 물러섰다. "좋소, 일어서는 꼴을 보아 주지."

나는 심호흡을 하고──잘되지 않았으나──일어섰다. 시간이 걸렸다. 피가 흘렀다. 난쟁이에게 도끼로 옆구리를 얻어맞으면서 마천

루를 기어올라가는 기분이었다. 가까스로 두 발로 섰다가 털썩 벽에 기대었다.

허베이가 "벽 덕분에 가까스로 서 있군" 하고 말했다.

"내가 놈을 쫓아 내겠소."

나는 신음하듯이 말했다. 늑골을 압박하지 않도록 입으로 가쁘게 숨을 쉬었다. "차에서 가솔린 통을 가져다 주오."

"책에 있는 토치카 공격법이로군."

허베이는 아직 나를 쳐다보고 있었다.

그때 멀리서 사람의 고함 소리가 들려 왔다. 우리는 참호 뒤쪽 국경 도로로 올라가는 어두운 비탈면을 올려다보았다. 훨씬 뒤쪽에 산의 벼랑이 보였다. 회중전등을 든 사람이 뛰어다니는 것처럼 빛이 깜박이고 있었다.

"경찰을 깜박 잊고 있었군."

허베이는 뭔가 생각하고 있는 말투로 말했다. "되돌아간다해도 여긴 아직 스위스 령이니까."

그는 내 쪽을 돌아보았다. "당신 덕분에 꼼짝 못하게 됐군."

"가솔린을 가져다 줘."

"어디 있는데?"

나는 다리 쪽으로 고개를 기울였다.

"탱크 길 저쪽에 있소."

그는 고개를 끄덕이고 급히 연락 참호로 되돌아갔다.

다리 밑을 기어서 빠져나가려고 하자 다시 난쟁이가 도끼를 휘두르기 시작했다. 빠져나가니까 앞에 참호가 또 8피트나 계속되고 있었다. 그 끝의 모퉁이를 돌면 토치카가 나온다.

자세를 낮추고 재빨리 모퉁이 저쪽을 보았다. 토치카의 검은 입구가 내 쪽을 보고 있었다.

얼른 고개를 움츠렸다. 토치카는 탱크의 통로를 감시할 뿐 아니라 참호도 감시하게 되어 있다. 침입한 적을 거기서 저지하는 것이다. 알랭이 거기 있다고 한다면, 내가 무엇을 하는 것을 저지하려는 것일까?

"알랭!" 하고 나는 나직한 소리로 불렀다. "컨튼이야. 이미 모든 건 끝났어, 알랭!"

토치카는 고요하기만 했다.

발판에 올라서서 관목과 흙더미 사이로 토치카를 내다볼 수 있는 장소를 찾아 모제르를 앞에 놓고 기다렸다. 달빛이 토치카를 환하게 비쳤다. 더럽혀진 흰 뼈와 같은 색깔이 보였다. 달의 뒷면처럼 썰렁하고 조용한 모습이었다.

'아직도 거기 있나, 알랭? 그런 곳에 들어가면 그것이 그대로 함정이 된다는 것을 잊었나? 바보 같은 짓은 말게. 자넨 프로가 아닌가……빠져나와서 자취를 감추었겠지. 타산이 안 맞는 일이라 단념하고, 1만 2천 프랑인지 얼마인지는 모르지만 상금 쪽은 버리기로 했겠지…….'

그때 보루 안에서 불을 뿜는 총소리가 들렸다. 목표물을 노리고 있는 단속 사격이었다. 허베이가 차에 도달한 모양이다. 두 발 쏘고는 고개를 움츠렸다. 뒤쪽에서 총소리를 계기로 국경 도로에서 참호로 들어온 경찰관들의 고함 소리가 들려 왔다.

'바보 같은 녀석이군, 넌——그런 데 있는 놈이 어디 있어. 다 잊어 버린 모양이로군. 불리하다는 것을 알면 한곳에 가만히 있어선 안돼. 죽는단 말이야. 아니, 그 때문에 넌 목숨을 잃게 되는 거야, 알랭. 이미 결말이 나기 전에 그만둘 순 없게 되었으니까.'

등 뒤의 다리 밑에서 소리가 들렸다. 허베이가 귀 밑에서 속삭였다. "갖고 왔소. 어디다 던지면 되오?"

"내가 던지겠소. 모퉁이를 돌 때 엄호 사격을 해주오. 토치카에서 내다볼 수 있으니."

그는 통을 든 채 냉정한 목소리로 말했다.

"무엇 때문이오? 훈장 한 개로는 모자라나?"

"네가 그놈을 해치우겠소. 통을 이리 줘."

"알겠소, 잘 들어 두오."

그가 나직이 말했다. "당신이 비틀비틀 걸어가서 머리에 구멍이 뚫리는 걸 기다리고 있을 시간은 없소. 엄호해 주시오."

내가 모두들 여기까지 끌고 들어왔다. 그런데 그가 활로를 열어 준다는 것이다.

나는 고개를 끄덕였다.

"녀석이 나를 노려서 쏘기 전에는 나오지 마오."

"알았소. 어디다 던질까? 토치카 꼭대기에 부딪게 해서 밑으로 흐르게 할까? 그러면 보루를 막을 수 있지."

"그것만으론 안되오. 그 안에다 던져넣어."

그는 내 얼굴을 보고 또 앞쪽을 보았다. 그리고는 또 한 번 이쪽을 보았다.

"총구의 불로 가솔린에 불을 붙인다는 게 정말이오?"

"물론."

그는 조심스럽게 발판을 딛고 모퉁이까지 걸어갔다. 그가 가 닿기를 기다려 고개를 들고는 단발로 보루 안을 향해 쏘았다. 처음 한 발은 보루 바로 밑에 맞았다. 두 발째는 똑바로 보루 속에 뛰어들어간 것 같았다. 모제르에 총신을 달아 8미터 거리에서 겨냥하면 뇌 수술의 메스처럼 정확하게 생각하는 곳을 쏠 수가 있다. 세 발째도 역시 안으로 들어갔다.

강철 총이 연달아 대응하여 쏘아 왔다. 축축한 모래를 흩뜨리며 총알이 뒤쪽 벽에 맞았다. 허베이가 물을 튀기면서 달려나갔다.

알랭은 여러 가지를 잊고 있다. 주의를 다른 곳으로 돌린 것도 그 하나이다. 모제르를 전자동으로 바꾸어 보루를 향해 쏘았다. 흙먼지가 확 일더니 지붕 쪽으로 올라갔다. 강철 총이 소리를 죽였다.

허베이는 멈추지 않았다. 달리면서 통의 뚜껑을 연 모양이다. 계단을 뛰어올라가서 입구에 어깨 위쪽을 드러내 놓고 커다란 통을 거꾸로 들고 있었다.

알랭이 나오는 것과 딱 마주쳤다.

한동안 두 사람은 그대로 서 있었다. 너무 가까워서 알랭은 경기관총을 쏠 수가 없고 허베이의 권총은 벨트에 찔린 채였다. 다음 순간 두 사람은 서로 떨어졌다. 허베이는 통을 버리고 허리에 손을 대었다. 알랭이 경기관총의 총대로 허베이를 계단에서 두들겨 떨어뜨렸다.

나는 일어서서 모제르를 앞으로 내밀고 방아쇠를 당겼다. 한 발이 남아 있었다. 알랭은 얼른 몸을 굽혔으나 천천히 일어서서 참호를 향해 총을 겨누었다.

허베이가 총을 쏘았다.

불꽃이 반짝하고 빛났다. 다음 순간 알랭이 불길에 휩싸였다.

사람들은 가솔린이 타는 것을 본 일이 있을 것이다——자기 손으로 불을 지른 일이 있을지도 모른다——그러나 얼마나 빨리 불이 붙는가는 기억하지 못할 것이다. 자신의 눈을 믿을 수 없을 만큼 빠르기 때문이다. 알랭은 통에 부딪쳐 온 몸에 가솔린을 뒤집어 썼음이 틀림없다. 계단에도 가솔린이 흘러 있었다. 그는 불덩이가 되었다.

그는 허베이를 쏘지 않았다. 몸의 방향을 바꾸었다. 온 몸이 불덩이가 된 채 불바다속에 서서 불타는 팔로 눈을 비비며 신중하게 차를 향해 쏘았다. 여러 가지를 잊고 있었으나 임무만은 잊고 있지 않았던 것이다.

　허베이가 다시 쏘았다. 알랭이 경기관총을 쏘면서 계단에서 떨어져 참호 속으로 굴러들어갔다. 물에 들어가자 치직 하는 소리가 났다.

　나는 축축한 모래에 머리를 박고 토해 냈다.

　허베이와 탱크 길에서 다시 만났다. 느리고 피로에 지친 듯한 걸음걸이였다. 그는 그을리고 더렵혀지고 젖어 있었다. 그 등 뒤의 참호 속에서 불이 계속 타고 있었다. 내 뒤쪽 2, 3백 야드도 떨어지지 않은 곳에서 경관의 불빛이 보였다. 경찰에 대해서는 마음쓰지 않았다. 두 사람 모두 얼이 빠진 것 같았다.

　"싸움엔 이긴 것 같군" 하고 허베이가 말했다. 감각을 잃은 듯한 무표정한 목소리였다.

　"그런 모양이오" 라고 대답하고 나는 비난하는 신랄한 대답을 기다렸다.

　그러나 그는 "한잔 마시고 싶군" 하고 말했을 뿐이었다.

　"나도."

　우리는 천천히 롤스로이스 쪽으로 걸어갔다. 차는 다리를 지나 최전열의 참호 곁에 서 있었다.

　차에 다다르자 "내 가방에서 철사 가위를 꺼내 주게. 이 앞에 철조망이 있을지도 모르니까" 하고 내가 말했다.

　허베이는 그것을 꺼내어 가지고 차 앞에 서서 걷기 시작했다. 그는 문득 멈춰섰다.

　"베르나르, 그리고 알랭인가."

　무표정한 목소리였다.

　그러나 아직 그는 이 말의 뜻을 자기 스스로도 깨닫지 못하고 있는 것 같았——적어도 지금으로서는.

32

 5분 뒤에는 리히텐쉬타인에 들어가서 후방 3킬로미터 국경선 저쪽으로 내려서는 간선 도로에 다시 올랐다. 롤스로이스는 상당히 망가져 있었으나, 본디 튼튼하게 만들어진 차인데다 강철 총으로는 어둠 속에서 50야드란 무리였다. 게다가 내가 아는 한 단발작동이 잘되는 강철 총은 없었다. 전조등 한쪽이 산산조각이 나 있었다. 앞쪽 유리 창과 왼쪽의 두 도어, 그리고 라디에이터 그릴에 기관총의 탄흔이 보였다. 라디에이터에 구멍이 뚫려 있는지 어떤지는 알 수 없었으나 스테그로 향하는 산길에 접어들면 금방 알 수 있을 것이다. 나는 뒷자리에 매건할트와 나란히 앉았다. 차가 흔들릴 때마다 얼굴을 찡그리고 꼬냑을 셔츠에 흘렸다. 허베이는 여자와 함께 운전석에 앉았다.
 매건할트는 한 마디도 입을 떼지 않았다. 본디가 시체처럼 무표정한 사나이이니까. 하지만 뭔가 생각을 하고 있을 것이다.
 몇 마일인가 달리고 나서 허베이가 칸막이 창 너머로 물었다.
 "바도츠 근처에서 내려 줄까? 의사를 찾아야지?"
 매건할트가 눈을 뜨고 나를 보았다.

"다쳤소?"
"아직 죽지 않았소. 게다가 총알에 맞은 상처를 모기한테 물렸다고 말해 줄 의사를 간단히 찾을 수도 없을 테고. 어쨌든 아직 갈레롱도 살아 있으니……."
"녀석과 한바탕하게 될까?"
"대단하지는 않을 거요. 온 유럽 안의 총잡이를 다 고용할 수는 없을 테니까. 게다가 고용했다면 아까 거기에 있었을 거요."
한참 있다가 매건할트가 말했다.
"케인 씨, 나는 국경을 넘고 싶다고 말했지만, 그 사나이처럼 사람이 불덩어리가 되어 죽을 줄은 상상도 못했소."
또 시작이군 하고 나는 생각했다.
"매건할트 씨, 그건 아무도 예상 못했소. 다만 그렇게 되고 말았을 뿐이오. 이런 일에서는 누구든 모두 미소를 띠고 어머니를 부르면서 죽어 갈 순 없지요."
"아는 사람이었겠지요?"
"그렇소. 당신의 마음이 개운해진다면 나도 그가 불 속에서 죽은 건 가엾다고 해 둡시다. 하지만 아무도 그에게 강철 총을 들고 거기서 매복해 있으라고 강요한 건 아니오."
매건할트는 한동안 생각에 잠겨 있었다.
"그런 사람들은 죽이거나 죽거나 둘 중의 하나겠지. 당연한 일인지도 몰라."
"그런 센티멘털한 요소는 없소. 죽이기 위해 왔다……그뿐이오. 자기가 죽을 가능성이 조금이라도 있다면 처음부터 오지 않았을 겁니다."
나는 고개를 가로저었다. "죽는 방법이 나빴다고 해서 알랭이 성인(聖人)들 틈에 끼진 않습니다."

저먼 양이 말했다.
"여태까지 상대방이 먼저 쏘아 왔으니까 하는 수 없었다는 건 잘 알아요. 상대방이 싸움을 걸어 왔으니까요. 하지만 이번 경우는 당신이 알면서 계획했어요. 당신이 싸움을 건 거예요."
"내가 참호에서 머리를 내밀고 상대방에게 먼저 쏘게 할 수도 있었소. 그것으로 내가 한 일을 정당화할 수 있다면 말이오. 하지만 내 머리가 날아갔을 건 확실하지."
"그런 말을 하고 있는 게 아니에요."
냉정한 목소리가 약간 떨렸다. 그것은 총알 구멍으로 들어오는 찬바람 때문은 아닌 듯했다. 그녀도 알랭이 불에 타는 것을 본 것이다.
"달리 방법이 없었을까요……."
목소리가 사라졌다.
"있었을지도 모르지."
나는 무거운 말투로 대답했다. 달리 어떤 방법이 있었는지 생각해 볼 기력이 없었다.

트리제에서 오른쪽으로 꼬부라져 트리젠베르크로 향하는 꼬불꼬불한 길로 들어섰다. 그 앞이 스테그이다. 라디에이터에 구멍이 뚫렸는지 어떤지 곧 알게 되겠지.
저먼 양이 말했다.
"엔진이 뜨거워졌어요."
"계속 달려요. 속도를 늦추지 말고."
허베이가 말했다.
속도를 늦추지 않고 계속 달렸다. 모건이 한 것처럼 급커브를 내쳐 달렸다. 그것도 한쪽 전조등만으로. 다만 지금 경우는 왕래가 없어서 길은 완전히 비어 있었다. 리히텐쉬타인 사람은 돈벌이 때 말고는 자고 있다. 국경을 넘어 만난 것은 한 대의 자전거와 한 대의 관광 버스뿐이었다.

트리젠베르크의 불빛이 보이는 곳까지 왔을 때 부슬부슬 비가 오기 시작했다. 허베이는 거의 저면 양의 무릎에 엎드리듯이 하여 온도계를 들여다보고 있었다.

"시침(時針)이 눈금반에서 벗어나갔군. 얼마 못 가겠어."

"서지 마시오."

나는 말했다.

"곧 실린더가 파열할 거요."

"실린더는 많이 있소. 계속 달려야 하오."

여자가 거부하듯이 말했다.

"세워서 식히지 않으면 스테그까지 못 가요."

"급히 가지 않으면 가도 헛수고가 돼" 하고 나는 말했다.

매건할트가 내쪽을 보고 말했다.

"아직 한 시간 반이 남았소."

"그럴까요? 갈레롱은 당신의 생명을 노리고 있는 동안은 프레츠를 죽이지 않을 거라고 말하지 않았소? 지금은 당신한테 실패했다는 걸 알고 있을 거요. 그렇다면 남은 길은 프레츠를 죽이는 도리밖에 없지."

그는 입을 다물었다. 한참 뒤 납득이 안 간다는 목소리로 물었다.

"내가 살아 있다는 걸 어떻게 알지?"

"이미 모건이 장군에게 전화를 해서 장군이 갈레롱에게 연락했을 거요. 게다가 알랭 일파도 일이 끝나면 갈레롱에게 연락하기로 되어 있었을 거요. 어디서도 당신이 죽었다는 보고가 들어오지 않으면. 그렇다면 지금쯤 상대는 상당히 당황해 하고 있을 거요."

트리젠베르크를 지나서는 급한 자갈길이 되었다. 엔진 타는 냄새가 풍겨 왔다. 덜덜거리는 소리가 나지막하게 들려 왔다.
"엔진이 탈 것 같아요."
저면 양이 말했다.
"아직 괜찮소. 벨브가 더워졌을 뿐이니까. 눈이 있는 곳까지 가면 눈을 넣읍시다."
매건할트가 말했다.
"프레츠가 죽었다면 내가 가는 것도 아무 의미 없소."
"확인해 보지 않는 것은 더욱 의미가 없지요."
꼬불꼬불한 길을 계속 올라갔다. 빗발이 차츰 세어지고 추워졌다. 모퉁이에서 전조등에 비쳐 소나무 꼭대기에 엉겨 있는 구름이 보였다.
지금은 엔진이 플라밍고 대회와 같은 소리를 내고 있었다. 허베이가 뒤를 보고 무슨 말인가 하려고 했다.
전조등이 우리의 얼굴을 비췄다. 여자가 브레이크를 밟았다.

상대방 운전사는 전조등이 하나밖에 없어서 우리를 오토바이로 생각한 모양이다. 상대는 서지 않고 달려왔다. 갑자기 상대방의 브레이크가 날카로운 소리를 내며 멈춰섰다. 차가 옆으로 미끄러져 불빛이 지그재그로 흔들렸다. 금속을 찢는듯한 소리가 들렸다. 롤스로이스는 약간 몸을 떨며 섰다.
허베이가 총을 손에 들고 발판에 올라타 있었다. 나는 빈 모제르를 잡고 서려고 했다. 그러나 옆구리에 심한 아픔을 느끼고 그대로 주저앉았다.
롤스로이스의 범퍼 왼쪽에 검은 독일제 대형차가 처박혀 있었다. 그 차는 빈 정어리 깡통처럼 나동그라져 있었다. 롤스로이스의 범퍼에는 긁힌 자국이 약간 나 있을 뿐이겠지.

갑자기 조용해진 속에 허베이의 목소리가 또렷이 울렸다.
"두 손 들고 천천히 나와!"
운전사가 손을 휘두르면서 앵무새 같은 소리로 지껄이며 뛰어내렸다. 앙리 멜랑이었다.
나는 매건할트의 다리를 타넘고 내렸다.
"침착해, 앙리. 해병대가 구원하러 왔어."
그는 목을 빼고 빗속을 더듬었다.
"퀀튼인가? 정말이야? 앗, 자네로군. 잘해 주었어!"
어깨를 두들길 것 같아 몸을 빼어 피했다.
내 뒤에서 매건할트가 내렸다. 우리는 차와 차 사이에서 전조등 불빛이 닿지 않는 곳에서 있었다. 비에 되비친 희미한 빛이 우리를 비쳐 내고 있었다. 멜랑이 활짝 웃고 있는 것이 보였다. 그러나 곧 웃음이 사라지고 절망의 표정이 떠올랐다.
그가 손을 벌렸다.
"하지만……모든 게 끝장이오. 그……놈들이……."
그는 말을 끊고 생각을 정리하려 하고 있었다.
매건할트가 말을 건넸다.
"안녕하시오, 멜랑 씨."
멜랑이 그의 쪽을 보았다.
"내가……프레츠 씨에게……15분쯤 전에……갈레롱은 없고 프레츠가 죽어 있었소."
주위가 다시 고요해졌다. 뭔가 비가 아닌 것이 얼굴에 선뜩선뜩 닿았다. 전조등 불빛 속에 나방처럼 춤추고 있는 것이 보였다. 눈이 내리기는 아직 이른 철이긴 하지만 갑자기 기온이 내려간 모양이다.
매건할트가 내 쪽을 보며 조용하나 씁쓰레하게 말했다.
"아무래도 갈레롱이란 놈이 당신 의견을 따른 것 같군."

"내 의견을 들을 사람이 아닐 거요."

"녀석은 바보가 아니오."

매건할트가 말했다. "한 시간 전까지는 바로 내가 죽기를 기대하고 있었지. 그런데 지금은 내가 살기를 바라고 있소. 갈 마음이 없군."

"슬쩍 가서 시체를 들여다보는 게 어떻소" 하고 내가 제안했다.

"갈레롱은 가까이에서 내가 나타나기를 기다리고 있는지도 모르오."

"아직 한밤중이 안됐으니까 가서 시체를 보는 것뿐이라면 괜찮겠지요."

여자가 덜컹덜컹하며 엔진 뚜껑을 열고 있었다. 눈덩이가 뜨거운 엔진에 닿아 치직 하고 소리를 냈다.

매건할트가 초조한 마음을 누르는 듯한 말투로 말했다.

"카스파르 사의 정관에 의하면, 회의 소집 시간은 회의 개최 유효 기간의 한도를 표시하고 있소. 그 시간 이전에 주주가 모두 모이면 회의는 자동적으로 개최되는 것이 되지요. 프레츠가 죽은 지금 내가 있는 곳에 갈레롱이 들어오면 주주가 다 모인 셈이 되오. 그러니까……."

"하지만 그는 회의를 개최할 수 없을 것이오."

나는 쾌활하게 말했다. "내가 녀석의 입에다 총알을 쑤셔넣을 테니까. 그러니 걱정 말고 시체를 보러 갑시다."

"그만두오."

허베이가 말했다. "모르는 사람 같으면 선거 연설을 하고 있는 줄 알겠소. 10초마다 똑같은 말을 하고 있으니 말이오. 꼭 시체를 보고 싶단 말이지! 좋소. 그래야 마음이 개운하겠다면 갑시다."

"좋소, 당신이 꼭 가겠다면."

내가 말했다. 여자가 곁으로 왔다. "엔진 상태는?"

"라디에이터의 캡은 뽑았어요. 하지만 안에 넣을 게 없어요. 눈은 아직 안 쌓이고."

"멜랑 차의 물을 뽑지."

앙리가 깜짝 놀란 표정을 지었으나, 자기 차의 손해를 생각하고 어깨를 옴츠렸다.

허베이가 여자와 같이 갔다. 눈이 점점 커져서 우리 주위를 날았다.

멜랑이 기침을 한 번 하고 말했다.

"컨튼, 자네에게는 미안하지만……." 그는 매건할트를 보며 변호사다운 말투로 말했다. "매건할트 씨, 당신의 법률 고문으로서 말하지만, 필요 이상의 위험을 범하지 마십시오. 그 집에 가는 것은 위험합니다. 그러니까……나는 그곳에 가는 데 반대합니다."

매건할트는 미간을 찌푸렸다. 내가 그 사이에 끼어들었다.

"앙리, 이 불법 고문의 입장으로 본다면 여기까지 왔으니까 갈레롱과 만나는 것도 재미있을 것 같은데."

매건할트가 매서운 눈초리로 나를 보았다.

"총질은 이제 그만두시오!"

"말씀대로 하지요. 당신이 보스니까."

나는 한쪽 어깨를 으쓱했다.

그는 의심스럽다는 표정으로 나를 보고 있었다. 나는 말을 계속했다.

"결론을 서두를 필요는 없으니까 이쯤에서 문제점을 명확하게 해둡시다."

그는 짜증스럽게 고개를 저었다. 눈 조각이 흩날렸다.

"여긴 춥군" 하고 매건할트가 말했다.

"카스파르의 주식이 없어지면 더 추워지죠" 하고 나는 상대방을 놀랐다. "그런데 카스파르의 자본은 4만 스위스 프랑이라고 했지요? 주식은 아마 10프랑이나 100프랑의 액면으로 되어 있겠지요?"
"10프랑."
"그렇다면 총주식의 수는 4천이로군. 당신은 몇 주나 소유하고 있지요?"
"전에도 말했지 않소, 33퍼센트라고."
"퍼센트를 묻고 있는 게 아니오. 몇 주를 가지고 있느냐는 말이지."

정적 속에서 눈이 소용돌이치고 있었다. 허베이와 여자의 모습이 라이트의 불빛 저쪽에서 유령이 움직이듯이 술이 담겼던 플라스크로 멜랑의 차에서 물을 뽑아 롤스로이스에 채우고 있었다.

매건할트가 눈에 저항하듯이 두 어깨를 으쓱하며 말했다.
"계산해 보아야 되오. 중요한 건 퍼센트지."
"그건 그렇겠지요. 하지만 주주 증서에는 주식의 수밖에 적혀 있지 않소. 당신들 두 사람은 모두 프레츠의 사람됨을 알고 있소. 나는 만난 적이 없지만 내 말이 잘못되었다면 잘못되었다고 말해 주시오. 일주일 전에 갑자기 갈레롱이 나타나서 주주 증서를 보이며 헬리거의 주식이니 주주회의를 열고 회사를 청산하자고 말했소. 프레츠는 당신이 당면해 있는 문제를 알고 있으므로 당황했겠지요. 여기까지는 어떻소?"

매건할트는 천천히 대답했다.
"그렇소. 하지만……"
"프레츠는 너무 당황했는지도 모릅니다. 다만 머릿속으로는 그 주식이 헬리거가 아닌 다른 사람의 것일 순 없다는 걸 알고 있었지요. 그것이 34퍼센트라는 것도 알고 있소. 그러므로 자기 혼자서는 이길 수가 없었소. 그러나 무기명 주식의 주주 증서에는 이름도 퍼센트도 적혀 있지 않거든요. 주식의 수만 기록되어 있지. 프레츠도 당신과 마찬가지로 퍼센트로 생각하는 버릇이 있소. 그래서 계산해 보려는 생각이 나지 않았던 거요. 당신의 주식 수를 계산해 보았소?"

"잠깐 기다리시오……."

매건할트가 퉁명스럽게 말했다.

나는 나도 모르는 사이에 자신의 말을 강조하기 위해 모제르를 휘두르고 있었던 것이다. 총알이 들어 있지 않았으나 밖에서 보아서는 모른다.

"실례했소" 하고 나는 사과했다.

"내 주식은 1320주요."

"맞았소. 33퍼센트. 그리고 34퍼센트는 1360주가 되지요. 쉽게 착각할 수 있을 만큼 비슷한 숫자지. 특히 퍼센트로 생각할 때는. 생각건대 프레츠도 이와 같이 착각한 건 아닐까요. 갈레롱의 증서는 당신이나 프레츠의 것과 마찬가지로 1320주라고 씌어 있는 건 아닐까요?"

매건할트가 눈을 크게 떴다.

"위조라는 거요?"

"일부러 틀린 숫자를 위조할 바보는 없겠지. 그것은 진짜이긴 하지만 헬리거의 것은 아니오. 그의 것은 추락 때 타 버렸소. 그러므로 갈레롱이 가진 것은 당신 거요. 지금 현재 당신은 카스파르 사의 주식을 하나도 가지고 있지 않소. 어떻소, 가난뱅이가 된 기분은?"

짓누르는 듯한 침묵이었다.

나는 조용한 어조로 계속했다.

"내가 상상하기로는 그 부녀 폭행죄로 고소당했을 때 당신은 행동이 자유롭지 않아 멜랑에게 위임한 권한을 확대했을 거요. 중요 서류를 그에게 맡겼든가, 아니면 은행의 보관고에 넣고 꺼내는 일까지 허락한 게 아닐까요? 아무튼 그 서류 속에 카스파르의 증서도 있었을 거요."

나는 멜랑 쪽을 보고 웃었다. 그는 자기의 배를 노리고 있는 모제르에 눈길을 쏟고 있었다.

"앙리, 프랑스 인이라면 누구든 강한 벨기에 사투리를 흉내낼 수 있어. 나도 할 수 있지. 적어도 프레츠 같은 리히텐쉬타인의 주민을 속일 수 있을 정도로는 말이야. 자아, 매건할트 씨에게 그의 1천만 파운드를 돌려 드리지, 갈레롱!"

그는 천천히 고개를 들었다. 쓸쓸한 미소가 떠올랐다.

"물론 법률적으로는 무기명 주식은 소지인의 소유가 되지만, 이번엔 서로 그다지 법률에 구애받고 있지 않으니까."

그는 한숨을 쉬고는 윗도리의 안주머니로 손을 넣었다. 내 팔꿈치 옆에서 총이 세 번 불을 뿜었다. 멜랑의 얼굴이 총의 불빛에 비쳐 드러났다. 표정이 변하려다가 그대로 굳어져 버렸다. 그대로 흩날리는 눈 속에 쓰러졌다.

나는 얼른 돌아보고 매건할트의 손에서 커다란 웨블레이를 때려 떨어뜨렸다.

허베이가 총을 손에 들고 살그머니 눈 속에서 나타났다.

"대체 어떻게 된 거요?"

"갈레롱 씨를 만났소."

나는 멜랑 쪽을 가리켰다. "소개하지, 갈레롱 씨요."

허베이는 내 얼굴을 다시 보고는 곁으로 다가서서 지그시 시체를 내려다보며 놀랐다는 듯이 고개를 젓고 있었다. 매건할트는 굳게 눈을 감은 채 우뚝 서 있었다. 녹은 눈이 얼굴과 안경을 흘러내려 라이트의 반사광에 빛나고 있었다.
 "살인자 클럽에 가입하셔서 축하드립니다" 하고 내가 말했다.
 그는 천천히 눈을 떴다.
 "죽었소?"
 나는 고개를 끄덕였다.
 "해보니까 간단하지요?"
 권총을 주었던 나 자신에게 화가 났다.
 허베이가 돌아왔다.
 "정말로 갈레롱이었소?"
 "그렇소. 눈 속에서 자세한 이야기를 듣고 싶소, 아니면 좀 기다릴 수 있겠소?"
 "기다리지. 그래 시체는 어떻게 하오?"
 "주머니 속의 것을 모두 꺼내고 롤스로이스 안에 넣어 두시오. 새벽까지 저 차를 처치해야 하니까, 그때 같이 처리하지."
 멜랑이 빌린 것은 리히텐쉬타인의 차였다. 아마 갈레롱이라는 이름으로 빌렸을 것이다. 이미 아무 관계가 없는 일이지만.
 "금방 발견될 거요."
 허베이는 묘한 얼굴을 하고 있었다.
 "새삼스럽게 무슨 말을 하는 거요?" 나는 불쾌한 소리로 말했다.
 "우린 대서양에서 여기까지 오는 동안 시체를 온통 여기저기다 흩어 놓고 왔소. 또 하나 늘면 경찰이 더욱 판단에 고심할 뿐이오."
 나오는 대로 지껄인 것은 아니었다. 너무 복잡해져서 어느 선을 넘고 나면 범죄란 경찰 자체는 알고 있다 하더라도 배심원이나 판사까지 이해시키는 것은 거의 불가능에 가까운 일이 된다. 예를 들어 벨기에의 실업가로 둔갑한 빠리의 변호사가 리히텐쉬타인에서 스위스에 살고 있는 유명한 영국인의 차 안에서 죽어 있다면 누구에게는 두

통거리가 되지 않을 수 없다.
 허베이가 쓴웃음을 지으며 시체 곁에 쭈구리고 앉아 많은 서류와 작은 자동 권총을 손에 들고 일어섰다. 나는 가장 큰 종이쪽지를 집어들었다. 접혀 있는 딱딱한 종이를 펴자 로빈 훗의 체포 영장과 같은 뽐낸 글씨와 커다란 인장이 보였다. 카스파르의 주주 증서였다. 2, 3초 동안 나는 큰부자였다. 눈이 계속 내리고 있었다.
 나는 그것을 매건할트에게 건네 주었다.
 "당신 것인 모양이오. 자아, 회의 장소로 갑시다."
 "하지만 프레츠가 죽었으니까……."
 힘없는 목소리였다.
 "시시한 소리 마시오. 죽었다고 말한 것은 멜랑이 당신을 저지하기 위한 마지막 방법이었소. 그 뒤에는 당신이 알 때까지 서서히 당신을 죽이면 되는 거니까. 그로서는 당신의 증서를 쓰는 이상, 꼭 프레츠를 살려 놓고 당신이 죽어 주어야 했던 거요. 이제 보니 온갖 이치가 맞아들어가는군."
 허베이가 시체를 롤스로이스의 뒷자리에 끌어넣었다. 그 뒤를 따라 시체에서 몸을 피하며 매건할트가 올라탔다. 나는 웨블레이를 주워서 지문을 깨끗이 닦아 내고 멀리 던져 버렸다.
 이것으로 프레츠의 집에 가서 평온하게 주주회의를 개최할 수 있게 되었다.

33

"결국 모두 같은 사람에게 고용되어 있었군요."

저먼 양이 말했다. "허베이와 당신, 그리고 베르나르와 알랭과 그 동료들이 모두 앙리 멜랑에게 고용되어 있었군요."

나는 고개를 끄덕였다.

"마치 투기장 속의 기독교 신자와 사자처럼 말이오. 모두 황제 네로를 위해 싸우고 있었던 거요."

"기독교 신자가 그런 생각으로 싸웠다고는 생각지 않아요."

날카로운 말투였다.

"사자도 그렇게는 생각지 않았겠지."

우리는 프레츠의 응접실 커다란 난로 앞에서 위스키를 마시고 있었다. 길고 폭이 넓은 판자를 두른 방으로 스위스의 토산품 가게처럼 온갖 것이 놓여 있지만 않다면 호화로운 느낌이 들 것이다. 프레츠는 백만 파운드를 벌 때마다 비둘기 시계 한 다스와 찬장에 가득찬 도자기와 조각을 산 모양이다.

프레츠는 몸집이 작고 침착지 못한 사나이로, 우리가 권총을 들고 들이닥쳐 융단 위에 피를 흘리자 그만 너무 긴장한 나머지 치매 증상을 일으킬 뻔했다. 저면 양이 더운 물과 약을 척척 날라와서 나를 응급 처치해 주었다. 그동안 매건할트는 프레츠를 방구석으로 데리고 가서 진상을 설명하고 있는 것 같았다. 스위스식 독일어로 이야기하고 있었으나 그래도 프레츠에게는 사정이 이해되지 않는 모양이다. 프레츠로선 이 그림엽서처럼 아름다운 세계에 그런 죄악이 존재하리라고는 도저히 믿어지지 않았을 것이다.

매건할트가 난로 곁에 와서 섰다.

"케인 씨, 멜랑이 처음부터 모든 걸 계획해서 진행했다고 생각하오?"

"아니, 그건 불가능할 겁니다. 처음에는 위임된 권한을 확대할 생각으로부터 폭행죄를 꾸며 냈겠지요. 그는 당신이 어떤 반응을 보이리라는 걸 예측하고 있었을 거요. 대항하지 않고 몸을 숨길 거라고. 그 뒤에는 기회를 보아 주어진 권한을 이용해서 돈을 벌 작정이었지요. 이윽고 헬리거가 추락사했을 때 당신은 대서양 위에서 꼼짝 못하고 있었으니, 찬스가 온 거지요. 모든 건 그쯤에서 시작되었을 겁니다.

그렇지만 내가 한 가지 이해할 수 없는 것은, 왜 당신이 1천만 파운드의 증서를 그에게 맡겼나 하는 것입니다."

그의 목소리에는 어느 정도 본디의 딱딱함이 돌아온 것 같았다.

"나는 언제 체포될지 모르는 상태였으므로 그런 서류를 몸에 지니고 있는 건 어리석은 짓이었소. 물론 누군가가 내 증서를 가지고 카스파르 사의 주주회의에 참석하는 경우엔 그 사람이 진짜 소유자인지 어떤지를 확인하는 조치를 강구해 두었지요."

나는 고개를 끄덕였다.

"그러나 그가 헬리거의 증서라고 했기 때문에 그 조치도 소용이 없었던 거로군요."
저면 양이 물었다.
"어차피 멜랑이 우리를 죽일 작정이었다면 무엇 때문에 당신과 허베이를 붙여 주었을까요? 저 두 사람——베르나르와 알랭——을 호위라 하고 붙여 놓고서 죽이게 했으면 되었을 텐데."
"그렇게 되면 멜랑 자신의 입장을 위협할 위험성이 있지. 알겠소? 멜랑이 매건할트의 고문 변호사로서 이번 여행을 주선한 것은 거의 다 아는 사실이오. 만일 당신들이 죽은 경우 그 자신도 비난받게 되지요. 그때 호위를 붙이지 않았거나 당신들이 죽고 호위가 무사하다면 그가 의심받게 될지도 모르거든요. 실제로 그가 꾀한 일이니까 어떤 의심도 곤란하단 말이오.

그래서 그는 허베이를 당신들에게 떠맡겼지. 매건할트 씨가 총질 같은 건 있을 리가 없다고 하는데도 붙여 주었소. 그렇게 해 두면 일이 끝났을 때 멜랑은 가능한 조치를 다한 것이 되고 나쁜 건 갈레롱이라는 말이 되거든. 그렇게 되면 뜻대로 되는 거요. 갈레롱의 과거는 조사할 도리가 없지. 카스파르 사를 청산해 버리면 어차피 사라져 버릴 테니까. 알랭과 베르나르는 아마 갈레롱이라는 이름으로 고용했을 거요. 그렇게 하면 일이 터졌을 때도 멜랑의 이름이 들먹여지진 않을 테니까."
나는 그녀의 얼굴을 보았다. "아까 말했지요. 사자도 네로를 위해 일하는 거라고는 생각지 않았을 거라고."
그녀가 눈썹을 치켜떴다.
"그러면 우리가 기독교 신자인 셈이로군요. 기독교 신자가 사자를 잡아먹었다는 이야기는 들은 적이 없지만."
나는 싱긋 웃고 얼른 말을 이었다.
"그러니까 모든 게 끝나면 멜랑은 다시 본디의 자기 생활로 돌아갈 셈이었지요. 달라진 것은 스위스 어느 은행에 익명 구좌로 1천만 파운드를 예금시킨 것이오. 조 스미스니 하고 이름을 바꾸어 브라질쯤으로 달아 날 필요 같은 건 없으니까."

그때 문득 생각이 나서 매건할트 쪽을 보았다. "이만큼 야단 법석을 떨고 왔는데 주주회의는 안하는 거요?"

"프레츠 씨가, 맥스 헬리거의 증서가 영구히 없어졌다는 증거가 없다고 말하고 있소. 자정 직전에 맥스의 상속인이 나타날 가능성이 남아 있으니까, 그 시간까지 기다려야 하오."

그가 프레츠를 쳐다보는 눈빛으로 보아 그런 가능성은 믿고 있지 않는 것 같았다.

이윽고 그는 뭔가를 생각해 낸 것 같았다.

"프레츠 씨도 멜랑과 갈레롱이 동일 인물이었다는 사실을 언젠가는 알게 되겠지."

"알게 될지도 모르지만, 그 점은 그다지 큰 위험은 아닙니다. 카스파르의 규칙상 프레츠 씨는 리히텐쉬타인을 떠나는 일이 거의 없지요. 그러니까 두 번 다시 멜랑과 만나는 일은 없을 거요. 그리고 한 달이나 두 달 걸려서 회사의 청산이 끝났을 때쯤 프레츠 씨는 낭떠러지나 어디서 밀려 떨어졌을 거요."

내 말을 듣고 있던 프레츠의 얼굴이 창백해지더니 손에 든 술잔이 융단 위로 떨어졌다. 매건할트는 만족스러운 듯한 웃음을 띠었다.

저먼 양이 물었다.

"저 칸베르에서 시트로엥 안의 사나이를 죽인 건 누구일까요?"

나는 아프지 않은 쪽의 어깨를 으쓱했다.

"멜랑이겠지요. 허베이가 가지고 있던 멜랑의 권총이 그 상처의 구경과 비슷했소."

순간 허베이가 놀라 주머니에 손을 쑤셔넣어 소형 권총을 꺼내어 총구를 보았다.

"6.35, 이거로군" 하고 말했다.

"하지만 멜랑은 그날 밤 칸베르에 없었어요."

여자가 추궁했다. "당신이 4시쯤 빠리의 그에게 전화를 했지 않아요?"

"칸베르에 없었던 걸로 되어 있었지."

내가 말했다. "아마 운전수가 멜랑의 얼굴을 알고 있었기 때문에 죽였을 거요. 그리고 내가 직접 빠리에 전화한 게 아니오. 이쪽에서 걸었을 땐 안 나오고 몇 분 뒤 그쪽에서 걸어왔지. 빠리에서 칸베르의 그에게로 연락할 시각은 충분히 있었소. 그 뒤 오후까지 전화하지 않았으니까. 그때까진 빠리에 돌아올 수 있었을 거요."

그녀는 뭔가 생각하는 얼굴로 고개를 끄덕였다.

"그럼, 우리에게 위험을 가져오게 한 전화는……."

"그렇소. 모두 내가 걸고 있었소."

그녀는 잠자코 내 얼굴을 보고 있었다.

허베이가 일어서서 권하지도 않는데 멋대로 위스키를 따랐다. 여자는 그것을 표정을 죽이고 보고 있었다.

매건할트가 물었다.

"이제부터는 어떻게 될까?"

나는 한쪽 어깨를 으쓱했다.

"프랑스 경찰은 야단법석을 떨 것이고, 스위스 경찰도 마찬가지지요. 그리고 내일 아침엔 리히텐쉬타인의 경찰이 이리로 올 거요. 그러나 당신이 국경이 봉쇄되기 전에 여기와 있었다고 증언하면……하지만 시체가 너덧 구 있었다 해서 살아 있는 갑부 양반을 어떻게 하지는 않을 거요. 그럴 생각은 없을 거요."

"죽은 사람들만 가엾게 됐군요."
여자가 낮은 소리로 말했다.
"하지만 프랑스에서의 나에 대한……그건 어떻게 되겠소?"
"고소가 취하되는 거지요. 문제의 여자가 두세 달 전에 쓴 것으로 된 멜랑의 편지를 받는 거요. 자기가 죽거든 부치도록 수배해 둔 거라든지 아무튼 적당하게 써 놓지요. 거기다가 여자에게 사건을 취하하라는 지시를 덧붙여 놓으면……."
그는 미간을 찌푸렸다.
"그가 정말로 그런 편지를 수배해 놓았다고 생각하시오?"
"물론 안했지요. 하지만 내가 지네트를 시켜 쓰는 거요. 그녀는 필적 위조가 능하다고 했었지요. 기억 안 납니까? 내 앞으로 여자의 이름과 앙리의 서명이 든 필적을 보내주시면 됩니다."
그는 내 얼굴을 보면서 생각하고 있었다. 그러다가 얼굴표정이 조금씩 움직이며 미소 같은 것이 되었다.
"여러 모로 생각해 보니 케인 씨, 당신은 하나에서 열까지 실로 교묘하게 잘 해주었소."
진지한 말투가 되었다. "내 곁에서 일해 주지 않겠소? 급료는……."
"싫소."
그의 얼굴에서 웃음이 사라졌다.
"나는 아직 액수도 말하지 않았는데!"
나는 천천히 고개를 저었다.
"매건할트 씨, 급료가 문제가 아닙니다. 멜랑이 좋은 예가 아닙니까? 난 컨튼으로서 여기저기 뛰어다녔소. 프로의 거물로서 이런 일이 들어오면 거절하지 못하는 사나이요. 그런데 이번 일에서는 멜랑이 양쪽 인간을 택했소. 허베이와 나, 거기에 대해 알랭과 베르나르, 그리고 그 일파. 우리 두 사람에게는 승산이 없다고 보고 택한 거지요."

침묵이 계속되었다. 이윽고 허베이가 부드러운 태도로 말했다.

"녀석의 계산 착오였지."

"겨우 종이 한 장의 차이오. 게다가 녀석의 계산엔 이유가 있었소. 몇 년이나 전의 전쟁 중에 활약했던 영국인과 알코올 중독의 총잡이⋯⋯이 두 사람에게 1천만 파운드를 호위시킨다⋯⋯ 우리는 바보처럼 녀석의 뱃속을 끝까지 알아채지 못했소."

매건할트가 얼굴을 찌푸렸다. 자기를 위해 일하는 인간이 2류 인물이라는 건 참을 수 없는 모양이다. 멜랑은 괜찮다──약간 근성은 비뚤어졌지만, 일류였다.

그가 말했다.

"케인 씨, 당신은 겸손하군요. 로벨 씨가 말하듯이 멜랑의 계산이 틀렸던 거요. 우리가 이겼소."

나는 고개를 끄덕였다.

"분명히 싸움에는 이겼소. 당신도 옳은 사람이었고, 그래서 나 자신 한때는 내가 하고 있는 일이 옳은 일이라고 생각하고 있었소. 그런데 그렇지가 않았소. 난 이 일을 맡아선 안 되었던 거요. 내 방법──컨튼의 방법이지만──으로는 죽는 사람이 너무 많았소. 그 이외의 방법을 나는 생각해 낼 수가 없으니까⋯⋯그게 문제인지도 모르지요. 다른 사람이라면 다른 방법을 생각했을지도 모르니까. 그런 사람을 찾아서 고용하시오."

여자가 이상한 얼굴로 나를 쳐다보았다.

"당신은 그 사람들이 어떻게 되든 마음에 두지 않았잖아요?"

"마음에 두진 않소, 그다지. 내 생각이 잘못인지는 모르지만, 살인 청부업자는 누가 죽여도 큰 문제가 아니오. 때와 장소, 수단을 막론하고. 그러나 난 허베이의 일을 생각하고 있었소."

그가 흘긋 나를 보는 것이 눈에 들어왔다. 나는 조용히 저면 양에게 시선을 고정시키고 있었다. "허베이는 살인 청부업자가 아니오. 그의 이러한 점을 고쳐야 한다고 생각해선 안되오. 진짜 살인 청부업자는 술로 마음을 돌리지 않고도 사람을 태연스럽게 죽일 수 있는 인간이지요. 처음에 마시는지 나중에 마시는지는 모르지만."

"대연설을 방해해서 미안하지만……" 허베이가 느릿느릿 입을 열었다. "내가 아직 살아 있다는 걸 아무도 모르는 모양이군."

나는 흘긋 그 쪽을 보고 일어서서 잔을 비우고 혼잣말처럼 중얼거렸다.

"나는 지금부터 롤스로이스를 굴려 가서 어디든가 버리고 바도츠에서 기차를 타겠소. 아직 나가는 사람은 조사하지 않겠지."

나는 여자 쪽을 보았다 "경찰이 오기 전에 어디로든 데려다 놓는 게 좋을 거요."

허베이가 나에게 물었다.

"빠리?"

"어쨌든 프랑스로 가겠소. 입이 무거운 의사를 찾아야지."

그는 단숨에 위스키를 들이켰다.

"나도 가겠소. 일이 밀려 있으면 안되니까."

저면 양이 천천히 허베이 쪽을 보았다. 믿을 수 없다는 얼굴로 표정이 굳어져 있었다.

"무슨 일이지요?"

허베이가 놀란 표정을 지었다.

"내 일이오."

나는 온 몸의 피가 싹 없어지는 것 같은 느낌이 들었다. 무거운 입을 열었다.

"내가 두려워한 건 바로 그거였소."

34

한참 뒤 내가 말했다.
"그는 지금 유럽 제1의 총잡이인 베르나르와 알랭을 죽였소. 그가 그들을 해치웠다는 게 알려지지 않더라도 톱이지. 최고의 값으로 높으신 분들께서 부탁을 해 올 거요."
여자는 내 말이 귀에 들어오지 않는 것 같았다.
"하지만……당신의 술 때문에 멜랑은 당신을 택한 거예요. 죽을 것을 계산하고 있었어요."
그는 어깨를 흠칫했다.
"그러니까……녀석의 계산 착오였지."
내가 끼어들었다.
"그에겐 이젠 술 문제는 없어졌소, 현재로선."
그녀가 얼른 나를 돌아다보았다. 나는 말을 이었다.
"그의 고민은 술과 총이 양립하지 않는다고 생각한 데 있었소. 그래서 이번 일을 시작할 때 처음엔 술을 끊었소. 그래서 오늘 밤 계획을 중지하고 되돌아가자고 한 거요……자기가 너무 마셨다는 걸 알고 있었기 때문이오. 그때는 자기의 결점을 스스로 인정했소. 너무 마셔서 임무를 완수할 자신이 없다고 정직하게 고백했으니까."

나의 목소리가 단조롭고 공허하게 들렸다. 반응이 없는 공과도 같았다. 그러나 계속 때려야 한다.

"그런데 그는 싸우러 갔소. 그리고 유럽 제1의 총잡이를 해치웠소. 자기보다 위로 꼽히던 상대를. 그러니까 이젠 고민할 필요가 없는 거요. 술과 피스톨이 양립한다는 것을 실증한 셈이니까……두 달도 생명을 부지 못할 거요."

그녀는 눈을 가늘게 뜨고 나를 노려보았다.

"그때 당신이 억지로 싸움에 끌어넣었어요. 이렇게 될 줄 알고 있었군요."

나는 발 붙일 곳도 없는 기분이었다.

"이렇게 되지 않게 하려고 노력했소. 그래서 알랭은 내가 해치우려고 했소. 해치울 수 있다고 생각한 거요……참호를 기어가서 불의의 습격을 하면……난 컨튼이오."

힘없이 웃었다. "컨튼은 그런 걸 잘하오. 그러나 멜랑의 생각이 옳았는지도 모르오."

"허베이에 대해서도 그는 옳았어요."

여자는 조용한 목소리로 말했다.

허베이가 천천히 일어섰다. 흔들리지 않았다. 브랜디를 마신데다 또 마신 위스키도 전혀 영향이 없는 것 같았다. 그러나 유럽 제1의 총잡이가 되려면 그것만으론 안된다. 술같은 건 문제가 아니다.

"자아, 빠리로 갑시다."

나는 고개를 끄덕이며 문 쪽으로 향했다. 여자가 또렷한 목소리로 씁쓰레하게 "고마와요, 컨튼 씨" 하고 말했다.

그녀의 말대로인지도 모르겠다. 난 아직 컨튼인지도 모른다. 그렇다면——

 그녀를 보고 다시 허베이를 보았다. 뭔가에게 신들린 것 같은 주름 깊은 그의 얼굴을 보았다. 노골적으로 죄의식을 드러내 보이고 있기 때문에 오히려 더럽혀지지 않은 이상한 얼굴이었다.
 "떨리지 않소?" 나는 물었다.
 그는 오른손을 내 쪽으로 뻗어 손가락을 펴 보였다. 조각처럼 꿈쩍도 하지 않았다. 그는 손가락을 보며 웃음을 띠고 있었다.
 "좋겠지" 하면서 나는 모제르를 쳐들어서 힘껏 내리쳤다. 손가락 부러지는 소리와 그 감촉이 전해져 왔다.
 순간 주위를 뒤덮은 침묵 속에서 그가 들이쉬는 숨이 비명처럼 울렸다. 그는 오른손을 배에다 안고 핏기 가신 얼굴에 이를 악물고 앞으로 넘어지려고 했다. 다음 순간 그는 뒤쪽 의자에 털썩 쓰러지고 말았다.
 매건할트가 싸늘한 목소리로 말했다.
 "그렇게까지 하다니……."
 "목숨을 연장시켜 준 거요."
 내가 말했다. "몇 달 동안은. 저 손이 나아서 권총을 쓸 수 있게 되기까지 석 달은 걸릴 거요."
 저먼 양이 나를 쳐다보았다.
 "심한 짓을 하는군요."
 그녀의 눈이 험악하게 빛나고 있었다.
 "손쉽고 간단하지. 약간 잔인하긴 하지만."
 나는 공허한 목소리로 말했다. "컨튼은 이렇게 합니다. 내가 다른 인간이었다면 좀더 좋은 방법을 생각해 냈을지도 모르지만. 그러나 이것이 내 방법이오."
 허베이가 눈을 반쯤 뜨고 속삭이듯이 말했다.

"사라져, 케인, 꺼져 버려! 아무리 시간이 걸려도 찾아내고야 말 테니까!"
나는 고개를 끄덕였다.
"크로스 피넬에 있겠소. 아니면 그들에게 있는 곳을 알려 놓지."
"당신을 죽일 거예요."
여자가 말했다.
"아마 그렇겠지요. 당신한테 달렸소. 원한을 풀기까지는 술을 안 마실지도 모르겠군."
나는 방을 나왔다. 아무도 나를 말리려 하지 않았다.

조용히 눈이 오고 있었다. 산을 한참 내려와서 약속한 돈의 잔액 4천 프랑을 받지 않은 것을 깨달았다. 그러나 그대로 걸었다. 시계를 보았다. 자정을 1분 지나 있었다.
앞에 있는 산길은 끝없이 어두운 터널과도 같았다.

심야 플러스 1—이 플러스 1이란 무슨 뜻일까?

《심야 플러스 1》은 여러 번 되풀이하여 읽으면 읽을수록 그 느낌이 점점 강렬해지는 작품이다. 뛰어난 오락 작품이 되려면 그 조건이 여러 가지 있겠지만, 그 중에서도 가장 중요한 것은 두 번 세 번 되풀이하여 읽도록 만드는 점일 것이다. 다시 말해서 그 정교한 재미를 즐기기 위해서는 되풀이 읽을 필요가 있다고 하는 편이 옳을지도 모르겠다. 스토리의 전개를 뒤쫓기에 급급하므로, 한 번 읽는 것만으로는 곳곳에 숨겨져 있는 복선, 함정, 아무렇지도 않은 듯한 대화의 깊이를 모두 음미하기에 아무래도 무리한 일이기 때문이다.

이처럼 되풀이 읽게 만드는 힘은, 논리적 수수께끼를 겨냥하는 이른바 본격 미스터리소설에서는 참으로 지니기 어렵다. 수수께끼란 한 번 해결되어 버리면 끝나고 마는 것이니까.

라이얼이며 해몬드 이네스를 비롯한 이른바 영미 모험 미스터리소설 작가의 여러 작품이 널리 읽혀지는 무한한 가능성을 지니고 있는 까닭 가운데 하나는, 등장인물의 실재감에 있다. 물론 그들은 스토리 전개를 재미있게 하기 위하여 지은이에 의해 창조된 존재에 지나지 않지만, 저마다 저 나름의 개성과 존재의 리얼리티를 지니고 있다.
 특히 라이얼은 그 점을 아주 깊이있게 잘 묘사한다. 이《심야 플러스 1》에서도 그러하다. 여자도 남자도 모두 자기 자신만의 과거를 지니고 있으며, 자기 나름의 생활 방식을 가지고 괴롭게 살아 간다. 주인공인 루이스 케인(컨튼)과 그가 마음을 주고 있는 백작 부인 지네트, 그들과 적이 되어 싸우는 총잡이 알랭과 베르나르는 세계 대전중 레지스탕스 활동으로 모두들 서로 연결되어 있었던 동지이며, 그 인생 경험에 아직도 여전히 지배되고 있다.
 케인의 동료가 된 총잡이 허베이는 알코올 중독이라는 자신의 내부에 깃든 적을 가지고 있다. 그들의 고용주인 매건할트는 냉철한 실업가라는 스스로 만들어 낸 테두리로 말미암아 갈등에 휩싸여든다.
 따라서 그들이 투쟁해야 할 상대는 외부의 적이기보다도 우선 그들 자신인 것이다. 자기 자신에 대하여 무언가 증명하기 위해 싸우고 있다고 해도 좋으리라. 그리고 또한 그들은 모두 완고하며, 이 점에 있어서는 결코 서로 타협하려 들지 않는다.
 4월의 어느 비오는 석양 무렵, 전 영국 정보부원인 루이스 케인은 레지스탕스 시절의 벗이었던 변호사 멜랑의 의뢰를 받아 엄청난 재산가인 매건할트를 정해진 시간 안에 리히텐쉬타인까지 차로 호송하라는 임무를 맡게 된다. 그러나 프랑스 경찰인 로베르 글리프레가 사력을 다해 이 사나이를 뒤쫓고 있을 뿐만 아니라, 그가 무사히 목적지에 도착하는 것을 반기지 않는 무리도 있었다. 게다가 산업스파이라는 검은 베일로 뒤덮인 페이 장군에게 고용된, 유럽에서도 손꼽히는 두 총잡이도 집요하게 그를 노리고 있었다.
 그러나 케인도 호락호락하지 않았다.
 빗발치는 공세를 물리쳐가며 그들을 태운 검은 시트로엥 DS는 어둠을 뚫고 리히텐쉬타인을 향해 질주한다. 결국 자신이 예전에 컨튼이라고 불리던 훌륭한 투사였으며 지금도 여전히 변함이 없다는 것을 증명하기 위해 끝까지 싸움에 빠져드는 것이다. 그 허무함을 마침내 그는 깨닫게 되지만, 그러면서도 결코 마음 흔들리지 않는다. 자기 자신을 꿰뚫는 허무감과 충실감——인간이라면 누구나 살아 나가면서 언제나 느끼는 감정이 아닐까.

영미 모험 미스터리소설을 읽는 재미는 물론 주인공과 극한 상황의 대결에 있으며——저마다 완고한 인물의 신념——'살아 나기 위한 신조'가 격돌하여 맞부딪치는 데 있다.

또 하나, 이 작품이 지닌 소설 작법상의 뛰어난 점을 들어 보자. 그것은 도구——소도구 및 대도구를 다루는 방법이다. 모험 미스터리소설의 재미는 거기에 묘사된 세부적인 면을 깊이 음미하며 읽는 데 있는데, 예를 들면 총잡이 허베이의 성격 묘사에 총잡이로서의 마음가짐을 술회한 부분이 있다.

그는 담배를 피울 때에는 반드시 왼손을 사용한다——오른손은 언제든지 총을 뽑을 수 있도록 긴장하고 있지 않으면 안 되기 때문이다. 이러한 장면을 읽으면 그것만으로도 독자는 저절로 감탄하게 되고 마는데, 도구 그 자체를 인물과 마찬가지로 활약시키는 솜씨에 라이얼은 뛰어난 재능을 또 발휘하고 있다고 말할 수 있을 것이다.

이 작품에 있어서 그 하나는 권총이다. 루이스 케인이 즐겨 쓰는 모제르 총——지난 세기의 유물인 듯한 무지막지한 총이 전편에 걸쳐 활약한다. 그것은 레지스탕스 시절의 모험에 찬 꿈을 버리지 못하는 케인의 심볼이며, 애초에 그들이 말려든 갈등의 어리석음을 상징하는 심볼이기도 하다.

무릇 남자란 도구에 구애받는 동물인 것이다. 적어도 한 사람 몫을 하는 남자가 되려면 도구(그 메커니즘도 포함하여)에 대하여 일가견을 지니고 있지 않으면 안 된다. 일종의 장난감 취미라고도 할 수 있을 만한 것이리라.

라이얼은 모제르 총뿐만이 아니라 그 밖에도 여러 가지 총기를 등장시켜 그 깊은 지식을 드러내 보여 주고 있는데, 우리는 그것을 읽으며 자신의 현학적인 취미를 만족시켜 가는 것이다.

다음으로 예를 들면 자동차이다. 시트로엥 DS 그리고 롤스로이스──모두 독자적인 개성을 지니고서 자동차 세계에 군림하는 존재이다. 더욱이 1930년제 롤스로이스 팬텀 II형의 중후한 등장에는 그만 아연해질 수밖에 없다. 허베이가 이 차를 군함에 견주어 운전수를 함장이라고 놀려 대는 장면이 있는데, 이것은 롤스로이스에 대한 지은이 라이얼의 애착과 동경 어린 마음을 보여 주는 것인지도 모른다. 지은이의 마음이 그러한 꾸밈없는 정경 속에 담겨진 것도 읽으면서 즐거운 점의 하나이다.

그런데 라이얼의 작품은 다채로운 여러 작가들이 난무하는 영미 모험 미스터리소설 분야에 있어 아주 우뚝 솟아날 만큼 뛰어나면서도 안타깝게 그 수가 많지 않다. 《다른 하늘(The Wrong Side of the Sky, 1961)》《가장 위험한 게임(The Most Dangerous Game, 1963)》《심야 플러스 1(Midnight Plus one, 1965)》《촬영 대본(Shooting Script, 1966)》《권총을 든 비너스(Venus with Pistol, 1969)》 다섯 작품이다.

더욱이 유감스러운 것은, 영미 작가에게 있어서는 과작(寡作)이 결코 진기한 일이 아니라는 점이다. 다작가라 할 수 있는 해몬드 이네스, 앨리스테아 매클린, 그리고 데즈몬드 버클리도 해마다 한 편의 작품을 꼬박꼬박 발표했다. 바꾸어 말하면, 높은 수준의 작품을 탄생시키기 위해서는 그 이상의 양산은 무리인 것이다. 오락 작품이란 작가로 하여금 아주 애먹게 만드는 존재이기 때문이다.

《심야 플러스 1》──이 플러스 1이란 대체 무슨 뜻일까?

사실을 말하면, 그 참뜻을 도무지 알 수가 없다.

그러나 앞에서도 여러 번 말한 '오락 작품'이라는 뜻으로 쓸 수 있는 엔터테인먼트(entertainment ; 연예, 오락, 여흥)라는 말이 있다. 그리고 '단순한 엔터테인먼트가 아니라……' 라든가, 또는 '엔터테인먼트에 지나지 않지만……'이라는 표현도 있다. 이 말에 의거하여 '엔터테인먼트 플러스 1'로 한번 생각해 보면 어떨까?

그렇다면 엔터테인먼트의 본질은 무엇인가. 여러 시간 동안 활자로 이루어진 허구의 세계에 몰입시켜 어떠한 카타르시스를 얻을 수 있게 하는 것──거기에 플러스 1──또 하나의 효용과 의의를 더 덧붙인다는 뜻일까?

지은이 개빈 라이얼에 대해서는, 영국의 명문 케임브리지 대학을 졸업하고 공군장교를 거쳐 〈픽처 포스트〉지와 영국 방송 협회 등에 근무한 일이 있는 엘리트라는 것밖에 지금으로서는 알 수가 없다.

그리고 끝으로 《심야 플러스 1》은 영국 추리작가 협회의 최우수 작품상을 받은 작품임을 덧붙여 둔다.